Für die Verteidiger der Wahrheit

STAR TREK™
RISE OF THE FEDERATION

Interferenz

Christopher L. Bennett

Based on
Star Trek
created by Gene Roddenberry
and *Star Trek: Enterprise*
created by Rick Berman & Brannon Braga

Ins Deutsche übertragen von
Bernd Perplies

cross cult

Die deutsche Ausgabe von STAR TREK – RISE OF THE FEDERATION: INTERFERENZ
wird herausgegeben von Cross Cult, Teinacher Straße 72, 71634 Ludwigsburg.
Herausgeber: Andreas Mergenthaler; Übersetzung: Bernd Perplies;
verantwortlicher Redakteur und Lektorat: Markus Rohde; Lektorat: Kerstin Feuersänger;
Korrektorat: André Piotrowski; Satz: Rowan Rüster/Cross Cult; Cover Artwork: Martin Frei;
Print-Ausgabe gedruckt von CPI Moravia Books s.r.o., CZ-69123 Pohorelice. Printed in the Czech Republic.

Titel der Originalausgabe: STAR TREK – ENTERPRISE:
RISE OF THE FEDERATION: PATTERNS OF INTERFERENCE

This book is published by arrangement with Pocket Books, a Division of Simon & Schuster, Inc.,
pursuant to an exclusive license from CBS Studios Inc.

Print ISBN 978-3-95981-390-7 (November 2019) · E-Book ISBN 978-3-96658-006-9 (November 2019)

WWW.CROSS-CULT.DE • WWW.STARTREKROMANE.DE • WWW.STARTREK.COM

»Es ist unser oberstes Gebot,
uns nicht in fremde Kulturen einzumischen.«
– *Jean-Luc Picard, 2366*

»Es kann keine Gerechtigkeit geben,
solange Gesetze absolut sind.«
– *Jean-Luc Picard, 2364*

2165

PROLOG

9. Dezember 2165
San Francisco

Diesmal hatte es keine Paraden gegeben.

Zweimal zuvor in seinem Leben war Malcolm Reed von ausgedehnten Tiefraummissionen heimgekehrt und mit Feiern begrüßt worden, die die erfolgreiche Arbeit würdigten, die er und seine Mannschaftskameraden von der *Enterprise* zur Verteidigung der Menschheit geleistet hatten. Das erste Mal war 2154 nach dem Ende der Xindi-Mission gewesen, das zweite Mal sechs Jahre später, nachdem die Schlacht von Cheron den Triumph im Krieg gegen die Romulaner herbeigeführt hatte. Beide Male war sein Schiff in der finalen Konfrontation stark beschädigt worden, und es hatte heldenhafte Opfer gegeben. Aber immerhin hatten Reed und seine Kameraden, als sie wieder einen Fuß auf die Erde setzten, das deutliche Gefühl gehabt, dass ihre Mühen den Preis wert gewesen waren – denn allein die Tatsache, dass es noch eine Erde gab, auf der man stehen konnte, und eine freie Menschheit, mit der man sie zu teilen vermochte, bedeutete, dass ihre Mission erfolgreich gewesen war.

In diesem Fall allerdings hatte es keine jubelnden Mengen und keine Trauben an Reportern gegeben, die sie begrüßten, als Captain Reed und die Besatzung der *U.S.S. Pioneer* gemeinsam mit Captain T'Pol und der Mannschaft der *Endeavour* zur Erde heimgekehrt waren. Es hatte bloß Fragen und Schuldzuweisungen gegeben – tagelange Einsatznachbesprechungen im Sternenflottenhauptquartier, während denen jede Handlung der Einsatzgruppe, die Reed gegen die räuberische, autonome Technologie genannt die Ware ins Feld geführt hatte, hinterfragt und seziert worden war, um herauszufinden, warum die Mission derart schiefgelaufen war.

»Eine Feier hätte ich ja gar nicht gewollt«, sagte Reed nun zu der rothaarigen Frau, die neben ihm am Tresen des 602 Clubs saß. »Ich wollte immer nur meine Pflicht gegenüber der Sternenflotte erfüllen.« Er nahm einen Schluck seines jüngsten Bieres, das Schaum auf seinem ergrauenden Bart zurückließ.

Die große, gut aussehende Frau nickte verständnisvoll, und Reed war noch nüchtern genug, um sich daran zu erinnern, dass sie sich ihm als Sternenflottencommander vorgestellt hatte, obwohl ihm der Name, der dem Rang gefolgt war, partout nicht mehr einfallen wollte. »Es hat Ihnen einfach nicht gefallen, daran erinnert zu werden, dass es diesmal nicht so gut gelaufen ist«, sagte sie.

»Die Einsatzgruppe hat vielen Leuten geholfen«, brummte er. »Wir haben Dutzende von Welten und Völkern vor der Ausbeutung durch die Ware bewahrt. Die Menaik, die Vanotli, die Balduk und mehr. Sie alle können jetzt frei leben und sind nicht länger der Gnade geistloser Maschinen ausgesetzt, die ihre Hirne als Ersatzteile verwenden.«

»Und jetzt ist die Ware fort. Sie wird nie wieder für jemanden eine Gefahr darstellen.« Die Rothaarige zuckte mit den Schultern. »Schön, am Ende haben die Klingonen dafür gesorgt, und sie sind nicht gerade zimperlich vorgegangen.

Jetzt haben sie den ganzen Sektor erobert, der vorher von der Ware kontrolliert wurde. Aber das alles ist beileibe nicht Ihr Fehler. Als die Klingonen kamen, hatten Sie keine andere Chance, als sich zurückzuziehen.«

Reed schüttelte den Kopf. »Nein, Sie verstehen das nicht. Es war alles viel komplizierter. Wir haben Fehler gemacht. Wir handelten in guter Absicht, keine Frage, aber wir haben uns in etwas eingemischt, das wir nicht verstanden haben, und so diese ganze Kette an Ereignissen ausgelöst.« Er wollte noch mehr sagen, doch selbst eingehüllt in den Nebel einer leichten – na schön, mehr als leichten – Trunkenheit erinnerte er sich an seine Pflicht. Er vergaß nie seine Pflicht. Es gab viele Details des Zwischenfalls, über die nicht öffentlich gesprochen werden durfte, nicht einmal in der Lieblingsbar der Sternenflottenelite.

Die Frau schien trotzdem zu begreifen, worum es ging. »Ich verstehe. Deshalb begeistert sich Admiral Archer plötzlich dermaßen für diese vulkanisch anmutende Nichteinmischungspolitik und erzählt allen, wir sollten unsere Finger von den Problemen anderer Leute lassen, um sie nicht noch schlimmer zu machen.«

Reed musterte sie – eine durchaus angenehme Tätigkeit. »Sie klingen nicht überzeugt.«

»Das bin ich auch nicht. Aber mein Captain war noch nie ein Fan von Archers Philosophie der Zurückhaltung. Er glaubt, dass es unsere Pflicht ist zu helfen, wo wir können.«

»Und was denken Sie?«

»Ich denke, dass wir auf diese Weise einer Menge Welten geholfen haben. Aber ich will nicht leugnen, dass es ein paar Fälle gab, bei denen sich die Dinge nicht ganz wie erhofft entwickelt haben. Auf Sauria beispielsweise.« Sie blickte zur Decke. »Als meine Besatzung dabei half, diplomatische Beziehungen herzustellen, hatten wir keine Ahnung, dass ein zweitklassiger Diktator wie Maltuvis unser Handelsabkommen keine drei Jahre später ausnutzen würde, um einen planetaren Eroberungsfeldzug zu starten.«

»Oh, richtig«, sagte Reed, der sich nun erinnerte. »Sie sind von der *Essex* – Bryce Shumars Schiff.«

»Sie haben mir schon zugehört, oder?«

»Absolut, Cath... Caroline.« Gemeinsam mit der Erinnerung an die *Essex* war auch das Wissen zurückgekommen, dass der Erste Offizier des Schiffs Caroline Paris hieß. »Aber ich glaube, Sie haben mir nicht erzählt, was Sie hier auf der Erde machen. Habe ich nicht irgendwo gehört, dass Ihr Schiff in die Nähe der klingonischen Front versetzt wurde?«

Paris grinste. »Das stimmt: Sternenbasis 12. Aber wir haben bei der Evakuierung von Ardan IV ganz schön was abgekriegt. Die Reparaturen dauern eine Weile, sodass uns Admiral Narsu über die Feiertage freigegeben hat.«

»Ardan«, wiederholte Reed kopfschüttelnd. »Ich dachte, meine Einsatzgruppe hätte schon eine Menge Zerstörung im Raum der Ware gesehen, aber das ...«

»Ja. Zeuge zu sein, wie ein ganzer Planet zu Schlacke geschossen wird ...« Sie schauderte. »Ich habe noch immer Albträume davon. Wir haben die Bevölkerung zwar rechtzeitig vom Planeten runtergeschafft, aber, nun ja, Tiere können auch leiden. Ein ganzes Ökosystem, einfach so ausgelöscht.« Einen Augenblick lang schwieg sie verbittert, dann nahm sie einen Schluck ihres Drinks, um sich zu sammeln. »Glücklicherweise haben die Klingonen eingelenkt, ansonsten hätten sie vielleicht noch versucht, der Erde oder Alpha Centauri das Gleiche anzutun.«

Reed unterdrückte jede Reaktion. Er gehörte zu den wenigen, die wussten, dass die Klingonen ihre Invasionspläne nur deshalb auf Eis gelegt hatten, weil hinter den Kulissen ein fragwürdiger Handel mit einer geheimen Gruppierung ehemaliger Sternenflottenangehöriger geschlossen worden war, die ohne offizielles Mandat agierte – und sich kein bisschen für den furchtbaren Preis interessierte, den eine andere Zivilisation für die Sicherheit der Föderation hatte zahlen müssen.

Paris streckte die Hand aus und berührte die seine. »Es tut mir leid. Ich wollte Sie nicht noch mehr runterziehen. Wissen Sie was? Lassen Sie uns über etwas Angenehmeres reden.«

Er lächelte. Die Wärme ihrer Hand auf der seinen bewirkte wahre Wunder, was seine Stimmung anging. »Einverstanden. Mal sehen. Hm. Haben Sie in letzter Zeit irgendwelche guten Filme angeschaut?«

»Tatsächlich bin ich ein großer Filmfan. Aber ich war eine ganze Weile nicht mehr auf der Erde, deshalb hatte ich keine Gelegenheit, mir die neusten Werke anzusehen.«

»Geht mir genauso«, erwiderte Reed. »Ich wollte unbedingt noch *Die singenden Schwerter von S'harien* sehen.«

Paris' Griff um seine Hand verstärkte sich einladend. »Dieses neue Bollywood-Epos über das vorreformatorische Vulkan?«

»Genau das.«

Sie lachte. »Antike vulkanische Krieger, die sich in ausufernden Gesangs- und Tanznummern ergehen. Ich habe gehört, dass Kommissar Soval den Film absolut hasst.«

»Das klingt für mich nach einer echten Empfehlung.«

»Meinen Sie, wir erwischen irgendwo noch eine Spätvorstellung?«

»Finden wir es heraus!«

Reed folgte Caroline aus dem Club, seine Hand noch immer leicht in der ihren. Er hatte nicht erwartet, dass so etwas in dieser Nacht passieren würde – oder überhaupt in irgendeiner Nacht in absehbarer Zukunft. Doch da war es, und er nahm sich vor, den gemeinsamen Moment voll und ganz auszukosten.

12. Dezember 2165
U.S.S. Pioneer NCC-63

Als Samuel Kirk das Quartier von Valeria Williams betrat, war sie gerade damit beschäftigt, eine mittelgroße Reisetasche zu packen. »Hey!«, begrüßte er sie. »Du nimmst nicht viel mit, hm?«

»Sternenflottenkind. Ich reise mit leichtem Gepäck.« Die drahtige Waffenoffizierin zog ihn mit einer Kraft in ihre Arme, die Sam gleichermaßen einschüchterte und erregte, und binnen Sekunden verlor er sich in ihrem innigen Kuss. »Abgesehen davon«, sagte sie, als sie ihm Gelegenheit zum Luftschnappen gab, »dachte ich, dass es ganz in deinem Sinne wäre, wenn wir während unseres Landurlaubs so wenig wie möglich am Leib tragen.«

»Grundsätzlich habe ich da absolut nichts gegen«, erwiderte der blonde Historiker grinsend, »aber es dürfte ein recht langer Landurlaub werden, nun, da die Generalüberholung ansteht. Wir können ihn nicht komplett nackt verbringen.«

»Wir können es versuchen«, sagte sie und zog ihn für einen weiteren Kuss an sich. Doch nur Augenblicke später überraschte er sie mit einem herzhaften Gähnen. »Hey!«

»Entschuldige. Das sollte kein Kommentar zu deiner Technik sein«, sagte er und strich ihr eine Locke ihres kastanienbraunen Haars aus der Stirn. »Diese Nachbesprechungen sind dermaßen ermüdend. Sie haben mich eine Ewigkeit reden lassen. Über all die Welten, die wir dort draußen entdeckt haben, wie die Ware sie beeinflusst hat, was ich über ihre Geschichte vor und nach …« Er brach ab.

»Es ist nicht gerade angenehm, sich daran erinnern zu müssen, nicht wahr?«

»Und wir sind noch nicht mal bis zur Partnerschaft gekommen. Das wird richtig übel werden.«

»Ich weiß.« Val hielt ihn fester. Sam entspannte sich in ihrer Umarmung. Er konnte sein Glück immer noch kaum fassen. Seit er sie vor zweieinhalb Jahren kennengelernt hatte, hatte er davon geträumt, mit Val Williams zusammen zu sein. Sie war schön und stark, tapfer und heldenhaft und umwerfend sexy – und, so hatte er zumindest gedacht, komplett außerhalb seiner Liga. Es kam einem Wunder gleich, dass sie aus irgendeinem Grund begonnen hatte, seine Zuneigung zu erwidern, und das auf eine Weise, die genauso wild, aufregend und schweißtreibend war, wie er es sich erträumt hatte. Doch es waren diese stilleren Momente, in denen sie ihn mit ihrer sanften Stärke umsorgte und behütete, die ihm wichtiger als alles andere geworden waren. Denn ungeachtet all ihrer puren Leidenschaft und Aggressivität, all ihrer Talente im Kampf, war es Vals unendliche Fähigkeit zur Empathie und Güte, die sie als Sicherheitsoffizier und Mensch ausmachte.

Eine Weile lang hielt ihn Val einfach fest und nahm seine Erschöpfung hin. Doch dann wurde sie frecher und bat ihn, ihr dabei zu helfen, ihre Dessous für die Reise einzupacken. Das führte dazu, dass Val ihm verschiedene Dessous präsentierte, was wiederum dazu führte, dass Sam ihr dabei half, diese an- und auszuziehen, und zuletzt bloß noch, sie auszuziehen, und die darauffolgende Stunde gestaltete sich wild, aufregend und schweißtreibend. Als sie fertig waren, kuschelten sie sich auf einem hoffnungslos zerwühlten Haufen ihrer Kleider aneinander. »Das ist keine effiziente Art zu packen«, bemerkte sie trocken, und sie lachten beide.

»Also, wen möchtest du zuerst besuchen?«, fragte er. »Deine Leute oder meine?«

Sie zögerte. »Sind wir schon in der Leute-treffen-Phase angelangt?«

Sam blickte sie besorgt an. »Gibt es einen Grund, warum du mich Captain Williams nicht vorstellen willst?«

»Oh! Nein, es ist bloß ... Entschuldige, Sam, das kam falsch rüber. Ich bin bloß überrascht, wie schnell das alles gegangen ist.«

»Du warst diejenige, die gesagt hat, sie sei es leid, auf mich zu warten«, rief er ihr lächelnd in Erinnerung. »Und ich bin sehr froh, dass du mir den nötigen Anstoß gegeben hast.«

»Ich weiß. Ich bin es auch. Ich meine nur ... Ich bin eher lockere Romanzen gewöhnt. Kurze Affären oder Freundschaften mit einem gewissen Bonus.« Sie lachte leise. »Die meisten Männer, mit denen ich in der Vergangenheit zu tun hatte, waren ... nun ja, ihre Stärke lag nicht im emotionalen Bereich. Deshalb ist das alles irgendwie neu für mich.«

Nun war es an Sam, leise zu lachen.

Sie sah ihn an. »Was?«

»Ich bin bloß überrascht, dass ich nicht der Einzige bin, der sich von dem hier überwältigt fühlt. Oder vielleicht ist *überrascht* das falsche Wort. Es beruhigt mich. Das bringt uns gewissermaßen auf eine Ebene.«

Val kuschelte sich enger an ihn. »Da stecken wir nun beide drin, hm?«

»So sieht es aus. Und ganz egal, wie weit du gehen willst, ich bin dabei.«

Sie bedachte ihn mit einem nervösen Lachen, dann schubste sie ihn verspielt von der Bettkante. »In dem Fall solltest du besser noch mal anfangen, mir packen zu helfen.«

15. Dezember 2165
Sternenflottenhauptquartier

»... und hatte, Captain T'Pol, die Partnerschaft der Zivilisationen Ihrer Meinung nach tatsächlich eine funktionierende Koexistenz mit der Ware zustande gebracht?«

Die Frage kam von Soval, dem Föderationskommissar für diplomatische Angelegenheiten, einem der hochrangigen Regierungsvertreter, die neben Admiral Jonathan Archer an dem breiten Tisch an der Stirnseite des Anhörungsraums saßen. Normalerweise wurden Nachbesprechungen wie diese allein von Sternenflottenoffizieren durchgeführt und dann auch nicht gerade von Stabschefs wie Archer oder Admiral Thy'lek Shran, der ebenfalls an dem Tisch Platz genommen hatte, sondern eher von Offizieren niedrigeren Ranges. Aber das Ware-Debakel mochte Auswirkungen auf die Politik der Sternenflotte und der Föderation an sich haben, deswegen wurde diese Untersuchung auf höchster Ebene geführt. Archers eigene Vorgesetzte, Verteidigungskommissarin Vinithnel sh'Mirrin, war ebenfalls zugegen.

T'Pol zeigte sich von der versammelten Führungsriege unbeeindruckt. Stoisch saß sie in ihrer kommandogrünen Ausgehuniform da und antwortete mit der für sie üblichen ruhigen Präzision. »Unsere Gelegenheit, die Partnerschaft zu beobachten, war zu kurz, um in dieser Frage eine eindeutige Aussage treffen zu können, Kommissar. Oberflächlich betrachtet schienen sie eine stabile Symbiose mit der Technologie erreicht zu haben. Sie boten ihr Freiwillige, die als Hilfsprozessoren der Ware dienten und jeweils nach ein paar Monaten ausgetauscht wurden, um den auf diese Weise erlittenen neurologischen Schaden zu minimieren. Es gab allerdings einige Partner, die sich während unserer Zeit bei der Partnerschaft die Frage gestellt haben, ob sie die Ware tatsächlich beherrschten oder lediglich ihren Hunger stillten. Als wir das Angebot einer Alternative unterbreiteten, eine Methode, um die Ware so zu modifizieren, dass sie nicht länger auf lebendige Gehirne angewiesen wäre, um zu funktionieren, waren eine ganze Reihe Partner der Ansicht, dass sie dies von einer Bürde befreien würde, die sie seit dem Beginn ihrer Zivilisation hatten tragen müssen.«

»Und doch haben wir Aussagen gehört, dass andere Partner dies als Gefährdung der Kernprinzipien ihrer Zivilisation verstanden haben«, entgegnete Soval. »Für sie war der Akt der freiwilligen Unterwerfung und des Dienstes die Essenz ihrer kulturellen Einheit. Tatsächlich wäre vermutlich keine der Mitgliedsspezies ohne die Hilfe der Ware zu einer technologisch entwickelten Zivilisation oder zu Weltraumreisen imstande gewesen.«

»Das ist korrekt. Wie in jeder Zivilisation gab es eine Vielzahl an Meinungen.«

»Doch als die Klingonen das Selbstzerstörungsprotokoll der Ware in die Hände bekamen und es gegen die Partnerschaft zum Einsatz brachten, nannten Captain sh'Prenni und ihre Besatzung von der *Vol'Rala* ihr Angebot, die Partnerschaft zu verteidigen, eine Buße für den auf Etrafso angerichteten Schaden, jener Partnerschaftswelt, deren Ware sie deaktiviert hatten. Ihrer Ansicht nach war diese Einmischung ohne vorherige Einladung dazu ein Fehler gewesen – ja, sogar ein Verbrechen.«

»Ich verbitte mir diese Darstellung, Soval«, mischte sich Shran aufbrausend ein. »Wir sind nicht hier, um über die Besatzung der *Vol'Rala* zu urteilen. Sie ist nicht mehr unter uns, um sich zu verteidigen. Diese Männer und Frauen haben ihr Leben gegeben, um die Völker der Partnerschaft zu beschützen!«

»Das bestreitet niemand, Shran«, sagte Archer in beruhigendem Tonfall. »Es geht uns hier darum zu verstehen, was passiert ist, damit wir eine weitere Tragödie dieser Art in der Zukunft verhindern können.«

Der Stabschef der Andorianischen Garde war damit nicht zufrieden. »Das impliziert immer noch, dass sh'Prenni und ihre Besatzung falsch gehandelt haben. Was, wenn sie nicht interveniert hätten? Wenn wir die Ware einfach in Ruhe gelassen hätten, die Finger davon gelassen hätten, aus Angst, dass wir Fehler machen könnten? Dann wäre sie noch immer dort draußen und würde ganze Welten infizieren und versklaven. Irgendwann hätte sie uns erreicht! Manchmal muss man intervenieren!«

»Admirals«, sagte sh'Mirrin. »Muss ich Sie daran erinnern, dass wir hier sind, um Captain T'Pols Version der Ereignisse zu hören?«

Unter dem tadelnden Blick der andorianischen *shen* verfielen beide Admirals in Schweigen. Während der Captain der *Endeavour* mit der Aussage fortfuhr, verspürte Archer einen erneuten Anflug von Bedauern über die Spannungen, die nach den jüngsten Ereignissen zwischen Shran und ihm selbst aufgekommen waren. Ihre Beziehung war schon immer turbulent gewesen – genau genommen hatte Shran Archer gefangen genommen und gefoltert, als sich die beiden als Raumschiffcaptains vor beinahe fünfzehn Jahren im Kloster von P'Jem kennengelernt hatten. Doch im Laufe der Zeit waren alle Missverständnisse zwischen ihnen ausgeräumt worden, und sie hatten sich beide langsam das Vertrauen des jeweils anderen verdient. Aus großem Respekt hatte sich zwischen den zwei Captains schließlich eine enge Freundschaft entwickelt – und Shran war seinen Freunden gegenüber extrem loyal.

Doch letztlich war genau dies das Problem hier. Reshthenar sh'Prenni war ein Schützling und eine enge Freundin von Shran gewesen, und ihr Tod hatte ihn, gemeinsam mit dem Tod der beinahe kompletten Besatzung der *Vol'Rala*, schwer getroffen. Archer glaubte, dass sie und ihre Mannschaft seinen Vorschlag einer offiziellen Sternenflottendirektive der Nichteinmischung begrüßt hätten. So wie Soval es eben gesagt hatte, war sh'Prenni der Ansicht gewesen, dass sie unbedacht gehandelt hatte, als sie die Ware von Etrafso ohne die Einwilligung der Planetenbewohner deaktiviert hatte – bevor sie genug über das Leben dort in Erfahrung gebracht hatte, um zu verstehen, dass man dort eine symbiotische Beziehung mit der Ware eingegangen war und dass die Bevölkerung ohne diese ihre Zivilisation nicht würde aufrechterhalten können. Tatsächlich hatten viele Lebewesen dort ohne die Ware nicht einmal überleben können. Archers Meinung nach hätte sh'Prenni es gewollt, dass die Sternenflotte aus ihrem Fehler lernte. Daher hielt er seinen Vorschlag einer entsprechenden Direktive für einen Beitrag zu sh'Prennis Andenken.

Doch in Shrans Augen handelte es sich stattdessen um einen Verrat daran, eine Anklage, die ihren Ruf auf ewig beschmutzen würde. Aus diesem Grund war er bis heute nicht willens gewesen, Archers Vorschlag einer fairen Prüfung zu unterziehen. Der menschliche Admiral hoffte, dass sein andorianischer Freund sich mit der Zeit genug beruhigen würde, um sich Archers Sicht wenigstens anzuhören. Aber er wusste leider, wie lange Shran einen Groll mit sich herumtragen konnte.

Jonathan Archer war überzeugt, dass eine Nichteinmischungspolitik der richtige Weg war. Aber um sein Ziel zu erreichen, musste er womöglich eine seiner engsten Freundschaften opfern.

18. Dezember 2165
Sapporo, Japan

»Warum heiraten wir nicht ... einfach jetzt?«

Hoshi Sato unterdrückte ein Zusammenzucken, während sie sich mit Takashi Kimura unter das schmale Vordach eines Souvenirstandes drängte. Sie hatten den für diese Jahreszeit ungewöhnlich warmen Abend für eine gute Gelegenheit gehalten, um im Odori-Park das Lichterfestival und den jährlichen Münchener Weihnachtsmarkt, mit dem Sapporo seine Partnerstadt ehrte, zu besuchen. Beide Traditionen fanden bereits seit mehr als anderthalb Jahrhunderten in der Hauptstadt der Präfektur Hokkaido statt, und Kimura hatte sie seiner Verlobten unbedingt zeigen wollen, nun, da sie dazu endlich die Möglichkeit hatten.

Aber ihr Plan war nach hinten losgegangen. Die warme Luft hatte einen heftigen Schauer zur Folge gehabt, der über ihnen eingesetzt hatte, als sie sich gerade an dem prachtvollen Farbenspiel der Feiertagsbeleuchtung erfreut hatten, die Block um Block des langen, schmalen Parkstreifens im Herzen der Stadt schmückte. Sie hatten nicht daran gedacht, Schirme mitzubringen, sie befanden sich fünf Blocks von der unterirdischen Ekimae-dori-Einkaufsmeile entfernt, und Takashis Mobilitätsprobleme schränkten ihre Laufgeschwindigkeit ein. Daher hatten sie sich unter das nächstbeste Standvordach geflüchtet, um dort auf eine Regenpause zu warten. Doch der eisige Wind und das winzige Vordach sorgten dafür, dass sie trotzdem klatschnass wurden.

»Du weißt doch, dass wir das nicht können, Takashi«, erwiderte sie über den Regen hinweg. »Ich tue nach wie vor Dienst auf der *Endeavour.*«

»Ach, richtig. Ich könnte mit dir kommen ... ach nein, denn ... sie brauchen nur körperlich fitte Leute. Und geistig.«

Der Unterton in Kimuras Stimme, der anfangs bittere Frustration gewesen war, hatte sich mittlerweile zu einer Mischung aus Müdigkeit und Resignation gewandelt. Es war nun beinahe sieben Monate her, seit er im Kampf gegen V'Las' Aufständische auf Vulkan seinen linken Arm, die Lunge und die Niere verloren sowie schwere Verletzungen des frontalen und seitlichen Hirnlappens erlitten hatte. Das war genug Zeit für Kimura gewesen, um sich so weit an seine körperlichen und geistigen Einschränkungen zu gewöhnen, dass er halbwegs damit klarkam, aber auch genug Zeit, um zu begreifen, dass seine Genesung mittlerweile höchstwahrscheinlich abgeschlossen war. Besser würde es nicht werden. Die Nervenschäden und Vernarbung an seiner linken Schulter machten es unwahrscheinlich, dass sein Arm jemals durch ein Biotransplantat oder eine vollresponsive Prothese ersetzt werden konnte, seine Feinmotorik war dahin, und er hatte Schwierigkeiten, sich verbal auszudrücken. Dazu kamen Einschränkungen seiner Fähigkeiten im Problemlösen und Vorausplanen – was der Grund dafür war, dass er nicht daran gedacht hatte, sich die Wettervorhersage anzuschauen, bevor er Hoshi hier raus in den Park geschleppt hatte.

Hoshi wusste, dass Takashi noch immer der warme, kluge, starke und sanfte Mann war, in den sie sich verliebt hatte, aber seine Karriere als Waffenoffizier in der Sternenflotte hatte an jenem Tag auf Vulkan sein Ende gefunden. Die *Endeavour* zu verlassen, hatte ihm die Freiheit geschenkt, um ihre Hand anzuhalten, ohne dass irgendwelche Fragen bezüglich eines Konflikts mit ihren Pflichten an Bord aufkamen. Sie hatte seinen Antrag jedoch nur unter der Voraussetzung angenommen, dass sie mit der eigentlichen Heirat warten würden, bis die Zeit reif dafür war. Und genau diese Art von Langzeitplanung war für Takashi unglaublich schwer im Gedächtnis zu behalten. Aus diesem Grund hatten sie Varianten dieses Gesprächs bereits mehr als ein Dutzend Mal geführt.

Eine Böe blies eisigen Regen in ihre Gesichter, und Takashi drehte sich ein wenig, um sie mit seiner kräftigen Gestalt abzuschirmen. Sein einzelner Arm lag um ihre Schultern. »Entschuldige«, sagte er. »Mein Fehler, dass wir bei dem Wetter hier sind.«

Sie lachte leise. »Ich war erst vor Kurzem während der Monsunzeit auf Denobula. Das hier ist gar nichts.«

Ihre Antwort vermochte ihn nicht aufzumuntern. Erst verspätet fiel ihr ein, dass das vielleicht ein schlechtes Beispiel gewesen war, denn sie hatte Denobula besucht, um der Hochzeit von Doktor Phlox' Tochter beizuwohnen, und Takashi hatte die Einladung des Doktors wegen seiner laufenden Therapien zur Verbesserung seiner körperlichen und geistigen Fähigkeiten ablehnen müssen. »Solltest mich nicht verhätscheln«, sagte er. »Ich bin nicht schwach. Du darfst wütend werden.«

»Aber das bin ich nicht«, gab sie zurück. »Wenn du tatsächlich etwas tust, das mich wütend macht, wirst du es erfahren, das verspreche ich dir.« Sie legte ihm eine Hand auf die Brust. »Es ist okay. Es ist wunderschön hier draußen, selbst bei Regen. Und der ist eine gute Ausrede, um ganz nah zusammenzurücken.« Sie ließ ihren Worten Taten folgen, aber sie küsste ihn nicht, denn sie hatte den Verkäufer des Souvenirstandes wie auch die anderen Gäste, die sich mit ihnen hier untergestellt hatten, nicht vergessen. »Vertrau mir – ich genieße die Zeit mit dir.«

Nach einem kurzen Zögern nickte er. »Ja. Wir sollten ... das Beste aus jedem Moment machen. Bis du wieder hinausfliegst. Und dann, wenn du wiederkommst.«

Er runzelte die Stirn, während er nachdachte. Pläne zu schmieden, fiel ihm nicht mehr leicht, aber er besaß noch immer einen scharfen Verstand. »Es gibt ein Hotel mit einem *onsen.* Nur zwei Blocks entfernt. Halb so weit wie die ... Einkaufsmeile. Wenn wir dem Regen zwei Blocks lang trotzen ... können wir uns aufwärmen. Den Sturm gemütlich aussitzen. Gut?«

Sie lächelte und nickte. Ein schönes heißes Bad in einem öffentlichen Badehaus klang in diesem Augenblick wundervoll. »Sehr gut.«

Sie begannen in Richtung des Hotels zu rennen. Hoshi widerstand der Versuchung vorauszueilen – vor allem deshalb, weil Takashis größere Gestalt einen guten Windschutz für sie abgab. Zu seinen Bestzeiten hätte Takashi sie mit seinen längeren Beinen und dem Militärtraining weit hinter sich gelassen. Selbst mit seinen heutigen Behinderungen war er nur geringfügig langsamer, als sie unter diesen Witterungsbedingungen hätte laufen können. Doch das etwas geringere Tempo hatte auch seinen Vorteil, denn es ermöglichte ihnen, die atemberaubenden Lichter zu bewundern. Tatsächlich wurden sie durch die Lichtkränze, die sich im dichten Regen bildeten, nur noch schöner.

Glücklicherweise bot das Hotel ein *konyoku*-Bad an, sodass Hoshi und Takashi zusammen baden konnten – wenn auch nicht allein, denn eine ganze Reihe weiterer Touristen, die das Festival besucht hatten, waren auf den gleichen Gedanken gekommen. Hoshi bemerkte, dass sich die anderen Gäste im *furo* Mühe gaben, ihren Verlobten nicht anzustarren, als er sich, nachdem sie beide sich entkleidet und im benachbarten Waschbereich gründlich gesäubert hatten, in das heiße, mineralisierte Wasser sinken ließ. Natürlich wäre Starren so oder so unhöflich gewesen, aber in diesem Fall schien das Abwenden des Blickes eine bewusstere Geste als sonst zu sein. Dank der modernen Medizinwissenschaft war der Anblick eines Amputierten auf der Erde heutzutage eher selten, und die großflächigen Narben auf der linken Seite von

Takashis Körper waren noch nicht vollständig verheilt, da seine bisherigen Behandlungen vor allem seine Gesundheit und Funktionsfähigkeit zum Ziel gehabt hatten. Kosmetische Belange waren bis jetzt hintenangestellt worden.

Doch Takashi entschied sich merklich, auf diese Begrüßung nicht zu achten. Stattdessen tauchte er sowohl buchstäblich als auch im übertragenen Sinne voll und ganz in die sinnliche Erfahrung der künstlichen heißen Quelle ein. Hoshi seufzte laut, als sie sich neben ihm ins Wasser sinken ließ. Der Schock der Hitze trieb ihr praktisch auf der Stelle alle verbliebene Kälte aus den Knochen. »Oh, das war eine wundervolle Idee!«

Eine Weile lang genossen sie einfach nur die Wärme, doch dann, als die beiden zami-rigelianischen Frauen, die zu ihrer Linken gesessen hatten, gegangen waren, ergriff Kimura erneut das Wort. »Ich weiß, du musst bald wieder fort ... aber wir könnten trotzdem heiraten. Nur eine kleine Zeremonie. Schnell. Bevor du gehst.«

Sie lachte. »Es ist süß von dir, dass du das möchtest, Taka-*kun*. Aber unsere Eltern würden uns das nie verzeihen! Ganz zu schweigen von meiner kleinen Schwester. Mitsuki würde nie mehr ein Wort mit mir reden, wenn ich heiraten würde, während sie nicht auf dem Planeten ist!«

»Mitsuki würde niemals zu sprechen aufhören. Egal mit wem. Egal aus welchem Grund.«

»Dann würde sie mir bis zum Ende meiner Tage mit ihrem Gejammer in den Ohren liegen. Das weißt du.«

»Na gut. Schon okay. Nur ein Gedanke.«

Sie lehnte sich an seine rechte Seite. »Ein schöner Gedanke. Immer. Keine Angst – wir werden den richtigen Zeitpunkt finden.«

Er sagte nicht: »Ich hoffe es.« Aber sie hörte die Worte in seinem Schweigen.

2166

1

4. Januar 2166
U.S.S. Pioneer

Caroline Paris legte den Kopf in den Nacken, um durch die zwei Sichtfenster in der geschwungenen Decke über ihr zu blicken. »Unglaublich«, sagte sie. »Außerhalb einer Inspektionsfähre habe ich noch nie einen Bussard-Kollektor aus solcher Nähe gesehen.« Die rötlich-braune Cabochon-Halbkugel am vorderen Ende der Steuerbordwarpgondel der *Pioneer* hing dunkel außerhalb des Fensters. Sie war heruntergefahren, aber trotzdem war es ein bemerkenswerter Anblick, sie nur wenige Meter über dem eigenen Kopf schweben zu sehen.

»Ja, es ist eindrucksvoll«, bestätigte Malcolm Reed. »Und dank der verbesserten Kühlung und der Vibrationsdämpfung, die Commander Tizahr versprochen hat, sollte es hier drin auch während Warp-Operationen recht angenehm bleiben.« Der Raum, von dem er sprach, war ein kleiner Aufenthalts- und Beobachtungsraum auf dem C-Deck, oberhalb des Steuerbordfrachtraums.

»Ich verstehe gar nicht, warum es hier überhaupt Fenster gibt«, bemerkte Paris. »Außer der Spitze der Gondel gibt es doch gar nichts zu sehen.«

»Ich gebe zu, dass die *Intrepid*-Klasse ein bisschen missraten ist«, gestand Reed. »Sie war ein Ableger der *NX*-Klasse, wobei die Bauteile enger zusammengesetzt wurden, um eine effizientere Warpdynamik zu erzeugen, nur für den Fall, dass der Warp-fünf-Antrieb nicht wie erhofft funktionieren sollte.«

»Entschuldige dich nie für dein Schiff, Captain«, sagte Paris. »Verglichen mit der Antiquität, auf der ich die letzten fünf Jahre gedient habe, ist das hier ein heißer Ofen.«

Reed gluckste. »Mir scheint, dass ein Großteil unserer Konversation für Leute, die keine Fans alter Filme sind, vollkommen unverständlich ist.«

Sie tätschelte seine Wange und beugte sich näher. »Umso besser«, flüsterte sie in verschwörerischem Tonfall. »So können wir unsere Geheimnisse bewahren.«

Paris hatte nie damit gerechnet, dass ihr Flirt mit Malcolm Reed länger als ein paar Abende dauern würde. Er entsprach eigentlich nicht ihrem normalen Beuteschema. Tatsächlich erinnerten sie seine förmliche, etwas steife englische Art, die Gesichtsbehaarung und die militärische Haltung an Captain Shumar – und das hätte das absolute Gegenteil von antörnend sein sollen. Andererseits war »normal« seit dem Zwischenfall auf Delta IV im letzten April sowieso hinfällig. Erst seit Kurzem fühlte sie sich wieder bereit, diese Seite ihrer Persönlichkeit näher zu erforschen, und vielleicht hatte sie sich Malcolm Reed zugewandt, weil er ein ungefährlicher Kandidat zu sein schien. Obwohl er eindeutig an ihr interessiert war, schien es in seiner Natur zu liegen, reserviert zu sein – und diese Art innerer Hemmung gegenüber Intimitäten erinnerte Paris an sich selbst. Sie hatten nicht darüber gesprochen, aber vielleicht war der Umstand, dass sie die Hemmungen des jeweils anderen spürten, der Grund dafür, dass sie das Gefühl hatten, eine lockere Beziehung wagen zu können, ohne den Druck, mehr daraus werden lassen zu müssen.

Doch während sie ihre Zeit damit verbrachten, Filme zu schauen, Tennis zu spielen und über ihre Karrieren zu reden, hatte Paris festgestellt, dass es noch andere Dinge gab, die Reed und sie gemeinsam hatten. Sie liebten beide das klassische Kino, obwohl es Paris nicht gelungen war, Reed ihre Liebe für alte, für Jugendliche produzierte Abenteuerserien wie *Flash Gordon* oder *Captain Proton* verständlich zu machen. Sie interessierten sich beide für Antiquitäten, wenngleich Paris' Vorliebe bei alten Spielzeugen und Spielen lag, während Reeds Steckenpferd Militaria und Waffen waren. Sie beide stammten aus Offiziersfamilien mit einem ausgeprägten Sinn für Erbe und Tradition – obwohl Malcolm seine eigene Familientradition gebrochen hatte, indem er sich entschieden hatte, lieber in der Sternenflotte als bei der Royal Navy zu dienen. Paris dagegen war bereitwillig dem Beispiel ihrer sternfahrenden Mutter Argonne gefolgt, einer Veteranin der United Earth Space Probe Agency, die nach der Gründung der UE-Sternenflotte in den 2130ern einer der ersten Flaggoffiziere geworden war, sowie dem Vorbild ihres älteren Bruders James, der im Irdisch-Romulanischen Krieg eines der alten *Marshall*-Klasse-Schiffe kommandiert hatte.

Nicht, dass es zwischen ihnen nicht trotzdem noch genug Differenzen gegeben hätte. Paris war immer der Klassenclown gewesen, die kleine Schwester, die über die Stränge schlug, um sich gegen den familiären Druck, Leistung zu erbringen, zu wehren. Selbst als sie ihre Begabung im Familiengeschäft schließlich akzeptiert hatte, hatte sie ihre respektlose Art beibehalten, um allen klarzumachen, dass sie nur deshalb Sternenflottenoffizier geworden war, weil es ihr selbst gefiel, nicht, weil sie damit anderen gefallen wollte.

Reeds reservierte, disziplinierte Art hätte nicht weiter davon entfernt sein können, zumindest oberflächlich betrachtet. Doch während sie ihn besser kennenlernte – insbesondere an diesem Tag, an dem sie seinen Umgang mit den Mitgliedern der *Pioneer*-Besatzung mitbekam, die im Rahmen der Schiffsüberholung Dienst taten –, da begriff sie, dass er Bryce Shumar nicht so ähnlich war, wie sie anfangs gedacht hatte. Shumar konnte arrogant, stolz und voreingenommen sein. Er war ein Perfektionist, der nicht weniger als Perfektion von allen um ihn herum erwartete. Paris durfte sich nur deshalb ihre lockere Art auf der Brücke leisten, weil sie ihm bewiesen hatte, dass diese ihren vorbildlichen Einsatz nicht im Geringsten schmälerte. Reeds Perfektionismus dagegen richtete sich stärker gegen sich selbst. Sie hatte das Gefühl, dass er aus einer tiefen Unsicherheit herrührte, aus Reeds Bedürfnis, sich und anderen seinen Wert zu beweisen. Aus diesem Grund hielt er sich damit zurück, über andere zu urteilen, so als fühle er sich dazu nicht berechtigt. Er führte sein Schiff entspannter, als sie es erwartet hatte, und ließ seinen Leuten eine Menge Freiräume – wie Paris einmal mehr feststellte, als Reeds Tour sie zum Hauptmaschinenraum führte, ihrem nächsten Halt nach der Gondelspitze.

»Nein, nein, nein!«, schrie eine Frau gerade, als sie durch die schwere vordere Schleuse in den Maschinenraum kamen. »Sie müssen das Magnetfeld *parallel* zu den Unreinheiten der Kristalle polarisieren, um die ungenutzten Reaktanten zu reduzieren! Kalibrieren Sie jede Kammer einzeln, genau so.« Die Sprecherin, die auf einer erhöhten Kontrollplattform vor dem Warpreaktor stand, stieß ihren Ingenieurkollegen mit dem Ellbogen beiseite, um die Einstellungen selbst vorzunehmen. Sie war eine Jelna-Rigelianerin mit zerfurchtem Gesicht und Pergamenthaut – eine Exofrau, wenn sich Paris an das

Vier-Geschlechter-System dieser Spezies korrekt erinnerte –, aber ihr gestreiftes, grau-weißes Haar war kurz geschnitten, und es fehlten ihm die schmückenden Perlen, die ihr Volk für gewöhnlich trug.

Sie hatte eine rotbraune Jacke an, auf der die Streifen eines Lieutenant Commanders und das Missionsabzeichen der *Pioneer* an der Schulter befestigt waren. Paris musste sich noch immer daran gewöhnen, diese zweiteiligen Uniformen bei der Besatzung der *Pioneer* zu sehen. Flottenweit wurden sie bereits seit mehreren Jahren genutzt. Die Klasse-A-Uniformen sollten für die Föderationsflotte als Ganzes stehen, aber die individuellen Uniformen der verschiedenen Mitgliedsflotten waren noch nicht ganz in der Versenkung verschwunden. Shumar gehörte zu einer Reihe menschlicher Captains, die es vorzogen, dass ihre Besatzungen nach wie vor die grauen Einteiler der Erddivision trugen, wie auch Paris gerade einen anhatte. Ohne Zweifel zog Reed die flottenweiten Uniformen vor, weil in seiner Besatzung eine größere Diversität herrschte.

Nachdem sie die Rekalibrierung beendet hatte, befahl die rigelianische Ingenieurin dem Ensign neben ihr, eine Reihe Leistungstests am Kern vorzunehmen. Das Ergebnis nahm sie mit einem Stirnrunzeln zur Kenntnis. »Nein, sagte ich Ihnen nicht, dass Sie zur Kompensation den Injektordruck anpassen müssen? Hier, so!« Sie kletterte von der Plattform herunter und eilte zum Backbordinjektorrahmen. Der Crewman, der sich um die Injektoren kümmerte, trat hastig beiseite, um ihr Platz zu machen. »Da. Sehen Sie?«, fragte sie einige Augenblicke später. »Versuchen Sie es jetzt noch mal.«

»Commander Tizahr«, meldete sich Reed zu Wort und zog damit die Aufmerksamkeit der Exofrau auf sich. »Könnte ich Sie bitte kurz sprechen?«

»Captain, ich bin mir sicher, dass Sie glauben, etwas Wichtiges hierzu beitragen zu können, aber lassen Sie mich einfach das hier fertig machen und …«

»*Jetzt*, Commander.« Der Schärfe in seiner Stimme sorgte dafür, dass Tizahr sich versteifte. Sie gab nach und kam zu ihnen herüber, auch wenn ihr Körper praktisch vor Ungeduld zitterte. Paris fiel auf, dass sie, ungeachtet des oberflächlichen Eindrucks, den ihre fahle Haut und die zerfurchten Züge erzeugten, ungewöhnlich jung für einen Offizier ihres Rangs war.

»Lieutenant Commander Kivei Tizahr«, fuhr Reed fort. »Das ist mein Gast, Commander Caroline Paris, der Erste Offizier der *Essex*. Caroline, Commander Tizahr ist die neue Chefingenieurin der *Pioneer*.«

Paris streckte eine Hand aus. »Freut mich, Sie kennenzulernen.«

Tizahr ergriff die Hand mit einem schiefen Lächeln. »Was bedeutet, dass Sie entweder bereits meine Arbeit kennen oder nichts über mich persönlich wissen. Bleiben Sie noch ein wenig, und Sie werden von Moment zu Moment weniger erfreut sein. Also, Captain, gibt es etwas von tatsächlicher Bedeutung, das Sie zu sagen haben? Ich versuche hier, jedes bisschen an Effizienz aus diesen zusammengeschusterten Antriebsaggregaten von Ihnen herauszukitzeln, und Ihrer Besatzung meine Techniken zu erklären, macht mich nur langsamer. Diese Leute sind nachlässig geworden, während sie so lange unter zivilen Übergangschiefs gedient haben.«

»Meine Ingenieure wissen, wie sie ihre Arbeit zu tun haben, Commander.«

»Sie wissen, wie es *früher* gemacht wurde, und wenn das ausreichend gewesen wäre, hätten Sie mich nicht angefordert. Ihr Doktor Dax hat ein paar effektive Notlösungen gefunden, um die Technologien der verschiedenen Spezies zum

Laufen zu bringen, aber im Vergleich zu uns Rigelianern sind Sie in diesem Feld Anfänger.«

»Was die Methoden angeht, haben Sie sicher einen Vorsprung, Kivei. Aber all diese Leute haben ihre eigenen Fähigkeiten und Stärken, die Sie niemals herausfinden werden, wenn Sie damit weitermachen, deren Arbeit für sie zu tun. Lassen Sie zu, dass sie Ihnen zeigen, was sie können. Vielleicht hilft Ihnen das, besser zu verstehen, wie Sie sie einsetzen können, um das zu erreichen, was Sie von ihnen wollen.«

Man musste Tizahr zugutehalten, dass sie nur ein paar Sekunden brauchte, bevor sie sagte: »Sie haben recht, Captain. Wenn ich diese Besatzung in eine wie geschmiert laufende Maschine verwandeln will, muss ich die exakten Parameter und Toleranzen aller Komponenten kennen. Wenn Sie gestatten, Sir?«

»Bitte, fahren Sie fort.«

»In Ordnung, Leute«, rief Tizahr und klatschte die Hände über dem Kopf zusammen, »lasst alles stehen und liegen! Es ist Zeit für ein paar Notfallübungen! Zeigt mir, was ihr draufhabt!«

Reed und Paris zogen sich klugerweise zurück, bevor das Chaos ausbrach. »Sie wirkt ... anstrengend«, meinte Caroline, nachdem sie auf den Gang zurückgekehrt waren.

»Sie ist sehr ehrgeizig. Im Äquivalenzalter von zweiundzwanzig gehörte sie bereits zu den Top-Warpingenieuren von Grennex Aerospace. Mit achtundzwanzig erhielt sie von der Rigelianischen Handelskommission ein besseres Angebot, und so wurde sie eine Chefingenieurin in deren Verteidigungsflotte, das heißt, sie wurde in die Sternenflotte übernommen, als Rigel der Föderation beitrat. Sie ist die Beste – aber die Besten sind nicht immer angenehm im Umgang.«

»Ich bin dennoch beeindruckt davon, wie du ihr begegnet bist, Malcolm. Captain Shumar wäre vermutlich mit ihr zusammengestoßen und hätte sie lautstark daran erinnert, wer hier das Sagen hat. Und später hätte ich dann als guter Cop vorbeischauen müssen, um sie mit Feingefühl dazu zu bringen zu kooperieren. Aber du hast bereits all das Feingefühl bewiesen, das nötig war – und das, obwohl Bryce und du aus ähnlichen Verhältnissen stammen.«

»Alles, was ich über Feingefühl weiß, habe ich von Jonathan Archer gelernt. Er hat verstanden, dass die meisten Sternenflottenangehörigen eher Wissenschaftler als Soldaten sind. Ich hatte jahrelang Schwierigkeiten, das zu begreifen, aber ich schätze, dass ich den Dreh mittlerweile raushabe.«

»Das würde ich auch sagen. Du arbeitest wirklich gut mit deiner Mannschaft zusammen. Und vermutlich hast du Tizahr dabei geholfen, zukünftig das Gleiche zu tun.«

Er senkte den Kopf. »Es freut mich, dass du das sagst. Als ich diesen Posten übernahm, war ich der Besatzung gegenüber zunächst distanziert. Ich verließ mich auf Travis – Mister Mayweather –, der mein Bindeglied zu den anderen darstellte. Aber wir sind einander nähergekommen ... vor allem, weil wir uns gemeinsam Gefahren gestellt haben.«

Paris zögerte einen Moment lang. »Wo wir gerade vom Einander-Näherkommen sprechen, Malcolm ... wann erreichen wir endlich den wichtigsten Teil dieser Tour?«

»Der da wäre?«

Sie trat näher – deutlich näher. »Dein Quartier.«

Reed wurde rot, überrascht, aber alles andere als unglücklich. »Du meinst ... du willst ...«

»Ich will.«

»Bist du sicher?«, fragte er. »Ich meine ... nicht, dass *ich* nicht wollte. Aber du hast dich bislang immer ein wenig zurückgehalten ...«

»Das hat nichts mit dir zu tun. Ich habe nur ...« Sie seufzte. »Können wir darüber an einem privateren Ort sprechen? In deinem Quartier?«

Gleichzeitig erregt und verwirrt, führte Reed sie dorthin. Als sie allein waren, begann Paris in dem kleinen Raum auf und ab zu gehen, um ihre Gedanken zu ordnen. »Vor etwa neun Monaten führte ich einen Landetrupp der *Essex* an, die den ersten offiziellen Kontakt zwischen der Föderation und dem Planeten Delta IV herstellte.«

Reeds Augen weiteten sich. »Die Deltaner. Ich habe von Travis Geschichten über sie gehört. Es war das Schiff seiner Familie, das den eigentlichen Erstkontakt herstellte.«

»Ich weiß. Die Galaxis ist klein.«

»Und ich hörte, dass es einige ... Schwierigkeiten ... während des Besuchs der *Essex* gab. Dass die sexuellen Talente der Deltaner überwältigender – und gefährlicher – waren als selbst in den Geschichten der Raumnomaden geschildert. Ähnlich den Pheromonen der orionischen Frauen.« Besorgt sah er sie an. »Haben sie ... dir etwas angetan?«

»Nein, nicht so, wie du denkst. Die Deltaner sind ein bemerkenswertes, offenes, mitfühlendes Volk. Genau das ist das Problem. Die Verbindungen, die sie mithilfe ihrer empathischen Kräfte herstellen, sind so tief, so umfassend ... Es fällt einem Menschen leicht, sich darin zu verlieren. Der deltanische Mann, mit dem ich Sex hatte ... Was er mir anbot, war eine zwanglose, nette Geste unter seinen Leuten, und ich war ...« Sie lachte. »Nun, ich war bloß eine gute Diplomatin und habe die Gastfreundschaft der Eingeborenen angenommen. Aber ....« Rasch wurde sie wieder ernst. »Ich hätte beinahe meinen Sinn für mich selbst als Individuum verloren. Das andere Mitglied meiner Besatzung, das mit ihnen geschlafen hat – mit mehreren von ihnen auf einmal –, ist noch immer in einem katatonischen Zustand. Es wird nicht erwartet, dass er sich *jemals* erholen wird. Ich hatte Glück.«

Sie brauchte einen Moment, bevor sie fortfahren konnte. »Aber es war ein Kampf. Es hat mich Monate gekostet, um die Sehnsucht nach mehr zu überwinden, die Depression, die Zurückgezogenheit. Ich hatte Angst davor zu versuchen, mit einem normalen Menschen Sex zu haben ... obwohl ich mir nicht sicher bin, ob ich Angst davor habe, mich selbst erneut zu verlieren, oder ob ich befürchte, dass ich es unbefriedigend finden könnte im Vergleich zu der Erinnerung an ... *jenes* Erlebnis.«

Reed räusperte sich unbehaglich. »Nach dem Geständnis bin ich jetzt ja ganz entspannt.«

Sie lachte. »Nein, ist schon in Ordnung. Denn es geht ja nicht nur um das Körperliche. Die emotionale Verbindung war das, was so überwältigend war. Die Art, wie sie dafür sorgte, dass ich mich fühlte, als sei ich Teil einer anderen Person. Wahrscheinlich kann kein Mensch diese Intensität bieten. Aber das ist auch gar nicht nötig. Ich fühle mich dir wirklich nah, Malcolm. Ich habe dich hereingelassen, weil du mich nicht gedrängt hast, weil du meine Grenzen respektiert und uns die Gelegenheit gegeben hast, uns zunächst besser kennenzulernen. Deshalb weiß ich, dass die Verbindung, die ich zu dir spüre, nicht bloß irgendein Echo dessen ist, was ich auf Delta erlebt habe. Sie hat sich organisch zwischen uns entwickelt. Und egal wohin es uns führen mag: Ich denke, ich bin nun bereit, den Weg zu gehen.«

Sie zog seinen Kopf näher zu dem ihren – leicht in die Höhe, denn sie war drei Zentimeter größer als er – und küsste ihn leidenschaftlich. Als sich ihre Lippen schließlich voneinander trennten, fühlte sie sich befreit und befriedigt. Sie holte tief Atem. »Nachdem das geklärt wäre ... Es gibt da ein paar Dinge, die ich auf Delta gelernt habe, die ich dir mit Vergnügen beibringen würde.« Grinsend zog sie ihn in Richtung des Betts.

5. Januar 2166
Oakland, Kalifornien

»Dein Zug.«

»Ich denke nach. Ich denke nach.«

Val Williams versuchte, nicht zu ungeduldig zu wirken, während sich Sam Kirk übers Kinn strich, das Schachbrett im Wohnzimmer ihres Vaters betrachtete und über seine Optionen nachdachte. Normalerweise war sie geduldiger mit seinen Abwägungen, aber Captain Marcus Williams blickte ihr über die Schulter, und er hatte seine kräftigen Arme auf eine Weise vor der Brust verschränkt, die andeutete, dass Sam keinen so guten Eindruck machte, wie Val gehofft hatte.

Was sie anging, so spielte Val ein aggressives, riskantes Spiel nach der Art, wie ihr Vater es ihr beigebracht hatte. Beispielsweise brachte sie ihren König absichtlich in Gefahr, um Kirk in eine Falle zu locken. Aber er schluckte den Köder nicht. Stattdessen spielte er auf Sicherheit, ließ Gelegenheiten verstreichen, ihre Figuren zu schlagen, und positionierte stattdessen seine eigenen, indem er eine längerfristige Strategie verfolgte. Jetzt war er nur noch einen Zug davon entfernt, ihren schwarzen König mit dem Bauern seines weißen Königs ins Schach zu stellen – ein Zug, den sie beinahe übersehen hätte, weil er derart unaufdringlich dahergekommen war. Aber wenn sie das zuließ, konnte sie ihren König in eine Position bringen, der seine weiße Dame hervorlocken würde. Sie hatte den Läufer ihrer Dame bereits in die zweite Reihe gestellt, um ihn für diese Strategie in Position zu bringen.

Das war die Situation, über die Sam im Augenblick nachdachte, und der alte Williams wurde immer ungeduldiger, je länger sich sein Grübeln hinzog. »Vielleicht solltet ihr eine Schachuhr verwenden«, schlug er vor.

»Es ist bloß ein Freundschaftsspiel, Dad«, erinnerte ihn Val.

»Nun, von mir aus. Ich schätze, manche Leute brauchen ein Handicap.«

Val warf ihrem Vater einen bösen Blick zu, aber glücklicherweise war Sam zu sehr in Gedanken versunken, um die Spitze zu bemerken. Schließlich entschied er sich für ein unerwartetes Manöver, indem er den Springer seines Königs so stellte, dass er ihren König binnen eines Zuges von einem von zwei schwarzen Feldern aus erneut ins Schach setzen konnte. Als sie das begriff, zog sie einen Bauern, um ihn zu zwingen, das Feld zu wählen, das es ihr gestatten würde, zur Reaktion ihren König so zu bewegen, dass er seinerseits den Springer bedrohte.

»Das ist absurd«, entfuhr es ihrem Vater, während Sam über seine Antwort nachdachte. »Schon acht Züge, und es wurde noch keine Figur geschlagen.«

»Aber er hatte mich bereits dreimal im Schach, Dad.«

»Nur, weil du ihm so viel Zeit gibst, um nachzudenken.«

»Ich bin nicht so gut darin, schnell zu reagieren, wie Ihre Tochter, Captain«, sagte Sam zu ihm. »Und ich möchte keine Fehler begehen, also wenn es Ihnen nichts ausmacht ...«

Auf einen weiteren warnenden Blick von Val hin ließ ihr Vater die Sache ruhen. Sam bewegte schließlich einen Bauern und öffnete so einen freien Weg für den Läufer seiner Dame, um seinen Springer zu beschützen.

»Okay«, murmelte Val, die erkannte, wohin das führte und wie schlecht es für ihren König aussah. Sie versuchte seine Aufmerksamkeit durch eine Finte mit dem Springer ihrer Dame abzulenken, aber er fiel nicht darauf herein. Bedächtig begann er, seine Falle auszulösen, eine Reihe von

Zügen, die ihren König ins Schach stellte und ihr nur eine Antwortmöglichkeit ließ, die sie direkt erneut ins Schach führte, und dies dreimal in Folge. Doch jedes Mal dachte er nach und ließ sich Zeit, bevor er den offensichtlichen Zug durchführte.

Captain Williams hielt es nicht länger schweigend aus. »Sie haben sie doch fast! Wissen Sie denn nicht, was Sie tun wollen?«

»Ich will nur ganz sichergehen, Sir. Ah, ja!« Er bewegte seinen Springer nach e6, wodurch er nicht nur ihren König verwundbar gegenüber seinem anderen Läufer machte, sondern den Springer auch nur einen Zug davon entfernt platzierte, Vals Dame zu schlagen.

Und der einzige Zug, den sie durchführen konnte, war, der Bedrohung durch das Schach mit dem einzigen verfügbaren Bauern zu begegnen, der jedoch unweigerlich geschlagen werden würde, was zum Schachmatt geführt hätte. Stattdessen legte Val ihren König um. »Ich gebe auf. Gut gespielt, Sam!«

»Ich kann es nicht fassen«, sagte der Captain. »Eine ganze Partie, ohne dass eine einzige Figur geschlagen wurde!«

»Er hätte meinen Bauern fürs Matt geschlagen, Dad.«

Der ältere Williams schnaubte. »Ein lächerlicher Bauer.«

»Unterschätze sie nicht. Sam hat mich mit einem Bauern zu drei Gelegenheiten ins Schach gesetzt.«

Kirk zuckte mit den Schultern. »Der Triumph des kleinen Mannes.«

»Das kann man wohl sagen«, erwiderte Val. »Du hast meinen König wirklich herumgescheucht. Die Hälfte meiner Züge musste ich mit dem König durchführen, um ihn aus dem Schach zu führen. Ich kam nicht einmal dazu, meine Dame zu bewegen.«

»Ich habe meine nur einmal gezogen.«

»Ja, aber das hat sie zum Anker für die Aufstellung gemacht, die du um meinen König versammelt hast.« Sie schüttelte den Kopf, als sie das Spielbrett betrachtete. »Schau dir das an. Wir haben nur jeweils sieben verschiedene Figuren bewegt. Und du bist in nur dreizehn Zügen zum Abschluss gekommen.« Sie grinste. »Nur falls du dich das fragst, Dad: Normalerweise dauert das deutlich länger bei ihm.«

Sam wurde rot, und ihr Vater ächzte leise. »Das ist mehr, als ich wissen wollte, Liebes.«

»Es ist bloß eine Frage, sich auf das Langzeitziel zu konzentrieren statt auf die unmittelbare Gelegenheit«, erklärte Sam – und wurde dann noch röter im Gesicht. »Beim ... beim Spiel, meine ich. Beim Schachspiel.«

Nun musste Val lachen. »Unter anderem.«

Ihr Vater räusperte sich. »Ich weiß, was eine Strategie ist«, sagte er, um das Gespräch in eine unverfänglichere Richtung zu lenken. Es war kaum verwunderlich, dass der ehemalige Wide Receiver eine Sportmetapher nachfolgen ließ. »Es gibt kein Spiel ohne einen Schlachtplan. Aber man kann nicht immer gewinnen, indem man auf Sicherheit spielt. Ich meine, Sie haben nicht nur gezögert, Ihre eigenen Figuren zu opfern, Sie haben nicht einmal eine der ihren geschlagen!«

»Ich sah keine Notwendigkeit dazu, Sir. Mein wahres Ziel war der König. Und glücklicherweise war ich imstande, diesmal um die anderen Figuren herum zu agieren. Val die ihren zu nehmen, hätte mich meine gekostet und meine Optionen verringert.«

»Und es hat Sie nicht gestört, sie bei voller Stärke zu lassen?«

Sam lächelte und blickte Val an. »Es ist gerade ihre Stärke, die ich an ihr liebe, Sir. Und es langsam anzugehen, bis sich mir eine Gelegenheit eröffnet, hat schon einmal funktioniert.«

Ihr Vater schien nur wenig beeindruckt zu sein. Später, als er auf die hintere Terrasse ging, um den Grill fürs Abendessen anzuheizen, gelang es Val, ihn allein zu erwischen. Sam schnitt gerade Gemüse in der Küche. »Du magst ihn nicht, oder?«, fragte sie ihn geradeheraus.

Captain Williams antwortete genauso direkt. So war es immer zwischen ihnen gewesen. »Er ist ganz sicher nicht der Typ Mann, von dem ich angenommen hätte, dass du dich in ihn verlieben könntest. Er ist so schüchtern und intellektuell. Ohne jede Härte.«

»Warum sollte ich jemanden brauchen, der hart ist? Bin ich nicht hart genug für zwei?«

Die Augen ihres Vaters weiteten sich. »Natürlich bist du das, Liebes! Aber wenn wir schon darüber reden ... Nun, wenn du denkst, dass es etwas Ernstes sein könnte ... Ich bin dein Vater, Val. Ich kann nicht anders, als daran zu denken, wie meine Enkelkinder wohl sein werden.«

Sie verdrehte die Augen. »Ach, du heilige ... Ich versuche doch nicht, einen Zuchthengst auszuwählen. Und *falls* und wenn ich bereit sein sollte, darüber nachzudenken, dann wäre es meine Entscheidung, nicht deine.«

Abwehrend hielt er beide Hände hoch, wobei eine von ihnen noch ein großes Paar Zangen hielt. »So meinte ich das nicht. Ich glaube bloß nicht, dass er auf lange Sicht mit dir mithalten kann, und ich denke, dass du es irgendwann leid sein wirst, auf ihn zu warten.«

»Das habe ich auch anfangs gedacht. Aus dem Grund habe ich so lange gebraucht, um zu begreifen, was er zu bieten hat. Aber ich lag falsch. Er hat mich den Wert dessen gelehrt, still und geduldig zu sein.« Sanft berührte sie den muskulösen Arm ihres Vaters. »Aus dem Grund glaube ich, dass er auch dich für sich gewinnen wird, wenn du ihm bloß unvoreingenommen begegnest.«

Er senkte den Kopf. »Ich werde es versuchen, Liebes. Für dich.« Aber sein Tonfall war mürrisch.

Val war klar, dass sie Geduld haben musste. Das hier würde ein sehr langes Spiel werden.

8. Januar 2166
Orbitalkomplex des Smithsonian's,
Enterprise-XCV-330-Ausstellung

»Das scheint die Woche zu sein, in der ich ständig Führungen gebe«, sagte Malcolm Reed, während er mit T'Pol gerade durch die Mannschaftskapsel des ersten UESPA-Schiffs namens *Enterprise* schritt. Die zylindrische Kapsel hatte ungefähr die Größe und Form einer mittelgroßen Passagierfähre, allerdings mit einem beengten, an ein U-Boot erinnernden Innenraum. Das Museum hatte eigentlich bereits geschlossen, doch für zwei Captains von ihrem Ruf wurde schon mal eine Ausnahme gemacht, sodass sie erfreulicherweise auf einer privaten Tour unterwegs waren und nicht gezwungen, sich inmitten von Touristenscharen durch die furchtbar engen Räumlichkeiten zu quetschen. Die Kapsel saß an der Spitze eines langen, schmalen Halses, beinahe die Art von Design, die man von klingonischen Schiffen her kannte. Doch am hinteren Ende befand sich ein einzelner, vertikaler Ausleger, der mit zwei großen, flachen Ringen verbunden war statt den vertrauteren, zylindrischen Gondeln. »Sie haben diese Ausstellung noch nie zuvor besucht? Ich hätte gedacht, dass Sie das Design interessieren würde.«

»Nicht sonderlich, nein«, antwortete der vulkanische Captain. »Die Menschen sind nicht die ersten Schützlinge der Vulkanier, die versucht haben, den ringförmigen Antrieb vulkanischer Schiffe nachzubauen. Und das Programm zur Entwicklung von Ringflügler-Raumfahrzeugen war, bereits zwanzig Jahre bevor ich zur Erde kam, zugunsten von Henry Archers Warp-fünf-Projekt beendet worden.«

Sie betraten den Navigations- und Besprechungsbereich direkt hinter der Brücke. »Wie Sie ja wissen«, fuhr sie fort, »war das Letztere für den damaligen Botschafter Soval ein deutlich größerer Anlass zur Sorge, als ich seinem Stab zugeteilt wurde.«

»Das hat er mich seinerzeit wirklich mehr als einmal spüren lassen«, erklang eine neue Stimme von der Brücke. Einer der Beschleunigungssessel wurde herumgedreht und enthüllte einen lächelnden Charles Tucker III. Wie immer war es ihrem Geheimagentenfreund gelungen, sich ins Innere des Schiffs zu stehlen, ohne bemerkt zu werden, bis er es wollte. Reed selbst hatte einige Erfahrung in der Spionagearbeit, aber diesen speziellen Trick hatte er nie gemeistert. »Seitdem haben wir alle es weit gebracht, nicht wahr?«

Die zwei anderen begaben sich eine kurze Treppe hinunter zum Brückendeck, das die obere Hälfte der vordersten Sektion der Mannschaftskapsel ausfüllte und etwas mehr Kopffreiheit bot als die drei Decks mit Quartieren und Mannschaftsräumen weiter hinten. Die Vorderseite der Brücke schloss mit der oberen Hälfte einer Kuppel aus transparentem Aluminium ab, die zugleich die Nase der Kapsel bildete und einen Ausblick auf den Hangar des Orbitalkomplexes bot. Jenseits davon war ein Teil der NX-01 zu erkennen, der Nachfolge-*Enterprise*, auf der Reed, T'Pol und Tucker früher gedient hatten. Reed verspürte einen Anflug von Nostalgie.

Die Wärme, mit der T'Pol den ehemaligen Ingenieur begrüßte, war subtil, und Reed bemerkte sie auch nur, weil er mit beiden bereits seit fünfzehn Jahren befreundet war. »Es freut mich zu sehen, dass du von deinen jüngsten Reisen sicher zurückgekehrt bist, Trip. Wir waren verständlicherweise besorgt um dein Wohlergehen.«

»Oh, kein Grund dazu«, versicherte ihr Trip. »Phil Collier von Abramson Industries mag mittlerweile einer der Meistgesuchten der Sternenflotte sein, aber die Sektion hat wie üblich gründliche Arbeit geleistet, alle Datenspuren, die diese Identität mit mir in Verbindung bringen könnten, zu tilgen.« Er rieb sich über das glatt rasierte Kinn. »Und wie du sehen kannst, haben die Schönheitschirurgen dafür gesorgt, dass ich wieder so gut aussehe wie eh und je – oder zumindest so gut, wie es sich eben machen lässt.«

»Ich bin überrascht, dass du deine alte Nase zurückhaben wolltest«, neckte ihn Reed. Aber auch in seiner Stimme schwang hörbare Erleichterung mit. Er und Tucker hatten die seltene Chance erhalten, ihre Freundschaft während der langen Ware-Mission zu erneuern. Sie hatten sich im Laufe der vorherigen Jahre nur unregelmäßig gesehen, seit der ehemalige Ingenieur der *Enterprise* (derjenigen draußen vor dem Fenster, nicht diesem aufgegebenen Prototyp) seinen Tod vorgetäuscht hatte, um ein Agent der geheimnisvollen und außerhalb aller Gesetze stehenden Gruppe zu werden, die informell unter dem Namen Sektion 31 bekannt war – nach der Klausel in der Sternenflottencharta, deren mehrdeutige Formulierung über außergewöhnliche Maßnahmen in Zeiten größter Not den Anführern der Sektion als Rechtfertigung für deren Existenz diente. Dass Tucker diesen Weg gewählt hatte, war Reeds Schuld, denn er hatte den Vorschlag unterbreitet, hatte er ihn doch damals für eine gute Idee gehalten, um das Romulanische Sternenimperium zu infiltrieren und deren anstehende Kriegspläne zu sabotieren. Reed war der festen Überzeugung, dass Tucker während des Krieges wichtige Arbeit geleistet und sogar eine Schlüsselrolle dabei gespielt hatte, einen romulanischen Sieg zu verhindern.

Doch in den Augen der Galaxis war Tucker weiterhin tot geblieben, selbst als die Notwendigkeit für eine derartige

Täuschung überflüssig geworden war. Als anonymer Geheimagent hatte er weitergemacht. Reed hatte damals zu befürchten begonnen, dass Tucker sich zu tief in dieses Spionagespiel verstrickt hatte und dabei sich selbst immer mehr zu verlieren drohte.

Als die galaktische Bedrohung durch die Ware entdeckt worden war, eine Technologie, der die zwei Männer schon früher, an Bord der NX-01, begegnet waren und die Stirn geboten hatten, hatte Reed Tucker die Chance bieten können, erneut als Ingenieur zu arbeiten, wenn auch unter der falschen Identität des zivilen Beraters Philip Collier. Das hatte gut funktioniert. Tuckers Team hatte eine Möglichkeit gefunden, die Ware zu deaktivieren und deren Gefangene zu befreien – später hatte es im Auftrag der Partnerschaft zudem versucht, einen bioneuronalen Ersatz zu entwickeln, der es ermöglicht hätte, die Ware sicher zu nutzen, ohne auf die Gehirne entführter Vernunftwesen angewiesen zu sein.

Die Dinge waren dann etwas außer Kontrolle geraten, als ihre Untersuchungen versehentlich ein Programm erschaffen hatten, das die Ware dazu gebracht hatte, sich in einer Autoimmunreaktion selbst zu zerstören. Damit hatten sie die perfekte Waffe für ihre Zerstörung gefunden, allerdings mit potenziell verheerenden Auswirkungen auf die Spezies der Partnerschaft, die alle von der Ware abhängig waren. Tucker und seine Kollegen hatten ihre Suche nach einer besseren Option fortgesetzt. Aber Sektion 31 hatte sich eines anderen Agenten bedient, um das Zerstörungsprotokoll an die Klingonen durchsickern zu lassen – als Teil eines geheimen Abkommens, um deren Invasionspläne die Föderation betreffend abzuwenden. Danach hatte die Sektion dafür gesorgt, dass man »Collier« für die undichte Stelle hielt – sowohl um lose Enden zu verbinden als auch um Tucker dazu zu zwingen, diese Identität aufzugeben und erneut in den Schatten zu verschwinden.

Aber sie hatte nicht mit Tuckers Gewissen gerechnet. Die Föderation vor dem Einfall der Klingonen zu bewahren, hatte dafür gesorgt, dass nun die Partnerschaft ebendieses Schicksal hatte erleiden müssen. Eine einzigartige Zivilisation war von der galaktischen Bühne getilgt worden. Das war für Tucker der Tropfen gewesen, der das Fass zum Überlaufen brachte, und seine ehemaligen Mannschaftskameraden von der *Enterprise* hatten sich bereit erklärt, ihm dabei zu helfen, etwas zu unternehmen. Etwas Entscheidendes – und hoffentlich langfristig Wirksames.

»Wie auch immer«, sagte T'Pol zu Tucker. »Deine Neigung, geheime Treffen an Bord von Museumsschiffen namens *Enterprise* abzuhalten, wird langsam vorhersehbar. Es dürfte von Vorteil sein, in Zukunft andere Arten des Zusammenkommens zu wählen.«

»Sie hat recht«, sagte Reed. »Wenn du es ernst damit meinst, Sektion 31 von innen heraus zu Fall bringen zu wollen, brauchen wir Rendezvousprotokolle, die du nicht verwendet hast, während du für sie gearbeitet hast.«

Tucker hielt seinem Blick stand. »Glaub mir, Malcolm, ich habe es noch nie so ernst gemeint. Ich habe bereits gewisse Dinge in Bewegung gesetzt. Ich habe … jetzt einen sehr nützlichen Verbündeten. Ich komme gerade von einer Besprechung mit ihm. Er ist nicht bereit, sich direkt die Hände schmutzig zu machen, da er gute Gründe hat, seine Geheimnisse zu bewahren. Aber er ist schon seit einer *langen* Zeit unter uns und hat eine Menge Tricks gelernt. Er hat mir einige Hinweise gegeben, die mir geholfen haben, ein paar Wissenslücken hinsichtlich des großen Ganzen zu schließen, das Harris mich nicht sehen lassen will.« Harris war, wie Reed wusste, der Name von Tuckers Vorgesetztem in der

Geheimorganisation – derselbe Führungsoffizier, von dem auch Reed damals zu Beginn seiner Sternenflottenkarriere als Geheimagent rekrutiert und gelenkt worden war. »Und er hat mir die Mittel zur Hand gegeben, um, wenn die Zeit gekommen ist, auf eine Weise zu verschwinden, die die Sektion nicht wird nachverfolgen können.«

T'Pol runzelte die Stirn. »Ich dachte, dein Ziel sei, die Organisation bloßzustellen und so zu neutralisieren.«

»Schon richtig, aber wir Menschen können sehr rachsüchtig sein. Es ist möglich, dass die irgendeinen Notfallplan haben, der sich gegen den richtet, der sie zu Fall gebracht hat. Vorsicht ist besser als Nachsicht.«

»Das wird überhaupt nur interessant werden, wenn wir Erfolg damit haben, sie zur Strecke zu bringen«, sagte Reed. »Ich nehme an, das ist der Grund, warum du mich gebeten hast, mein eigenes Dossier über 31 mitzubringen.«

»So ist es. Mit dem, was du dir zusammengereimt hast, dem, was ich während meiner elf Jahre in deren Diensten erfahren habe, und dem, was mein neuer stiller Partner imstande war hinzuzufügen, hoffe ich, dass es uns endlich gelingt, ein so vollständiges Bild des Aufbaus der Sektion zu bekommen, dass wir alle Spieler verbinden und sie hoffentlich mit konkreten Beweisen eines Verbrechens belasten können.« Tucker seufzte. »Es besteht kein Mangel an Dingen, die ich öffentlich machen und gestehen könnte, aber ohne knallharte Beweise würde das niemanden sonst an den Pranger stellen.«

»Natürlich nicht«, sagte Reed. »Sie waren schon immer sehr darum bemüht, ihr Wirken in isolierte Einzeloperationen zu unterteilen. Deshalb brauchen wir unbedingt genug, um die ganze Organisation auf einmal zu Fall zu bringen.«

»Ganz zu schweigen davon, dass es, wenn sich Trip den Behörden stellt, viele Fragen darüber geben wird, warum er seinen Tod vorgetäuscht und was er in der Zwischenzeit getan hat«, fügte T'Pol hinzu. »Dabei bestünde das Risiko, dass gewisse Fakten ans Licht kommen, die enormen Schaden anrichten könnten – etwa in Bezug auf die wahre Natur der Romulaner.«

»Glaub mir, T'Pol, das weiß ich selbst«, sagte Trip. »Aus dem Grund würde ich diese Vorgehensweise als wirklich letztes Mittel nutzen wollen. Lieber würde ich einfach wieder verschwinden – und Harris und seine Helfershelfer glauben lassen, dass ich tot bin. Auf diese Weise werden sie weder mir *noch* einem meiner Freunde nachstellen.«

»Dann sollten wir besser anfangen«, meinte Reed.

Tucker führte sie nach hinten in den Navigations- und Besprechungsbereich. Dort steckte er ein modernes Verbindungsmodul an den kleinen Konferenztisch. »Diese altertümliche Technik sollte später schwieriger anzuzapfen oder zu entschlüsseln sein«, erklärte er. »Die meisten Leute, die sich damit auskennen, sind entweder im Ruhestand oder tot.«

Reed lud sein Dossier aus gesammelten Informationen über Sektion 31 in das Interface, und die zwei Captains und der Ingenieur begannen es durchzusehen. »Um es zusammenzufassen«, sagte Reed, »ich bin mir mittlerweile ziemlich sicher, dass die ›Sektion‹ im Grunde die nicht autorisierte Operation eines einzelnen Mannes ist.« Er markierte den Namen und das Bild eines grauhaarigen Mannes, den Tucker und er beide gut kannten, und rief so die dürftigen Informationen auf, die er über ihn hatte. »Matthew Harris. Als ich ihm vor zwanzig Jahren das erste Mal begegnete, war er ein Captain der Sternenflottensicherheit und diente als Verbindungsoffizier zum Sternenflottengeheimdienst. Damals war der Geheimdienst noch eine junge Organisation, und er benötigte in vielerlei Hinsicht die Unterstützung von Sicherheitspersonal, um seine

Operationen durchzuführen. So kam ich ins Spiel.« Diesen Teil der Geschichte kannten sie alle mittlerweile sehr gut. »Schließlich bekam ich mit, dass einige der Missionen, die mir Harris übertrug, nicht offiziell abgesegnet waren, weder von der Sicherheit noch vom Geheimdienst. Da seine Abteilung in einer administrativen Grauzone operierte, hatte er diese Unklarheit zu seinem Vorteil genutzt, um seine eigene Black-Ops-Einheit zu gründen. Er glaubte, dass es manchmal nötig sei, die falschen Dinge aus den richtigen Gründen zu tun.«

»Die ›außergewöhnlichen Maßnahmen‹, die angeblich durch Artikel 14, Sektion 31 der Charta gedeckt sind«, bemerkte T'Pol.

»Tatsächlich erinnere ich mich nicht daran, dass Harris diese Klausel zu jener Zeit je erwähnt hätte. Ich schätze, dass er sein formelles Sternenflottenmandat als hinreichende Rechtfertigung betrachtete – zumindest bis er an dessen Grenzen stieß. Harris' Vorgesetzte fingen an, zu viele Fragen zu stellen, daher machte er sich selbst rar und wurde freischaffend. Im Dezember 2149 verschwand er aus den offiziellen Aufzeichnungen, und im Laufe des nächsten Jahres begannen andere gegenwärtige oder ehemalige Mitglieder seiner Abteilung zu verschwinden, ebenso wie einige Mitarbeiter des Sternenflottengeheimdienstes und der Erdsicherheitsbehörde. Ich kann ihre Verbindung zu 31 nicht beweisen, aber sie sind meine Top-Verdächtigen.«

Tucker studierte die Liste, die Reed aufgerufen hatte. »Die meisten dieser Leute kann ich aus meinen eigenen Daten bestätigen.« Die beiden Männer glichen ihre Datensätze ab, und Tuckers Informationen verfestigten das Netz aus Verbindungen zwischen Harris und den meisten der anderen Verdächtigen. Einige dagegen wurden als Täuschung erkannt oder gar als Opfer der geheimen Verbindung. Ein paar weitere ließen sich nicht endgültig einordnen, darunter Harris' ehemalige Kontaktperson beim Sternenflottengeheimdienst, Admiral Parvati Rao. Ein paar ihrer ehemaligen Untergebenen gehörten zu den angeblichen Gründungsmitgliedern der Sektion, was ihre Mittäterschaft oder Unterstützung zumindest nahelegte, aber einen eindeutigen Beweis fanden sie nicht. Die Datenspuren rund um Raos Aktivitäten waren fachkundig gelöscht worden, und sie hatte die zwei Jahre seit Beginn ihres Ruhestands in der tiefen, ja, praktisch unerreichbaren Abgeschiedenheit des Mars verbracht.

»Okay«, sagte Tucker, als er sich ihre überarbeitete Zeitleiste anschaute. »Den Großteil des Jahres 2150 ist Harris still, und nur ein paar seiner Top-Sicherheitsleute zeigen Anzeichen verdächtiger Aktivität. Er muss diese Monate genutzt haben, um seine Infrastruktur aufzubauen und Ressourcen zu sammeln, um so den Weg für sein Kernteam und seine vertrauten Verbündeten zu ebnen, damit sie ihm folgen konnten, sobald er bereit war. Das Ganze scheint seine kritische Masse im Oktober oder November erreicht zu haben. Leute von seinem und Raos innerem Kreis, ein paar von der Erdsicherheitsbehörde und einige weitere beginnen auf unterschiedliche Weise von der Bildfläche zu verschwinden, und am Ende des Jahres gibt es bereits erste Hinweise auf Sektionsaktivität zu verzeichnen.«

T'Pol überflog die verschiedenen Datenfenster auf dem Bildschirm des Konferenztischs. »Allerdings scheint keine der beiden Datensammlungen irgendeinen konkreten Hinweis auf einen Gründungsprozess zu enthalten. Es wird schwierig sein, Harris ohne einen solchen etwas anzulasten – und Harris ist das Bindeglied jeder Anklage gegen die gesamte Sektion. Solange wir ihm keine Mittäterschaft nachweisen können, kann nichts von dem hier bewiesen werden.«

»Das ist unser Hauptproblem«, gab Trip zu. »Wie auch immer er seine Spuren verwischt hat, es ist ihm tadellos gelungen.«

»Immerhin ergibt die Zeitleiste Sinn«, sagte Reed. »Harris hat mich Anfang 2151 kontaktiert und dazu eingeladen, bei einem ›neuen Projekt‹ von ihm mitzumachen – etwas, das die ›gute Arbeit‹, die wir gemeinsam verrichtet hatten, fortsetzen würde, allerdings mit weniger Einschränkungen. Er glaubte, dass ein Spion an Bord der *Enterprise* von Nutzen sein würde. Ich sagte natürlich Nein – aber wir wissen ja, wie das geendet hat. Und wenn man schaut, wie rasch die Sektion aktiv geworden ist, hat er wohl keine Zeit verschwendet, andere Agenten zu rekrutieren.«

Kopfschüttelnd stieß Tucker einen Pfiff aus. »Also war die Sektion, als ich dazukam, kaum mehr als vier Jahre alt? Jeder gab sich so, als sei sie deutlich älter und hätte schon existiert, noch bevor die Tinte auf der Sternenflottencharta so richtig getrocknet war.«

»Alter wird gern behauptet, um den Anschein von Autorität und Tradition zu vermitteln«, warf T'Pol ein.

»Mein erster Führungsoffizier, Phuong, sagte, dass er drei Jahre zuvor von der Bildfläche verschwunden sei. Er muss zu den ersten Rekruten gehört haben.« Tucker lächelte schwach. »Und er nannte sie ›die Behörde‹. Klar, offiziell hat die Organisation keinen Namen, aber selbst ihre Mitglieder hatten sich noch auf keinen Rufnamen geeinigt. Ergibt Sinn, wenn die Gruppe noch so jung gewesen ist.«

»Ich weiß den Versuch zu schätzen, mich zu entlasten«, sagte Reed. »Aber was mich betrifft, ist 31 eine direkte Fortsetzung der fragwürdigen Sicherheitsoperation, für die ich jahrelang gearbeitet habe.«

»Nichtsdestotrotz gibt dies Anlass zur Hoffnung«, sagte T'Pol. »Wenn Sektion 31 erst seit fünfzehn Jahren als eigenständige Entität existiert, muss ihr Grad an Einfluss und Verflechtung begrenzt sein. Dadurch wird sie zu einem besser handhabbaren Gegner.«

»Da mögen Sie recht haben«, gab Reed zu. Er machte sich an den Bildschirmkontrollen zu schaffen, um aus ihren kombinierten Daten eine Organisationsübersicht zusammenzustellen. »Wie erwartet scheint die Kerngruppe von Sektion 31 auch heute noch sehr klein zu sein. Es gibt hier ein paar Lücken, aber ich schätze, dass nicht mehr als zehn zentrale Entscheidungsträger und vielleicht zwei Dutzend Vollzeit-Feldagenten existieren, Kollaborateure und Informanten nicht eingerechnet. So wie es sinnvoll wäre, wenn man eine Entdeckung vermeiden will, und ganz im Gegensatz zu den Klischees so vieler Spionagefilme.«

»Das klingt logisch«, sagte T'Pol. »Jede erfolgreiche Verschwörung beruht auf ihrer Fähigkeit, ihre Existenz geheim zu halten. Die Wahrscheinlichkeit, dass diese Existenz entweder durch Zufall, eine Enthüllung von außen oder einen willentlichen Verrat von innen publik wird, steigt linear an, je mehr Verschwörer daran beteiligt sind. Je größer die Verschwörung wird, desto eher wird ihre Enthüllung unvermeidlich. Um das Geheimnis auf Dauer zu wahren, müsste die Verschwörung ruhen und die Anzahl der Individuen, die von ihrer Existenz wissen, mit der Zeit immer weiter abnehmen, indem jene altern und versterben. Das wäre sozusagen der vereinfachte Bestfall für die Verschwörer. Die Wahrscheinlichkeit dafür mag aufgrund von Loyalität und Hingabe der Verschwörer, der Effizienz externer Ermittler und so weiter variieren.«

Reed runzelte die Stirn. »Dieser Teil mit dem ›Versterben‹ bereitet mir ein wenig Sorgen. Die einfachste Methode, Verschwörer davon abzuhalten, zu viel zu erzählen, liegt darin, ihren Tod zu arrangieren.«

»Bloß würden Morde eine weitere Verschwörung erfordern, die wiederum geheim gehalten werden müsste und daher tatsächlich die Wahrscheinlichkeit einer Entdeckung erhöhen würde.«

»Ich glaube nicht, dass Harris vor einem Mord zurückschrecken würde, wenn er ihn für nötig hielte«, sagte Tucker. »Schließlich hatte er auch kein Problem damit, auf Sauria und in der Partnerschaft Millionen zum Tode zu verurteilen, solange es in seinen Augen nur der Föderation dienlich war.« Einen Moment lang herrschte ernstes Schweigen. »Aber ich denke, dass er sich eher dafür entscheiden würde, sich still zu verhalten. Er sagt immer wieder gern, dass Sektion 31 den Kopf unten halten soll, damit sie als letzte Maßnahme zum Einsatz kommen kann, wenn alle anderen Methoden versagt haben. ›Die wichtigste Regel, wenn man nicht gesehen werden will, lautet, nicht aufzustehen.‹«

»Und doch«, erwiderte T'Pol, »hat Harris dich in drei bedeutenden Zwischenfällen in ebenso vielen Jahren eingreifen lassen. Zunächst die Vertianer-Affäre, dann Sauria und schließlich die Ware. Wie wir schon nach dem Fall der Partnerschaft diskutiert haben, geht die Sektion mehr und mehr dazu über, die Verteidigung der Föderation als bloße Ausrede vorzubringen, um außergesetzliche Aktionen durchzuführen – statt außergesetzliche Aktionen zur Verteidigung der Föderation zu unternehmen.«

»Und Harris begreift es einfach nicht«, fügte Tucker hinzu. »Ich habe versucht, ihn zu warnen, dass wir über unser Ziel hinausschießen würden, aber er hat meine Einwände einfach wegerklärt. Er ist überzeugt davon, dass er die richtigen Entscheidungen aus den richtigen Gründen trifft, und er ist zu sehr ein wahrer Gläubiger, um eine andere Perspektive zu akzeptieren.« Er senkte den Blick. »Vielleicht könnte er nicht mehr mit sich leben, wenn er sich dem Gedanken stellen müsste, dass die Massenmorde, die er zu verantworten hat, nicht absolut notwendig und gerechtfertigt waren.«

»Also ist Harris der schwache Punkt«, sagte Reed. »Wir können seine zunehmende Rücksichtslosigkeit zu unserem Vorteil verwenden. Vielleicht können wir ihn nicht mit der Gründung der Sektion in Verbindung bringen, aber wenn wir ihn dabei erwischen würden, wie er einen Fehler macht, wenn wir imstande wären, ihm hier und heute mit belastbaren Beweisen eine kriminelle Handlung nachzuweisen, dann könnten wir den Rest unserer Indizien der Justiz übergeben und die gesamte Verschwörung bloßstellen.«

»Diese Beweise sind allerdings der schwierige Teil unseres Plans«, erwiderte der schlaksige Agent. »Die Sektion ist außergewöhnlich begabt darin, digitale Informationen zu manipulieren, um ihre Spuren zu verwischen. Ich habe Jahre mit dem Versuch verbracht herauszufinden, wie sie das anstellen, aber ich kann es noch immer nicht sagen.«

»Ich bin ein ehemaliger Wissenschaftsoffizier«, bemerkte T'Pol. »Ich habe meine eigenen Talente, Informationen auszugraben. Wenn du Harris eindeutig mit einem Verbrechen oder einem Akt des Verrats in Verbindung bringen kannst, werde ich dir helfen, dafür zu sorgen, dass die Beweise die Behörden bei der Sternenflotte und der Föderation auch erreichen.«

»Also brauchen wir eine Leiche in Harris' Keller«, fasste Tucker zusammen. »Das heißt, wir müssen ihn bloß noch dazu bringen, sie dort zu platzieren.«

9. Januar 2166
San Francisco

»Es gibt da etwas, das Sie sehen sollten«, sagte Harris.

Charles Tucker zwang sich zur Ruhe. Dies war seine erste Begegnung von Angesicht zu Angesicht mit dem Kopf der Spionageorganisation, seit er sich entschieden hatte, sich gegen die Sektion zu wenden. Er besaß Jahre des Trainings im Verbergen seiner wahren Absichten und Gefühle – aber ein Großteil dessen, was er gelernt hatte, stammte von dem silberhaarigen, hellhäutigen Mann vor ihm. Was, wenn Harris bemerkte, dass er etwas verbarg?

Doch selbst darüber nachzudenken, barg die Gefahr, etwas preiszugeben. Daher leerte er seinen Geist und fragte schlicht: »Und was?«

Harris drehte sich um und aktivierte den Bildschirm auf seinem Schreibtisch. Einen Moment lang fürchtete Tucker, dass er ein Überwachungsvideo von seinem Treffen mit T'Pol und Reed sehen würde – oder vielleicht sogar von seinem vorherigen Besuch auf Centauri VII, wo er den Unsterblichen Akharin, den er während der Ware-Krise kennengelernt hatte, um Hilfe und Informationen gebeten hatte. Der 5999 Jahre alte Mann (sein sechstausendster Geburtstag fand zufälligerweise irgendwann in diesem Jahr statt, wenngleich sich das exakte Datum aufgrund wechselnder Kalender nicht mehr feststellen ließ) hatte mehrere Lebensspannen an Erfahrung darin gesammelt, seinen Tod vorzutäuschen und zu verschwinden. Trip ging davon aus, dass er auf dieses Talent in absehbarer Zukunft zurückgreifen musste. Außerdem besaß Akharin ein Netzwerk aus Informationsquellen, das dem der Sektion mindestens gleichkam. Doch was, wenn Tucker Akharins Begabung überschätzt hatte – oder die der Sektion unterschätzt? Einige von Harris' Fähigkeiten, Informationen zu sammeln, ohne jede Datenspur zu kommunizieren und digitale Aufzeichnungen zu verändern, grenzten ans Übernatürliche.

Doch stattdessen erschien ein Interview zwischen Jonathan Archer und Gannet Brooks, einer Journalistin des Sol-System-Informationsnetzwerks, auf dem Schirm. Während des Irdisch-Romulanischen Kriegs war Brooks eine lautstarke Kritikerin der Sternenflotte gewesen, eine Säbelrasslerin, die darauf beharrt hatte, dass die Verteidigungsstrategien der Sternenflotte zu feige waren. Eine ähnlich aggressive Haltung nahm die Journalistin nun gegenüber Archer und seiner Nichteinmischungskampagne ein, die sie mit deutlichen Worten zerlegte.

»Schauen Sie sich nur an, wie viele Zivilisationen Captain Reeds Einsatzgruppe von der Ware befreit hat. Propagieren Sie wirklich, dass wir einfach nur danebenstehen und nichts tun sollten, während Völker schreckliche Not leiden? Wir haben die Macht, so viel Gutes zu tun. Wir haben *Gutes getan, indem wir die Romulaner besiegt haben, die Überfälle der Vertianer beendet und das organisierte Verbrechen an unseren Grenzen bekämpft haben. Sollten wir von alldem zukünftig Abstand nehmen und stattdessen verkünden, dass wir von nun an die Einzigen sein werden, die von der Stärke der Föderation profitieren?«*

Der Admiral schenkte ihr ein geduldiges Lächeln. *»Ich propagiere keineswegs Isolationismus, Gannet. Natürlich sollen wir auch weiterhin gute Nachbarn sein und bereit, denen zu helfen, die uns um Hilfe bitten. Aber gute Nachbarn zwingen ihre Hilfe nicht Leuten auf, die sie nicht haben möchten. Und sie glauben auch nicht, dass sie besser dazu geeignet sind, Entscheidungen für andere zu treffen als jene selbst.«*

»Die Opfer der Ware wollten nicht von ihr befreit werden, weil sie nicht wussten, dass es sich um eine Bedrohung handelt. Wir haben ihnen das klargemacht.«

»Und nachdem wir das getan hatten, hätte es an ihnen sein sollen zu entscheiden, wie es weitergeht. Genau das hat die Partnerschaft getan. Sie werden hier als Opfer der Ware präsentiert, aber die Wahrheit ist, dass sie eine funktionierende Symbiose mit ihr erreicht hatten. Vielleicht hätten sie anderen helfen können, das Gleiche zu erreichen, wenn man ihnen nur die Zeit und die Gelegenheit dazu gegeben hätte.«

»Diese Chance wurde ihnen von den Klingonen genommen, nicht uns.«

»Aber das Reich hat sich nur deshalb eingemischt, weil die Partnerschaft die Ware an seine Feinde verkauft hat – und dies hat die Partnerschaft nur getan, weil sie glaubte, dass wir in ihr Raumgebiet einfallen. Das alles begann mit einem Missverständnis, das hätte verhindert werden können. Die Gefahr, die darin liegt, sich in irgendetwas einzumischen, ohne es ganz zu verstehen, ist einfach zu groß.«

»Lassen Sie uns nicht vergessen, Admiral, dass es ein Berater der Sternenflotte war, Philip Collier, der dem Reich das Zerstörungsprotokoll für die Ware verkauft hat. Manche sagen zwar, dass sein Vorgehen einen Krieg zwischen uns und den Klingonen verhindert hat, aber es handelt sich immer noch um einen Akt des Verrats. Ist diese Kampagne zur Nichteinmischung nicht bloß eine Ablenkung davon, worum wir uns wirklich kümmern sollten? Was unternimmt die Sternenflotte, um Philip Collier zu finden und vor Gericht zu bringen? Oder ihm eine Medaille an die Brust zu heften, je nachdem.«

Harris hielt die Wiedergabe an und lächelte. »Gericht oder eine Medaille. Was wäre Ihnen lieber?«

Tucker hielt seinen Zorn im Zaum. Harris wusste sehr gut, dass Tucker, unter seiner falschen Identität als Collier, nicht derjenige gewesen war, der den Klingonen das Zerstörungsprotokoll gegeben hatte. Vielmehr hatte Harris Olivia Akomo, eine zivile Ingenieurin, die Tucker für die

Einsatzgruppe rekrutiert hatte, dazu angestiftet, indem er ihre Sorge um ihre Familie angesichts der drohenden klingonischen Invasion ausgenutzt hatte. Akomo hatte dem Reich das Zerstörungsprotokoll im Austausch für Frieden angeboten, und jetzt musste sie mit dem Wissen leben, dass sie für die Zerstörung der Partnerschaft mitverantwortlich war. Sie hatte es getan, so hatte sie es ihm erklärt, damit Tuckers Weste weiß genug blieb, dass er weiter als das Gewissen von Sektion 31 dienen konnte. Doch stattdessen hatte Tucker – und das größtenteils ihretwegen – entschieden, dass Sektion 31 zerstört werden musste. Etwas anderes konnte er mit seinem Gewissen einfach nicht mehr vereinbaren.

Was bedeutete, dass ihn dieses Treffen an den Rand von sehr gefährlichem Terrain führte. »Gibt es einen Grund, warum Sie wollten, dass ich das sehe?«, fragte er.

»Ich bin nur neugierig darauf, Ihre Meinung zu diesem Nichteinmischungsvorstoß des Admirals zu hören.«

Tucker ließ sich mit seiner Antwort Zeit. »Ich kann verstehen, wo das herkommt. Damals auf der *Enterprise* hat T'Pol stets davor gewarnt, sich in die Angelegenheiten anderer Kulturen einzumischen. Wir haben Beispiele des Schadens gesehen, den wir anrichten könnten, wenn wir nicht vorsichtig sind. Nicht jede Welt ist bereit für eine Kontaktaufnahme.«

»Die Position des Admirals scheint aber eher zu sein, dass *wir* nicht bereit sind zu entscheiden, wen wir kontaktieren oder wo wir uns einmischen sollten.«

»Klingt doch gut. Er will nicht, dass wir arrogant werden – dass wir annehmen, wir wären aufgrund unserer Technologie klüger oder besser als andere Spezies.«

Der ältere Mann in dem schwarzen Anzug blickte ihn prüfend an. »Ich glaube mich zu erinnern, dass Sie vor gar nicht allzu langer Zeit wollten, dass wir uns auf Sauria stärker einmischen.«

»Nur um den Schaden abzumildern, den wir erzeugt haben, als wir uns das erste Mal eingemischt haben.« Er musterte Harris. »Hören Sie, wenn Sie vorschlagen wollen, dass ich Archer diese Sache ausrede oder ...«

Sein Vorgesetzter hob in einer abwehrenden Geste die Hände. »Keine Sorge, Mister Tucker. Genau genommen halte ich eine offizielle Sternenflottenpolitik der Nichteinmischung für eine exzellente Idee.«

Tucker blinzelte. »Tatsächlich? Ich dachte ... ist Einmischung nicht genau unser Geschäft?«

Harris lachte leise. »Aber wir sorgen dafür, dass unsere Einmischungen unbemerkt bleiben. Offene Einmischung schafft Feinde. Sie lädt zur Vergeltung ein. In je mehr Außenpolitik sich die Föderation verstrickt, desto mehr Sicherheitsrisiken entstehen daraus. Also wenn Archer die Öffentlichkeit und seine Vorgesetzten davon überzeugen will, dass wir uns aus Angelegenheiten heraushalten sollten, zu denen wir nicht eingeladen wurden, dann stehe ich voll und ganz hinter ihm.« Ein durchtriebenes Lächeln zeigte sich auf seinen Zügen. »Das ist der perfekte Deckmantel für all unsere verdeckten Operationen, die nötig werden könnten.«

»Also ... wollen Sie tatsächlich dabei helfen, dass Archer Erfolg hat?«

»Wir wollen nichts überstürzen. Wir wissen noch gar nicht, ob unsere Einmischung überhaupt notwendig ist. Archer kann ziemlich überzeugend sein.«

»Das ist wahr«, gab Tucker zu.

Trotzdem brachten ihn Harris' Worte zum Nachdenken. Um den Spionagechef dazu zu verleiten, sich bloßzustellen, musste Tucker wissen, was Harris wollte. Schließlich brauchte eine Falle einen Köder. Wenn Harris wollte, dass die Nichteinmischungspolitik ein Erfolg wurde, gab es vielleicht eine Möglichkeit, das ausnutzen?

Und wenn ja ... konnte Tucker sie ergreifen, ohne Archers Agenda zu gefährden – oder Archer selbst?

2

20. Januar 2166
Wohnsitz von Jonathan Archer, Sausalito

»Du siehst aus, als hättest du einen erfolgreichen Tag gehabt«, sagte Danica Erickson, nachdem sie den heimkehrenden Jonathan Archer mit einer Umarmung und einem Kuss auf seinem Hausboot begrüßt hatte.

»Das hatte ich«, erwiderte er, als er in den Wohnbereich trat. Er sah Porthos auf der Couch liegen und ging zu ihm hinüber. Früher hätte ihn der kleine Beagle jeden Abend an der Tür begrüßt, aber dafür hatte Porthos heutzutage nur noch selten die Energie. Daher war es nun die Aufgabe des Berges, zum Propheten zu kommen. Archer begrüßte den Hund herzlich, nahm seinen Kopf in beide Hände und kraulte ihn hinter den Ohren. Dann setzte er sich auf die Couch, um ihn zu streicheln.

Dani gewährte Archer einen Moment mit seinem alten Freund, bevor sie sich auf einen Sessel ihm gegenüber setzte. »Hast du endlich Fortschritte an der Nichteinmischungsfront erzielt?«, fragte sie ihn.

Er schüttelte den Kopf. »Daran arbeite ich noch, fürchte ich. Shran will sich nicht bewegen, und er hat Flar und Zenohr fest auf seiner Seite.« Das waren die Namen des tellaritischen und des rigelianischen Vertreters der Vereinigten Stabschefs der Sternenflotte. »Sie beide sehen zu viele Vorteile darin, mit neuen Zivilisationen Handel zu treiben, als dass ihnen Restriktionen bei Erstkontakten gefallen würden. Bis jetzt habe ich bloß T'Viri sicher in meiner Ecke, aber Osman wankt.«

»Ich dachte, Alexis würde deine Argumente verstehen.«

»Das tut sie, aber die Öffentlichkeit daheim auf Alpha Centauri nicht so sehr. Was das betrifft, sieht es hier auf der Erde übrigens kaum anders aus. Es ist schwierig, die komplexe Situation, in der wir mit der Partnerschaft steckten, zu vermitteln. Sie halten die Ware für eine Bedrohung, schlicht und ergreifend. Der Gedanke, dass die Partnerschaft mit ihr besser dran gewesen sein könnte als ohne sie und dass wir vor jedem Handeln mit mehr Bedacht hätten vorgehen sollen, um das zu begreifen, ist nicht so leicht verständlich zu machen.«

»Vor allem, ohne dass es so klingt, als würdest du das Andenken der Besatzung der *Vol'Rala* in den Schmutz ziehen.«

»Ganz genau. Ich weiß, dass dies der richtige Weg ist, aber es ist schwierig, das *Warum* so in Worte zu fassen, dass die Öffentlichkeit es verstehen wird.«

»Also, warum siehst du dann so aus, als hättest du einen Sieg errungen?«

»Weil Präsident al-Rashid und der Rat sich endlich dazu durchgerungen haben, eine Resolution zu verabschieden, die die Verletzungen der Rechte vernunftbegabter Wesen durch Maltuvis auf Sauria verurteilt. Soval hat grünes Licht dafür bekommen, Maltuvis all unseren diplomatischen Druck spüren zu lassen, damit er sich den interstellaren Ethikstandards verpflichtet. Ansonsten muss er mit Sanktionen rechnen.«

Das strahlende Lächeln auf Danis dunkelbraunem Gesicht war so bezaubernd wie immer. »Das ist eine wunderbare

Neuigkeit! Aber was ist mit dem Handelsabkommen? Dem Risiko, Saurias Vorkommen an Dilithium und seltenen Erden zu verlieren?«

»Nun, da die Gefahr eines Krieges mit den Klingonen abgewendet ist, haben wir nicht mehr so viel Bedarf an diesen Mineralien.« Er seufzte. »Abgesehen davon sieht es wohl so aus, als hätten wir nicht so viele Ressourcen für unser Wachstum nötig. Es haben sich nicht gerade viele Welten in letzter Zeit darum beworben, sich uns anzuschließen. Das sind nun keine so tollen Neuigkeiten, aber wenigstens verringert es Maltuvis' ökonomische Macht über uns.«

Aufgrund des Debakels mit der Partnerschaft und dem daraus resultierenden Reputationsverlust der Föderation hatte sich eine Reihe von Welten, die Beitrittsverhandlungen geführt hatten, in den letzten Wochen still oder nicht ganz so still von den Gesprächen zurückgezogen. Die Tesnianer, die vor Jahren eine ganze Kolonie an die Vertianer verloren hatten, waren beinahe bereit gewesen, der Föderation zu vergeben, dass sie mit dieser mysteriösen Kultur einen Frieden ausgehandelt hatte. Doch jetzt war ihr Misstrauen den Motiven der Föderation gegenüber mit Macht zurückgekehrt. Die Xyrillianer, deren fremdartige Lebensbedingungen und tief verwurzelter Isolationismus für Kommissar Sovals diplomatisches Team eine Herausforderung gewesen waren, hatten sich nicht nur von ihrem zögernden Flirt mit einer Mitgliedschaft zurückgezogen, sie hatten sogar das Embargo der Vissianer auf Technologietransfers mit weniger fortschrittlichen Zivilisationen wie der Föderation offiziell unterzeichnet.

Der größte Verlust waren vielleicht die Lorillianer gewesen. Aufgrund ihrer engen Beziehungen mit der rigelianischen Handelsgemeinschaft hatte ihre Mitgliedschaft so gut wie sicher geschienen, doch der Zusammenbruch der Partnerschaft war unglücklicherweise direkt vor die planetenweiten Wahlen auf Lorillia gefallen und hatte einer xenophoben Nationalistenpartei, deren Wahlkampagne sich vor allem gegen eine Föderationsmitgliedschaft richtete, zu einem knappen Sieg verholfen. Wenigstens waren die Itheniten im Oktober beigetreten und hatten die Zahl der Föderationsmitgliedsstaaten vor der Flaute gerade so in den zweistelligen Bereich gehoben – auch wenn damit nur ein bescheidener Meilenstein erreicht war.

Doch Danis Gedanken blieben auf Maltuvis gerichtet. »Und was ist mit dem Risiko, dass er das Handelsabkommen aufkündigt und stattdessen seine Rohstoffe an die Klingonen oder Romulaner verkauft?«

»Ich sage dir, was ich auch dem Präsidenten gesagt habe. Es waren Kanzler Khorkals Rivalen, die auf einen Krieg mit der Föderation gedrängt haben, daher wäre es ganz in seinem politischen Interesse, uns in Ruhe zu lassen – und sich auf die Nachwirkungen des klingonischen Bürgerkriegs sowie die Festigung ihrer Macht im Ware-Raum zu konzentrieren.« Dabei behielt er für sich, dass Sektion 31 Khorkals Fraktion das Zerstörungsprotokoll für die Ware geliefert hatte und es ihm so ermöglicht hatte, den Ware-Raum zu erobern und zum Kanzler aufzusteigen. Khorkal mochte sich also gewissermaßen in der Schuld der Föderation sehen. Doch diese Dinge unterlagen nicht nur der höchsten Geheimhaltungsstufe, Archer bezweifelte auch, dass er darüber sprechen konnte, ohne einen Wutausbruch zu erleiden. Stattdessen sagte er nur: »Solange wir die Klingonen in Frieden lassen, können wir davon ausgehen, dass sie auch uns in Frieden lassen. Und von den Romulanern haben wir seit dem Friedensvertrag nicht einmal eine Nasenspitze gesehen. Damit bleibt nur das Orion-Syndikat übrig, aber wir sind ziemlich sicher, dass die ohnehin bereits mit Maltuvis unter einer Decke stecken.«

Dani grinste. »Unter einer Decke. Warum sind es nur immer die bösen Jungs, die unter einer Decke stecken dürfen? Ich meine, das klingt doch nach Spaß, oder nicht?«

Archer runzelte die Stirn. »Vor allem klingt es nach Ärger.«

»Wie auch immer ... ich mache mir mehr Sorgen darüber, wer noch alles da draußen sein könnte. Es ist eine große Galaxie, und weite Teile davon kennen wir noch nicht, selbst in unserer direkten Nachbarschaft. Mit wem sonst könnte Maltuvis also handeln wollen, wenn er die Verbindung zu uns abbricht?«

Es gelang Porthos, genug Kraft zu sammeln, um sich auf die Seite zu rollen und gegen Archers Hüfte zu lehnen. Ein wehmütiges Lächeln trat auf die Züge des Admirals. »Nun, wenigstens hilft die Föderation nicht länger dabei, einem Diktator seinen planetaren Eroberungsfeldzug zu finanzieren«, sagte er, während er den Nacken des Beagles kraulte. »Vielleicht ist das zu wenig und kommt zu spät, aber immerhin nehmen wir endlich Abstand von einem miesen Handel. Und vielleicht, nur vielleicht, wird das Maltuvis' Position schwächen und den Schaden verringern, den er seinem Volk antun kann.«

24. Januar 2166
Imperiales Palastgelände, M'Tezir,
Sauria (Psi Serpentis IV)

»Diese jüngste Beleidigung der Föderation ist zugleich die letzte! Jahrelang haben sie sich an der Freigiebigkeit von Maltuvis gelabt, denn sie waren von den endlosen Reichtümern der Länder von M'Tezir abhängig, um das Überleben ihres interstellaren Staatenbunds zu gewährleisten. Und jetzt glauben sie, dass die Stärke, die sie durch meine Gunst errungen haben, ihnen das Recht gibt, sich in die Angelegenheiten N'Ragolars einzumischen! Sie wagen es, dem mächtigen Maltuvianischen Imperium die Forderung zu stellen, sich ihren erbärmlichen Außenweltlermoralvorstellungen zu unterwerfen, ansonsten verlieren wir das *Privileg*, sie als Kunden zu haben! Nun, ich möchte behaupten, dass sie diejenigen sind, die verlieren! Von diesem Tag an werden sie kein einziges Gramm des Mineralreichtums dieses Planeten mehr erhalten. Sollen sie doch an ihrer Undankbarkeit eingehen! So spricht Maltuvis!«

Imperator Maltuvis badete im Brüllen der Menge zu seinen Füßen, die seinen Namen mit religiösem Eifer skandierte. Er sorgte stets dafür, dass seine Kundgebungen und Versammlungen gut besucht waren. Im Laufe der Jahre seiner Herrschaft – zuerst in seiner Heimat M'Tezir und jetzt über ganz N'Ragolar – hatten seine Vollstrecker in aggressiver Weise seine Zuhörerschaft zurechtgestutzt. Jede Stimme des Protests war ergriffen und entweder verprügelt, eingesperrt oder schlichtweg umgebracht worden – je nach Schwere ihres Protests, der Stimmung der Menge, dem Grad an Medienbeteiligung und der Laune der Vollstrecker. Daher waren alle, die in seinem Publikum verblieben waren, echte, glühende Anhänger – oder zumindest hatten sie gut gelernt, angemessen ehrerbietig zu wirken, um nicht das Schicksal derer zu erleiden, die das zuvor nicht getan hatten.

Maltuvis genoss die Preisungen, die *verdienten* Preisungen, und er würde keinerlei Abweichler tolerieren, die ihm oder seinen liebenden Anhängern diese Erfahrung madig machen konnten.

Er hob erneut zu sprechen an, und die tosende Menge verfiel rasch in Schweigen, denn sie wollte jedes seiner Worte hören, so wie sie es wollen sollte. »Tatsächlich, meine Untertanen, haben wir aus M'Tezir schon immer gewusst, welch unheilvolle Bedrohung diese Außenweltler darstellen. Nur meine Vorfahren des basilischen Geschlechts und die starken Bewohner M'Tezirs, die sie führten, wehrten sich gegen die schwach machenden Wertvorstellungen des Lyaksti-Reichs und der anderen Gründer der sogenannten Globalen Liga. Denn wir haben immer geahnt, was ich euch heute beweisen kann: dass die Lyaksti seit Jahrhunderten Marionetten außerweltlichen Einflusses waren!«

Die Menge keuchte auf, und nach einem Moment begann sie, fremdenfeindliche Slogans zu skandieren. Maltuvis ließ sie einige Augenblicke gewähren, bevor er weitersprach. »Ja – nun, da die letzten Nester des Lyaksti-Widerstands ausgeräuchert wurden, haben meine Ermittler unzweifelhafte Beweise gefunden, dass deren Anführer seit Langem Teil einer Fremdweltlerverschwörung waren, die das Ziel hatte, N'Ragolar zu schwächen und es schleichend, hinterlistig von innen heraus zu übernehmen. Wir sind noch damit beschäftigt, die große Menge an Beweisen zu sichten, daher wäre es verfrüht, diese öffentlich zu machen. Aber seid versichert, dass ihr, wenn die Zeit reif ist, diese Beweise sehen werdet.«

Natürlich gab es keine Beweise. Die ersten Außenweltler, eine Besatzung menschlicher Händler, hatten N'Ragolar nur ein paar Jahre zuvor zum ersten Mal kurz besucht. Die Bestätigung, dass Leben außerhalb ihrer Welt existierte, hatte die Lyaksti und die meisten anderen Nationen des Planeten – die bereits von ihrer Schwächlingsideologie einer offenen Demokratie infiziert worden waren – dazu inspiriert, ihre Allianzen unter dem Banner der Globalen Liga zusammenzuführen und gemeinsam an der Entwicklung einer Raumfahrt zu arbeiten. Sie hatten es gerade so geschafft, eine einzelne Station in den Orbit zu hieven, als die Menschen zurückgekehrt waren. Diesmal hatten sie sich als Vertreter einer eigenen Liga, genannt Föderation, vorgestellt. Doch Maltuvis, der damals noch den Erbtitel eines Basileus getragen hatte, hatte die Gefahr erkannt, die dies für die Eigenständigkeit von M'Tezir bedeutete, und seine Nation mobilisiert, am Wettlauf ins All teilzunehmen. Die Effizienz seiner Industriespione und Zwangsarbeiter hatte es ihm ermöglicht, rechtzeitig eine eigene Station in den Orbit zu bringen, um das Föderationsschiff zu begrüßen und zu beweisen, dass nicht alle Völker N'Ragolars (»Saurianer«, wie die Menschen sie lächerlicherweise nannten) unter den Schwächlingswertvorstellungen der Liga vereint waren.

Wie alle Außenweltler hatte sich auch die Föderation schon bald als schwächlich herausgestellt, nicht nur an Körper und Geist, sondern auch an Ressourcen und Charakter. Und als sie erfahren hatten, dass M'Tezir einen ungewöhnlichen Reichtum an Mineralien besaß, die sie für ihre Raumflotten brauchten, hatte Maltuvis sie dort gehabt, wo er sie wollte. Er hatte diesen Reichtum und das Druckmittel des Handelsabkommens genutzt, um die Globale Liga zu untergraben und sein Reich zu erweitern. Dazu hatte er erst in Gebieten, die von Außenweltlern frequentiert wurden, eine Seuche verbreiten lassen und dann ein Heilmittel angeboten. Dazu hatte er schließlich von den infizierten Ländern gefordert, dass sie sich aus der Liga zurückzogen, alle Außenweltler, denen er die Krankheit in die Schuhe schob, auswiesen und zudem seinen Armeen den Einmarsch gestatteten, um sich diesem Gesundheitsnotstand zu widmen. Die Truppen vor Ort waren natürlich nie wieder abgezogen. Und im Laufe der Zeit hatte er genug Territorien gewonnen und den Feind hinreichend geschwächt, um offen zuschlagen und den Rest der Welt erobern zu können. Und die Föderation hatte nichts dagegen tun können, denn sie war zu sehr von den Ressourcen abhängig, die Maltuvis kontrollierte.

Doch die Fakten waren heute genauso irrelevant wie damals zu Zeiten der Seuche. Er musste nichts weiter tun, als mit dem Versprechen zu wedeln, dass er später Beweise vorlegen würde, und dann die Öffentlichkeit mit irgendeinem anderen hübschen Thema abzulenken, bis sie es vergessen hatte. Und alle Journalisten, die tiefer gruben und ihn auf seine versprochene Enthüllung festnageln wollten, konnten leicht als Partisanen angeklagt werden, die im Dienst der Fremdweltler agierten, um seine Herrschaft zu untergraben. Das würde ihm eine Entschuldigung liefern, sie exekutieren zu lassen, wie er es schon mit so vielen ihrer Art getan hatte. Mittlerweile war die gesamte Profession des Journalismus in den Augen der Leute ohnehin derart diskreditiert, dass es wenig Protest gegeben hatte, als er die Pressefreiheit abgeschafft und jede Kritik oder Untersuchung seines Regimes zum Schwerverbrechen erklärt hatte. Und ohne Presse gab es niemanden, der seine weiteren Beschneidungen der Freiheit seiner Untertanen anprangern konnte. Die Öffentlichkeit wusste nur, was er wollte, dass sie wusste.

»Doch macht euch keine Sorgen, meine Untertanen«, beruhigte Maltuvis sein Publikum. »Denn die Genialität M'Tezirs beschützt nun ganz N'Ragolar. Während der letzten paar Monate hat unsere mächtige Flotte aus Orbitalschiffen auch die letzten Nischen des Widerstands ausfindig gemacht. Der Verrat der Lyaksti-Rasse ist jetzt bloß noch eine Erinnerung. Sie alle wurden registriert und werden genau beobachtet, und jeder Akt der Untreue wird rasch geahndet. Außenweltler werden mit zunehmender Schnelligkeit deportiert, und schon bald wird unsere großartige Welt einmal mehr frei von ihrer Verunreinigung sein. Aber auch dann werden die mächtigen Schiffe der maltuvianischen Armada bleiben, den Himmel über N'Ragolar patrouillieren und einen undurchdringlichen Schutzwall gegen alle Außenweltler bilden, gegen ihre Krankheit und ihre schädlichen Ideen. Ich habe N'Ragolar wieder stark gemacht! Ich habe uns geeint und die kriegerische Größe unserer Vergangenheit wiederhergestellt! Nichts davon wäre ohne meine Vision möglich gewesen, ohne meinen Mut, ohne meine Weigerung, sich jenen zu unterwerfen, die geringer sind als ich, wie es so viele ›Saurianer‹ getan haben! Und solange ihr alle hinter mir steht, habt ihr das Versprechen von Maltuvis, dass ich unsere Welt noch stärker, noch reicher machen werde! Alle verbleibenden Schwächen werden ausgemerzt! Alle Bedrohungen unserer Größe werden gefunden und vernichtet! N'Ragolar wird rein sein! N'Ragolar wird vereint sein! N'Ragolar wird mächtig sein! Ihr habt das Versprechen von Maltuvis!«

Natürlich war der einzige angemessene Höhepunkt dieser Rede sein Name. Er hallte durch die Menge, und sie schmetterte ihn in vielfacher Lautstärke zurück. *»Maltuvis! Maltuvis! Maltuvis«*, skandierte sie mit dem ekstatischen Eifer und der blinden Liebe, die dieser Name selbstverständlich verdiente. Maltuvis wusste, dass dies erst der Anfang war – dass sein Name dazu bestimmt war, für alle Zeiten durch die Geschichte zu hallen.

Auf der Welle der Begeisterung der Menge ritt Maltuvis zurück in seine Privatgemächer im Inneren des Palasts. Dorthin würde er sich in Kürze mehrere junge Frauen bringen lassen. Es war allein der Energie zu verdanken, die diese Kundgebungen ihm verliehen, dass er auch in der intimen Arena zuverlässig funktionierte. Aber zuerst musste er sich mit der Person zufriedengeben, die für die Beschaffung dieser Frauen zuständig war und ihm auch andere Dienstleistungen bot. »Exzellente Rede«, sagte Harrad-Sar, nachdem er aus den verborgenen Kammern aufgetaucht war, die an Maltuvis' eigene angrenzten. Der glatzköpfige Säugetiermann verschränkte seine muskulösen grünen Arme vor der in Leder gehüllten Brust. »Ich versuche, die Sätze über die Schwäche von Fremdweltlern nicht persönlich zu nehmen.«

»Sie wissen, dass ich Ihren Beitrag an meinen Eroberungen zu schätzen weiß, Orioner. Die Mineralien, die ich Ihrem Syndikat überlasse, sollten Beweis genug dafür sein. Genau genommen sollen Sie mehr denn je davon bekommen, nun, da ich mich von der Föderation getrennt habe.« In Wahrheit hasste es Maltuvis, in irgendeiner Sache von Fremdweltlern abhängig zu sein – vor allem solchen, die wie grünhäutige Menschen aussahen. Harrad-Sars übermuskulöser Körper und die zahlreichen metallenen Schmuckstücke, die die Haut seines Gesichts und des Schädels durchstachen, sahen geradezu absurd aus – es waren verzweifelte Versuche einer von Natur aus schwächeren Spezies, mächtig und furchtlos gegenüber Schmerzen zu wirken. Doch einen Vorteil hatte die den Fremdweltlern eigene Schwäche: Sie hatte sie dazu getrieben, fortschrittliche Technologien zu entwickeln, um selbige zu kompensieren, und Maltuvis hatte den Weitblick besessen zu erkennen, was sich mit diesen Technologien erreichen ließ, wenn sie durch eine wirklich starke Hand wie seine eigene geführt wurden. Aus diesem Grund war das Orion-Syndikat nützlich für ihn, und es bereitete ihm nicht im Geringsten ein schlechtes Gewissen, deren Vertreter jede Lüge zu erzählen, die nötig war, um ihn zu kontrollieren – genauso wie er es auch mit dem Volk von N'Ragolar tat.

»Meine Herrinnen wissen Ihre Freigiebigkeit wie immer zu schätzen, großer Maltuvis«, dröhnte Harrad-Sar. »Doch sie sind besorgt, dass die Föderation diese Veränderungen nicht einfach hinnehmen wird. Es sind Weltverbesserer, denen es um die sogenannte ›Freiheit‹ und die ›Rechte‹ Ihrer Untertanen geht. Sie könnten versuchen, Widerstand anzufachen.«

»Dazu fehlt ihnen die Stärke. Selbst jetzt drängt sie der *große* Admiral Archer dazu, sich in die Passivität zurückzuziehen, statt sich in die Angelegenheiten anderer Welten einzumischen.«

»Aber es gibt auch andere, die sich für eine aggressivere Interventionspolitik einsetzen. Die das Gefühl haben, dass die Föderation für Ihren Aufstieg zur Macht verantwortlich ist und deshalb in der Pflicht ist einzuschreiten.«

Maltuvis schnaubte. »Sollen sie es versuchen! Meine Flotte ist stark und wird immer stärker. Meine militärische Macht ist unübertroffen.«

»Dank der Technologien und Waffen, die *wir* Ihnen geliefert haben«, erinnerte ihn Harrad-Sar.

»Was diese Welt und die Galaxis angeht, sind diese Schiffe allein dem genialen Schöpfungsgeist von M'Tezir entsprungen. Diese Wahrheit ist uns allen dienlich, also sollte es die einzige Wahrheit bleiben.«

Der Orioner seufzte. »Nun gut. *Ihre* Flotte und Militärmacht ist unübertroffen. Aber die Föderation kennt den Entwicklungssprung *Ihrer* Technologie nicht. Sie benötigt eine Demonstration.«

»Was schwebt Ihnen vor?«

»Es gibt immer noch eine Reihe aktiver Widerstandsnester in Lyaksti und anderen kürzlich eroberten Staaten. Ihre Behauptungen, dass jeder Widerstand ausgemerzt wurde, sind noch nicht ganz richtig. Aber mit den Schiffen, die Sie jetzt im Orbit haben, können Sie sie wahr machen. Eine eindringliche Demonstration der Macht, über die Sie gebieten, sollte allen Staaten auf N'Ragolar verdeutlichen, dass jeder, der Widerstand in seiner Mitte gedeihen lässt, dafür bestraft wird.«

Der Gedanke jagte einen angenehmen Schauer durch Maltuvis' Körper, vergleichbar mit dem, den er empfunden hatte, als eine skandierende Menge ganz in seiner Hand gewesen war. »Ich will schon lange die volle Macht der Waffen meiner Flotte gegen meine Feinde entfesseln«, sagte er. »Hundert Leben oder tausend mit dem Druck auf ein einziges Sensorfeld zu verdampfen – so viele in einem Augenblick auszulöschen, ohne Hoffnung auf Überleben oder Flucht –, diese Macht zu haben, ist berauschend. Und es ist das Mindeste, was diejenigen, die sich gegen mich stellen, verdienen. Aber gegen meine eigenen Untertanen? Könnte das nicht Zorn und weiteren Widerstand hervorbringen? Könnte das nicht die Föderation dazu bringen einzuschreiten?«

»Nun, Sie haben noch nicht die schiere Feuerkraft Ihrer Schiffe erlebt, ebenso wenig wie die Föderation. Sie wissen, dass die Föderation schwach und feige ist. Sie kann Welten belästigen, die sie als schwächer ansieht, aber bei wirklichen Bedrohungen zieht sie sich zurück, so wie sie es gerade bei den Klingonen getan hat. Wenn sie das volle Ausmaß Ihrer Stärke und Ihrer Unbarmherzigkeit erkennen, wird ihnen das die Botschaft senden, die sie hören müssen.«

Der Orioner war ebenso ein Narr wie jeder andere Fremdweltler. Aber manchmal hatte er doch die eine oder andere gute Idee – zweifellos inspiriert durch die Nähe zu Maltuvis' Größe. Natürlich hätte auch Maltuvis diesen Gedanken früher oder später gehabt. Ja, nun, da er darüber nachdachte, hatte er keinen Zweifel, dass er ihn bereits in sich getragen und mit seinen Worten und Taten übermittelt hatte. Harrad-Sar hatte diese Signale bloß aufgefangen und seine Idee in Worte gefasst. Maltuvis' Brillanz war so groß, dass sie manchmal von anderen zu ihm zurückgespiegelt werden musste, damit er sie klar erkennen konnte.

Maltuvis war so gebannt von Harrad-Sars Idee – von *seiner eigenen* Idee –, dass er die Frauen wegschickte, als sie eintrafen. Die Macht, die er über seine Haremssklavinnen ausüben konnte, war befriedigend, aber sie verblasste im Vergleich zu der Demonstration von Macht, die er in diesem Moment zu planen begann.

25. Januar 2166
Heimatwelt der Orioner (Pi-3 Orionis III)

Als Navaar die Hauptkammer des Anwesens der Drei Schwestern betrat, fand sie D'Nesh und Maras auf benachbarten Kanapees liegend vor, von wo aus sie einer Unterhaltungsdarbietung folgten. Auf dem kissenbedeckten Boden vor ihnen gaben sich etwa ein Dutzend männlicher Orioner-Sklaven einer Orgie hin – größtenteils kräftige grünhäutige Männer, doch auch ein paar Angehörige der feingliedrigeren blauhäutigen Minderheit, die ansonsten auch ganz nützlich war, um Andorianer auszuspionieren, denn man musste ihnen nur eine Perücke aufsetzen und Antennen ankleben, und die Verkleidung war perfekt. Alle Männer gingen voll und ganz in ihrer Darbietung auf, zum Gehorsam verführt durch die starken Pheromone der Schwestern – doch gleichzeitig verstärkten diese Pheromone auch ihre Aggression und geistige Instabilität, sodass sich die Gemüter der Sklaven sichtlich erhitzten, obwohl sie gleichzeitig miteinander umhertollten. Es war nur eine Frage der Zeit, bevor einer von ihnen sich in einem explosiven Gewaltausbruch gegen die anderen wenden würde, und dann ... nun ja, Navaar müsste morgen möglicherweise ein paar neue Sklaven kaufen. Aber schließlich waren Sklaven zum Verschleißen da. Navaar fühlte sich kaum imstande, deswegen Unmut zu empfinden. Ihre zwei jüngeren Schwestern mochten sich in den meisten Dingen nicht einig sein, aber sie teilten den gleichen exquisiten Geschmack, was Freizeitbeschäftigungen anging.

Wie zu erwarten, verfolgte Maras die Orgie so gebannt, dass sie die Rückkehr ihrer Schwester kaum bemerkte. Die jüngste Schwester hatte eine Libido, die diejenige der älteren noch in den Schatten stellte, und sie wäre eine ernsthafte Bedrohung für deren Herrschaft gewesen, wäre sie nicht gleichzeitig so reizend einfältig gewesen. Ihre einzigen Ziele lagen dankenswerterweise darin, ihre Gelüste für den Moment zu befriedigen. Doch D'Nesh bemerkte Navaars Eintreten und erhob sich, um sie zu begrüßen, wobei sie sich von dem Lärm und dem Aroma der Orgie entfernte. Ein knappes, durchscheinendes Gewand umwehte ihren ansonsten nackten Körper, während sie näher kam. »Hast du den Bericht von Harrad-Sar erhalten?«

Navaar grinste zufrieden und wickelte eine Strähne ihres langen, lockigen schwarzen Haars um den Zeigefinger. »Ja, und er klingt exakt so, wie wir es uns erhofft haben. Narzissten wie Maltuvis sind so leicht zu manipulieren. Ein wenig Schmeichelei, eine Demonstration der Ehrerbietung, und schon werden sie alles tun, was man von ihnen will, und auch noch vorgeben, dass es sich um ihre eigene Idee handelte.«

»Ich brauche keine Lehrstunde in Verführung, Navaar«, erwiderte D'Nesh mürrisch. »Erzähl mir Einzelheiten.«

Navaar widerstand dem Bedürfnis, ihre Schwester für ihre Dünnhäutigkeit zu tadeln. Sie wusste, dass das bloß zu einem sinnlosen Streit – und damit einer unnötigen Ablenkung – führen würde. »Maltuvis will seine Orbitalschiffe einsetzen, um einen Schlag gegen die Zivilbevölkerung zu führen. Vergeltungsmaßnahmen für den Schutz von Verrätern oder ein ähnlich vorgeschobener Grund.«

D'Neshs Augen weiteten sich, und auf ihren Lippen zeigte sich ein kleines Lächeln. »Das sollte Tausende töten.«

»Ohhh, mindestens. Wir müssen unbedingt dafür sorgen, für Maras eine Bildaufzeichnung anfertigen zu lassen.

Du weißt doch, wie sehr sie hübsche Explosionen liebt, vor allem, wenn Körper darin umherfliegen.«

D'Nesh ließ ihre erste sadistische Begeisterung hinter sich und wurde ernster. »Aber ich begreife es nicht. So viel Spaß es auch machen wird, diese glupschäugigen Echsen brutzeln zu sehen, wird das nicht die Föderation erzürnen? Sie fühlen sich doch bereits verantwortlich, weil sie Maltuvis' Aufstieg zur Macht mitfinanziert haben. Je größer die Gräueltaten, die er begeht, desto mehr Föderationsweltverbesserer werden darauf drängen, einzuschreiten oder ihn gar zu stürzen.«

»Ganz genau«, erwiderte Navaar und grinste breit.

»Bist du wahnsinnig? Wir wollen doch nicht, dass sich die Föderation *noch* stärker einmischt! Ich dachte, wir seien einer Meinung, dass wir Archers Drängen auf Nichteinmischung unterstützen müssen.«

»Natürlich. Doch Nichteinmischung genügt nicht. Wir müssen sie bis hinein in den Isolationismus treiben. Wir mögen darin versagt haben, die Föderation zu Fall zu bringen, aber das wird keine Rolle mehr spielen, wenn wir sie dazu bringen können, sich nur noch mit sich selbst zu beschäftigen. So oder so wird es uns die Freiheit geben, wieder ungehindert zu handeln.«

»Ja, aber du tust gerade das Gegenteil!«

»Tatsächlich?« Sie spielte erneut mit ihrem Haar. Hinter ihnen wurde es lauter. Maras, die keine Geduld mehr hatte, darauf zu warten, dass die Gewalt ausbrach, hatte sich nackt in die Menge geworfen, um die Männer mit ihren Pheromonen zu überladen, und jetzt fingen diese an, sich anzubrüllen, Schläge auszutauschen und sich gegenseitig zu beißen. Erpicht darauf, das Blutbad nicht zu verpassen, trat Navaar näher, wobei sie ihren eigenen Hauch von nichts, den sie als Kleidung trug, zu Boden flattern ließ. »Hab Geduld,

Schwester«, sagte sie, bevor es zu laut wurde, um sich zu unterhalten. »Dies ist nur der erste Schritt meines Plans. Schließlich … ist Maltuvis nicht der Einzige, dessen Handeln wir manipulieren können.«

3

28. Januar 2166
Lyaksti, Sauria

Von dem Moment an, als er entschieden hatte, auf Sauria zu bleiben, hatte Antonio Ruiz gewusst, dass die Dinge hässlich werden würden. Er war zu einer Zeit auf der Erde aufgewachsen, als Unterdrückung und Revolutionen ein Relikt der Vergangenheit gewesen waren, aber er hatte seine Geschichte studiert, und der Geschichte seiner Heimat Kuba sowie ihrer Norteamericano-Nachbarn mangelte es nicht an Beispielen für Grausamkeiten, die von Diktatoren verübt werden konnten – sowohl von denjenigen, gegen die rebelliert wurde, als auch von jenen, die von Rebellionen eingesetzt worden waren. Als Maltuvis das Kriegsrecht in den Staaten verfestigt hatte, die er im Laufe der von ihm selbst verbreiteten »Fremdweltler«-Seuche besetzt hatte, und als sich sowohl die saurianische Globale Liga als auch die Föderation, durch politische Feigheit und wirtschaftliches Eigeninteresse gelähmt, als unfähig erwiesen hatten, Maltuvis' Verbrechen aufzudecken und gegen seinen Aufstieg Stellung zu beziehen, hatte Ruiz geahnt, was kommen würde, und beschlossen, zu bleiben und zu kämpfen, egal welches Risiko bestand. Er hatte gewusst, dass es für ihn gefährlich werden würde, als Fremdweltler auf einem Planeten zu bleiben, dessen Bevölkerung durch Maltuvis' geschickte Propaganda zunehmend von fremdenfeindlicher Paranoia erfüllt wurde. Er hatte geahnt, wie es weitergehen würde, als sich die Globale Liga aus Angst, die Unterstützung der Wähler zu verlieren, geweigert hatte, diese Fremdenfeindlichkeit zu verurteilen. Er hatte gewusst, dass Fremdweltler zuerst geächtet werden würden, dann würde man sie auffordern, sich registrieren und überwachen zu lassen, dann würden gewaltsame Ausweisungen folgen, und danach würde es noch schlimmer werden. Und sobald sich das Volk erst daran gewöhnt hatte, Fremde zu hassen, würde dies Maltuvis' Hass auf alle Saurianer, die nicht der Rasse von M'Tezir und deren Kultur angehörten, Tür und Tor öffnen. Dann waren diese an der Reihe, registriert und überwacht zu werden – bevor es noch schlimmer würde. Und sie würden nicht handeln, um diese Gefahr abzuwehren, bis es für sie zu spät war, denn niemand von ihnen hätte je zuvor daran gedacht, dass es sie betreffen könnte, während nur die Fremdweltler betroffen waren.

Aber genau deshalb musste Ruiz bleiben, um zu versuchen, den Saurianern die Augen zu öffnen. Er mochte früher nur ein Bergbauingenieur gewesen sein, aber er hatte eine tiefe Zuneigung zu den Saurianern entwickelt, beinahe so, als seien sie sein eigenes Volk, und er hatte sich verpflichtet gefühlt, ihnen nach Kräften zu helfen. Er war von einem anderen Menschen aufgerüttelt worden, einem Mann, der sich Albert Sims nannte – obwohl Ruiz überzeugt war, dass es sich um eine Tarnidentität für einen Föderationsagenten handelte, einen Agenten für eine Gruppe, die so streng geheim war, dass er nicht einmal einen Namen für sie hatte. Sims – oder wer auch immer – hatte mit Ruiz zusammengearbeitet, um Einrichtungen auf M'Tezir zu infiltrieren, das Heilmittel für die Seuche sicherzustellen, damit es an die Massen verteilt werden konnte, und um Beweise sowohl für Maltuvis' Schuld an der Krankheit als auch die Unterdrückung, die seine Truppen in den von ihnen besetzten Ländern ausübten, zu finden. Doch Maltuvis war ihnen zuvorgekommen. Bevor sie mit ihren Erkenntnissen an die Öffentlichkeit hatten gehen können, hatte er das Heilmittel selbst freigegeben und es eine Entwicklung M'Tezirs genannt. Die Furcht der Saurianer hatte sie leichtgläubig werden lassen, und so hatten sie Maltuvis als ihren Retter gefeiert, woraufhin die Globale Liga und die wenigen freien Presseorgane es nicht gewagt hatten, ihn anzuklagen. Danach hatten Sims' Vorgesetzte ihn nach Hause befohlen und sich aus der ganzen Angelegenheit zurückgezogen, und Sims – ein Mann, den Ruiz bis dahin für bewundernswert gehalten hatte – war zu feige gewesen, um sich ihnen zu widersetzen. Stattdessen hatte er Ruiz praktisch mit Konsequenzen gedroht, sollte dieser bleiben und gegen Maltuvis kämpfen, denn die Föderation brauchte M'Tezir aufgrund seiner Mineralreserven.

Doch Ruiz liebte Sauria noch immer, daher hatte er sich entschlossen, lieber dem Beispiel des Mannes zu folgen, für den er Sims hatte halten wollen, als dem Mann, der dieser wirklich gewesen war. Ruiz war in Lyaksti geblieben und hatte Verbündete um sich geschart, die ihm geholfen hatten, den Registrierungen und den Razzien und Säuberungen immer einen Schritt voraus zu sein. Er hatte geheime Einsätze in besetzte Gebiete unternommen, um Beweise für die Gräueltaten von Maltuvis zu sammeln und sie quer über Sauria und zu den Sternen jenseits davon zu senden – auch wenn Maltuvis die Massen konditioniert hatte, jeder Nachricht zu misstrauen, die aus Fremdweltler-Quellen oder überhaupt aus irgendeiner anderen Quelle als seiner eigenen Propagandamaschinerie kam. Ruiz hatte mit denen zusammengearbeitet, die aufdecken wollten, wie Maltuvis die Wahlen in mehreren wichtigen Nationen der Globalen Liga manipuliert hatte, indem er progressive Kandidaten mit erfundenen Skandalen untergraben und dafür gesorgt hatte, dass seine eigenen Marionetten an die Macht kamen – aber ihre Bemühungen, die Wahrheit aufzudecken, hatten nicht ausgereicht, um den Verlust des Glaubens der Wähler an die Liga und ihr tief verwurzeltes Misstrauen gegenüber Außenweltlern zu überwinden. Die Saurianer waren ein robustes, anpassungsfähiges Volk, das den härtesten Bedingungen standhalten konnte und selten krank wurde. In ihren Augen waren die meisten Fremdweltler schwach und eingeschränkt in ihren Fähigkeiten, und Maltuvis' Verwendung einer angeblich von Fremdweltlern verursachten Seuche war ein cleverer Schachzug gewesen, um die Angst davor zu schüren, dass diese Schwäche ansteckend sein könnte. Regierungen, die Fremdweltler willkommen hießen, wurden in einer Wahl nach der anderen besiegt, und die daraus resultierenden Angriffe gegen Fremdweltler und diejenigen, die sie beherbergten, hatten die Grundlage für eine weitere Beschränkung der saurianischen Rechte gelegt. Proteste gegen eine solche Unterdrückung hatten Maltuvis' Marionetten einen Vorwand gegeben, das M'Tezir-Reich um militärische Hilfe zu bitten, und sie hatten ihre Länder seiner Eroberung überlassen, ohne dass ein einziger Schuss abgegeben worden war.

Wie viele andere kluge Beobachter hatte auch Ruiz jeden einzelnen Schritt von Maltuvis' Eroberungen vorhergesehen. Genau wie die Erde hatte Sauria seine eigenen Erfahrungen mit faschistischen Staaten gemacht, und die Lehren daraus waren für all jene, die zuhören wollten, da – trotzdem waren sie nicht imstande gewesen, das aufzuhalten, von dem sie wussten, dass es kommen würde. Sie konnten nur hilflos zusehen, als es passierte, wie in einem Albtraum.

Doch keine von Ruiz' Erwartungen hatte ihn darauf vorbereitet, wie schlimm es wirklich werden würde, als Maltuvis schließlich vor vier Monaten seine Eroberung der restlichen Welt in Angriff genommen hatte. Er war hier in Lyaksti gewesen, der Kernnation der Globalen Liga und dem größten der Bollwerke gegen Maltuvis, als der M'Tezir-Tyrann eine Flotte von Raumschiffen geschickt hatte. An einem schrecklichen Morgen (denn die Saurianer waren nachtaktiv und am verwundbarsten, wenn die Sonne aufging) hatte seine Flotte den Planeten überflogen, die Streitkräfte aller rivalisierenden Nationen zu Schlacke zerschmolzen und Hunderttausende getötet. Die Kriegsflotte war fortschrittlicher als alles gewesen, was jemals zuvor auf Sauria gebaut worden war, und sie hatte aus einer niedrigen Umlaufbahn angegriffen, wobei sie weit außerhalb der Reichweite feindlicher Flugzeuge und Raketen geblieben war. Ihre Waffen waren taktische Atombomben und hochenergetische Plasmastrahlen gewesen, die sich durch alle Verteidigungsmaßnahmen der Saurianer hindurchgebrannt hatten. Die Führungsriege von Lyaksti und mehrerer anderer Nationen war untergetaucht, bevor die einfallenden Truppen gelandet waren und das jeweilige Regierungshauptquartier zerstört oder besetzt hatten, aber eine Reihe anderer progressiver Politiker war entweder im Kampf getötet oder verhaftet und zur späteren Hinrichtung festgehalten worden. Bis Mittag an diesem Tag war der gesamte Planet gefallen, und der M'Tezir-Tyrann hatte die Geburt des Maltuvianischen Imperiums verkündet.

Seitdem war es immer schwieriger geworden, als Fremdweltler auf Sauria zu überleben. Ruiz war von seinen Verbündeten im Lyaksti-Widerstand beschützt worden, aber viele andere Fremdweltler waren zur Inhaftierung oder Deportation zusammengetrieben worden – und Ruiz hatte sehr glaubwürdige Gerüchte gehört, dass diese »Deportationen« nur eine Fassade für Massenhinrichtungen waren. In der benachbarten Nation Chonaksti, einem jener Staaten, dessen Bürger bekanntermaßen Fremdweltlern besonders wohlgesinnt waren, hatte es eine verdächtige Freisetzung von vulkanischen Gasen gegeben, die über einen Großteil des Landes hinweggezogen waren. Bei den zähen Saurianern hatten sie lediglich Unbehagen und Hustenanfälle verursacht, aber alle Außenweltler, die nicht rechtzeitig Schutz gefunden hatten, waren davon getötet worden. Ruiz und seine Kollegen im Widerstand hatten dafür gesorgt, dass luftdichte Schlupflöcher vorbereitet waren und alle stets Sauerstoffmasken mit sich führten, nur für den Fall, dass Lyaksti eine ähnliche »Naturkatastrophe« erleiden sollte.

Aber jetzt, da der Angriff gekommen war, fiel er noch viel schlimmer aus, als Ruiz erwartet hatte. Diesmal gab es keinen Versuch, nur Fremdweltler oder Oppositionskräfte ins Visier zu nehmen. Diesmal wurde keine Naturkatastrophe vorgeschoben. Nein, diesmal flogen Maltuvis' Schiffe über die Hauptstadt von Lyaksti und legten sie mit Plasmastrahlen und Röntgenlasern in Schutt und Asche, wobei sie ihre Bewohner ohne jede Unterscheidung beschossen. Über einigen der größeren Gebäude wurden Ultritium-Bomben abgeworfen, die jene entweder komplett in die Luft sprengten oder wenigstens zum Einsturz brachten. In beiden Fällen wurde jeder im Inneren getötet, während an allen benachbarten Bauwerken schwere Schäden angerichtet wurden. Fremdweltler und Saurianer, Rebellen und gehorsame Untertanen, Erwachsene und Kinder, sie alle wurden von dem Bombardement umgebracht. Es war reines Glück gewesen, dass Ruiz zu diesem Zeitpunkt in den Bergen gewesen war, um mithilfe seines geologischen Wissens neue Verstecke für den Widerstand auszukundschaften. Das hatte ihm eine fast zu perfekte

Beobachtungsposition verschafft, um das Grauen des Angriffs mitzuerleben und ihn auf seinem Bildaufzeichner festzuhalten, den er immer bei sich trug.

»Das ist Maltuvis' Vorstellung von einem stärkeren, wohlhabenderen Sauria«, presste er erstickt zwischen Schluchzern hervor, während er die Gräueltat für die Nachwelt aufzeichnete. Er wusste nicht, ob seine Sendeanlage den Angriff überleben würde oder ob er einen anderen Weg finden konnte, die Nachricht abzusetzen, falls sie es nicht täte – aber er musste den Schrecken trotzdem dokumentieren. Jemand musste Zeuge sein. »Zivilisten, Kinder ... Krankenhäuser, Schulen, Museen ... Er hätte auch einfach eine Atombombe abwerfen können, aber er will sich Zeit lassen. Er will die Lyaksti leiden sehen, sie sollen Grauen angesichts seines Zorns verspüren. Hier geht es kein bisschen darum, sein Volk zu schützen oder seine Welt besser zu machen. Das ist purer Sadismus – die Brutalität eines erbärmlichen, tyrannischen Feiglings. Das kommt nun davon, dass die Föderation weggeschaut hat, nur weil sie ihre wertvollen Mineralien haben wollte. Das kommt nun davon, dass wir nichts getan haben, als wir noch die Chance dazu hatten. Wir haben Maltuvis reich gemacht, wir haben ihn auf diesen Pfad gelenkt, und dies hier ist das Endergebnis, das eigentlich jeder voraussehen konnte!«

Er rang mit sich um Fassung. »Ich weiß nicht, ob ich diese Nachricht hinaus in die Galaxis schicken kann. Aber wenn irgendjemand von euch das jemals sieht, schaut genau hin. Schaut euch die Leute an, die dort unten sterben, und vergesst sie nie.« Eine weitere Salve Energiestrahlen traf die Stadt, ein weiterer Bombenhagel fiel, und das Donnern Dutzender einstürzender Gebäude, die Explosionen und die schreienden Menschenmassen machten jedes Reden unmöglich. Als er wieder klar und deutlich zu hören war, hatte er seine vorherigen Worte überdacht. »Nein, sich zu erinnern, genügt nicht. Wenn ihr das seht ... tut etwas. Gottverdammt noch mal, *tut etwas*!«

31. Januar 2166
Palais de la Concorde, Paris, Europäische Allianz

Die audiovisuelle Aufzeichnung der Gräueltat in Lyaksti hatte sich rasch über den bekannten Raum verbreitet und von zahlreichen Seiten Empörung und Aufrufe zum Handeln ausgelöst. Unzählige Stimmen innerhalb und außerhalb der Föderation forderten die junge Gemeinschaft auf, für ihre Rolle als Finanzier von Maltuvis' Aufstieg zur Macht geradezustehen, und sie verlangten, dass diese dem leidenschaftlichen Appell des Erzählers der Sendung nachkam, »etwas zu tun«.

Der knifflige Teil lag natürlich darin zu entscheiden, was »etwas« sein sollte – wenn überhaupt. Um diese Frage zu diskutieren, hatte Vinithnel sh'Mirrin Admiral Archer und Admiral Shran in ihr Büro im frisch fertiggestellten VFP-Verwaltungsgebäude bestellt. Das Büro lag im zehnten Stockwerk des zylindrischen Palais-de-la-Concorde-Turms, und seine breite, gewölbte Fensterfront bot einen spektakulären Blick auf die Champs-Élysées, die *Axe historique* mit ihren Monumenten und den Arc de Triomphe an ihrem fernen Ende. Jonathan Archer fand, dass dies eine passende Aussicht für die Verteidigungskommissarin der Föderation war, während sie Entscheidungen über den Einsatz von Gewalt treffen musste – eine Aussicht, die zu einer Betrachtung der Geschichte und einem Gedenken an die hohen Kosten einlud, die Kriege auch inmitten des Sieges mit sich brachten. Bislang hatte es die Föderation in den gut vier Jahren ihrer Existenz geschafft, sich nicht in einen offenen Krieg verwickeln zu lassen, wenn auch manchmal nur mit knapper Not. Archer hoffte inständig, dass sich das nicht ändern würde.

Shran dagegen schien seine Sorgen nicht zu teilen. »Wir müssen Maltuvis zu Fall bringen, bevor er einen weiteren Angriff durchführt!«, beschwor er sh'Mirrin. »Unsere eigenen Interessen sind schuld daran, dass dies passiert ist – wir dürfen nicht zögern, diesen Fehler zu korrigieren!«

»Wir wissen nicht, worauf wir uns da einlassen, Shran«, warnte ihn Archer. »Finden Sie es nicht verdächtig, dass ausgerechnet dieses Video durch Maltuvis' Zensurnetz geglitten ist, während wir uns bei deutlich geringeren Gräueltaten bloß mit Informationsschnipseln zufriedengeben mussten?«

»Warum sollte er das Video absichtlich durchlassen?«, wollte Shran wissen. »Um uns herauszufordern, ihn anzugreifen? Nun, das kann er haben. Die Saurianer auf dem Boden mögen gegenüber diesen Orbitalschiffen hilflos sein, aber eine interstellare Kampfflotte würde kurzen Prozess mit ihnen machen.«

»Und was dann? Sie kennen Ihre Geschichte, Shran! Wenn wir dort als Besatzungsmacht auftreten, wird das nur die Saurianer gegen uns aufbringen. Erinnern Sie sich daran, dass genau dies V'Las' letzter Schachzug während des Bürgerkriegs auf Vulkan war. Vielleicht plant Maltuvis das Gleiche.«

»Sie trauen diesem Westentaschentyrannen zu viel Intelligenz zu.«

»Wir haben gute Gründe anzunehmen, dass ihn das Orion-Syndikat unterstützt.«

»Gemeine Kriminelle und Schmuggler. Wir werden sie einmal mehr in ihre Schranken verweisen.«

»Wir dürfen weder sie *noch* Maltuvis unterschätzen! Genau so etwas predige ich schon die ganze Zeit. Es ist so leicht, übermäßig selbstbewusst zu werden, anzunehmen, dass unser technologischer Fortschritt uns klüger macht als andere Spezies. Aber die Annahmen, die wir von außen treffen, können gefährlich sein. Niemand kennt eine fremde Spezies so gut wie ihre eigenen Leute, und genau so kam Maltuvis überhaupt erst an die Macht. Wir haben die Einigkeit der Saurianer überschätzt. Wir haben nicht erkannt, wie leicht es für einen Demagogen sein würde, ihre Angst vor Fremden zu schüren.«

»Damals vielleicht, aber jetzt sind wir im Heute! Dies ist keine weitere Partnerschaft, John. Wir hatten Jahre Zeit, um die Saurianer kennenzulernen. Selbst wenn Sie recht haben, dass es ein Fehler war, dieses Handelsabkommen so rasch abzuschließen, können wir das jetzt nicht mehr ändern. Nicht, wenn Sie keinen zeitreisenden Freund haben, den Sie bislang zu erwähnen vergessen haben.« Archer sagte bewusst nichts dazu. »Wir haben das Abkommen geschlossen«, fuhr Shran fort, »und was geschehen ist, liegt in unserer Verantwortung. Wir können uns nicht einfach davon abwenden.«

Während sich die Admirals stritten, hatte Kommissarin sh'Mirrin vor dem Fenster gestanden und auf das Panorama von Paris geschaut. Nun drehte sie sich um und ergriff das Wort. »Shran hat recht, Jon. Genau genommen haben Sie beide gute Argumente vorgebracht. Ja, wir tragen eine Mitverantwortung für das, was auf Sauria geschieht, und es wäre falsch, nur aus Angst, weitere Fehler zu begehen, einfach wegzuschauen. Wenn wir unsere Politik von Furcht bestimmen ließen, könnten wir die Sternenflotte auch einfach auflösen und nach Hause gehen.«

Shran warf sich in die Brust, und seine Antennen bogen sich in selbstgefälliger Zufriedenheit, während sh'Mirrin weitersprach.

»Es ist genauso wahr, dass niemand besser dafür qualifiziert ist, die Situation auf Sauria zu beurteilen als die

Saurianer. Die Entscheidung sollte die ihre sein. Aber das bedeutet nicht, dass wir sie damit allein lassen müssen, sie zu treffen.«

Die hochgewachsene andorianische *shen* nahm ihren Platz hinter dem Schreibtisch ein. »Was ich vorschlage, ist, dass wir vorerst Militärberater schicken. Ein kleines Kontingent wird im Geheimen landen, um Kontakt mit den Widerstandskräften und allen überlebenden Führern der Globalen Liga aufzunehmen. Unsere Leute werden mit dem Widerstand zusammenarbeiten, um logistische Unterstützung und Ausbildung anzubieten, und je nachdem, was die Saurianer von uns benötigen, wird die Sternenflotte zusätzliches Material, Informationen und weitere Unterstützung zur Verfügung stellen, sofern es gerechtfertigt ist. Es ist ihre Welt, die sie zu ihren eigenen Bedingungen befreien müssen, aber wir werden ihnen dabei helfen. Einverstanden?«

Shran schien halbwegs zufrieden zu sein. Es war weniger, als er gewollt hatte, aber immerhin war es etwas. »Einverstanden.«

Archer verspürte größeres Unbehagen. Ihm war bewusst, dass jede Einmischung unvorhersehbare Fallstricke mit sich brachte. Aber er konnte auch den weitverbreiteten Konsens, dass die Föderation eine gewisse Verantwortung für Maltuvis' Aufstieg hatte, nicht einfach abstreiten. Archer hatte Jahre damit verbracht, die Anführer der VFP dazu zu drängen, die Handelsvereinbarungen mit Maltuvis zu beenden, bevor der Diktator zu mächtig wurde. Als er sie schließlich davon überzeugt hatte, dass gehandelt werden musste, war ihr Vorgehen zu zögerlich und der Zeitpunkt zu spät gewesen. Und nun, da sich alle Befürchtungen Archers im Hinblick auf Maltuvis' Tyrannei bewahrheitet hatten, konnte er nicht einfach dafür stimmen, sich von den Saurianern abzuwenden.

Genau dies war der Grund, warum Archer der Meinung war, dass Nichteinmischung die beste Politik für die Sternenflotte war. Der sicherste Weg, um die Art von Katastrophen zu vermeiden, die der rücksichtslose Erstkontakt über die Partnerschaft und Sauria gebracht hatte, war, ebendiesen Kontakt ganz zu vermeiden, zumindest bis eine Zivilisation reif genug war, um der Föderation auf gleicher Augenhöhe zu begegnen. Aber wenn bereits Kontakt hergestellt und Schaden angerichtet worden war, ging damit natürlich die Verantwortung einher, sich weiterhin zu kümmern, zumindest bis der Schaden behoben war. Archer würde auch fortan dafür streiten, dass neue Erstkontakte mit größter Vorsicht angegangen wurden, aber Sauria musste ein Sonderfall sein.

»Einverstanden«, sagte Archer. »Wen sollen wir Ihrer Meinung nach schicken, Kommissarin? Es sollte vielleicht jemand sein, der bereits Erfahrung mit Saurianern gesammelt hat, der ihre Gesellschaft versteht und weiß, wie sie denken.«

»Genau das glaube ich auch. Ich empfehle Captain Shumar und die Besatzung der *Essex*. Wer wäre besser geeignet als diejenigen, die als Erste Kontakt hergestellt haben?«

Shrans Antennen legten sich in Missfallen nach hinten. »Sie wurden letztes Jahr nach Sternenbasis 12 verlegt, auf der Sauria gegenüberliegenden Seite der Föderation. Es würde sie mehr als zwei Wochen kosten, um dorthin zu gelangen.«

»Ich weiß, dass es nicht ideal ist, aber das gibt uns noch etwas mehr Zeit, um Informationen zu sammeln und Pläne zu schmieden. Wie Admiral Archer so überzeugend argumentiert hat, ist es besser, so viel wie möglich in Erfahrung zu bringen, bevor wir eingreifen.« Sie richtete ihren Blick auf den menschlichen Stabschef. »Bitte unterrichten Sie Captain Shumar und Admiral Narsu von der neuen Mission der *Essex*. Ich will, dass sie sich so schnell wie möglich auf den Weg nach Sauria macht.«

»Ja, Kommissarin.« Archer ging das Ganze noch einmal in Gedanken durch. Er wusste, dass der Erste Offizier der *Essex*, Caroline Paris, sich noch immer hier auf der Erde aufhielt, wo sie einen verlängerten Landurlaub nahm. Diese neue Mission würde der *Essex* aus Zeitgründen nicht erlauben, Halt an der Erde zu machen, daher brauchte das Schiff der *Daedalus*-Klasse einen neuen Ersten Offizier und außerdem Ersatzpersonal für die übrigen Mannschaftsmitglieder, die nach wie vor im Urlaub waren.

Aber, so entschied er, das musste Commander Paris nicht zum Nachteil gereichen. Die hervorragende Arbeit des Commanders als Teil von Shumars Besatzung war ihm schon zuvor aufgefallen, und ihre Akte las sich mittlerweile höchst eindrucksvoll. Dass es ihr plötzlich an einer Aufgabe mangelte, schuf für Archer die Gelegenheit, etwas zu tun, über das er bereits längere Zeit nachgedacht hatte.

Sternenflottenhauptquartier, San Francisco

»... Und so wird Commander Caroline Cecile Paris angesichts ihrer Leistungen und ihres nachgewiesenen Potenzials, im nächsthöheren Rang zu dienen, mit Wirkung zu diesem Datum, dem 31. Januar 2166, in den permanenten Rang eines Captains der Sternenflotte der Vereinigten Föderation befördert. Auf Befehl des Verteidigungsministers und der Generalstabschefs der Sternenflotte.«

Captain Malcolm Reed und Captain Marcus Williams applaudierten, als Admiral Archer das Rangabzeichen an Caroline Paris' Paradeuniform anheftete und ihr damit offiziell den gleichen Rang wie ihnen selbst gewährte. Auf dem Wandbildschirm in Archers Büro spendeten auch Captain Bryce Shumar und die Führungsoffiziere der *Essex* Beifall, wenn auch mit leichter Verzögerung, da sie über

Subraumverbindung von Sternenbasis 12 zugeschaltet waren. Nachdem der Applaus verebbt war, räusperte sich Paris und sprach einmal mehr ihren Sternenflotteneid: »Ich, Caroline Cecile Paris, die, wie angezeigt durch den Rang des Captains, zum Offizier der Vereinigten Föderation der Planeten ernannt wurde, schwöre feierlich, die Vorschriften der Sternenflotte der Vereinigten Föderation sowie die Gesetze der Vereinigten Föderation der Planeten einzuhalten: die höchsten Ideale, für die sie stehen, zu vertreten, Botschafter des Friedens und des guten Willens zu sein, die Sicherheit der Föderation und ihrer Mitgliedswelten zu schützen und allen Wesen, die sie erbitten, Hilfe zu gewähren.«

»Meinen Glückwunsch, Captain Paris!«, dröhnte Shumar vom Bildschirm herab, nachdem die zweite Runde Applaus vorüber war. *»Es ist eine Schande, dass ich Sie verliere, aber diese Ehre kommt wohlverdient. Die Besatzung der* Vesta *wird genauso froh sein, Sie zu haben, wie wir es gewesen sind.«*

»Ach, ich hatte ohnehin langsam genug von euch Jungs«, neckte ihn Paris. »Aber ganz ehrlich: Ich wünschte mir, wir hätten nicht so plötzlich auseinandergehen müssen. Ich wollte mein eigenes Schiff, aber nicht so. Ich dachte, wir hätten mehr Zeit.«

»Machen Sie sich keine Sorgen, Caroline. Ich zweifle nicht im Geringsten daran, dass wir in den nächsten Jahren noch zahlreiche Gelegenheiten haben werden, wieder zusammenzukommen. Und ich bin mir sicher, dass Mister Mullen mehr als imstande ist, Ihre Pflichten als Erster Offizier der Essex *zu übernehmen – nicht wahr, Steven?«*

Der jüngere, dunkelhäutigere Mann neben Shumar zupfte am Kragen seines grauen Overalls – dessen Epauletten und Zierstreifen noch immer das Blau der Wissenschaftsabteilung aufwiesen, denn Mullen musste gleichzeitig als Erster Offizier und Wissenschaftsoffizier dienen, bis ein dauerhafter Ersatz für den zweiten Posten gefunden worden war. Das war eine ziemliche Herausforderung für den frischgebackenen Führungsoffizier, und Paris verspürte einen Anflug von Schuld, dass sie Mullen in diese Lage gebracht hatte, wenngleich sie an dieser Entscheidung keinerlei Anteil gehabt hatte. *»Ich werde mein Bestes geben, Ihrem Beispiel nachzueifern, Comm… Captain Paris.«*

Sie lachte. »Ich weiß, für mich klingt es auch total seltsam. Sie wissen schon, Steven, wenn Sie irgendeinen Rat brauchen, ich bin nur einen Subraumanruf entfernt. Nicht, dass ich Ihnen den Job nicht zutrauen würde, aber, nun ja, falls es irgendwelche offenen Projekte oder Eigenheiten in den Verfahren gibt, die ich Ihnen in der Kürze der Zeit nicht richtig erklären konnte …«

»Ich habe verstanden und weiß es zu schätzen, Captain. Aber ich werde auf dem Weg zurück nach Sauria eine Menge Zeit haben, mich zu informieren.« Er schüttelte den Kopf. *»Unter anderen Umständen würde ich mich freuen, dorthin zurückzukehren. Ich hoffe wirklich, dass wir den Saurianern helfen können, diese wundervolle, einladende Welt wieder aufzubauen, die wir dort vor drei Jahren vorgefunden haben.«*

Admiral Archer meldete sich zu Wort. »Wir alle zählen diesbezüglich auf Sie, Mister Mullen. Seit dem Embargo sind die Vorräte der Föderation an saurianischem Brandy gefährlich knapp geworden, also verstehen Sie vielleicht, wie dringend uns diese Aufgabe ist.« Alle auf beiden Seiten des Bildschirms lachten, dennoch blieb ein gewisser Ernst bestehen.

Nachdem sich Shumar und die Übrigen von Paris verabschiedet und dann abgemeldet hatten, begab sie sich zu Malcolm Reed. Obwohl sie ein paar Tränen wegblinzeln musste, behielt sie die förmliche Distanz und Haltung bei, die dem Anlass angemessen war. »Ich dachte immer, dass ich lange Abschiede hasse, aber die kurzen, unerwarteten sind noch schlimmer.«

»Das liegt in der Natur unseres Dienstes, fürchte ich«, erwiderte Reed nicht ohne Mitgefühl. »Ich hatte eine Menge Vorlaufzeit bei meiner Beförderung auf die *Pioneer*, aber es war trotzdem schwer, Abschied zu nehmen, als die Zeit gekommen war.«

»Immerhin konntest du Travis mitnehmen. Ich fange erneut bei null an. Zum Teufel, ich habe kaum eine Besatzung. Oder ein fertiges Schiff, was das betrifft.«

Archer, der die letzten Worte mitgehört hatte, trat näher. »Das tut mir leid, Captain. Aber die *Vesta* war die beste Option angesichts der zeitlichen Umstände. Die *Ceres*-Klasse soll die Nische der *Daedalus* ausfüllen, insofern macht Ihre Erfahrung mit der *Essex* Sie zum perfekten Kandidaten für den Posten. Doch angesichts der Bauverzögerungen fürchte ich, dass Sie noch mindestens einen Monat lang ein Trockendock-Captain sein werden.«

Paris nickte. Sie verstand die Herausforderungen, die mit dem *Ceres*-Design verbunden waren, einem gemeinsamen Projekt, das Technologien von mehreren Gründungswelten der Föderation einbezog. Äußerlich sah es wie eine abgeflachte Version des Kugel-und-Zylinder-Designs der *Essex* aus, aber die internen Systeme waren sogar noch vollständiger hybridisiert als die der *Pioneer*, die eines der ersten Testschiffe für die technologische Integration der Flotte gewesen war. Die *Ceres* selbst hatte sich in den letzten Jahren Testflügen unterzogen, wobei die Lehren aus ihren Baufehlern in das Systemdesign der Nachfolgeschiffe *Vesta* und *Pallas* eingeflossen waren, aber selbst diese Verfeinerungen erwiesen sich als schwierig in der Praxis umzusetzen. »Das ist okay, Admiral«, sagte sie. »Es macht mir nichts aus, langsam loszulegen. Ich bin nicht mehr so begierig darauf vorwärtszustürmen, wie ich es früher war. Ich habe gelernt, dass zu viel Eile zu unbeabsichtigten Folgen führen kann.«

Archer nickte ernst. »Das ist eine Einstellung, nach der wir alle zu leben lernen sollten.«

4

1. Februar 2166
San Francisco

Es wäre passend, dachte Charles Tucker, wenn Sauria der Schlüssel werden würde, um Sektion 31 zu Fall zu bringen.

Immerhin war es Harris' Weigerung gewesen, Tucker einen Widerstand gegen Maltuvis organisieren zu lassen, die in dem Exingenieur die Saat der Entfremdung von der Sektion gesät hatte. Harris' Bereitschaft, eine andere Zivilisation der Tyrannei zu überlassen, nur weil es für die Föderation Profit und Vorteile versprach, war ein Vorbote seiner Entscheidung gewesen, die Partnerschaft aus demselben Motiv zur Auslöschung zu verurteilen. Das schockierende Video von Maltuvis' jüngster, größter Gräueltat hatte Tuckers Überzeugung, dass die Sektion fallen musste, nur noch verstärkt – zumal er den Berichterstatter als Antonio Ruiz erkannt hatte, jenen leidenschaftlichen jungen Bergbauingenieur, mit dem sich Tucker während seiner Zeit auf Sauria angefreundet und den er als Ressource genutzt hatte, nur um ihn im Stich zu lassen, als Ruiz seine Unterstützung am meisten benötigt hatte. Der junge Kubaner hatte sich entschieden, zurückzubleiben und eine Rebellion gegen Maltuvis zu organisieren, genau das, was Tucker aufgrund von Harris' Befehlen nicht hatte unterstützen können – und es sah so aus, als sei es ihm gelungen. Es käme also poetischer Gerechtigkeit gleich, wenn seine heldenhafte Tat, Maltuvis' Gräueltaten für den Rest der Galaxis zu dokumentieren, Tucker das Mittel in die Hand geben würde, das er brauchte, um Sektion 31 ein für alle Mal bloßzustellen und aufzulösen.

»Ich habe über das nachgedacht, was Sie in Bezug auf die Nichteinmischungspolitik gesagt haben«, wandte er sich nun an Harris und begann damit, seinen Schlachtplan umzusetzen. »Sie haben recht, dass die Föderation besser beraten wäre, sich zukünftig nicht mehr in die Angelegenheiten anderer Welten einzumischen – zumindest nicht öffentlich. Unsere außenpolitischen Verwicklungen der vergangenen Jahre haben uns mehr als nur ein paar Feinde gebracht.«

»Ich bin froh, dass Sie mir zustimmen«, erwiderte Harris.

»Doch Archer hat es im Augenblick schwer, seine Idee den Leuten zu verkaufen. Für ihn geht es hauptsächlich um dieses Partnerschaftsdebakel, aber dieser Fall ist für die Öffentlichkeit zu komplex, als dass sie sich hier auf eine klare Meinung einigen könnte. Es ist zu leicht, der Ware oder den Klingonen die Schuld zuzuschieben, statt sich die Verantwortung der Sternenflotte einzugestehen.«

»Ja, das ist eine knifflige Angelegenheit. Es wäre besser, ein eindeutiges Beispiel für eine Situation zu haben, in der die Einmischung der Sternenflotte furchtbar schiefgegangen ist, weil wir zu wenig Ahnung von der einheimischen Kultur hatten.«

»Was Maltuvis auf Sauria getan hat, dürfte ziemlich eindeutig sein«, sagte Tucker.

»Seine Brutalität, ja. Die Schuldfrage weniger. Maltuvis ist ohne Zweifel ein Ungeheuer, und es war unser Pech, dass sich die Mineralien, die für uns besonders wertvoll waren, auf sein Einflussgebiet konzentrierten. Zu viele Leute sind der Ansicht, dass er bloß unsere Notlage ausgenutzt hat.«

Tucker nickte, als würde er Harris gestatten, ihm zu seiner Idee zu verhelfen, statt andersherum. »Sie wollen damit also sagen, dass eine andere Art von Katastrophe Archers Sache am besten dienen würde? Eine, die man eindeutig der Sternenflotte zuordnen könnte? Wie etwa, sagen wir mal, wenn die Mission, die Rebellen zu unterstützen, furchtbar fehlschlagen würde?«

Harris blickte ihn prüfend an. »Haben Sie eine spezielle Art von furchtbarem Fehlschlagen im Sinn?«

»Nun ja ... überlegen Sie, wie ähnliche Fälle auf der Erde schiefgelaufen sind. Zum Beispiel, als die Vereinigten Staaten von Amerika in den Nahen Osten gegangen sind, um Widerstandsgruppen gegen den Sowjetblock auszubilden – bloß dass zu diesen Widerstandsgruppen auch religiöse Fanatiker gehörten, die letztendlich die Taktiken und Organisationsstrukturen, die sie sich mit amerikanischer Hilfe angeeignet hatten, dazu eingesetzt haben, um Terrorgruppen zu gründen, die sich gegen ihre eigenen Völker richteten und gelegentlich auch gegen die Amerikaner selbst. Sagen wir mal, die Sternenflottenberater würden sich mit einer Widerstandsgruppe einlassen, ohne zu begreifen, dass es sich dabei um Extremisten handelt, die genauso schlimm sind wie Maltuvis. Sagen wir mal weiter, diese Extremisten bekommen Sternenflottenwaffen in die Hände und setzen sie ein, um ihre eigene Agenda zu befördern, womöglich gar, um einen Terroranschlag zu verüben.« Er zuckte mit den Schultern. »Oder es wenigstens für die Galaxis so aussehen zu lassen.«

Der grauhaarige Leiter von Sektion 31 faltete die Hände auf dem Schreibtisch vor sich. »Nur damit wir uns richtig verstehen ... schlagen Sie vor, dass wir auf Sauria intervenieren, um eine solche Katastrophe heraufzubeschwören? Um der Sternenflotte später die Schuld zuschieben zu können und dadurch die öffentliche Meinung zugunsten von Archers neuer Direktive zu beeinflussen?«

(»Natürlich habe ich nicht wirklich vor, das durchzuziehen«, hatte Tucker Malcolm Reed gegenüber beteuert, als er ihm seinen Plan am Abend zuvor vorgestellt hatte. »Das Letzte, was ich sehen will, sind noch mehr getötete Saurianer. Aber das ist genau die Art von Plan, auf den Harris anspringen wird. Wenn wir ihn darin verwickeln können, diese Katastrophe vorzubereiten, und dann seinen Plan öffentlich machen, bevor er ausgeführt werden kann, haben wir die sprichwörtliche Leiche, noch warm in Harris' Keller. Wir bringen ihn zu Fall und den Rest von Sektion 31 gleich mit.«)

Jetzt sagte Tucker schlicht: »Denken Sie, es würde nicht funktionieren?«

»Ganz im Gegenteil – es könnte absolut den gewünschten Effekt haben«, erwiderte Harris. »Es ist nur ein ungewöhnlich skrupelloser Plan, dafür, dass er von Ihnen stammt. Ich weiß, dass Sie in der Vergangenheit kein Freund von unseren speziellen Vorgehensweisen waren.«

»Und Sie haben mich immer wieder daran erinnert, dass sie für das Wohl der Föderation notwendig sind. Das muss ich wohl langsam akzeptieren.« Er seufzte. »Wenn ich nachts schlafen können will, dann habe ich keine andere Wahl.«

»Und was ist mit der weiteren Unterdrückung der Saurianer, nachdem die Sternenflottenintervention sabotiert wurde? Was ist mit den unmittelbaren Todesopfern eines derart inszenierten Zwischenfalls?«

»Hören Sie, ich mag das auch nicht. Aber hässliche Dinge für einen guten Zweck zu tun, falls es nötig wird, ist nun einmal das, was wir tun. Die Sternenflottenintervention auf Sauria könnte sich so oder so zu einer wirklich unschönen Angelegenheit entwickeln. Derartige Dinge laufen selten glatt. Wenn wir nur einmal versagen, uns dann zurückziehen und es den Saurianern überlassen, ihre Welt zu retten, könnte das auf lange Sicht sogar besser sein. Sie sind ein starkes, entschlossenes Volk. Ich muss einfach darauf hoffen, dass sie es auch allein schaffen.«

»Trotzdem würde es auf Ihrem Gewissen lasten, für die unmittelbaren Todesopfer verantwortlich zu sein. Ich kenne Sie.« Harris schenkte ihm einen mitfühlenden Blick. »Es ist keine Schande, das zuzugeben. Wir sind nicht die bösen Jungs, wissen Sie?«

Klar, dachte Tucker. *Darum tragen wir auch die schwarzen Anzüge und halten geheime Treffen ab.* »Sie haben recht«, sagte er. »Es fällt mir nicht leicht, so etwas überhaupt vorzuschlagen.«

Harris lächelte. »Dann wird es Sie sicher erleichtern zu erfahren, dass die Antwort Nein lautet. Ich habe kein Interesse daran, ein derartiges Unglück auf Sauria zu inszenieren.«

Tucker versuchte, seine Überraschung zu verbergen. »Darf ich fragen, warum nicht?«

»Zum einen ist es zu früh. Die Ermittlungen in der Partnerschaft-Affäre sind noch in vollem Gange. Das Letzte, was wir wollen, ist, in ein weiteres galaktisches Ereignis verwickelt zu werden, das viel öffentliche Berichterstattung und eine genaue Untersuchung nach sich ziehen wird. Zu diesem Zeitpunkt sind wir besser beraten, den Kopf unten zu halten. Wenn eine existenzielle Bedrohung von der Größenordnung einer drohenden klingonischen Invasion aufkommen sollte, werden wir natürlich aktiv werden. Aber in allen weniger wichtigen Fällen halten wir uns zurück und vertrauen darauf, dass die normalerweise Verantwortlichen ihren Job tun.« Er lachte leise. »Ich schätze, das ist meine eigene Version einer Nichteinmischungsdirektive.«

Tucker verbarg seine Abscheu über den Vergleich mit einem vorgetäuschten Schmunzeln. Bei Archer ging es darum, das Recht anderer auf Selbstbestimmung zu respektieren. Harris' einzige Sorge war, sich nicht erwischen zu lassen. Und das war ein Problem für Tucker, der ihn in eine Position bringen musste, in der er erwischt werden *konnte*.

»Sie sagten ›zum einen‹. Gibt es noch einen Grund?«

Harris legte die Finger zusammen. »In der Tat, den gibt es. Wir müssen die Mission der Sternenflotte auf Sauria nicht sabotieren, denn ... das tut schon jemand anderes für uns.«

Er gab einige Befehle in seine Konsole ein und rief dadurch eine Videoübertragung auf den Schreibtischbildschirm. Tucker erkannte das liebreizende grüne Gesicht von Navaar sofort, und das nicht nur, weil er Unmengen an Geheimdienstberichten über die gegenwärtige Anführerin des Orion-Syndikats gelesen hatte, sondern weil er ihr und ihren Schwestern vor elf Jahren an Bord der *Enterprise* sogar einmal persönlich begegnet war. Das Trio und ihr angeblicher »Herr«, Harrad-Sar, hatten versucht, ein Kopfgeld des Syndikats einzusammeln, indem sie das Raumschiff und seine Besatzung gefangen nahmen. Tucker und T'Pol waren damals maßgeblich an der Vereitelung ihrer Pläne beteiligt gewesen, denn T'Pols vulkanische Immunität gegenüber dem Effekt der überwältigend starken Pheromone der Schwestern war aufgrund ihrer speziellen Verbindung irgendwie auf Tucker übergegangen. Er erinnerte sich noch lebhaft daran, denn dieser Zwischenfall hatte T'Pol und ihn überhaupt erst auf dieses Band zwischen ihnen aufmerksam gemacht.

Navaar stand im Vordergrund einer luxuriös ausgestatteten Suite. Der Beschreibung zufolge, die unter dem Bild stand, befand sich diese im Anwesen der Schwestern auf der Heimatwelt der Orioner. Ihre jüngere Schwester D'Nesh sah vom Hintergrund aus zu und lächelte boshaft, während Navaar sagte: *»Ja, denken Sie daran, Harrad-Sar dafür zu danken, dass er uns einen kleinen Vorgeschmack der großen Show geliefert hat. Die Zerstörung war ziemlich spektakulär. Maras gefiel besonders der Moment, als das Krankenhaus in die Luft flog.«* Tucker bemerkte, dass die jüngste Schwester gelangweilt im Hintergrund lag und einer geschmeidigen nackten Sklavin dabei zusah, wie sie einen lasziven Tanz für sie aufführte. An der Diskussion schien sie nicht im Geringsten interessiert zu sein. Der Zeitstempel gab an, dass diese kurz nach Maltuvis' Bombardement der Lyaksti-Hauptstadt stattgefunden hatte, einen Tag bevor Antonio Ruiz' Aufzeichnung an die Öffentlichkeit gelangt war.

»Und Sie sind sich sicher, dass der Widerstand den Angriff ebenso dokumentiert hat?«, fuhr Navaar fort.

»Ohne Frage, Herrin«, erwiderte eine anonyme Männerstimme am anderen Ende der Verbindung, vermutlich einer der versklavten Repräsentanten der Schwestern. *»Eine der Zellen hat bereits den Versuch unternommen, einen Bericht zu übermitteln.«*

»Sorgen Sie dafür, dass Harrad-Sar Maltuvis' Zensoren klarmacht, wie wichtig es ist, dass sie diese Sendung durchlassen. Um einzuschreiten, braucht die Föderation einen Anreiz, dem sie nicht widerstehen kann.«

»Ich zweifle nicht Ihre Weisheit an, Herrin, aber können Sie sicher sein, dass Maltuvis kooperieren wird? Selbst wenn die Föderation die Schuld auf sich nimmt, der Grad an Zerstörung wird …«

»Maltuvis hat eine Sache mit uns gemeinsam«, unterbrach ihn D'Nesh. *»Es schert ihn nicht, wie viele dieser lächerlich aussehenden Echsen gegrillt werden, solange es seinen Zielen dient. Und den Ruf der Föderation zu zerstören, sie zu ängstlich und zu verhasst zu machen, um sich jemals wieder in die*

Angelegenheiten anderer einzumischen – das wird uns allen nützen.«

Harris fror das Bild ein, als er erkannte, dass Tucker etwas sagen wollte. »Mein Gott!«, entfuhr es dem jüngeren Mann. »Die Schwestern tun es bereits.«

»Bösartige Geister denken ähnlich, wie es scheint.«

»Aber ich dachte nicht an etwas in dieser Größenordnung. Genug, um ein starkes Argument für die Nichteinmischungspolitik zu liefern, nicht um die Föderation in den Augen der Galaxis zu verdammen. Haben Sie wirklich kein Problem damit, das zuzulassen?«

»Ich denke, dass die Schwestern unterschätzen, wie viel Wohlwollen sich die Föderation unter ihren Nachbarn verdient hat. Und ebenso unterschätzen sie unsere Entschlossenheit. Die Völker der Föderation sind nicht so furchtsam, dass sie sich ganz von der galaktischen Bühne verabschieden würden, ganz gleich, welche Fantasien Navaar und D'Nesh hegen mögen. Aber wenn sie glauben, dass eine Nichteinmischungspolitik einen vollständigen Isolationismus bedeuten würde, denke ich, dass es in unserem Interesse ist, sie in diesem Glauben zu belassen. Wenn ihre Intrigen gegen Sauria dazu beitragen, die öffentliche Meinung zugunsten von Archers Direktive zu beeinflussen, dann soll es so sein. Die Föderation mag sich in der Öffentlichkeitsarbeit ein blaues Auge einhandeln, aber auf lange Sicht wird sie sicherer sein, und die Orioner werden schlicht überschätzen, wie viel freie Hand sie dabei gewinnen. Wenn nötig, können wir dafür sorgen, dass die Mittäterschaft der Orioner an der Katastrophe erst dann publik wird, wenn die Direktive fest verankert ist. Aber kurzfristig machen die Schwestern unsere Arbeit für uns. Wir können uns einfach zurücklehnen und nichts tun. Das sollte sicherlich eine Erleichterung für Ihr Gewissen sein, Mister Tucker.«

Tucker akzeptierte die Worte mit einem schwachen Nicken und verbarg gleichzeitig seine wahre Sorge, so gut er konnte. Es nützte ihm nichts, wenn die inszenierte Katastrophe nicht mit Sektion 31 in Verbindung gebracht werden konnte – und es nützte den Saurianern nichts, wenn Tucker die Situation nicht genug kontrollierte, um die Katastrophe zu verhindern, bevor sie passierte.

Aber als er das eingefrorene Bild der Drei Schwestern auf Harris' Bildschirm studierte, wurde ihm klar, dass er die schlanke, blasshäutige Sklavin erkannte, die im Hintergrund für Maras tanzte. Und in diesem Moment kam ihm der Gedanke, dass es vielleicht doch noch eine Möglichkeit gab, wie er diese Situation zu seinem Vorteil nutzen konnte.

2. Februar 2166

»Ihr Name ist Devna«, sagte Tucker, während T'Pol das Bild studierte, das er am Computer ihrer Wohnung auf der Planetenoberfläche aufgerufen hatte. »Ich bin ihr im Rahmen des Vertianer-Zwischenfalls auf Rigel begegnet. Dort wurde das Bild aufgenommen – nun, genau genommen entstammt es den Aufzeichnungen der Ministerialkonferenz, die diesem vorherging. Aber das ist eindeutig dieselbe Frau. Sie ist ziemlich schwer zu übersehen.«

T'Pol warf ihm einen prüfenden Blick zu. »Tatsächlich?«

»Ich ... ich meine, weil sie für eine Orionerin so blass ist. Das hebt ziemlich hervor, wie schwarz ihr Haar ist. Und sie ist auch nicht so üppig, wie man erwarten würde.«

T'Pol blickte ihn weiterhin unverwandt an.

»Ich will damit bloß sagen, dass sie in einer Masse aus Orionern ziemlich leicht auszumachen ist.«

»Ich verstehe«, erwiderte sie trocken. »Was genau ist bei diesem Treffen passiert?«

»Sie hat mir geholfen, den ganzen Fall zu lösen. Gab mir einen Hinweis darauf, wie das Syndikat die ganze Affäre aufheizte, um die Sternenflotte von seinem geplanten Überfall auf Deneb Kaitos abzulenken. Sie war diejenige, die Kommissar Noar manipulierte, um auf den Kriegspfad zu gehen, aber als ich sie konfrontierte, hat sie alles gestanden.«

»Wie hast du sie dazu überredet?«

Trip rief sich die Begegnung wieder in Erinnerung – es war ein kurzer, einmaliger Vorfall gewesen, jedoch einer, den er in den letzten drei Jahren nie vergessen hatte. »Indem ich ihr etwas gab, von dem ich glaube, dass sie es nie gekannt hatte. Vertrauen.«

T'Pol musterte ihn. »Sprich weiter.«

»Ich hatte sie in die Enge getrieben, und ich war immun gegen ihre Pheromone – dank dir.« T'Pol nickte wissend. »Sie erwartete von mir, dass ich versuchen würde, sie zu foltern, sagte, sie sei konditioniert worden, um Schmerzen zu genießen.« Er verzog die Miene. »Ich machte ihr klar, wie falsch es in meinen Augen sei, dass jemand so existieren müsse. Ich bot ihr ein besseres Leben an. Dass ich sie aus der Sklaverei herausholen und sie an einen Ort bringen würde, an dem das Syndikat sie nie fände.«

»Offensichtlich hat sie dieses Angebot abgelehnt.«

»Sie sagte, Freiheit sei eine Illusion. Sie sagte, ich sei genauso gefangen wie sie.« Er lächelte schwach. »Sie hat es erkannt, bevor ich es tat. Offensichtlich war es für jemand anderen, der so ein Leben wie ich führt, ganz eindeutig.«

»Trip«, erwiderte T'Pol, »es war schon lange für jeden, der dir nahesteht, ganz eindeutig.«

Er starrte sie einen Moment lang an. »Ich schätze, das war es. Erinnerst du dich an die Zeit nach dieser Mission? Wie ich dir schließlich sagen konnte, was mit mir während der Schlacht von Cheron passiert war und wie es mich verfolgt hat?« Sie nickte. »Nun ... Ich habe es ihr zuerst gesagt. Ich dachte nicht, dass es jemand verstehen könnte, aber sie konnte es. Sie war, was ich war. Also habe ich einfach ... Ich fühlte, dass ich mich ihr anvertrauen konnte. Keine Pheromone, keine Manipulation – sie wusste, dass ich immun war, sie wusste, was ich war, ich wusste, was sie war, also gaben wir jede Täuschung auf. Es war der ehrlichste Moment, den wir beide mit irgendjemandem in wer weiß wie langer Zeit gehabt hatten. Es war seltsam, wie einfach es war. Vielleicht war es etwas, das wir beide gebraucht haben.«

Nach einem Moment lachte er schwach und schüttelte das wehmütige Gefühl ab. »Nun, vielleicht war es von ihrer Seite aus nicht ganz ehrlich. Ich bin mir ziemlich sicher, dass sie mir die Deneb-Information gab, weil es sich dabei bloß um ein untergeordnetes Ziel handelte, etwas, das das Syndikat opfern konnte, um uns von ihren größeren Zielen abzulenken. Und sie sagte, dass es ihr gefallen würde, wenn ich in ihrer Schuld stünde. Ich bin tatsächlich ein wenig überrascht, dass sie nie versucht hat, diese einzutreiben.«

»Und trotzdem glaubst du, ihr einen weiteren Gefallen abringen zu können?«

»Ich wüsste nicht, welche andere Wahl ich habe. Den Orionern darf nicht erlaubt werden, unsere Entlastungsmission auf Sauria zu sabotieren. Der Verlust an Leben wäre katastrophal.«

»Ganz zu schweigen davon«, sagte T'Pol, »dass es dir nicht erlauben würde, Harris dabei zu belasten.«

»Deshalb brauche ich die Hilfe von jemandem aus dem Inneren. Harris ist gern bereit, den Orionern die Drecksarbeit zu überlassen, damit er seine Hände sauber halten kann. Aber wenn ich hinbekomme, die Intrige nicht nur zu enthüllen, bevor sie noch größeren Schaden anrichtet, sondern auch Beweise zu platzieren, die implizieren, dass Harris mit den Orionern in eine Verschwörung verwickelt ist, dann kann ich die Sektion trotzdem stürzen *und* viele Saurianer retten.«

T'Pol runzelte die Stirn. »Die Anklage gegen die Sektion auf gefälschten Beweisen zu gründen, ist kaum ein wünschenswerter Weg.«

»Ich weiß, es ist ein Risiko, aber es ist alles, was wir haben. Vielleicht werden wir die Anklage nicht durchbringen, es dürfte jedoch ausreichen, um ihn von der Sternenflotte und der Föderationssicherheit durchleuchten zu lassen, und das würde die wahren Beweise aufdecken, die ihn und die Sektion aus dem Weg schaffen.«

»Und was, wenn wir uns entscheiden müssen, entweder die Saurianer zu retten oder Harris zu belasten?«

»Dann werde ich natürlich die Saurianer an die erste Stelle setzen. Glaub mir, T'Pol, ich weiß, wie das aussieht.« Er fasste ihre Hand. »Mir ist bewusst, dass ich mir fast genau den gleichen Plan ausgedacht habe wie die Anführerinnen der rücksichtslosesten kriminellen Organisation des bekannten Raums. Deshalb bin ich so früh hier. Ich habe die ganze Nacht wach gelegen und mich gefragt, ob ich Sektion 31 wirklich zu Fall bringen kann, ohne genauso skrupellos zu werden wie sie.«

Ihr Arm legte sich um seine Schultern. »Es mag kein großer Trost sein, Trip, aber ich bezweifle, dass Harris nachts viel Schlaf verliert. Deine Schlaflosigkeit ist ein Beweis dafür, dass dein Gewissen nach wie vor intakt ist.«

»Ich hoffe, du hast recht. Und nicht zuletzt deswegen will ich Devna dafür gewinnen. Ich möchte ihr eine weitere Chance bieten, einen Weg aus der Sklaverei zu finden. Wenn sie mir helfen kann, Leben zu retten und die Sektion zu entlarven, dann hätte sie sich einen Platz in der Föderation verdient.«

»Was macht dich so zuversichtlich, dass sie zu helfen bereit ist? Wie du sagtest, gab es damals für sie einen taktischen Vorteil, Informationen preiszugeben. Sie hat nicht aus Altruismus gehandelt.«

»Vielleicht nicht. Aber ich habe sie im Auge behalten. Es gibt Aufzeichnungen aus dem letzten Jahr, die sie bei Delta IV als Mitglied einer Bande Orioner zeigen, die eine Gruppe von Deltanern entführt und versucht hat, sie zu versklaven. Die *Essex* hat die Orioner verfolgt und die Entführten befreit, aber die Deltaner weigerten sich, Anklage zu erheben, weswegen die *Essex* die Orioner ziehen lassen musste. Doch der Sicherheitschef der *Essex* hat die Deltaner später befragt, und es scheint, dass sie das Gefühl hatten, Devna sei aufgeklärter gewesen als der Rest der Orioner – dass sie während ihrer gemeinsamen Zeit eine Verbindung zu ihr aufbauen konnten, obwohl sie sie nur als potenzielle Sklaven einschätzen sollte. Die Sache ist die, dass die *Essex* das Sklavenschiff nur durch reines Glück gefunden hat – scheinbar. Sie mussten ein riesiges Raumgebiet absuchen, und die Orioner hatten einen großen Vorsprung. Aber sie empfingen ein Streusignal von den Warpantrieben des Sklavenschiffes – die Art, die durch eine sehr subtile Fehlausrichtung erzeugt werden würde, die selbst für Ingenieure schwer zu erkennen wäre. Wie groß sind die Chancen, dass deren Schiff zufällig genau die Art von Fehlfunktion hatte, mit der Folge, dass es rechtzeitig entdeckt werden würde, um diese Deltaner zu retten?«

»Du glaubst, dass Devna den Antriebsfehler verursacht hat, damit sie freikommen?«

»Ich halte es für möglich.«

»Aber bei Weitem nicht sicher.«

»Ich muss sie nur fragen, wenn ich sie sehe.«

T'Pol überlegte. »Eins muss ich sagen: Angesichts ihrer Beteiligung an zwei gescheiterten Syndikatsoperationen innerhalb von zwei Jahren ist es beeindruckend, dass sie noch am Leben ist. Man fragt sich, warum die Drei Schwestern sie für wertvoll genug halten, dass sie über dieses Versagen hinwegschauen.« Sie hob eine Augenbraue. »Du hast gesagt, dass sie ihnen persönlich dient. Wenn sie zu ihrem inneren Kreis zählt, könnte es verfrüht sein, ihr zu vertrauen.«

Tucker grinste. »Nun, sie könnte ungeachtet ihrer Spionagetalente noch auf andere Weise von Wert sein. Die Art, wie Maras und Devna in dieser Aufzeichnung, die ich sah, miteinander umgingen ... Ich würde sagen, sie sind ein Liebespaar.«

T'Pols Lippen wurden geschürzt. »Kaum ein passendes Wort für eine Herrin-Sklavin-Beziehung.«

»Okay, guter Punkt. Aber Devna sah nicht gerade widerwillig aus, wenn du verstehst, was ich meine.«

Ihr Blick verhärtete sich. »Das hat also deine Aufmerksamkeit erregt?«

Verunsichert zog er sich zurück, öffnete den Mund – und lachte dann. »Weißt du, es ist wirklich schwer zu sagen, wann du dir einen Scherz mit mir erlaubst.«

Sie schenkte ihm dieses Lächeln-ohne-zu-lächeln. »Ausgezeichnet.«

»Hör zu, wirst du mir nun helfen, Devna aufzuspüren, oder nicht?«

Der Captain der *Endeavour* dachte nach. »Hoshi und Lieutenant Cutler haben während unserer Razzia auf Pheniot V im vergangenen Jahr eine beträchtliche Menge an Daten über das Orion-Syndikat erbeutet. Dazu gehörten Informationen über die Organisationsstruktur und die Kontaktprotokolle. Die Informationen wurden dem Geheimdienst der Sternenflotte übergeben, aber wir haben eine Kopie an Bord behalten. Du sagst, du hast Devna im Auge behalten? Ich nehme an, dann hast du auch einige Informationen über ihre Tätigkeit oder ihre Stellung im Syndikat.«

»Einige, ja. Das meiste, was ich über sie habe, stammt aus den Zeiten, in denen sie nicht auf der Heimatwelt der Orioner weilte, aber ich konnte mir ein paar Sachen erschließen, von denen der Geheimdienst keine Ahnung haben dürfte.«

»Dann finden wir vielleicht noch mehr heraus, wenn wir uns gemeinsam die Pheniot-Daten anschauen.«

Tucker lächelte. »Das gehört zu den Dingen, die mir so an der Zeit gefallen haben, die wir gemeinsam in der Ware-Einsatzgruppe verbracht haben. Du und ich arbeiten gemeinsam an der Lösung eines Problems. Es fühlte sich an wie in alten Zeiten – als ich noch ich sein konnte.«

»Dann lass uns anfangen.« Sie strich ihm über die Wange und gab ihm einen zärtlichen Kuss. »Und wenn wir Erfolg haben ... kannst du vielleicht wieder du sein.«

4. Februar 2166
Heimatwelt der Orioner

Devna hatte gehofft, dass sie eines Tages die Gelegenheit haben würde, Charles Tucker wiederzusehen, um den Gefallen, den er ihr von Rigel schuldete, einzufordern – und vielleicht noch aus anderen Gründen, die sie sich nicht einzugestehen wagte. Doch sie hätte niemals erwartet, dass er so waghalsig sein könnte, sie direkt über die Konsole in ihrem Privatgemach zu kontaktieren, einem Raum, den sie sich erst kürzlich verdient hatte. Es hatte seine Vorteile, Maras' Günstling zu sein. Er versicherte ihr, dass die Technologie seiner Behörde es ihm ermöglichte, Kontakt aufzunehmen, ohne dass Aufzeichnungen des Gesprächs zurückbleiben würden. Nicht einmal das Überwachungssystem des Raums würde ihn bemerken. Tatsächlich hatte er sein eigenes System so umgerüstet, dass selbst seine eigene Behörde die

Kontaktaufnahme nicht mitbekommen würde. Dennoch war das, worum Tucker sie bat, verblüffend.

»Vielleicht haben Menschen ein anderes Verständnis davon, wie Gefallen funktionieren«, sagte Devna dem rosahäutigen, schwarz gekleideten Agenten auf dem Bildschirm. »Ich bin diejenige, die das Recht hat, dich zu bitten, etwas für mich zu tun.«

»Ich tue etwas für dich. Ich gebe dir eine weitere Chance, das Richtige zu tun, deine Position zu nutzen, um eine Gräueltat zu verhindern. So wie du es letztes Jahr bei den Deltanern getan hast.« Sie versuchte, ihre Überraschung zu verbergen, aber er bemerkte sie trotzdem. *»So ist es, Devna. Ich weiß Bescheid. Nun ... ich habe es vermutet.* Jetzt *weiß ich Bescheid.«*

»Ich verstehe«, sagte sie, nachdem sie ihre Fassung wiedererlangt hatte. »Dann willst du mich also zur Zusammenarbeit zwingen.«

Er seufzte. »Nein, das will ich nicht. Was ich meine, ist ... du hast dich deinen Herrinnen widersetzt, um den Deltanern zu helfen, weil du wusstest, dass es das Richtige war. Vielleicht hast du mir aus dem gleichen Grund damals auf Rigel geholfen, obwohl du da natürlich auch etwas davon hattest.«

»Etwas davon hatte?« protestierte Devna, und ihre samtene Stimme wurde kälter. »Ich habe als Strafe für meine Indiskretion, zu der du mich gedrängt hast, ein Jahr auf der untersten Sklavenstufe verbracht. Ich war ein Objekt, Eigentum von jedem, der mich zu jener Zeit haben wollte. Ich wurde auf eine Art und Weise benutzt und gedemütigt, die dir die Schamesröte ins Gesicht treiben würde, wenn du es dir nur vorstellen könntest. Ich musste mir den Weg zurück in eine Vertrauensstellung hart verdienen, und ich bekam diese Gelegenheit auch nur dank der Gunst meiner Herrin Maras.«

Das pure, ungeheuchelte Entsetzen und Schuldbewusstsein auf Tuckers Zügen ließ ihre Wut verrauchen. *»Mein Gott ... Devna, ich hatte keine Ahnung. Ich hätte nie gedacht ... Du schienst der Ansicht zu sein, dass du klarkommen würdest.«*

»Ich bin damit klargekommen, Tucker. Es war nichts, was ich nicht schon hätte ertragen müssen, während ich aufgewachsen bin. Nichts, woraus ich mir nicht schon früher meinen Weg verdienen musste. Ich wusste, dass es der Preis für mein Handeln sein würde, und ich entschied mich, es zu akzeptieren.«

Er musterte sie. *»Und was wäre der Preis gewesen, wenn sie herausgefunden hätten, was du für die Deltaner getan hast?«*

Devna zögerte. »Ich habe dafür gesorgt, dass sie es nicht tun.«

»Sie hätten dich getötet, nicht wahr?«

»Mein Leben war schon immer in ihrer Hand, mir allein gewährt aufgrund ihrer Güte. Ich habe nie erwartet, länger zu leben, als es ihnen gefällt.«

»Trotzdem hättest du ihnen keinen Grund geben müssen. Du hast dich entschieden, dich selbst zu riskieren, um anderen zu helfen – wieder einmal. Ich glaube an diesen Drang, Gutes zu tun. Sogar nach allem, was ich gesehen habe, nach allem, was ich getan habe ... Ich erkenne ihn, wenn ich ihn sehe. Und er gibt mir Hoffnung. Das ist es, was ich dir anbieten will, Devna. Hoffnung. Komm mit mir nach Sauria, hilf mir, die Katastrophe zu verhindern, die deine Herrinnen zu inszenieren versuchen, und ich kann dich rausholen. Ich kann dir ein besseres Leben in der Föderation bieten. Oder auf Delta, wenn du das vorziehst. Sie würden sich freuen, dich wiederzuhaben, da bin ich mir sicher.«

»Ich fühle mich wohl, wo ich bin, wie du sehen kannst. Ich genieße die Gunst einer Schwester. Es gibt kein höheres Privileg für einen Sklaven.«

»Sklaverei ist nie ein Privileg. Ich weiß, du glaubst nicht, dass Freiheit real ist, Devna, aber es gibt viel größere Grade an Freiheit als den, den du jetzt hast.«

Sie musterte ihn, lotete die Intensität in seinen Augen und seiner Stimme aus. »Darum geht es dir wirklich, nicht wahr? Du strebst danach, Freiheit von deinen eigenen Herren zu erlangen.«

»Ja. Für viele Menschen und Wesen, die in Zukunft ihrer Gnade ausgeliefert sein könnten. Nicht zuletzt die Saurianer. Sie verdienen es genauso wenig, für die Intrigen der Schwestern zu leiden, wie es die Deltaner verdienten.«

»Man bekommen selten das, was man verdient.«

»Nicht automatisch. Deshalb müssen andere aktiv werden, um nachzuhelfen.«

»Wenn du mein Vertrauen willst, sei ehrlich zu mir: Das ist etwas, was du für deine *eigene* Freiheit tust, nicht wahr?«

Er nahm sich einen Moment Zeit, bevor er antwortete. *»Ja. Ja, das stimmt. Aber es geht mir nicht nur um die Freiheit von meinen Arbeitgebern. Es geht darum ... mich davon zu befreien, mit Entscheidungen leben zu müssen, die anderen Leuten schaden. Ich schätze, das kannst du verstehen, Devna. Wenn du ehrlich zu dir selbst bist.«*

Sie hatte keine Antwort darauf.

Tucker nahm ebendieses Schweigen als Antwort. *»Wenn du dich entscheidest, mir zu helfen, dann triff mich an den Koordinaten, die ich dir schicke.«*

Die Koordinaten tauchten auf dem Bildschirm auf, und Devna prägte sie sich rasch ein, genau wie man es sie gelehrt hatte. »Was lässt dich glauben, dass ich es einrichten könnte, von hier fortzukommen?«

»Du bist eine kluge Frau, Devna. Dir wird etwas einfallen.« Er lächelte. *»Wir sehen uns bald.«*

Der Bildschirm wurde dunkel, und sie staunte über seine menschliche Arroganz. Er war sich so sicher, dass er sie verstanden hatte. Wie konnte er das, wenn sie selbst darum kämpfte, sich zu verstehen?

Die Vorhänge raschelten, und Maras tauchte aus ihren eigenen angrenzenden Gemächern auf. Tucker mochte Schritte unternommen haben, um ihre Kommunikation vor elektronischer Überwachung zu schützen, aber er hatte nicht mit dem Talent der jüngsten Schwester zum Lauschen gerechnet. Natürlich war sich kaum jemand dessen bewusst. Maras hatte den Ruf einer weltfremden Hedonistin mit dem Verstand eines Kindes sorgfältig gepflegt. Ihre sexuelle Anziehungskraft und die Kraft ihrer Pheromone waren so intensiv, dass sogar ihre liebende ältere Schwester Navaar sie als Bedrohung angesehen hätte, wenn Maras nicht ihren überlegenen Intellekt verheimlichen und sich als harmlos und ohne jede Ambition präsentieren würde. Devna war eine der wenigen privilegierten Sklaven, denen Maras ihr Geheimnis anvertraut hatte – und nicht alle davon waren noch am Leben. Maras' Einfältigkeit mochte nur vorgetäuscht sein, aber ihre Rücksichtslosigkeit war sehr real. Devna wusste, dass ihr Leben davon abhing, Maras' Geheimnis zu bewahren. Aber das Privileg, Maras' Vertrauen zu genießen, und der Nervenkitzel, ihre Geliebte zu sein, waren die Gefahr wert.

Devna erhob sich und bewegte sich auf ihre Herrin zu, wobei sie das hauchdünne Gewand zu Boden gleiten ließ, das sie für ihr Gespräch mit Tucker angezogen hatte. »Ihr habt alles gehört, Herrin?«, fragte sie und hielt ihren Kopf respektvoll gesenkt.

Lächelnd legte Maras einen langen, scharfen Nagel unter Devnas Kinn und hob ihren Kopf an. »Ich kann dem Klang deiner Stimme nie widerstehen.«

»Was soll ich tun, Herrin? Die Befreiung der Deltaner hat dem Syndikat nicht geschadet. Sie wären ohnehin schlechte Sklaven gewesen. Das habt Ihr selbst mir versichert.« Devna hatte nicht einmal versucht, das Geheimnis vor ihrer Herrin zu bewahren, denn sie wusste, dass Maras jeden Versuch der Täuschung durchschaut hätte und sie leicht hätte zwingen können, die Wahrheit zu sagen. Devna hätte den Tod akzeptiert, wenn dies Maras' Wille gewesen wäre. Aber ihre Herrin war erfreut darüber gewesen, dass ihre bevorzugte Spionin die Findigkeit und Gerissenheit bewiesen hatte, den älteren Schwestern zu trotzen, ohne dabei erwischt zu werden, und sie hatte Devna wissen lassen, dass sie in Zukunft vielleicht noch Verwendung für solche Fähigkeiten haben würde. »Aber das hier ...«

Maras strich ihr zärtlich übers Haar und liebkoste ihre Wange. Auf diese Entfernung versetzten ihre Pheromone Devna in heiße Erregung, obwohl sich Maras vorerst zurückhielt. »Was willst du tun?«

Sie wusste, dass Maras, anders als die meisten Herren, sie nicht dafür bestrafen würde, wenn sie einen Gedanken in Worte kleidete. »Ich will dem Menschen helfen.«

»Nicht den Saurianern?«

Maras war eine Frau weniger Worte, aber es lag eine Menge Bedeutung in ihnen, wenn sie dies wollte. Devna nickte und bestätigte damit ihre Vermutung. »Ich habe Mitleid mit ihm, Herrin. Er gehört nicht in dieses Leben. Es beschert ihm solche Trauer. Er hat mich einmal gehen lassen ... Ich würde dasselbe für ihn tun, wenn ich könnte.«

Die Schwester neigte ihren Kopf und dachte nach. »Er appellierte an dein Mitgefühl. Das ist interessant. Aber du weißt, dass uns das wenig nützt.«

Devna nickte. Sie hatte Maras alles erzählt, was Pelia und die anderen Deltaner sie über Mitgefühl und das gemeinsame

Band zwischen allen Wesen gelehrt hatten. Maras hatte diese Einsichten mit offenem Verstand aufgenommen, wie sie es mit allen neuen Ideen tat, aber sie war nicht bekehrt worden. Sie war eine pragmatische Frau, und ihr praktisches Denken sagte ihr, dass es besser für ihr eigenes Überleben war, wenn sie den Sadismus der orionischen Gesellschaft akzeptierte, ja, sogar den Anschein erweckte, sich daran zu ergötzen. Sie hatte Devna erklärt, dass ihre gegenwärtige Stellung ihr einiges an Gelegenheiten gewährte, die Exzesse ihrer älteren Schwestern abzuschwächen, indem sie subtile Vorschläge zum richtigen Zeitpunkt machte und damit Ideen provozierte, von denen die beiden anderen glaubten, sie würden von ihnen stammen. Doch jeder unverhohlene Versuch, das Syndikat von innen heraus zu verändern, würde nur zu ihrem Tod und dem ihrer Komplizen wie Devna führen, und dadurch war nichts gewonnen.

Devna akzeptierte Maras' Argumentation, aber wenn sie mit jemandem wie Tucker sprach, wenn sie an die Wärme und Liebe erinnert wurde, die sie mit Pelia und ihren Freunden geteilt hatte, fand eine geheime Stimme in ihr Maras' kalte Berechnungen unbefriedigend. Eigeninteresse war nicht alles, was es gab. Sie hatte von etwas gekostet, das mehr bedeutete, und manchmal wünschte sie sich, sie könnte es wieder erfahren.

Maras, scharfsinnig wie immer, erkannte etwas von dem, was sie fühlte. Sie zog Devna nahe heran und küsste sie innig. »Ich will nicht, dass du traurig bist. Wenn du ihm helfen willst, darfst du ihm helfen.«

»Herrin!« Devna weinte, als sie wieder zu Atem kam. »Aber was ist mit den Plänen Eurer Schwestern?«

»Deren Pläne«, sagte Maras und verdrehte die Augen angesichts der vergleichsweise rudimentären strategischen Fähigkeiten ihrer Geschwister. »Ich habe meine eigenen.

Hilf deinem Schmuse-Menschen, seine Arbeitgeber mit den Intrigen meiner Schwestern in Verbindung zu bringen – aber nur mit D'Nesh.«

Devna verstand. Navaar hatte einen Narren an Maras gefressen und liebte sie, solange diese ihre Fassade des unschuldigen, dummen Kindes pflegte, das ihre große Schwester brauchte, die sich um sie kümmerte. D'Nesh allerdings, die mittlere Schwester, war eifersüchtig auf Maras' Vorzugsbehandlung und verachtete sie für ihre scheinbare Dummheit. Maras hatte erklärt, dass sie sich Devna nicht zuletzt deshalb als Verbündete hielt, weil sie erwartete, dass D'Neshs Abneigung irgendwann bis zum Verrat eskalieren würde. Jetzt nutzte Maras die Gelegenheit, um zuerst gegen D'Nesh vorzugehen. Beweise, die Tuckers Arbeitgeber mit der mittleren Schwester zusammenbrachten, würden nicht nur in der Föderation, sondern auch im Syndikat einen Skandal auslösen. Das konnte sehr wohl zu D'Neshs Entehrung führen, womöglich sogar zu ihrem Tod. Schließlich hielt man im Syndikat wenig von dem Föderationskonzept eines fairen Prozesses. So würde es genügen, Navaars ohnehin belastetes Vertrauensverhältnis zu ihrer Schwester zu zerstören, um D'Neshs Schicksal zu besiegeln.

Devna zitterte, als sie erkannte, wie gefährlich dieser Schritt war. »Herrin ... was Ihr von mir verlangt ...«

»Ich weiß«, antwortete Maras und streichelte ihre Wange. »Wenn du erwischt wirst, ist das dein Tod. Aber nichts zu tun, könnte den meinen bedeuten – und ohne meine Gunst würdest du leiden.« Devna nickte. Das Risiko, das sie eingehen würde, bestand nur für sie selbst; selbst wenn Maras nichts tat, um ihre Beteiligung zu verbergen, würde niemals jemand glauben, dass die einfältige Schwester die heimliche Drahtzieherin hinter allem war. Aber es war Devnas Pflicht zu dienen. Und wenigstens war Maras eine Herrin, für die sie bereit war zu sterben.

Ihre Geliebte gab ihr einen weiteren leidenschaftlichen Kuss. »Ich vertraue dir, Devna. Du lernst. Du wächst. Das ist selten bei uns – unser System belohnt es nicht. Es ist deine Geheimwaffe, genau wie meine. Unser Verstand verleiht uns einen Vorteil. Deshalb wirst du nicht versagen.« Ihre eigene, kaum erwähnenswerte Kleidung fiel zu Boden, dann zog Maras Devna aufs Bett. »Du wirst mich nie enttäuschen.«

5. Februar 2166
Gebirge der Sierra Nevada

»Seid ihr verrückt geworden?«, fragte Jonathan Archer Charles Tucker. Die beiden Männer standen zusammen mit Malcolm Reed auf einem breiten Felsvorsprung auf halbem Weg einen mittelgroßen Berg hinauf. Archer und Reed hatten sich auf die harte Tour hierher begeben; dies war nicht die ideale Zeit für Bergsteiger, aber Archer mochte eine Herausforderung, und die Tatsache, dass er es sich zur Gewohnheit gemacht hatte, zur Mittwinterzeit klettern zu gehen, machte es einfacher, ein heimliches Treffen mit einem Mann zu verbergen, der längst tot sein sollte. Reed hatte den Aufstieg ganz eindeutig nicht genossen, dennoch hatte er ihn stoisch hinter sich gebracht. Tucker seinerseits war mit dem Transporter angekommen. Er schien sich keine Sorgen über die potenziellen Langzeitrisiken beim Einsatz der Technologie zu machen, etwas, womit sowohl Archer als auch Reed ihre Erfahrung hatten. Die Tage des Admirals, an denen er Herausforderungen wie Mount Whitney im Winter angegangen war, lagen heute hinter ihm, denn die motorischen Schäden, die der häufige Einsatz von Transportern verursacht hatte, beeinträchtigten ihn nach wie vor. Immerhin hatten die Behandlungen von Doktor Phlox seine Beweglichkeit insoweit wiederhergestellt, als er gemäßigtere Steigungen wie diese bewältigen konnte. Archer fragte sich manchmal, ob Tuckers unbekümmerter Einsatz von Transportern bedeutete, dass Sektion 31 Zugang zu einer fortschrittlicheren, sichereren Transportertechnologie hatte, die sie dem Rest der Föderation vorenthielt. Aber warum sollte eine Organisation, die sich angeblich der Sicherheit der Bürger der Föderation verschrieben hatte, so etwas tun? Andererseits trafen sich die drei Männer ja genau deshalb, weil sie sich darin einig waren, dass Sektion 31 diesen Zweck aus den Augen verloren hatte.

Aber falls Tucker von einer derartigen Technologie wusste und dieses Wissen für sich behielt, war er dann, so fragte sich Archer, viel vertrauenswürdiger?

Der Vorschlag, den Tucker und Reed gerade gemacht hatten, warf diese Frage gleich zweimal auf. »Das ist ein unglaublich riskanter Plan, den du vorschlägst, Trip. Nicht nur für dich selbst, sondern auch für die Saurianer. Wenn du weißt, dass Maltuvis und die Orioner vorhaben, eine Katastrophe zu inszenieren, und es niemandem sagst …«

»*Würde* ich es jemandem sagen, würde es Harris verraten, dass ich gegen ihn arbeite. *Und* es würde das Syndikat darauf hinweisen, dass wir seine Kommunikation abgehört haben. Dann könnte einer von beiden – oder gar beide – einen anderen Weg finden, der Föderation zu schaden, ohne dass wir die Chance hätten, sie aufzuhalten. Und Maltuvis würde seine Leute sowieso einfach weiter abschlachten.«

»Trotzdem spielst du mit dem Feuer. Wenn dein Plan nicht richtig läuft, könnte es diese Toten tatsächlich geben.«

»Sir«, mischte sich Reed ein, »es ist nicht so, als hätten wir nicht schon vor ähnlichen Herausforderungen gestanden. Trip weiß, was er tut. Er hat eine Kontaktperson im Syndikat und eine weitere bei der Widerstandsbewegung auf Sauria.«

»Das ist richtig.« Tucker nickte. »Antonio Ruiz – der Mann, der das Video des Angriffs auf die Hauptstadt aufgezeichnet hat. Der Umstand, dass er bis jetzt überlebt hat, beweist, dass er sogar noch cleverer ist, als ich gedacht habe.«

»Na schön, na schön«, sagte Archer. »Selbst angenommen, dass ihr eine realistische Chance habt, das durchzuziehen ... hast du dir über den Effekt Gedanken gemacht, den es auf die Föderation haben wird? Ich habe bereits damit zu kämpfen, den Rest der Sternenflotte, die Regierung und die Öffentlichkeit davon zu überzeugen, dass Nichteinmischung die richtige Politik ist. Wenn herauskommt, dass eine illegale Geheimorganisation sowie das Orion-Syndikat beide versuchen, die Situation *zugunsten* der Nichteinmischung zu manipulieren, wie wird die Öffentlichkeit deiner Meinung nach reagieren? Unsere Bemühungen werden völlig in Verruf geraten!«

»Das ist ein Risiko, ich weiß«, antwortete Tucker. »Aber vielleicht wird es so schlimm gar nicht werden. Es gibt gute Argumente, die für eine Nichteinmischung sprechen. Die werden nicht durch einen einzigen Skandal hinfällig. Die Leute, die tatsächlich an diese Politik glauben, werden diesen Glauben keineswegs schlagartig verlieren.«

»Das sind ja auch nicht die, die wir überzeugen müssen, Trip!«

»Das weiß ich, Jon. Aber es stehen größere Dinge auf dem Spiel.«

»Größer als die Frage, wie die Sternenflotte in Zukunft mit anderen Kulturen umgeht?«

»Das ist doch genau das, worum es hier geht!«, rief Tucker. »Wenn die Sternenflotte auf anderen Welten eingreifen will, dann sollte es eine Sternenflotte sein, die dies offen, unter den Augen der Öffentlichkeit tut, damit sie entsprechend zur Verantwortung gezogen werden kann. Es darf keine geheime Organisation sein, die sich aus dem Schatten einmischt und eine nominelle Nichteinmischungspolitik als Deckmantel benutzt. Jon, deine Direktive durchzubringen, wird nichts nützen, wenn Sektion 31 noch da ist, um sie zu pervertieren. Lasst uns zuerst die Fäulnis aus der Sternenflotte entfernen – dann können wir darüber nachdenken, wie wir mit anderen Welten umgehen.«

Archer starrte seinen alten Freund an, wobei er sich eine gleichermaßen zornige Antwort verkniff. Er sah, wie wichtig Trip diese Sache war – wahrscheinlich noch wichtiger als Archer die seine, denn das hier war für Trip etwas Persönliches. Und genau genommen hatte Archer auch kein gutes Gegenargument parat. Nach einem Moment seufzte er. »Ich bin nur … Ich würde es vorziehen, wenn wir eine Lösung finden könnten, die nicht die Wahl des kleineren von zwei Übeln erfordert.«

»Das würden wir alle, Sir«, antwortete Reed. »Aber im Umgang mit Sektion 31 gibt es selten so klare, richtige Entscheidungen – nur eine Grauzone nach der anderen. Und wir spielen schließlich in deren Arena.«

Archer nickte. »In Ordnung. Ich segne deinen Plan ab, Trip. Ich werde euch unterstützen, so weit ich kann … und ich werde darüber nachdenken, wie ich an der Nichteinmischungsfront Schadensbegrenzung betreiben kann.«

Tuckers Schultern entspannten sich. »Danke, Jon. Es bedeutet mir viel.«

»Mir auch, Sir«, fügte Reed hinzu.

»Seid bloß vorsichtig«, ermahnte Archer beide. »Und denkt daran: Wenn ihr in der Arena von Sektion 31 spielt … dann haben sie den Heimvorteil.«

5

9. Februar 2166
GJ-1045-System

Farid Najafi starrte durch das Aussichtsfenster und erwartete sehnsüchtig den ersten Blick auf die Oberfläche des Planeten, während die Raumfähre durch die dichte Wolkendecke tiefer sank. Die anderen Besatzungsmitglieder der *E.C.S. Jules Verne* neben ihm wirkten nicht minder neugierig. Der noch unbenannte Planet war von Anfang an eine Quelle der Überraschungen gewesen. »Das könnte der Fund unseres Lebens sein«, hörte Najafi Alec Castellano vom Pilotensitz aus sagen – zum etwa sechsten Mal, seit sie die *Verne* verlassen hatten. Der Enthusiasmus des siebzehnjährigen Jungen war notorisch schwer zu zügeln.

Hinter Alec lehnte sich seine Mutter Maya nach vorn und drückte seine Schulter. »Und *wir* sind die Ersten hier, nicht diese Besserwisser von der Sternenflotte«, sagte die schwarzhaarige Biologin. »Die hätten sich nicht einmal die Mühe gemacht, sich eine Welt wie diese näher anzuschauen.«

Najafi war sich nicht sicher, ob das stimmte, aber seine Wissenschaftskollegin hatte zumindest insofern recht, als ihr Herkommen ein Schuss ins Blaue gewesen war. Schwach leuchtende Rote Zwerge wie GJ 1045, ein M4-Stern etwa ein Parsec jenseits von Alpha Arietis, waren bei Weitem die häufigsten Sterne in der Galaxie – dennoch war es bestenfalls zweifelhaft, bewohnbare Welten um sie herum zu finden. Sie hatten langwierige, langsame und turbulente Kindheiten, lang genug, dass Sonneneruptionen und durch Gezeitenkräfte hervorgerufene vulkanische Aktivität jeden Planeten der bewohnbaren Zone seines Wassers berauben konnten. Viele Weltraumpioniere waren dem Sirenengesang von Sauerstoffspuren zu einem M-Zwerg-System gefolgt, doch sie hatten dort immer wieder nur eine fossile Schicht aus Sauerstoff gefunden, die einen öden, ausgetrockneten Planeten einhüllte und zugleich alles darstellte, was von den ursprünglichen Wasservorkommen übrig geblieben war, nachdem Strahlung allen Wasserstoff weggebrannt hatte. Manchmal wanderte eine neptunartige Welt in die Lebenszone und verlor ihre Wasserstoffatmosphäre langsam genug, dass ihr felsiger, eisiger Kern Zeit hatte, sich aufzuwärmen und lebensfreundlich zu werden, sobald der Stern in eine ruhigere Phase seines Daseins übergegangen war, aber die Größe und der Zeitpunkt mussten genau passen. Und M-Zwerge neigten zu schweren Sonneneruptionen während ihrer Lebensspanne, sodass häufig jede verbliebene Atmosphäre und Feuchtigkeit fortgerissen worden war, bevor sich die Planetenbahn weit genug geneigt hatte, um dem Großteil des koronalen Masseauswurfs zu entgehen.

Selbst ein Planet, der all diese Herausforderungen gemeistert hatte, würde seinen Stern immer noch in so geringer Entfernung umkreisen, dass seine Rotation synchronisiert war, also eine Seite auf ewig erhellt wurde und eine im Dunkeln lag. Ohne eine extrem dichte Atmosphäre und ausreichend große Ozeane zur Verteilung der Hitze würde es auf dieser Welt nur ein schmales Band unmittelbar um die Tag-Nacht-Grenze geben, innerhalb dessen Leben möglich war, während zur einen Seite grausame Hitze herrschte und auf der anderen eine Eiskappe die Hemisphäre bedeckte. Jedwedes Leben, das dort Fuß zu fassen vermochte, würde ebenso schnell wieder verschwinden, wenn Kontinentalplattenverschiebungen es aus seiner Komfortzone trugen.

Doch diesmal hatte sich Captain Zangs Risikofreude ausgezahlt. Die Entwicklung dieses Planeten war gerade so verlaufen, dass er heute Ozeane und Sauerstoff aufwies, ungefährliche Strahlungslevel und ein auf dem größten Teil der Oberfläche lebensfreundliches Klima. Die permanente Wolkendecke über dem Großteil seiner sonnenseitigen Hälfte milderte die Hitze ab und machte die gesamte Hemisphäre bewohnbar, auch wenn der substellare Pol von einem riesenhaften, langsamen, ewigen Hurrikan verschlungen wurde. Scans aus dem Orbit hatten eine Vielzahl an Pflanzenarten bestätigt, die jedoch überwiegend von dunkler, violetter Farbe waren, da ihre für die Photosynthese verantwortlichen Molekularstrukturen daran angepasst waren, das infrarote Licht zu absorbieren, das den Hauptenergieausstoß der Sonne darstellte.

Farid und Maya hatten Stunden damit verbracht, die Frage zu debattieren, wie Pflanzenleben auf einem Planeten gedeihen konnte, dessen Sonne sich niemals am Himmel bewegte und wo Schatten, die von größeren Pflanzen oder Landschaftsstrukturen geworfen wurden, immer am gleichen Platz standen. Wie verlief der Konkurrenzkampf, um möglichst viel Sonnenlicht zu erhalten? Wie konnten kleinere Pflanzen überhaupt darauf hoffen zu überleben? Wuchsen sie wie die an die Dunkelheit angepassten Bodendecker unter einem Regenwaldblätterdach? Konnten sie sich einfach von Streuinfrarotlicht in ihrer Umgebung ernähren? Und welche Arten von Tieren oder Insekten mochte es geben? Waren sie imstande, die häufigen Sonneneruptionen des Primärgestirns zu überleben, die zwar schwach genug waren, um der Atmosphäre keinen bleibenden Schaden zuzufügen, aber durchaus heftig genug, um problematisch für nichtbotanisches Leben zu sein? Doch wenn es keine Tiere oder Insekten gab, wie verbreiteten und befruchteten sich die Pflanzen dann?

Entsprechend aufgeregt war die Besatzung, die aus den schmalen Fenstern der Raumfähre blickte, als diese schließlich aus der Wolkenschicht herauskam. Kurz darauf näherte sich die Fähre einer flachen Anhöhe in der Nähe eines Flusses, die mit schwammartigen, dunkelblauen Pflanzen bewachsen war. Auf der einen Seite wurde sie von Büscheln aus steifem, bambusartigem Gras und auf der anderen von schlanken Bäumen flankiert, die an Spargelstiele erinnerten, deren »Schuppen« weit geöffnet und so abgewinkelt waren, das sie möglichst viel Sonnenlicht auffingen. Alec brachte die Fähre über die Anhöhe und aktivierte das Landetriebwerk – und der Planet bot ihnen eine weitere Überraschung.

Unter ihnen auf dem Hügel bewegten sich die schwammigen Gewächse! Und sie zitterten nicht nur vom Schub der Raumfähre, sondern wanderten obendrein von der Störung weg. Als die Fähre schließlich landete, tat sie dies auf blanker Erde.

Gleichzeitig falteten die Spargelbäume vor den Augen der Forscher ihre Schuppen hoch. »Und schau«, rief Maya Castellano, während sie aus dem Fenster zeigte. »Die bambusähnlichen Pflanzen haben sich flach auf den Boden gelegt.«

»Vom Wind umgeblasen«, schlug Captain Zang vor.

»Nein, sie sind zu steif. Seht mal!«

Der junge Alec hatte die Triebwerke abgeschaltet, und der Wind hatte nachgelassen. Die Stängel begannen sich wieder aufzurichten, aber nicht wie gebogene Schilfrohre, die zurück in die Senkrechte schnellten. Stattdessen blieben sie starr und erhoben sich auf eine beinahe vorsichtige Art und Weise.

Farid grinste. »Wer braucht schon Tiere bei Pflanzen wie diesen?«

Das Warten auf den endgültigen Umgebungs-Check schien endlos, obwohl er weniger als eine halbe Minute dauerte. Zang Liwei machte die ersten Schritte auf den Planeten, wie es sein Anrecht als Captain der *Verne* war, aber Farid und Maya waren ihm dicht auf den Fersen, gefolgt vom Rest des Teams. Sie konnten es kaum erwarten, Proben von der benachbarten Flora zu nehmen – vorausgesetzt, dass es sich um eine Flora handelte und nicht um eine Art seltsames tierisches Leben.

Maya hatte die Ehre, die erste fliegende Kreatur zu entdecken, eine zarte Sylphe, die hauptsächlich im starken Wind trieb, aber gelegentlich mit ihren breiten, lichtdurchlässigen Membranen schlug, um zu manövrieren und zusätzlichen Auftrieb zu erhalten. Die Spektralanalyse zeigte, dass es sich ebenfalls um eine Pflanze handelte. Farid und Maya folgten ihr, bis sie ihre Segel zusammenfaltete und sich auf einem kleinen Teich niederließ, wo sie anfing, Wasser durch ihre »Flügel« aufzunehmen.

Nur wenige Augenblicke später durchbrach eine Reihe indigoblauer Tentakel die Oberfläche des Teiches und zog die Sylphe in seine trüben Tiefen. Hier, so schien es, waren sogar die Raubtiere Pflanzen.

»Es sind im Wesentlichen Pflanzen, keine Tiere«, konnte Maya Castellano bestätigen, nachdem die Gruppe mit dem Aufbau ihres Lagers fertig war. Es mochte weder Tag noch Nacht auf diesem Planeten geben, aber Menschen brauchten trotzdem Schlaf – und einen Ort, an dem sie sich vor den Sonneneruptionen schützen konnten. »Ihre Zusammensetzung ist pflanzenartig, sie photosynthetisieren, sie haben Wurzelsysteme oder Wurzelanaloga. Ihre kontraktilen Fasern ähneln eher Pflanzenzellen als denen von Tieren, und ihre inneren Signale sind eher chemisch als elektrisch; trotzdem handelt es sich um funktionale Äquivalente von Muskeln und Nerven.«

»Ich kann es immer noch nicht fassen«, hauchte Alec und schüttelte den Kopf. »Pflanzen, die sich bewegen.«

»Pflanzen auf der Erde bewegen sich auch«, erinnerte Maya ihren Sohn. »Blumen öffnen morgens ihre Blütenblätter, schließen sie nachts und drehen sich, um der Sonne zu folgen, während diese sich über den Himmel bewegt.«

»Aber ... die Sonne hier bewegt sich nie.«

»Genau deshalb müssen sich die Pflanzen bewegen«, erkannte Farid Najafi, noch während er die Worte aussprach. »Wie sollten sie sonst aus dem Schatten einer größeren Pflanze herauskommen? Das beantwortet so viele Fragen.«

»Oh, aber es führt zugleich zu so vielen weiteren interessanten Fragen«, erwiderte Maya, und auf ihrem breiten, braunhäutigen Gesicht zeigte sich ein Grinsen. »Die hybriden Zellstrukturen sind bemerkenswert, aber sie sind nichts im Vergleich zu dem, was ich auf der molekularen Ebene sehe. So viele neuartige Substanzen – ich kann mir die kommerziellen Möglichkeiten kaum ausmalen. Neue Klassen von Pharmazeutika. Neue Arten von Textilien – stellt euch ein Material wie Baumwolle vor, das sich wie ein Muskel zusammenziehen könnte. Neue Kornarten mit dem Nährwert von Pflanzen und Tieren. Oder ... oder stellt euch den Wert von Pflanzen vor, die sich bewegen könnten, um möglichst viel Sonnenstrahlung abzubekommen oder schlechtem Wetter auszuweichen.«

»Nun, das stellt mal alles auf den Kopf«, bemerkte Farid.

»Wieso das?«, fragte Alec.

»Na, Korn soll einen doch zum Wanken bringen, nicht selbst wanken.«

Der Junge stöhnte.

In der Hoffnung, weiteren schlechten Wortwitzen zuvorzukommen, fragte Zang: »Hast du überhaupt etwas gefunden, das du ein Tier nennen würdest?«

»Noch nicht«, antwortete die Biologin.

»Nicht einmal Insekten?«

»Nicht ein einziges.«

»Aber wie befruchten sich die Pflanzen gegenseitig?«, fragte Alec seine Mutter.

»Du denkst immer noch konventionell, mein Junge«, sagte Farid. »Wenn sich die Pflanzen bewegen können, sind Insekten überflüssig. Sie können sich um ihre eigene Befruchtung kümmern.«

Der Junge kicherte. »Du meinst, die Pflanzen haben Sex? Okay, jetzt bin ich interessiert.«

»Moment mal«, sagte Maya.

»Ach, Mom, ich bin kein Kind mehr. Ich kann darüber reden ...«

»Nein, darum geht es mir nicht«, sagte Maya, hielt einen Finger hoch und lauschte. »Was rumpelt da so?«

Sie hatte ein sehr gutes Gehör, aber es dauerte nicht lange, bis auch die anderen es vernahmen. Seismische Messungen zeigten, dass das Rumpeln seinen Ursprung mehrere Kilometer entfernt hatte und sich langsam näherte. Die *Verne* war in der falschen Orbitalposition, um einen Blick auf die Quelle zu werfen, also schickte Zang Alec mit der Raumfähre zur Untersuchung nach oben.

»Wie sieht es aus?«, fragte der Captain über sein Armband, nachdem der junge Pilot den Ort der Störung erreicht hatte.

Eine Pause. *»Wie Birnams Wald, der nach Dunsinane kommt, Sir.«*

Zang runzelte die Stirn. »Schön zu hören, dass du mit deinen Shakespeare-Studien vorankommst, Alec. Aber ich schätze auch klare Berichte.«

»Ja, Sir. Ähm, es ist eine Gruppe von baumartigen Organismen – ich weiß nicht, ob ich sie eine Herde oder einen Hain nennen soll. Ich würde sagen, etwa fünfzig von ihnen, die zwischen, hm, fünf bis zwanzig Meter groß sind.«

»Zwanzig?«, entfuhr es Maya.

»Ich sagte, sie sind baumartig, Mom. Sie müssen ziemlich schwer sein; sie zermalmen das Unterholz regelrecht.«

»Wie schnell bewegen sie sich?«, fragte der Captain.

»Hm, ungefähr mit Gehgeschwindigkeit, würde ich sagen, vielleicht fünf, sechs Kilometer pro Stunde. Das würde sie in etwa zwei Stunden zum Camp bringen. Und, Captain, sie sind direkt auf dem Weg zu uns.«

Farid wandte sich an den Captain. »Dann sollten wir es wohl besser wie die örtliche Flora halten und mit unserem Lager keine Wurzeln …«

»Wage es ja nicht, diesen Satz zu beenden«, sagte Zang, der kein weiteres von Farids Wortspielen hören wollte. »Fang einfach an zu packen. Alec, komm sofort zurück.«

Es wurde knapp. Es dauerte fast zwei Stunden, bis das Lager abgebrochen und die Raumfähre wieder gestartet war. Von der schwebenden Fähre aus beobachtete das Erkundungsteam, wie die Herde der Baumartigen direkt auf ihren ehemaligen Lagerplatz zumarschierte.

Und dann die Richtung änderte und ihn verfehlte.

Tatsächlich schlugen sie keinen großen Bogen. Sie zertrampelten die Faltgräser östlich des Hügels komplett. Die Stängel hatten sich anscheinend so entwickelt, dass sie sich zum Schutz vor den starken Winden des Planeten flach zu Boden legen konnten. Aber das war natürlich keine Verteidigung gegen die wandelnden Bäume. »Warum haben sie das Lager umgangen?«, wunderte sich Zang.

Farid zuckte mit den Schultern. »Gastfreundschaft?«

12. Februar 2166
U.S.S. Pioneer NCC-63,
Erdumlaufbahn

»Na also, Lieutenant Kirk«, sagte Doktor Liao, als sie das osteogene Stützband befestigte. »Bleiben Sie einfach für die nächsten Tage von diesem Bein weg, und Ihr Schienbein sollte gut verheilen.«

Sam Kirk seufzte. »Danke, Doc«, sagte er, kaum begeistert, aber immerhin mit so viel Dankbarkeit, wie er aufzubringen vermochte. »Ich werde mein Bestes geben.«

Die zierliche, grauhaarige Ärztin lächelte ihn an, dann nickte sie Val Williams und Bodor chim Grev zu, die links und rechts neben dem Krankenstationsbett standen, auf dem Kirk lag. Erstere hielt seine Hand, und der zweite umklammerte seine Schulter.

»Wenn Sie mich nun entschuldigen würden, ich muss Commander Tizahr wegen dieses Energienetz-Upgrades nerven, das sie mir seit einer Woche versprochen hat. Wenn ich in einer Stunde nicht zurück bin, rufen Sie den Sicherheitsdienst.«

»Ich bin der Sicherheitsdienst«, bemerkte Val.

»Und ich besorge die Anrufe«, fügte Grev hinzu.

»Gut«, sagte Liao, als sie zur Tür hinausging. »Ich an Ihrer Stelle würde noch keinen Feierabend machen.«

Als sie weg war, wandte sich Grev an Kirk und schüttelte seinen schweineartigen Kopf. »Sam, Sam, Sam«, sagte der tellaritische Ensign. »Ich weiß nicht, was ich unglaublicher finde: dass du dich von Val endlich zum Fallschirmspringen hast überreden lassen oder dass du dir beim allerersten Sprung gleich das Bein gebrochen hast.«

»Ich fürchte, ich finde Letzteres nur allzu glaubwürdig«, erwiderte Kirk. »Was habe ich mir nur dabei gedacht?«

»Dein Problem war, dass du zu viel gedacht hast«, erklärte ihm Williams. »Du hast gezögert, statt deinen Instinkten zu vertrauen. Ich habe dich davor gewarnt.«

»Ich weiß, ich weiß. Aber ...« Er seufzte erneut. »Eigentlich *habe* ich gar keine Instinkte. Es ist nicht so, dass ich etwas dagegen hätte, impulsiv zu sein, ich bin nur leider wirklich mies darin. Wann immer ich versuche, eine spontane Entscheidung zu treffen, besteht eine gute Chance, dass es die falsche ist.« Er verzog das Gesicht. »Wie meine Entscheidung, dich mit meiner neuen Begeisterung für Weltraumspaziergänge in einer Atmosphäre zu überraschen.«

»Sam, wir haben zusammen Situationen durchgestanden, bei denen es um Leben und Tod ging. Auf Rastish etwa hast du dich verdammt gut geschlagen.«

»Das ist etwas anderes. Wenn es um einen Notfall geht, wenn ich zum Wohl anderer schnell denken *muss*, dann kommt mir das Adrenalin zu Hilfe. Ansonsten habe ich einfach Schwierigkeiten, die richtige Entscheidung zu treffen. Ich hatte gehofft, dass das Fallschirmspringen aufregend genug sein würde, um mir dabei zu helfen, schnell zu denken, aber ich schätze, das war nichts.« Er lächelte verlegen zu ihr hinauf. »Vielleicht war die Nervosität schuld, weil ich dich beeindrucken wollte.«

Val musterte ihn eindringlich. »Wolltest du mich beeindrucken, Sam? Oder meinen Vater? Du weißt, dass es mir egal ist, ob er dich mag oder nicht.«

»Aber so sollte es nicht sein. Ich will nicht der Grund dafür sein, dass zwischen dir und deiner Familie etwas im Argen liegt. Vor allem, da dein Vater Admiral Archers rechte Hand ist. Abgesehen davon ...« Er zögerte.

»Abgesehen davon was?«

Grev übernahm das Antworten. Ungeachtet seiner für gewöhnlich freundlichen und sanften Art, konnte er so unverblümt sein wie jeder andere Tellarit auch. »Sam glaubt, dass sich nicht nur dein Vater wünscht, er wäre härter und selbstbewusster. Er merkt, dass du manchmal unzufrieden mit ihm bist.«

Fassungslos blickte Williams Kirk an. »Sam, ist das wahr?«

Er hielt ihrem Blick stand. »Sag du es mir.«

Sie ließ seine Hand los, aber nur, damit sie in der Krankenstation auf und ab gehen und ihre Gedanken sammeln konnte. »Okay, hör zu«, sagte sie schließlich. »Ja, ich gebe es zu, ich bin an einen etwas ... intensiveren Lebensstil gewöhnt, als du ihn bevorzugst. Ich bin es gewohnt, mit Leuten auszugehen, die meine Interessen teilen. Deshalb sind diese ... stilleren Momente, in denen wir einfach nur reden oder am Strand spazieren gehen oder Schach spielen oder ein Museum besuchen ... das kenne ich so einfach noch nicht. Aber das heißt nicht, dass es mir nicht gefallen würde.« Sie kehrte zurück und nahm wieder seine Hand. »Genau genommen finde ich es sogar sehr angenehm. Mit dir runterzukommen, mir die Zeit nehmen zu können, meinen eigenen Gedanken zu lauschen und mich selbst besser kennenlernen zu können. Das ist wohltuend und gibt mir Kraft und Sicherheit, und das ist wichtig für das Leben, das ich führe. Wenn ich manchmal unzufrieden wirke, wenn meine Aufmerksamkeit abgleitet ... dann geht es dabei nicht um dich. Es ist nur nicht leicht für mich, aus dem Warp zu fallen. Du hilfst mir dabei, die Ruhe in mir zu finden, aber das ist ... eine endliche Ressource. Und das ist in Ordnung. Ich finde es nicht wichtig, dass wir uns die ganze Zeit in der gleichen Geschwindigkeit bewegen ... solange wir weiterhin in die gleiche Richtung unterwegs sind.«

Es gab nichts, was Kirk dazu sagen musste. Er sah sie einfach weiterhin an, und das war alles, was sie beide brauchten.

Grev dagegen legte den Kopf schief und faltete die Hände vor der Brust. »Oh, wunderschön gesagt, Val! Das werde ich mir aufschreiben.«

6

18. Februar 2166
***U.S.S. Essex* NCC-173, Psi-Serpentis-System**

»Also hat Maltuvis doch nicht übertrieben, was die Größe seiner Flotte anging«, bemerkte Bryce Shumar, als er die Scans des Weltraums rund um Psi Serpentis IV auf dem Lagebesprechungstisch der Brücke betrachtete. Der taktische Bildschirm zeigte Dutzende kleiner, doch kampfstarker Schiffe im Orbit um den wasserreichen Planeten, genug, um jede mögliche Anflugroute zu sichern. Teleskopische Scans zeigten, dass es sich um spindelförmige Schiffe mit großen Tragflügeln handelte, die an etwas aus den alten Weltraumabenteuergeschichten erinnerten, die Caroline Paris so mochte. Doch sie besaßen auch modernere Bestandteile, darunter zahlreiche Waffensysteme und an den Flügeln befestigte Gondeln, die wie Warpantriebe aussahen. Und was ihnen an fortschrittlicher Technologie fehlte, machten sie durch ihre bloße Anzahl wett. »Auch wenn diese Flotte mehr dazu dienen soll, seine eigenen Eroberungen zu sichern, statt eine Verteidigungslinie gegen Fremdweltler zu bilden, handelt es sich trotzdem um eine effektive Blockade.«

Von der Wissenschaftsstation an der Steuerbordseite der Brücke war ein Pfeifen zu hören. Der Captain musste sich immer noch daran gewöhnen, dort Alvaro Coelho statt Steven Mullen zu sehen. »So oder so würde ich das mal reinen Overkill nennen«, sagte der braun gebrannte brasilianische Lieutenant. »Wie sehr musste er ein Volk auspressen, um so viele Schiffe in so kurzer Zeit bauen zu können?«

»Das ist eine der Fragen, die Commander Mullens Team herausfinden wird«, sagte Shumar zu ihm. »Vorausgesetzt, wir kommen an diesen Schiffen vorbei.« Er umrundete den Tisch und begab sich nach vorn in den zentralen Bereich der Brücke. Dort wandte er sich an die taktische Station zu seiner Rechten. »Ihre Bewaffnung, Ensign?«

»Entspricht den Bildaufzeichnungen des Widerstands, Sir«, erwiderte Jamala Mahendra. Auch sie war ein weniger vertrautes Gesicht, denn der reguläre Waffenoffizier, Morgan Kelly, stand gemeinsam mit Mullens Team unten im Fährenhangar in Bereitschaft. »Vor allem Plasmakanonen, unterstützt durch Röntgenlaser. Eine Reihe Schiffe sind für den Einsatz als Bomber spezialisiert – ich orte größtenteils Ultritiumsignaturen, aber auf einigen von ihnen auch Plutoniumspaltbomben. Keine Schilde, aber sie besitzen polarisierte Hüllenpanzerung.«

»Hm.« Shumar wandte sich an die schwarzhaarige junge Frau an der Flugsteuerung. »Ensign Moy, bringen Sie uns in Reichweite ihrer Sensoren. Und denken Sie daran, es so aussehen zu lassen, als wollten wir eine Entdeckung vermeiden.«

»Ich verstehe, Captain«, antwortete Melissa Moy, doch es lag eine gewisse Unsicherheit in ihrer vom Hongkong-Akzent gefärbten Stimme. »Es wird schwer werden, eine Schwachstelle in ihrer orbitalen Absicherung zu finden.«

»Das spielt keine Rolle«, sagte Shumar. »Unser Ziel ist es, eine Schwachstelle zu erschaffen. Wenn sie glauben, dass wir bereits eine gefunden haben, werden sie andere Schiffe abberufen, um sie zu schließen.«

»Jetzt verstehe ich, Sir. Ich muss uns bloß allzu selbstsicher wirken lassen.«

»Ganz genau.«

Was immer Moy tat, um diesen Eindruck zu erwecken, schien zu funktionieren, denn es dauerte nicht lange, bevor mehrere saurianische Schiffe den Orbit verließen und beschleunigten, um auf Abfangkurs zu gehen. »Sie rufen uns«, meldete Miguel Avila von der Kommunikationsstation aus.

»Auf den Schirm, Lieutenant.«

Ein glupschäugiges, glatthäutiges Reptiliengesicht erschien auf dem Sichtschirm. Seiner violetten Hautfarbe zufolge handelte es sich um einen Angehörigen von Maltuvis' Volk, der M'Tezir. *»Föderationsschiff! Ihre Art ist in unserem Raum nicht länger willkommen. Drehen Sie um, oder Sie werden zum Rückzug gezwungen!«*

»Hier spricht Captain Bryce Shumar vom Föderationsraumschiff *Essex.* Vielleicht erinnern Sie sich an uns von der ersten diplomatischen Mission der Föderation auf Ihrer Welt. Wir sind hier, weil wir den Dialog mit Imperator Maltuvis wieder aufnehmen möchten.« Er kostete ihn all seine Disziplin, den Titel und Namen ohne Abscheu auszusprechen.

Der saurianische Kommandant lächelte. *»Dann also mit Gewalt. Ich hatte gehofft, dass Sie so dumm sein würden, diesen Weg zu wählen.«* Ohne weitere Umschweife unterbrach er die Verbindung.

»Drei Schiffe nähern sich auf Angriffsreichweite«, rief Mahendra nur Augenblicke später. »Ihre Waffen sind aufgeladen und bereit zum Feuern.«

»Polarisieren Sie die Hüllenpanzerung, aber warten Sie noch mit den Schilden. Ensign Moy, Ausweichkurs in Richtung des Planeten. Bringen Sie uns so nah heran wie nur möglich.« Beide Offiziere bestätigten die Befehle.

Natürlich würde das Schiff unter Beschuss kommen, wenn es sich der Armada näherte. Aber nah genug heranzufliegen, um Hilfe zur Oberfläche zu schicken, war sowohl für ihren vorgetäuschten Plan als auch ihren echten notwendig. Glücklicherweise waren die Salven, die von den Schiffen gegen die *Essex* abgefeuert wurden, nicht sehr schwer und verursachten nur leichten und räumlich begrenzten Schaden an der Hüllenpanzerung.

»Bringen Sie uns näher, Moy!«, befahl Shumar. »Locken Sie so viele Schiffe wie möglich aus der Formation.«

Moy biss die Zähne zusammen und hielt mit dem Schiff weiter auf den Planeten zu, wobei ihre Ausweichmanöver gerade ausreichten, um dem Feindfeuer zu entgehen und weitere der silbernen Verteidigungsschiffe dazu zu verlocken, ihren Orbit zu verlassen und ihnen nachzusetzen. An der taktischen Station ballte Mahendra die Fäuste. Es gefiel ihr überhaupt nicht, das Feuer nicht erwidern zu dürfen, während die Hüllenpanzerung nach und nach zerstört wurde. »Die Heckpanzerung ist runter auf zweiunddreißig Prozent«, verkündete sie nach einer Weile.

»Genau dort soll sie am schwächsten sein«, erinnerte sie Shumar.

»Nähern uns optimaler Entfernung«, meldete Moy.

Shumar berührte seine Kommandostuhl-Kontrollen, um einen Kanal zum Hauptfährenhangar zu öffnen. »Brücke an Fähre 1. Bereithalten zum Start.«

»Wir sind bereit, Sir«, antwortete Steven Mullens Stimme.

Shumar lehnte sich über Moys Sitz. »Zeit, Ihren Fehler zu begehen, Ensign.«

Die junge Pilotin seufzte. Es widerstrebte ihr, Unvollkommenheit zu zeigen, selbst auf Befehl. Shumar bewunderte ihre Disziplin und den Stolz auf ihre Arbeit, aber er musste daran denken, dass Caroline Paris viel mehr Spaß daran gehabt hätte, diese Show abzuziehen. Er fühlte einen Anflug von Bedauern, dass sie nicht mehr da war, um die Stimmung aufzuhellen.

Dennoch führte Moy ihren Fehler mit der Präzision eines Uhrwerks aus. Die *Essex* zog nach rechts in den Weg einer Plasmasalve, die den hintersten Teil des zylindrischen Sekundärrumpfs traf. »Jetzt, Steven!«, befahl Shumar.

Kaum war die Salve vorüber, wurde die *Essex* von einer internen Explosion erschüttert. Der Bildschirm zeigte in der Ansicht eines der Hecksensoren, wie die Hangartore davonflogen – oder vielmehr eine dünne Attrappe, die als Hangartore gedient hatte und von innen gesprengt worden war. Verschiedene Brocken metallischer Trümmer wurden durch die explosive Dekompression der Atmosphäre im Inneren in den Raum gesprengt. Die Sensoren der Saurianer waren zweifellos begrenzt in ihren Möglichkeiten, sodass die durch die Explosion freigesetzten Strahlen, Dämpfe und Splitter ihre Auflösung beeinträchtigen würden, aber sie sollten trotzdem imstande sein herauszufinden, dass die Trümmer aus verschiedenen verarbeiteten Metallen und Kunststoffen bestanden, die in den Rumpfwänden eines Raumschiffs verbaut waren, und dass die Gase und Flüssigkeiten jenen entsprachen, die in Lebenserhaltungssystemen zu finden waren. Sie waren womöglich sogar imstande, mehrere menschengroße Objekte zu entdecken, die aus tierischem Gewebe bestanden, wobei zu hoffen war, dass ihre Sensoren nicht so fortschrittlich waren, dass sie echtes menschliches Fleisch von dem synthetischen unterscheiden konnten, das von einem Proteinresequenzierer erzeugt worden war. Sie würden außerdem feststellen, dass die Trümmer sich auf einer Flugbahn befanden, die den größten Teil von ihnen in Saurias Atmosphäre tragen würde, aber da die Überreste ohne Zweifel verglühen würden, bevor sie den

Boden erreichten, sollte ihnen das keinen Anlass zur Sorge geben.

Aus diesem Grund würde ihnen mit etwas Glück entgehen, dass der größte Brocken der Trümmerwolke die Ausmaße und Form einer Sternenflottenraumfähre hatte.

»Ich denke, das genügt«, sagte Shumar. »Es wird Zeit, dass wir den Schwanz einklemmen und uns davonschleichen.«

»Aye, Sir«, erwiderte Moy mit grimmiger Miene und brachte das Schiff auf einen unsicheren Rückzugskurs.

Shumar klopfte ihr auf die Schulter. »Kopf hoch, Ensign. Sie haben sich hervorragend geschlagen. Es ist nicht leicht für einen geübten Spezialisten, so überzeugend zu versagen.«

Sie blickte zu ihm auf und schenkte ihm ein dankbares, wenn auch etwas verlegenes Lächeln. »Danke, Sir.«

Der Captain wandte sich Mahendra zu. »Status unserer Verfolger?«

»Sie folgen uns, aber fallen zurück, Captain«, antwortete der Waffenoffizier.

»Wie wir es uns gedacht haben, scheint es sich nur um Kurzstreckenschiffe zu handeln«, fügte Alvaro Coelho hinzu. »Warpfähig, jedoch Technik der ersten Generation, kaum mehr, als die *Phoenix* damals hatte. Ihren Emissionsprofilen und der Zusammensetzung ihrer Ionenspur zufolge würde ich sagen, dass sie nicht einmal eine dilithiumregulierte Annihilation verwenden. Vielmehr scheint es sich um einen antimateriegezündeten Mikrofusionsantrieb zu handeln, was Sinn ergibt, wenn man bedenkt, dass die Saurianer nicht imstande sind, Antimaterie in großen Mengen herzustellen. Zu mehr als interplanetaren Hüpfern innerhalb eines Systems sind die nicht zu gebrauchen, denn mehr als etwas über Warp eins für die Dauer von ein paar Stunden bekommen sie nicht hin, bevor ihre Antimateriereserven erschöpft sind.« Er hob die Augenbrauen. »Das ist schon eine Ironie. Sie haben all dieses Dilithium in M'Tezir, aber sie besitzen nicht einmal die Fähigkeit, es zu nutzen.«

»Warum haben sie dann überhaupt Warpantriebe?«, fragte sich Shumar. »Für eine planetare Verteidigung erscheint das unnötig. Und um die Bevölkerung auf der Oberfläche in Schach zu halten, erst recht.«

»Mehr Energie für die Waffen?«, überlegte Mahendra.

»Ein gesonderter Reaktor könnte das ohne die Notwendigkeit, Warpspulen anzutreiben, besser leisten«, sagte Coelho zu ihr. »Andererseits ist es, bei der Geschwindigkeit, mit der Maltuvis diese Schiffe entwickelt hat, gut möglich, dass seine orionischen Freunde ihm einfach existierende Warpantriebspläne der ersten Generation verkauft haben, inklusive Reaktor und allem. Etwas, das seine Leute dann auf ein existierendes Boden-Orbit-Flugzeugdesign aufgesetzt haben, zumindest würde das zum Aussehen dieser Schiffe passen.« Der Wissenschaftsoffizier senkte nachdenklich den Kopf. »Genau genommen unterscheidet sich das nicht so sehr von der *Phoenix* – Cochranes Team hat dafür damals eine alte Atomrakete umgebaut.«

»Es geht auch um den Propagandaeffekt«, sagte Shumar. »Maltuvis' Herrschaft gründet auf der Überlegenheit der Saurianer. Er muss seine Leute überzeugen, dass sein Regime alles zu erreichen vermag, was auch Fremdweltler können. Solange er also Bilder saurianischer Schiffe mit Warpgondeln senden kann, spielt deren tatsächliche Leistungsfähigkeit kaum eine Rolle.«

Mahendra überprüfte ihre Anzeigen. »Die Verfolgerschiffe drehen ab. Sie bremsen, um zurück in ihre Orbits einzutreten – aber sie sind langsam und verlassen sich mehr auf die Gravitation als auf Schub. Es wird eine Weile dauern, bis sie wieder in Position sind.«

»Gut«, sagte Shumar. »Damit hat Commander Mullens Team das Zeitfenster, das es für den Eintritt braucht. Ensign Moy, sobald sie in Formation zurückgekehrt sind, machen wir kehrt und nehmen unsere Beobachtungsposition wieder ein.«

»Aye, Sir.«

»Mister Coelho, sorgen Sie dafür, dass sie eine brandaktuelle Übersicht des Ringsystems des fünften Planeten erhält. Wir müssen uns dort vielleicht eine ganze Weile lang verstecken, und ich will keine Unfälle erleben.«

»Verstanden, Captain.«

Shumar sah sich auf der Brücke um. Nun, da Mullen und Kelly beide mit dem Infiltrationsteam losgezogen waren, war Miguel Avila die einzige andere Person hier, die bereits länger als ein paar Monate zur Brückenbesatzung der Alpha-Schicht gehörte. Mahendra war den Großteil des Jahres Waffenoffizier der Gamma-Schicht gewesen, doch Shumar und sie waren nur selten gleichzeitig auf der Brücke gewesen. Moy war hierher versetzt worden, nachdem die Klingonen ihren Vorgänger im letzten Oktober getötet hatten. Und Coelho war bis zu Mullens Beförderung zum Ersten Offizier vor wenigen Wochen der leitende Offizier der Wissenschaftslabore in den unteren Decks gewesen. Einen derart hohen Durchsatz an Mannschaftsmitgliedern, und das in so kurzer Zeit, hatte der Captain seit dem Romulanischen Krieg nicht mehr erlebt. Und die neuen Gesichter schienen immer jünger zu werden.

Der Anflug nostalgischen Bedauerns währte nur einen Moment, dann schüttelte Shumar ihn ab. Seine neuen Leute verdienten die Chance, sich zu beweisen, und bis jetzt entsprach ihre Leistung voll und ganz seinen Erwartungen. Statt also die Veränderungen in der Besatzung der *Essex* zu bedauern, sollte er doch lieber dankbar für die Gelegenheiten sein, die es den neuen Offizieren ermöglichten, Erfahrung zu sammeln und sich selbst einen Namen zu machen.

Captain Shumar hatte keinen Grund, daran zu zweifeln, dass diese Männer und Frauen, die ihn im Augenblick umgaben, sich in den kommenden Jahren einen mehr als guten Ruf verdienen würden.

Sauria

An der Orbitalblockade vorbeizukommen, war nur die erste von mehreren Herausforderungen, die Steven Mullens Team bewältigen musste, um Sauria zu erreichen. Um zu vermeiden, dass sie verfolgt und abgeschossen wurden, mussten sie den Anschein aufrechterhalten, Weltraumschrott zu sein. So trieben sie durch die Lücke in der Blockade und überschlugen sich dabei, und ihr ungesteuerter Kurs führte sie ein Drittel um den Planeten herum, während das Team mehrere Dutzend Minuten angespannt in seinen Sicherheitsharnischen steckte und hoffte, dass sie recht gehabt hatten, was die Reichweitenbeschränkung der saurianischen Sensoren anging.

Nun, ein Großteil des Teams saß zumindest angespannt da. Lieutenant Morgan Kelly, die Mullen gegenübersaß, wirkte beinahe gelangweilt. »Schlafen Sie bloß nicht ein, Morgan«, neckte Mullen sie, wenn auch vor allem, um sich und den Rest des Teams irgendwie abzulenken. »Es war immerhin Ihr Plan.« Er versuchte, nicht anklagend zu klingen.

Dem Ausdruck auf dem dunkelhäutigen, kantigen Gesicht des Waffenoffiziers zufolge war ihm das nicht ganz gelungen. Dennoch war ihr Tonfall stoisch, als sie antwortete: »Ich habe im Laufe des letzten Krieges ein paar solcher Landungen miterlebt. Entweder schaffen wir es, oder wir schaffen es nicht. Es ist das Beste, wenn man sich seine Energie für den Zeitpunkt aufspart, an dem sie gebraucht wird.«

Er musterte sie. »Wie es aussieht, hat es Ihre Sichtweisen nicht verändert«, wagte er den Vorstoß.

Ihr Gesichtsausdruck zeigte kaum eine Regung, aber sie wusste, was er meinte. »Die Umwandlung, meinen Sie.« Er nickte. »Nicht, was Dinge angeht, die außerhalb von mir stattfinden.«

»Darf ich fragen ...« Sie wartete geduldig, sodass er fortfuhr. »Wenn es Ihnen unangenehm war, anatomisch ein Mann zu sein, warum haben Sie dann so lange gewartet, bevor Sie sich haben umwandeln lassen? Die meisten Leute, die ich kenne, die diesen Schritt gegangen sind, haben dies in recht jungen Jahren getan.«

»Sie sind von der Erde«, erwiderte Kelly.

»In Toronto geboren und aufgewachsen.«

»Die Altair-Kolonien haben etwas traditionellere Vorstellungen über Geschlechterrollen. Das ist oft so auf Grenzwelten – man muss die Geburtenrate hoch halten, um eine stabile Population zu erreichen, daher wird von Frauen im gebärfähigen Alter erwartet, dass sie sich auf die Familiengründung konzentrieren. Aus diesem Grund hat meine ältere Schwester Janelle die Heimat verlassen und ist zur Sternenflotte gegangen – damit sie stattdessen eine Ingenieurin werden konnte.« Sie zuckte mit den Schultern. »Aber als ich mich gemeldet habe, ging es mir darum, im Krieg zu kämpfen, und ich schätze, dass ich den Ballast meiner Heimat mitgebracht habe. Ich dachte, ich sei ein besserer Soldat, wenn ich den Anschein aufrechterhalten würde, ich sei ein Cis-Mann. Das Testosteron und der stärkere Körper haben auch nicht geschadet.«

»Sie wirken noch immer ziemlich stark auf mich, Lieutenant.« Er bemühte sich, seine Worte nicht wie einen Flirt klingen zu lassen. Der Umstand, dass Kelly noch bis vor fünf Jahren körperlich im Grunde ein Mann gewesen war, änderte nichts daran, dass sie als Frau ausgesprochen gut aussah. Wenn überhaupt, trug es vielmehr seinen Teil dazu bei, dass sie auf ihre ganz eigene Weise verlockend wirkte. Wenn Mullen in ihrer Gesellschaft war, fiel es ihm schwer, im Kopf zu behalten, dass es für ihn nun, in seiner neuen Position als Erster Offizier, unangemessen war, sich auf eine Romanze mit jemandem unter seinem Kommando einzulassen. Seine Freundin Melina, zuvor die Chefköchin des Schiffs, war umgehend nach Sternenbasis 12 versetzt worden, als man ihn unerwartet befördert hatte. Captain Shumar hätte eine Fortführung ihrer Beziehung nicht gestattet, wenn sie beide weiterhin auf dem gleichen Schiff gedient hätten. Der daraus entstehende Streit zwischen Mullen und Melina hatte zu ihrer Trennung geführt, womit die Sache sowieso hinfällig geworden war. Dass sein neu erwachtes Interesse an Kelly ihre Mission störte, war nun wirklich das Letzte, was er jetzt gebrauchen konnte.

Kellys Miene machte deutlich, dass es ihm wieder misslungen war, seine Gefühle vor ihr zu verbergen, aber sie entschied sich, nicht darauf einzugehen. »Ich muss ein bisschen mehr dafür arbeiten«, sagte sie. »Aber das ist die Sache wert. Dies ist der Körper, in den ich immer gehört habe. Das habe ich erkannt, als ich auf Tenebia beinahe getötet wurde. Während der Physiotherapie im Anschluss daran, während der Zeit, in der ich wieder lernen musste, meinen Körper zu benutzen ... da habe ich bei jedem Schritt gegen meine Therapeuten gearbeitet. Einer von ihnen hat mir schließlich Vernunft eingebläut und mir dabei geholfen zu begreifen, dass ich mich in Wahrheit gegen meinen eigenen Körper sträubte – dass dies der falsche Körper für mich war und ich es immer gewusst habe. Er hat mich schwächer gemacht, nicht stärker. Bis zum Ende des Kriegs hatte ich nicht die Zeit, die Operationen vornehmen zu lassen, aber einfach zu akzeptieren, dass ich eine Frau bin, ungeachtet meiner Anatomie, war das, was ich brauchte, um wieder gesund zu werden. In mehr als nur einer Hinsicht.«

Mullen sah sie bewundernd an. »Nun ... ich bin froh, dass Sie den richtigen Pfad gefunden haben. Ich denke, er passt zu Ihnen. A... als Offizier, meine ich. Sie sind ... sehr gut in Ihrem Job.«

Zu seiner Überraschung wurde Kellys Gesichtsausdruck etwas weicher, und sie schenkte ihm ein kleines, schiefes Lächeln. »Ich weiß, was Sie meinen. Und danke.«

Nachdem die Fähre tief genug in die äußere Atmosphäre von Sauria eingedrungen war, dass sich ein Plasmaschweif um sie und hinter ihnen zu bilden begann, konnte der Pilot die Flügel ausfahren und den Flug des kleinen Gefährts stabilisieren. Trotzdem musste er natürlich einen geraden Kurs einhalten, um weiterhin den Eindruck eines anfliegenden Boliden zu erwecken und keine unnötige Aufmerksamkeit auf sie zu ziehen. Erst als sie die Sprengladung auslösten, die die Explosion des Boliden in der oberen Atmosphäre simulierte und gleichzeitig alle Sensoren blendete, gab Crewman Roget einen raschen Triebwerksstoß ab, um die Fähre aus der Explosionszone zu steuern und auf einen verstohlenen, bodennahen Kurs in Richtung Lyaksti zu bringen. Große Meteorexplosionen in der oberen Atmosphäre gehörten auf den meisten Planeten zum Tagesgeschehen, wenngleich sie sich statistisch häufiger über dem Ozean oder leeren Landstrichen als bewohnten Gebieten abspielten. Roget hatte die Explosion so abgepasst, dass sie sich über einem der weiten Streifen offenen Meeres ereignete, wo sie höchstwahrscheinlich niemanden beunruhigte.

Lyaksti, die größte von Dutzenden Landmassen auf Sauria, war ein Kontinent, der überwiegend von Regenwald bedeckt war, und ähnelte von der Größe und Ökologie her Brasilien auf der Erde. Das bedeutete, dass eine dichte Wolkendecke darüber hing, die den letzten Teil des Anflugs der Raumfähre verbarg. Da die Hauptstadt in Trümmern lag, hatten sich die Anführer des Widerstands flussaufwärts in die uralte Stadt Akleyro zurückgezogen, die inmitten des Regenwalds lag und eine der wenigen Enklaven war, die sich einen gewissen Grad an Autonomie bewahrt hatten – in diesem Fall aufgrund ihrer Abgelegenheit und der unwirtlichen Umgebung, ebenso wie wegen ihrer geschichtlichen und religiösen Bedeutung. Mullen freute sich darauf, die Stadt kennenzulernen. Obwohl er nicht länger ein Wissenschaftsoffizier war, blieb er im Herzen stets ein Entdecker.

Die Landekoordinaten, die ihnen der Widerstand zugespielt hatte, gehörten zu einer kleinen Mesa am Rand des Canyons, den der Vasakleyro-Fluss in den Felsen gegraben hatte. Sie lag unter dem beinahe ewigen Schatten der nördlichen Canyonwand (denn Lyaksti befand sich auf der südlichen Hemisphäre des Planeten). Dort wurden Mullen, Kelly und der Rest ihres Teams von einem bewaffneten Trupp in Empfang genommen, der aus zwei lachsfarbenen Saurianern, einem massigen rigelianischen Chelonen und einem stoppelbärtigen jungen Menschenmann mit schwarzem Haar und olivfarbener Haut bestand. Sie stellten einander vor, dann ließ der Mensch – Antonio Ruiz, offensichtlich der Mann, der die Zerstörung der Hauptstadt dokumentiert hatte – einen unglücklichen Blick über Mullens Gruppe schweifen. »Das ist alles, was uns die Sternenflotte bietet? Ein halbes Dutzend Leute?«

»Es ist unser erster Schritt«, antwortete Kelly. »Es ist nicht gerade leicht, an Maltuvis' Blockade vorbeizukommen.«

»Und wir können nicht einfach eine Invasionsstreitmacht schicken«, fügte Mullen hinzu. »Das würde nur den

Anschein erwecken, Maltuvis' Propaganda über Fremdweltler sei berechtigt. Wir werden dabei helfen, Sauria zu befreien, aber es wird Zeit und Geduld brauchen.«

»Erzählen Sie das den Leuten, die in der Zwischenzeit sterben«, sagte Ruiz. »Glücklicherweise sind Sie nicht die Einzigen, die gekommen sind, um zu helfen.«

Mullen runzelte die Stirn. »Wie meinen Sie das?«

»Kommen Sie mit«, sagte Ruiz, »und Sie werden es sehen.«

Die Widerstandskämpfer führten das Sternenflottenteam in einem Geländemarsch den Fluss hinauf, immer entlang des stetig schmaler werdenden Uferstreifens zwischen dem Vasakleyro und der Canyonwand. Die steil aufragenden Felswände auf beiden Seiten des Flusses waren von tiefen vertikalen Rissen durchzogen, die dem ständig tropfenden Wasser des Regenwaldes weiter oben geschuldet waren und ihnen den Eindruck riesiger steinerner Zähne verliehen. Am oberen Rand der Klippen bogen sich die Wurzeln der riesigen Urwaldbäume über die Kante und umarmten die Wände, während sich auf beiden Seiten Baumkronen so weit über den Rand erstreckten, dass sie sich beinahe in der Luft in der Mitte trafen. Dadurch herrschte im Canyon genau die Art von ständigem Schatten, der den nachtaktiven Saurianern bei der Wahl ihrer dauerhaften Wohnstätten so wichtig war. Es war kein Wunder, dass Akleyro hier errichtet worden war – und dass der Widerstand hier sein Zentrum hatte, denn das Blätterdach und die Canyonwände boten obendrein einen hervorragenden Schutz vor den Sensoren der Kampfschiffe und Spionagesatelliten im Orbit.

»Lassen Sie Ihre Nachtsichtgeräte aktiviert und halten Sie Ihre Phasenpistolen bereit«, warnte sie Ruiz. »Sauria ist eine raue Welt, und wir Menschen sind deutlich fragiler als die Einheimischen oder Coraniach hier.« Er schlug dem

Chelonen auf den Rückenpanzer. »Es gibt Schlangen im Wasser, die angreifen, wenn Sie ihnen zu nah kommen. Oh, und behalten Sie die Felsspalten im Auge. Es verstecken sich riesige Krustentiere darin, die auf Beute lauern.«

Misstrauisch blickte sich Kelly um. »Also sollen wir weder dem Fluss noch den Wänden zu nah kommen. Wie schmal genau ist der sichere Pfad dazwischen?«

»Kommt drauf an, wie hungrig die Ungeheuer sind«, sagte Ruiz.

»Ah, ja«, erwiderte die Frau mit dem klassisch schönen Körper. »Alle Mann im Gänsemarsch.«

Entweder hatte ihnen Ruiz Unsinn erzählt oder die örtliche Fauna hatte bereits zu Abend gegessen, denn die Gruppe erreichte die Stadt ohne Zwischenfall. Akleyro enttäuschte sie nicht. Sie war unmittelbar in die riesigen Steinzähne der Canyonwände gegraben worden. Im Zwielicht des Abgrunds schienen Tausende von Fenstern, Bogengängen und Galerien in vielfarbiger Biolumineszenz inmitten des lebenden Steins. Die Plätze, die aus den größeren Spalten gegraben worden waren, wurden von großen Feuerwespennestern gekrönt, die dafür sorgten, dass viele der glühenden, genmanipulierten Insekten sich darum versammelten. Hunderte von Seilbrücken, die (Ruiz zufolge) aus den Fasern speziell gezüchteter Pflanzen mit der Zugfestigkeit von Stahlseilen gefertigt worden waren, bildeten waghalsige geschwungene Bögen über der Schlucht, doch zahlreiche Bewohner von Akleyro schlenderten so selbstverständlich darüber, wie Mullen einen Raumschiffkorridor hinunterspazieren würde.

»Das sieht nach Spaß aus«, bemerkte Kelly, doch Mullen konnte anhand ihres trockenen Tonfalls nicht feststellen, ob sie scherzte oder nicht.

»Bei Dunkelheit?«, murmelte er zurück. »Nein, danke.«

»Wir haben Nachtsichtgeräte«, erwiderte Kelly und tippte mit dem Finger gegen die glühende Monokularlinse, die ihr rechtes Auge bedeckte.

»Ja, aber da ist alles grün in grün.« Er spielte kurz an seinem eigenen Sucher herum, dann zuckte er mit den Schultern. »Wenn ich so darüber nachdenke, hasse ich die Dinger vermutlich noch mehr, wenn ich sie klar und deutlich sehen kann.«

Sie trat näher. »Wenn wir eine dieser Brücken überqueren müssen, behalten Sie Ihre Ängste für sich«, raunte sie. »Denken Sie daran, dass Sie jetzt der Anführer sind. Ihre Zweifel färben auf Ihre Leute ab.«

Mullen nickte. »Richtig. Danke.« Die Erinnerung daran, wie unerfahren er war, beschämte ihn – aber gleichzeitig war er dankbar für Kellys Unterstützung.

Glücklicherweise zeigte sich, dass Ruiz' Ziel am Nordufer des Flusses lag, womit es dem Team der *Essex* erspart blieb, sich auf seine Wurzeln als schwinghangelnde Primaten besinnen zu müssen. Stattdessen fühlte es sich eher so an, als würden sie sich zu wühlenden Nagetieren zurückentwickeln, denn die Mitglieder des Widerstands führten sie durch dunkle, kurvenreiche Gänge, die tief in den Felsen gegraben worden waren, bis sie schließlich eine große Kammer mit einer niedrigen Decke erreichten. Der Raum war leidlich gut beleuchtet, zweifellos, um den Angehörigen der verschiedenen Fremdweltler-Spezies entgegenzukommen, die Mullen in der Gruppe registrierte. Daher konnte das Team von der *Essex* seine Nachtsichtgeräte abschalten und die Linsen nach oben klappen.

Ruiz und Coraniach führten das Team auf einen großen Schreibtisch in der Raummitte zu, an dem, umgeben von Beratern, eine runzlige Saurianerin mit grünen und bronzefarbenen Schuppen saß. Mullen erkannte sie als Moxat wieder, die abgesetzte Vorsteherin der saurianischen Globalen Liga und Anführerin der Exilregierung. Sie erhob sich, um sie zu begrüßen, die Würde in ihrer Haltung keinen Deut geschmälert. »Lieutenant Commander Mullen. Es ist schön, Sie wiederzusehen.«

Er schüttelte ihre Hand. »Es heißt jetzt Commander, Vorsteherin. Ich bin der Erste Offizier der *Essex* und der Anführer dieser Gruppe.« Er stellte Kelly und den Rest seiner Leute vor.

»Ich hoffe, dass Captain Shumar oder Commander Paris nichts zugestoßen ist«, sagte Moxat.

»Im Gegenteil, Ma'am. Commander Paris wurde kürzlich zum Captain befördert. Ich diene nun als Captain Shumars Erster Offizier und hoffe, dass Commander Paris' Schuhe nicht eine Nummer zu groß für mich sind.«

»Schuhe?«, wiederholte Moxat und legte fragend den Kopf schief. Selbst Führungspersönlichkeiten unter den Saurianern bedeckten selten ihre mit Schwimmhäuten versehenen Füße.

»Äh, nur eine Redewendung, Ma'am. Was ich damit sagen wollte, ist, dass wir hier sind, um Sie auf jedwede Art zu unterstützen, die uns möglich ist. Wir wollen die Basis legen für zukünftige Hilfestellungen der Sternenflotte, die dem Zweck dienen sollen, dem saurianischen Volk seine Freiheit wiederzugeben.«

Moxats weit auseinanderliegende, hervortretende Augen fixierten ihn von beiden Seiten. »Ich bemerke, dass Sie sich darum bemühen, das erfreuliche Ziel zu betonen statt den Akt, der, wie wir beide wissen, dazu nötig sein wird: der Tod von Maltuvis.«

Mullen trat unbehaglich von einem Bein auf das andere. »Seine Machtenthebung, gewiss. Sie wollen doch ganz sicher erleben, dass er für seine Verbrechen vor Gericht steht, wenn irgendwie möglich.«

»Das wäre, entsprechend meiner Erziehung und den Prinzipien der Globalen Liga, das Ideal. Aber in der Praxis ... Mir ist bewusst, dass keine Aussicht darauf besteht, dass sich ein Tyrann wie Maltuvis lebend fangen lässt, und ich muss gestehen, froh darüber zu sein. Vor einem Monat hätte ich das nicht zugegeben, vermutlich nicht einmal mir selbst gegenüber. Aber nach dem, was seine Schiffe meiner Heimatstadt angetan haben, Commander, gebe ich es freimütig zu.«

Kelly ergriff das Wort. »Das ist Ihr gutes Recht, Vorsteherin. Wir sind nicht hier, um Ihnen zu sagen, was Sie tun sollen, sondern um Ihnen dabei zu helfen, selbst zu entscheiden.«

»Ich weiß, Lieutenant Kelly. Aus diesem Grund hat meine Regierung die Föderation von Anfang an willkommen geheißen. Wenn Sie als Eroberer gekommen wären ...« Sie machte eine Pause. »Nun ja, vielleicht hat sich mein Volk als passiver im Angesicht der Eroberung erwiesen, als ich früher gedacht habe.«

»Wenn es von einem der Seinen erobert wird«, warf Antonio Ruiz ein. »Und wenn dieser jemand das Ganze als gemeinsame Verteidigungsanstrengung gegen Fremdweltler verkauft.«

»Dann müssen wir die Leute daran erinnern, dass Fremdweltler nicht ihr wahrer Feind sind«, sagte Mullen. »Aus diesem Grund möchte ich mich auf das Positive konzentrieren, Ma'am. Darauf, Unterstützung zu bieten, medizinische Hilfe, was immer wir tun können, um das Vertrauen wiederherzustellen, das Maltuvis zwischen Ihrem Volk und uns zerstört hat. Ein militärischer Sieg über Maltuvis wäre nicht von Dauer, wenn er in den Augen des Volkes nicht legitim wäre.«

Moxat wirkte erfreut. »Ich glaube, ich habe Sie unterschätzt, Commander. Das haben Sie exzellent ausgeführt.« Sie wurde ernster. »Nichtsdestotrotz werden auch militärische Siege vonnöten sein. Vor allem müssen wir unsere Anstrengungen gegen Maltuvis' Orbitalschiffe richten und die Fabriken, in denen sie gebaut wurden. In diesem Moment sind bereits weitere solcher Fabriken im Bau. Sie werden unter Einsatz von Sklavenarbeit in den eroberten Gebieten errichtet – unterdrückte Völker werden dazu gezwungen, an der Erschaffung von Waffen zu ihrer eigenen Unterdrückung teilzuhaben.«

»Wir tun, was wir können, um Ihnen in dieser Angelegenheit ebenfalls zu helfen, Vorsteherin«, sagte Kelly. »Aber im Augenblick, solange wir keinen zuverlässigeren Weg finden, die Blockade zu passieren, können wir militärisch nicht viel mehr als Rat und Ausbildung bieten.«

»Glücklicherweise«, warf Ruiz ein, »haben wir auf Guerilla-Seite schon etwas Hilfe.«

Nachdem sie von Moxat die Erlaubnis bekommen hatten, sich zurückzuziehen, führte Ruiz das Team auf eine Ecke zu, in der eine Gruppe Saurianer und einige Fremdweltler unter der Aufsicht eines weiteren Fremdweltlers große Kisten mit Phasergewehren entluden. Der Mann hatte ein breites Gesicht und war ein haarloser Humanoider mit grauen Reptilienschuppen. Mehrere flache, parallel verlaufende Züge aus erhabenen Schuppen zierten seinen Schädel und die Wangen, und zwei davon beschatteten seine Augen. Die Spezies wirkte vertraut auf Mullen, aber er vermochte sie nicht recht einzuordnen. »Ah, unsere Wohltäter von der Sternenflotte bequemen sich endlich hierher«, dröhnte der Humanoide mit einer tiefen, volltönenden Stimme.

»Das ist Commander Steven Mullen von der *Essex*«, sagte Ruiz zu ihm, in der Absicht, auch die Übrigen vorzustellen. »Commander, das ist Dular Garos von Maluria. Seine Organisation, die Raldul-Gruppierung, hat den Widerstand mit Waffen versorgt.«

Kelly trat vor, um den Malurianer zu konfrontieren. »Garos! Sie waren derjenige, der dem Orion-Syndikat geholfen hat, die Vertianer-Krise heraufzubeschwören. Sie haben einen andorianischen Schlachtkreuzer zerstört. Und Sie haben versucht, die Aufnahme von Rigel in die Föderation zu sabotieren!«

»Ich hatte eine Allianz mit den Drei Schwestern, das gebe ich zu«, erwiderte Garos in beschwichtigendem Tonfall. »Es war ein Zweckbündnis. Meine Gruppierung hat das Ziel, eine Expansion der Malurianer ins All voranzutreiben, um unserer Zivilisation auf Dauer eine Zukunft zu geben. Der Ideologie unserer Gesetzgeber zufolge macht uns das zu Kriminellen, daher hatten wir keine andere Wahl, als uns mit Kriminellen zu verbünden, um zu überleben.« Er legte den Kopf in den Nacken. »Aber wenn Sie meinen Werdegang so genau kennen, Lieutenant …«

»Kelly«, erinnerte sie ihn. »Morgan Kelly.«

»Dann sollten Sie auch noch wissen, dass ich mich gegen die rigelianische Fraktion gestellt habe, die hinter der Sabotage steckte, und Informationen geliefert habe, die der Sternenflotte geholfen haben, in der Krise die Oberhand zu bekommen.«

»Nur weil Ihre Partner Sie zuerst verraten haben.«

»Ganz recht. Sie haben mich dazu gezwungen, meinen Verteidigungsmechanismus einzusetzen – was sowohl die Pläne der Schwestern durchkreuzt hat als auch meine eigenen. Nun sind die Schwestern nicht gerade für ihre nachsichtige Natur bekannt. Sie haben *mich* für das Scheitern ihrer rigelianischen Intrige verantwortlich gemacht. Sie haben mich und die Gruppierung zu ihren Feinden erklärt.« Er verschränkte die Arme. »Deshalb haben wir uns entschlossen, ihren Erwartungen zu entsprechen. Wenn es den Plänen der Schwestern nützt, Maltuvis bei seinen Eroberungen zu helfen, dann wird Raldul Maltuvis' Feinde unterstützen.«

»Und wie viel genau kostet sie diese ›Unterstützung‹?«

»Wir müssen natürlich einen gewissen Profit erzielen. Aber Sauria ist eine wohlhabende Welt. Seine Bewohner können es sich leisten, ein paar Schürfrechte und Handelskonzessionen abzugeben.« Garos zuckte mit den Schultern. »Eher jedenfalls, als unter einem brutalen Tyrannen zu leben. Sie sehen also, dass wir hier alle auf derselben Seite sind.«

»Aber nicht aus denselben Gründen.«

»Es ist ja nicht so, als seien die Motive der Föderation selbstlos. Maltuvis wäre noch immer der Despot eines kleinen, verarmten Landes, wenn Sie nicht so einen unstillbaren Appetit nach Dilithium gehabt hätten.« Sein geschupptes Gesicht verzog sich zu einem Lächeln. »Also können wir uns vielleicht darauf einigen, dass wir beide ein ureigenes Interesse daran haben, Fehler der Vergangenheit wiedergutzumachen?«

Kelly sträubte sich, aber Mullen berührte sie am Arm. »Es ist die Welt der Saurianer, also ist es ihre Entscheidung.« Er wandte sich an Garos. »Wenn die Ihnen vertrauen, dann bedeutet das, dass wir am gleichen Strang ziehen, zumindest hier und jetzt.«

»Das weiß ich zu schätzen, Commander Mullen. Das ist der Sternenflottengeist, den ich zuvor schon erlebt habe. Vielleicht wird mein Volk eines Tages des Luxus haben, Ihre Ideale zu teilen.«

Kelly blieb angespannt, auch nachdem sie sich von Garos getrennt hatten. »Ich werde mit ihm um der Saurianer willen zusammenarbeiten ... aber ich traue ihm nach wie vor nicht.«

Mullen hielt ihrem Blick stand. »Gut. Denn jemand muss ein Auge auf ihn haben.«

20. Februar 2166
Stameris (Lambda Serpentis VII)

Der Treffpunkt, den Charles Tucker Devna vor zwei Wochen geschickt hatte, lag auf Stameris, einem bündnisfreien Planeten zehn Lichtjahre von Sauria entfernt. Es gab verschiedene Gründe, warum er entschieden hatte, sich mit ihr in der Nähe ihres Zielorts zu treffen, statt einen gemeinsamen Flug zu arrangieren. Zum einen war Stameris ein unbekannter Planet, den die Sternenflotte bis jetzt nicht erforscht hatte. Obwohl er weniger als vierzig Lichtjahre von der Erde entfernt war, lag er auf der entgegengesetzten Seite des augenblicklichen Expansionsraums der Föderation, und in seinem System existierte keine auf natürliche Weise bewohnbare Welt. Tucker hatte zum ersten Mal vor vierzehn Jahren von Stameris gehört, als die *Enterprise* von Piraten einer unbekannten Spezies entführt worden war. Die kleinwüchsigen Humanoiden mit den großen Ohren hatten vorgehabt, alle weiblichen Mannschaftsmitglieder auf einem Sklavenmarkt auf dem Planeten zu verkaufen. Dieser Markt, so hatte Tucker mittlerweile herausgefunden, wurde regelmäßig an einem Handelsaußenposten auf der ansonsten öden Welt abgehalten, weit außerhalb der Reichweite interstellarer Ordnungshüter. Natürlich war das Orion-Syndikat eine der kriminellen Organisationen, die den Sklavenmarkt veranstalteten, und das gab Devna einen Vorwand, dorthin zu reisen, ohne Verdacht zu erregen.

Die anderen Dinge, die Devna erregen mochte, waren der zweite Grund, warum Tucker lieber nicht zwei Wochen mit ihr auf einem kleinen Schiff hatte verbringen wollen. Seine Verbindung mit T'Pol hatte ihn in der Vergangenheit immun gegenüber den Pheromonen der Orionerinnen gemacht, aber er war sich nicht sicher, ob das noch immer der Fall war. Eine Krisensituation, die T'Pol im letzten Jahr auf Vulkan hatte durchleiden müssen, hatte dafür gesorgt, dass sie sich nicht länger über große Entfernungen telepathisch austauschen konnten, und da diese Fähigkeit selbst unter Vulkaniern mit enger Bindung anormal war, zweifelte T'Pol daran, ob sie jemals zurückkehren würde. Tucker wusste nicht, ob seine Widerstandskraft gegenüber orionischen Duftstoffen nun ebenso verschwunden war. Doch selbst wenn er nach wie vor immun sein sollte, blieb der Umstand bestehen, dass Devna eine extrem attraktive Frau war, deren ganzes Leben sich einzig und allein um Verführung drehte. Er wollte T'Pol nicht untreu werden, und es war ihm lieber, seine Entschlossenheit nicht unnötig auf die Probe gestellt zu sehen.

Tucker besuchte den Sklavenmarkt in der Verkleidung eines Angehörigen der Spezies der Eska – eines Volks, das ganz in der Jagd aufging und sich dabei nicht immer um ethische Belange scherte. Devna war es irgendwie gelungen, es zu arrangieren, dass ihr Meister, ein Orioner namens Parrec-Sut, sie auf eine Mission schickte, um eine Verbrecherorganisation der Eska auszuspionieren, die sich mit dem Schmuggel von Häuten und Organen gefährdeter oder intelligenter Tierarten von einer Vielzahl von Welten beschäftigte. Dabei sollte Devna herausfinden, ob die Operation es wert war, dass sich das Syndikat darin einmischte, um eine Scheibe vom Kuchen abzubekommen.

Tuckers jahrelanges Training als Spion ermöglichte es ihm, seine Abscheu zu verbergen, während er der Sklavenauktion als scheinbar interessierter Kunde beiwohnte. Es kostete ihn deutlich weniger Schauspielkunst, von Devna fasziniert zu wirken, als Parrec-Sut sie zu sich rief, um in einem extrem knappen Gewand für ihn zu tanzen. Die orionische Spionin war ohne Zweifel wunderschön. Sie hatte einen geschmeidigen, beweglichen Körper, lindgrüne Haut, mandelförmige Augen mit großen, smaragdgrünen Iriden und tiefschwarzes Haar, das ihr lang den Rücken hinunterfiel. Doch es waren die Anmut und Schönheit ihres Tanzes, der Eindruck von Befreitheit und Freude, die er bei ihr spürte, während sie ihre Darbietung gab, die er wahrhaftig unwiderstehlich fand. Er erinnerte sich daran, wie gefangen Devna gewirkt hatte, als er ihr das erste Mal begegnet war. Von dieser Bürde lag nun keine Spur auf ihr – allerdings kehrte sie zurück, kaum dass ihr Tanz geendet hatte.

Tuckers Plan sah vor, dass er der Sternenflotte nach seiner Mission auf Sauria einen Hinweis auf die Schmugglertätigkeiten der Eska geben würde, was ihm einen Vorwand für Devnas »Rettung« und ihre Rückkehr nach Orion liefern würde. Zufälligerweise würden dabei auch die Geschöpfe gerettet werden, die die Eska zur Unterhaltung töteten. Doch noch während er mit Parrec-Sut über den Preis für Devna verhandelte, hoffte er insgeheim, er könnte sie dazu überreden, die Gelegenheit ebenfalls zu nutzen und der Sklaverei ein für alle Mal zu entfliehen.

Nachdem er sie erworben hatte, kam Devna auf Tuckers Scoutschiff, wobei sie nichts bei sich trug als eine kleine Tasche mit noch kleineren Kleidungsstücken, Make-up und Körperpflegeprodukten sowie einigen Sexspielzeugen. Er zeigte ihr ihre Kabine und forderte sie auf, sich angemessene Kleidung aus seinem Kleiderfabrikator auszusuchen. In der Zwischenzeit wollte er seine Eska-Tarnung ablegen. Es erleichterte ihn ungemein festzustellen, dass er ihren Verlockungen noch immer gut genug widerstehen konnte, um sie allein in ihrem Raum zurückzulassen.

Als er einmal mehr unverhüllt zurückkehrte, traf er Devna deutlich weniger unverhüllt als zuvor an. Sie war in einen praktischen dunkelroten Catsuit mit kurzen Ärmeln gekleidet. Tucker konnte nicht verhindern, dass er sie anstarrte. »Das ist das erste Mal, dass ich sehe, wie du nennenswerte Kleidung trägst«, erklärte er auf ihren fragenden Blick hin. »Das, äh, passt zu dir.«

Das Kompliment prallte an ihr ab. »Es passt zur Mission«, erwiderte sie in dem gehauchten Sopran-Tonfall, an den er sich so gut erinnerte. »Persönlich finde ich das Ganze ein wenig beengend.«

»Nun, ich … ich weiß das zu schätzen«, sagte er. »Schließlich ist das hier eine Arbeitsbeziehung. Da ziehe ich es vor, jede Ablenkung zu vermeiden.«

»Du bist offensichtlich noch immun gegenüber meinem Einfluss.«

»Gegenüber deinen Pheromonen, ja.« *Gott sei Dank!* »Aber die sind bei Weitem nicht das einzig Reizvolle an dir.«

Sie schenkte ihm ein Lächeln, das eigentümlich mitleidig wirkte. »Ich verspreche dir, deine Verletzlichkeit nicht auszunutzen, Charles. Du kannst dich also jetzt entspannen.«

»Unwahrscheinlich, dass das passiert. Am besten machen wir einfach weiter. Je schneller wir Sauria erreichen, desto besser.«

Tucker begab sich ins Cockpit. Devna schloss sich ihm an, indem sie sich auf dem Kopilotensitz niederließ. Als sie unterwegs waren, wandte er sich ihr wieder zu. »Wie viel weißt du über den Plan der Drei Schwestern, eine Katastrophe auf Sauria zu verursachen?«

»Dank des Wohlwollens meiner Herrin Maras war ich zugegen, um einen Großteil ihrer Planungsgespräche mitzuhören. Ich besitze alle Informationen, die wir brauchen sollten, um die Intrige aufzudecken und zu verhindern.«

»Und meinem Arbeitgeber die Drahtzieherschaft anzuhängen. Vergiss nicht, wie wichtig das ist.«

Devna durchbohrte ihn mit Blicken aus ihren smaragdgrünen Augen. »Ich dachte, es sei für dich am wichtigsten, Leben zu retten. Dass du deswegen auf dieser Mission seist.«

Während er verlegen schwieg, fuhr sie fort. »In meiner Zeit unter den Dhei'ten – den Deltanern – habe ich eine größere Wertschätzung für die ... Einheit des Lebens erhalten. Den gemeinsamen Wert davon.«

»Natürlich. Du hast recht, das ist der Grund, warum ich das hier mache. Und der Umstand, dass mich eine orionische Spionin daran erinnern muss, zeigt auch, warum ich so dringend aussteigen muss.« Er hielt inne. »Es tut mir leid, das kam falsch rüber. Wenn es eine Sache gibt, die du nicht bist, Devna, dann eine typische orionische Spionin.«

Nach einem Moment des Zögerns sah sie ihn wieder an. »Genau genommen ... bist du nicht der Einzige mit einem geheimen Ziel. Du willst deine Arbeitgeber mit dem Syndikat in Verbindung bringen. Meine Bedingung dafür, dir zu helfen, Charles, ist, dass du sie nur mit D'Nesh, der mittleren Schwester, in Verbindung bringst. Ich habe die Informationen, die du brauchen wirst, um Hinweise, die zu ihr führen, auszulegen – aber nur zu ihr. Akzeptierst du das?«

Er musterte sie einen Augenblick lang. »Solange meine Arbeitgeber kompromittiert werden, ist es mir gleichgültig, welche Schwester wir dazu nutzen.« Eine Pause. »Darf ich fragen, warum D'Nesh?«

Sie dachte über ihre Antwort nach. »Niemand, der je ihr Sklave war, müsste fragen, warum.«

Tucker nickte. »Einverstanden. Ich werde nicht weiter nachhaken. Das ist der eine Vorteil, frei zu sein – du hast ein Anrecht auf deine Privatsphäre.«

»Ich bin nicht frei, Charles. Technisch gesehen gehöre ich jetzt dir.«

»Dann fühl dich hiermit freigelassen, Devna. Ich brauche eine Partnerin, kein Schmusetier.«

Devna wirkte skeptisch. »Das kann nicht so einfach sein.«

»Freiheit ist dein Geburtsrecht. Das war schon immer so. Alles, was ich tun muss, ist, das anzuerkennen.«

Ein Moment angespannten Schweigens verging. Dann schoss Devna aus ihrem Stuhl und floh beinahe in den hinteren Teil des Cockpits. Das war die erste Bewegung, die er je von ihr zu Gesicht bekommen hatte, die nicht beherrscht und anmutig wirkte. Als sie nach einigen Augenblicken das Wort ergriff, klang sie noch sanfter als gewöhnlich. »Ich möchte dich um etwas bitten.«

»Alles, was du willst.«

»Wir haben beide eine Mission zu erledigen. Darauf sollte mein Fokus liegen. Ich brauche eine klare Vorstellung davon, wer ich bin und wer die Entscheidungen trifft. Diese ... größeren Fragen ... das ist jetzt zu viel für mich. Daher ... bitte, Charles ... gestatte mir, dich weiter als meinen Herrn anzusehen. Das wird mir Halt geben.«

Tucker wollte protestieren, dass ihm diese Bitte ziemlich unangenehm war. Er war sich seiner Moral schon jetzt unsicher genug. Doch gleichzeitig wäre es selbstsüchtig gewesen, Devna Unbehagen zu erzeugen, nur damit er keins empfinden musste. »Na schön, Devna«, sagte er und sprach ihren Namen aus, um sie beide daran zu erinnern, dass sie Personen waren. »Du kannst unsere Beziehung definieren, wie immer du es wünschst. Und was die Befehlskette angeht, klar, das ist meine Operation, also gebe ich die Befehle. Aber ich will nicht, dass du einfach passiv bist und nichts hinterfragst. Du bist klug, du bist erfahren, du bist eine genaue Beobachterin. Ich erwarte, dass du dich einbringst. Melde dich, wenn du eine Idee oder Frage hast. Streite mit mir, wenn du glaubst, dass ich im Begriff bin, eine falsche Entscheidung zu treffen.« Nachdem er kurz über seine Worte nachgedacht hatte, grinste er. »Sei ... eigentlich genau so, wie du schon die ganze Zeit gewesen bist.«

»Wie du wünschst.«

Er hob einen mahnenden Zeigefinger. »Und *denk* nicht einmal daran, mich ›Meister‹ zu nennen.«

»Natürlich nicht, Charles.«

»Trip. Meine Freunde nennen mich Trip.«

»Wie du wünschst, Trip.«

Er seufzte. Da lag noch ein gutes Stück Arbeit vor ihm. »Okay ... wie wäre es, wenn wir uns wieder der Missionsplanung zuwenden? Verrate mir, was du über den Plan der Schwestern weißt. Wie soll Maltuvis die Sternenflotte dazu bringen, eine Katastrophe zu verursachen?«

Devna kehrte zu ihrem Platz zurück. »Es wird nicht Maltuvis sein – nicht direkt. Die Sternenflotte hilft dem Widerstand – deswegen haben wir unsere Schlüsselagenten im Widerstand platziert.«

Überrascht lehnte Tucker sich zurück. »Wie ist das denn gelungen?«

»Die Agenten spielen die Rolle von Waffenlieferanten und Militärberatern – ähnlich wie es der Haupt-Mann der Schwestern, Harrad-Sar, für Maltuvis tut. Indem sie beide Seiten bewaffnen und beeinflussen, könnten die Schwestern einen Konflikt provozieren, der ihren Zielen dienlich ist.«

»Ich kann nicht glauben, dass der Widerstand Hilfe von den Orionern annehmen würde. Die wissen doch sicher, dass ihr Maltuvis unterstützt.«

»Unsere Agenten im Widerstand sind keine Orioner. Es handelt sich um Verbündete, die die Schwestern schon zuvor eingesetzt haben – genau genommen sind wir zwei uns das erste Mal begegnet, als du einen ihrer Pläne durchkreuzt hast. Es sind Malurianer ... angeführt von einem Mann namens Dular Garos.«

7

22. Februar 2166
***U.S.S. Endeavour* NCC-06**

»Die Bäume ... sind am Leben?«

Hoshi Sato verdrehte die Augen bei Takashi Kimuras Frage. »Nun, natürlich sind sie am Leben – es sind Bäume«, antwortete die Linguistin in ihr, bevor die Geliebte in ihr Nachsicht mit Takashis Sprachschwierigkeiten haben konnte. Auf ihrem Schreibtischbildschirm zuckte er beschämt zusammen. »Tut mir leid«, sagte sie. »Ich weiß, was du meinst.«

»Meinte ... sie bewegen sich. Laufen.«

»Die Besatzung der *Jules Verne* nennt sie Dryaden«, sagte sie. Sie sah, dass er Mühe hatte, sich an das Wort zu erinnern. »Wie *kodama*«, erklärte sie. »Bloß griechischer.«

»Ah. Also ... haben sie Verstand? Intelligenz?«

»Um das herauszufinden, schickt uns die Sternenflotte nach Birnam. Anscheinend ist das Gegenstand einiger Kontroversen unter der Besatzung der *Verne*. Ihr Wissenschaftsteam hat herausgefunden, dass ihr inneres Gewebe chemische Eigenschaften besitzt, die zu potenten neuen Arzneimitteln und medizinischen Anwendungen genutzt werden könnten. Sie könnten ein Vermögen wert sein.«

Takashi nickte. Das verstand er gut. In vielerlei Hinsicht war es ein Segen für Raumfahrer, dass der gleiche grundlegende DNA-Code und die gleiche Biochemie auf Planeten überall in der bekannten Galaxie gefunden worden waren, denn es bedeutete, dass lebensfreundliche Umgebungen und essbare Nahrungsmittel leicht zu finden waren. Wenn die Nahrungsmittel eines Planeten allerdings verzehrbar waren, bedeutete das im Gegenzug, dass seine Krankheitserreger einen ebenfalls aufzehren konnten. Ganz zu schweigen davon, dass irdische Keime, die man mitbrachte, sich in neuen planetaren Umgebungen ständig entwickelten oder durch Raumstrahlung mutierten, sodass selbst Krankheiten, die lange besiegt geglaubt waren, einen neuen Stamm hervorbringen konnten, der sich resistent gegenüber konventioneller Medizin erwies. Daher gab es die unablässige Suche nach nützlichen neuen Medikamenten und Heilmitteln, die die »Raumnomaden«-Besatzungen des Earth Cargo Service ebenso intensiv antrieb wie ihre Suche nach Fremdrassentechnologien, Dilithium, seltenen Erden sowie exotischen Nahrungsmitteln und Kunst.

»Ihr Captain will die Dryaden lieber früher als später einbringen, um dieses Gewebe zu gewinnen«, fuhr Sato fort. »Dazu müsste man sie töten, aber ihr Wissenschaftsoffizier sagt, dass er Hinweise auf intelligentes Verhalten und Kommunikation gefunden hat. Harte Beweise hat er allerdings nicht.«

Takashi lächelte. *»Also haben sie dich gerufen. Wer wäre besser geeignet?«*

Hoshi erwiderte das Lächeln. »Sie haben *uns* gerufen. Ihr eigenes Wissenschaftsteam konnte sich auf keinen Konsens einigen, also haben sie um eine Meinung von außen gebeten. Ich werde meinen Teil dazu beitragen, die Hinweise auf Kommunikation zu untersuchen, aber Elizabeth wird wohl den Großteil der Arbeit erledigen müssen.«

»Hm. Wie können Bäume sprechen?«

»Tja, ich hoffe, das werden sie uns *zweigen.«*

Er stöhnte. *»Dann drücke ich die Daumen, dass du recht* Ast.«

Sie grinste. »Keine Sorge, ich *Laub* schon.« Es freute sie, ihn Wortspiele machen zu hören. Das war eine gute Übung für seine beeinträchtigte Sprachfähigkeit und seine Fähigkeiten zur Problemlösung. Doch tatsächlich faszinierte sie diese Angelegenheit, die er angesprochen hatte, auch. »Ernsthaft, das ist eine gute Frage. Den Berichten zufolge klingt es so, als hätten die Raumnomaden chemische Signale entdeckt, die unter den Dryaden ausgetauscht würden. Viele bekannte Pflanzenarten kommunizieren durch Duft oder den Austausch von Pheromonen, aber der Wissenschaftsoffizier behauptet, dass diese Signale ungewöhnlich komplex sind. Ob diese Komplexität tatsächlich eine potenzielle Sprache darstellt … das muss ich dann mal sehen, wenn wir vor Ort eintreffen.«

»Klingt nach einer großartigen Herausforderung. Neue Art von Leben … kniffliges Problem … niemand schießt.«

Auch wenn der letzte Teil des Satzes nach Selbstmitleid geklungen haben mochte, wusste sie, dass Takashi eher an ihre Sicherheit dachte als an seine eigenen traumatischen Erlebnisse. »Es klingt nach einer faszinierenden Welt. Ich bin mir allerdings nicht sicher, wie friedlich sie ist. Nomaden sind normalerweise nicht sehr froh darüber, wenn sich die Sternenflotte in ihre Angelegenheiten einmischt. Die Lage zwischen ihnen muss schon ziemlich angespannt sein, wenn sie uns rufen, um zu vermitteln.«

»Keine Sorge«, gab er zurück. *»Sobald du erst mit den Bäumen sprichst … wirst du sicher sehr* belaubt *sein.«*

In diesem Augenblick wünschte sich Hoshi sehnlichst, dass es eine Möglichkeit gäbe, ihm etwas via Subraum an den Kopf zu werfen.

24. Februar 2166
Palais de la Concorde, Paris

»Ich stimme zu, dass es eine Nichteinmischungsdirektive geben muss«, erklärte Percival Kimbridge, der würdevolle dunkelhäutige Föderationsrat der Erde. »Wir mögen die Vor- und Nachteile von Kontakten mit raumfahrenden Völkern wie der Partnerschaft diskutieren«, fuhr der Mensch mittleren Alters fort, wobei seine volltönende Stimme von den makellosen neuen Wänden des Konferenzraums widerhallte, »aber was jüngere Zivilisationen betrifft, ist unsere Verantwortung eindeutig. Die Geschichte ist reich an Beispielen der Zerstörung, mit der primitive Gesellschaften zu kämpfen hatten, nachdem sie Konzepten ausgesetzt waren, die zu begreifen sie einfach noch nicht bereit waren.«

»Das ist pure Arroganz!«, widersprach Rätin Kishkik Sajithen von Rigel und schlug mit ihrer schweren Hand auf den Konferenztisch. »Der Großteil der Probleme, die mein Volk im Umgang mit anderen Spezies hatte«, fuhr die Chelonin fort, »war eine direkte Folge der herablassenden Annahme, sie seien qualifizierter als wir, Entscheidungen über unser Leben, unsere Heimat zu treffen. Hätten sie von Anfang an akzeptiert, dass wir unsere Welt besser kennen, wäre nicht so viel Schaden angerichtet worden.«

»Ich fürchte, dass Rat Kimbridge ... übereifrig ist«, warf Kommissar Soval ein. »Die Absicht der vorgeschlagenen Direktive war nie, die Fähigkeit anderer Zivilisationen anzuzweifeln, ihre eigenen Entscheidungen zu treffen. Es geht vielmehr darum, sie zu respektieren. Ich bin mir sicher, dass Admiral Archer dies gern genauer ausführen wird.«

Als Archer, der neben Soval saß, seinen Namen vernahm, kehrte seine Aufmerksamkeit ruckartig zum Geschehen zurück. Er tadelte sich dafür, dass er sich während der Debatte, die der Föderationsrat über seine Nichteinmischungsdirektive führte, hatte ablenken lassen. Nun musste er sein Bestes geben, um wieder den Anschluss an das Gespräch zu finden. »Natürlich. Es geht hier nicht um die Weisheit anderer Zivilisationen – sondern um unsere eigene. Wir dürfen nicht annehmen, dass wir klüger wären oder besser über die Bedürfnisse einer Zivilisation Bescheid wüssten als deren eigene Leute, nur weil wir die fortschrittlichere Technologie besitzen. Diese Annahme, dass wir etwas besser wissen, ist genau das, was für andere Gesellschaften gefährlich wird, wenn wir uns erlauben, uns einzumischen. Es geht nicht darum, ob sie unsere Weltanschauungen verstehen können, es geht darum, ob wir die ihren verstehen. Die Symbiose der Partnerschaft mit der Ware haben wir nicht verstanden. Wir haben nicht verstanden, wie instabil die politische Situation auf Sauria war. Aber wir gingen davon aus, dass wir es besser wüssten, und deswegen haben wir versagt.«

»Aber das waren unterschiedliche Situationen«, entgegnete Kimbridge. »In einem Fall handelte es sich um eine bereits interstellare Zivilisation, im anderen um eine noch nicht raumflugfähige Welt, mit der wir einen Erstkontakt hergestellt haben. Sicher existiert ein fundamentaler Unterschied in deren Bereitschaft zu so einem Kontakt.«

»Das Prinzip ist in beiden Fällen das gleiche, Rat. Ganz gleich wie fortschrittlich eine andere Gesellschaft ist, sie kennt ihre Bedürfnisse und Werte besser als wir. Aus diesem Grund sind wir verpflichtet, ihre Unabhängigkeit zu respektieren. Im Fall von Welten ohne bisherigen Erstkontakt wäre es das Beste, es ihnen zu überlassen, Weltraumreisen und fremde Zivilisationen zu entdecken, damit sie ihr eigenes Verständnis der wissenschaftlichen Grundlagen entwickeln und nicht von uns abhängig werden. Darüber hinaus schützt es *uns* vor der Versuchung, unsere größere Macht zu nutzen, um sie herumzukommandieren. Doch auch im Fall von Welten, die bereits Kontakt hatten und den Weltraum bereisen, ist es kein bisschen weniger wichtig, dass wir deren Autonomie und Freiheit, Entscheidungen zu treffen, akzeptieren. Beispielsweise indem wir nicht versuchen, eine andere Kultur dazu zu zwingen, eine Praktik zu ändern, die wir nicht gutheißen. Oder indem wir in einem Bürgerkrieg für keine Seite Partei ergreifen. Die Geschichte hat die Gefahren aufgezeigt, die in dieser Art von Einmischung in die Politik anderer Nationen liegt. Sie hat gezeigt, dass mangelndes Verständnis von kulturellen Dynamiken und Bedürfnissen vonseiten einer eingreifenden Nation für mehr Schaden als Nutzen sorgen kann. Wir können mit solchen Welten interagieren, wir können handeln, gute Nachbarn sein – aber ein guter Nachbar oder ein guter Freund zu sein, heißt auch, sich nicht einzumischen, wenn man nicht dazu eingeladen wurde.«

»Aber machen wir nicht genau das gerade auf Sauria?«, fragte Nasrin Sloane, die Rätin von Alpha Centauri. »Stellen wir uns nicht auf eine Seite eines internen Konflikts?«

»Ich nehme dies widerstrebend als notwendige Maßnahme hin, um den Fehler zu korrigieren, den wir bei unserer ursprünglichen Einmischung begangen haben«, sagte Archer. »Wäre die Nichteinmischungsdirektive bereits von Anfang an Teil unserer Politik gewesen, wäre dieser Fehler nie begangen worden. Diese Direktive soll uns davon abhalten, derartige Fehler in Zukunft zu wiederholen.«

Auf der anderen Seite des Tisches lehnte sich Admiral Shran vor. »Das klingt alles sehr nobel, Jon. Aber können Sie wirklich von den Leuten erwarten, dass sie diese ganzen moralischen Hintergründe verstehen? Niemand gibt gern seine Fehlbarkeit zu, selbst wenn man ein Gesetz in Kraft treten lässt, das einen daran erinnert. Nehmen wir mal an, diese Direktive wird zum Föderationsgesetz. Sie können es, so viel

Sie wollen, der Presse erklären, Sie können die Moralphilosophie dahinter in allen Einzelheiten an der Sternenflottenakademie unterrichten, und gewiss, anfangs werden es die meisten Offiziere wahrscheinlich verstehen. Aber die Leute sind faul. Mit der Zeit werden sie jede komplexe Idee auf ihr simpelstes Level reduzieren. Wie können Sie sich sicher sein, dass die nächste Generation an Offizieren – oder diejenige danach oder die darauffolgende – sich noch immer an die bescheidenen Prinzipien hinter der Direktive erinnert? Was, wenn sie am Ende alle glauben, es ginge darum, ›Primitive‹ vor fortschrittlicher Technologie zu beschützen? Wie weit würden sie diesen sogenannten Schutz treiben? Würden sie sich weigern, Medizin herauszugeben, um Millionen von Leben zu retten? Würden sie sogar zulassen, dass eine Welt einer natürlichen Katastrophe zum Opfer fällt, bloß um die Existenz von Raumfahrt und anderen Welten vor den Bewohnern zu verbergen?«

Archer schnaubte. »Ach, kommen Sie, Shran, das ist lächerlich! Niemand wäre jemals so verdreht, als dass er glauben würde, es ergäbe Sinn, eine ganze Spezies sterben zu lassen, um sie vor Schaden zu bewahren!«

»Vielleicht doch – wenn sich diese Offiziere eher an den Text als an den Geist des Gesetzes halten. Sie wissen, dass das möglich ist. Nicht jeder macht sich die Mühe, darüber nachzudenken, warum die Regeln sind, wie sie sind – sie tun einfach, was man ihnen sagt. Deshalb ist ein striktes Verbot jeder Einmischung zu gefährlich. Das erlaubt den Leuten, blind den Regeln zu folgen, statt ihren eigenen Verstand zu nutzen. Wenn wir wollen, dass unsere Captains Verantwortungsbewusstsein zeigen, müssen wir zulassen, dass sie diese Entscheidungen für sich selbst treffen, Fall für Fall. Nur so müssen sie darüber nachdenken, warum sie diese oder jene Wahl treffen.«

Archer verstummte, denn ihm wollte kein gutes Gegenargument einfallen. Obwohl er es in diesem Umfeld niemals zugegeben hätte, begann er langsam Zweifel zu hegen. Der Umstand, dass sowohl das Orion-Syndikat als auch Sektion 31 daran interessiert waren, dass die Nichteinmischungsdirektive durch den Rat kam, hatte ihm bereits schlaflose Nächte bereitet, denn er fragte sich, ob er womöglich auf der falschen Seite stand. Selbst wenn das Prinzip an sich richtig war, mochte der Umstand, dass andere Möglichkeiten sahen, die Direktive zu missbrauchen, bedeuten, dass diese der falsche Weg war, um jenes Prinzip anzuwenden. Vielleicht hatte Shran recht und die Direktive würde von zukünftigen Generationen falsch angewendet werden, weil ihre ursprünglichen Entstehungsgedanken verloren gegangen waren. Die Direktive sollte den Schaden, den Sternenflottenbesatzungen bei fremden Gesellschaften anrichteten, minimieren, aber was, wenn sie letztendlich genauso viel oder gar mehr Schaden anrichtete?

Soval gab sich die größte Mühe, die Vorteile hervorzuheben, indem er sich auf die traditionellen Argumente der Vulkanier für ihre seit Langem bestehende Politik der Nichteinmischung berief. Das reizte Shran allerdings bloß noch mehr, der hervorhob, auf welche oft selbstsüchtige und scheinheilige Art und Weise das ehemalige Vulkanische Oberkommando diese Regeln bei seinen historischen Begegnungen mit Andor, der Erde und anderen Kulturen verbogen oder gebrochen hatte. Von diesem Punkt an verlor die Sitzung zusehends ihren Fokus, und auch Archer schaffte es nicht, sie wieder auf Kurs zu bringen.

Nachdem das Treffen vertagt worden war, führte Soval Archer in ein leeres Nebenbüro, um mit ihm unter vier Augen zu sprechen. »Admiral, dies ist Ihre Initiative. Es ist Ihren Aussichten auf Erfolg nicht gerade dienlich, wenn Sie nicht imstande sind, eine erfolgreiche Verteidigung auf die Beine zu stellen. Sie wirkten bei dem Treffen sehr unaufmerksam.«

»Es tut mir leid, Soval. Ich bin nur ... ich bin in letzter Zeit nicht ganz ich selbst. Es ist gerade schwierig für mich.«

Soval runzelte die Stirn. »Würden Sie mir die Natur Ihrer Notlage erläutern?«

Der Mensch zögerte, aber einer solch direkten Frage konnte er nicht ausweichen. »Es geht um Porthos.«

Der Kommissar reagierte überrascht. »Ihr hündischer Gefährte?«

»Mein Beagle, ja. Er ...« Archer seufzte schwer. »Die Tierärztin hat mir gestern gesagt, dass er nicht mehr lange leben wird. Er ist bloß achtzehn und dank der modernen Medizin werden viele Beagles zwanzig oder älter ... aber Porthos lebt bereits mit geborgter Zeit. Er ist damals '52 beinahe gestorben, als ein kreetassanisches Virus sein Immunsystem lahmgelegt hat. Phlox musste seine Hirnanhangdrüse durch die einer außerirdischen Echse ersetzen. Die Ärztin sagte, dass es genau genommen schon ziemlich beeindruckend sei, dass Porthos so lange überlebt hat.« Er blinzelte ein paarmal rasch. »Aber das macht es nicht einfacher, sich dem kommenden Ende zu stellen.«

Sovals Gesichtsausdruck war unbewegt. »Admiral – wir ringen hier um eine Frage, die die Zukunft der gesamten Föderation und vielleicht vieler weiterer Zivilisationen betrifft. Sie können es sich nicht leisten, sich von Ihrer emotionalen Abhängigkeit zu einem kleinen Haustier ablenken zu lassen.«

»Sie verstehen das nicht. Ich lebe schon mit Hunden, seit ich ein kleiner Junge war. Porthos hat mich während all der härtesten und wichtigsten Erfahrungen meines Erwachsenenlebens begleitet. Die ganze Zeit, die ich auf der *Enterprise* verbracht habe, von Klaang bis hin zur Schlacht von Cheron, war Porthos da.«

»Nichts davon ist für die Rolle relevant, die Sie jetzt zu spielen haben, Admiral. Sie können sich Ihren Gefühlen hingeben, wenn Sie nicht gerade mit deutlich wichtigeren Angelegenheiten zu tun haben.« Soval machte eine kurze Pause. »Vergessen Sie nicht alles, was Sie über vulkanische Disziplin gelernt haben. Das Wohl vieler, es wiegt schwerer als das Wohl ... eines Haustiers.«

Der Admiral ballte die Hände zu Fäusten, als Soval davonging. Er hätte es besser wissen sollen. Von dem hochmütigen Kommissar war kein Verständnis zu erwarten. Doch auf seine eigene arrogante Art hatte Soval nicht ganz unrecht. Es gab gerade so viel, um das sich Archer Sorgen machen musste, dass die Notwendigkeit, sich mit Porthos' Sterblichkeit auseinanderzusetzen, zu keinem ungünstigeren Zeitpunkt hätte eintreten können. Oder vielleicht war es auch diese Debatte, die zum ungünstigsten Zeitpunkt geführt werden musste. Er wollte im Augenblick nichts mehr, als zu Hause zu sein und seinem lieben alten Freund in seinen letzten Wochen (oder gar Tagen?) Gesellschaft zu leisten. Aber seine Pflichten kamen ihm immer wieder in die Quere. Und diese Pflichten waren in der Tat zu wichtig, als dass er sie einfach hätte schleifen lassen können. Es war schmerzhaft, sich diese Tatsache einzugestehen.

Archer verließ den Raum und begab sich zum Terminal für die Orbitalfähren. Wenigstens konnte er jetzt nach Hause gehen und etwas mehr Zeit mit Porthos verbringen. Sie konnten nicht länger so miteinander spielen wie früher; der kleine Hund hatte sogar seinen Appetit auf Käse verloren. Aber Archer konnte einfach nur dasitzen, mit seinem alten Freund auf dem Schoß, und ihm Gesellschaft leisten, solange es möglich war. Der Trost, den Archer dabei empfinden würde, war bestenfalls bittersüß ... aber darum ging es auch nicht. Es ging darum, dem dahinsiechenden Porthos Trost zu spenden. Das war etwas, das Soval nie verstehen würde.

26. Februar 2166
Akleyro, Sauria

Dass die Malurianer, die Waffen für den saurianischen Widerstand schmuggelten, Doppelagenten des Orion-Syndikats waren, machte es Charles Tucker und Devna ziemlich leicht, durch die Orbitalblockade zu kommen. Tucker gab sich als ein Raumnomaden-Waffenhändler aus, der vom Syndikat rekrutiert worden war, um die Hilfslieferungen der Raldul-Gruppierung zu ergänzen, wobei er auf Autorisierungsprotokolle des Syndikats zurückgriff, die Devna ihm lieferte. Auf diese Weise konnten sie sich einem Flug der Malurianer anschließen, als diese ihre nächste Waffenlieferung zur Oberfläche brachten. Von den Orionern überlassene Freigabecodes sorgten dabei für eine sichere Passage durch die Blockade. Devna trat unter dem falschen Namen Elevia auf, angeblich eine Sklavin, die man Tucker als Bezahlung für seine Dienste überlassen hatte – und außerdem vor Ort, um im Auftrag des Syndikats seine Arbeit zu überwachen und ihn zu töten, sollte er sich als unzuverlässig erweisen. Um diese Rolle zu spielen, musste Devna knappere Kleidung tragen als an Bord ihres Scoutschiffs, aber sie hatte sich auf einen Kompromiss eingelassen: ein fein gemustertes rot-oranges Bustier mit Nackenträger, gekürzte Shorts und wadenhohe Stiefel. Das war ungefähr so bedeckend wie T'Pols Sternenflottenunterwäsche, aber gemessen an Devnas Standards wirkte es geradezu sittsam.

Die Reise vom geheimen Landeplatz der Raldul durch den dichten Dschungel rund um Akleyro erwies sich als gefährlicher als der Flug durch die Blockade. Die Malurianer waren bereits oft genug im Regenwald unterwegs gewesen, dass sie auf hiesige Raubtiere achteten und schnell den Finger am Abzug hatten, wenn diese nahten. Tuckers eigenes, intensives Training machte die mangelnde Erfahrung vor Ort wett, sodass er rechtzeitig einen Phasenpistolenschuss abgeben konnte, als sich eine gefährlich aussehende Flugechse von den niedrigeren Ästen der Baumkronen über ihnen auf ihn stürzte. Doch nicht alle saurianischen Raubtiere waren so leicht auszumachen. Während die Gruppe an einen Baumstamm gelehnt rastete, der den Umfang des Maschinenraums der *Enterprise* hatte, bewegte sich eine seiner Stützwurzeln plötzlich und entpuppte sich als riesige Schlange, deren Schuppen die Borke einer Wurzel nachahmten. Die Schlange wand ihren Körper um Devna, und Tucker wagte es nicht zu schießen, denn er fürchtete, seine Begleiterin zu treffen. Er versuchte, auf den hinteren Teil des Körpers zu zielen, doch die echten Wurzeln, die sie umgaben, irritierten ihn.

Einen Augenblick später erbebte die Schlange und fiel zu Boden. Ihr Griff lockerte sich um Devna. Tucker hastete zu ihr und bot ihr eine Hand, um ins Freie zu klettern – aber sie warnte ihn, nicht die Giftnadel zu berühren, die sie hielt. Dann befreite sie sich geschmeidig selbst. »Ich habe mich schon in gefährlicheren Umarmungen befunden«, sagte sie, beinahe gelangweilt von dem ganzen Zwischenfall.

Fassungslos starrte Tucker sie an. »Wie kannst du bei alldem nur so ruhig bleiben?«

Sie setzte sich in Bewegung, während die Malurianer hinter ihnen ihre Waffenkisten aufnahmen. »Das ist eine überlebenswichtige Fähigkeit für eine Sexsklavin«, erklärte sie. »Ich ziehe mich in mich selbst zurück. Nehme Abstand von allem, was zu mir gesagt oder meinem Körper angetan wird, von allen Handlungen, die auszuführen ich ausgebildet wurde. Nichts davon erreicht mich.« Sie deutete ein Schulterzucken an. »Wie du siehst, ist die Gabe auch anderweitig nützlich.«

Der Mensch schüttelte den Kopf. »Ich weiß nie, ob ich dich bedauern oder höllisch beeindruckt von dir sein soll.«

»Wofür du dich auch entscheidest, spielt für mich keine Rolle. Was genau der Punkt ist.«

Als sie schließlich das Hauptquartier des Widerstands erreichten und Dular Garos vorgestellt wurden, war der Raldul-Agent alles andere als begeistert, sie zu sehen. »Es war leichtsinnig von den Schwestern, einen Repräsentanten direkt zu mir zu schicken – insbesondere mit einer ihrer Agentinnen an seiner Seite«, verkündete der grau geschuppte Humanoide. »Wenn tatsächlich bestätigt wird, dass Maltuvis mit den Orionern zusammenarbeitet, könnte Ihre Anwesenheit hier dafür sorgen, dass die gesamte größere Strategie ans Licht kommt.«

Tucker breitete die Arme aus. »Hier draußen sind eine Menge orionischer Sklavinnen unterwegs. Nicht alle von ihnen sind Geheimagenten.«

Garos' verschlagene Züge verzogen sich skeptisch. »Möchten Sie eine Wette auf den Prozentsatz eingehen?«

»Wie auch immer, das ist nichts, worüber Sie sich Gedanken machen müssen. Wissen Sie, wir sind eigentlich gar nicht im Auftrag der Schwestern hier.«

»Was machen Sie dann ...«

Der Malurianer brach ab, als er hörte, dass Neuankömmlinge am Eingang auftauchten. Tucker drehte sich um und sah einen Chelonen und einen Menschen hereinkommen. Seine Augen weiteten sich, als er erkannte, wer der Letztere war. »Garos, gut, wie ich sehe, ist die neue Schiffsladung endlich hier«, sagte Antonio Ruiz. »Wenn wir etwas zum Trainieren kommen, wird das vielleicht helfen, von all den strategischen Debatten abzulenken und …« Er verstummte und starrte den anderen Menschen im Raum an. »Albert?«, fragte er. »Albert Sims?«

Tucker seufzte. Er sah keineswegs mehr so aus, wie er es unter dieser Identität getan hatte, aber er und Ruiz hatten sich während seines letzten Besuchs auf Sauria ziemlich gut kennengelernt. »He, Tony! Ist eine Weile her.«

Ruiz stürmte auf ihn zu. »Oh ja, das ist es.«

Zum zweiten Mal in zwei Jahren sah Tucker Ruiz' Schlag schon eine halbe Ewigkeit vorher kommen und ließ trotzdem zu, dass dieser sein Ziel fand. Er verdiente ihn heute kein bisschen weniger als damals. »Auch schön, dich wiederzusehen, Kumpel«, sagte er, während er danach über seinen Kiefer rieb.

Devna sprang rasch zwischen sie und legte Ruiz ihre Hand auf die Brust. »Dafür gibt es doch gar keinen Grund, oder? Wir sind alle Freunde hier.«

»Schon in Ordnung«, beruhigte Tucker sie und kam wieder auf die Beine. »Ich hatte es verdient. Lass ihn in Frieden.«

Nach einem prüfenden Blick auf Tucker zuckte die orionische Spionin mit den Schultern und gab Ruiz frei, der sichtlich unter dem Ansturm ihrer Pheromone wankte. Unterdessen sah Garos Tucker verwirrt an. »Sims? Sie haben meinen Männern erzählt, Ihr Name sei Victor Lund.«

»Er ist ein Spion der Föderation«, erklärte Ruiz. Sein Zorn half ihm dabei, Devnas Beeinflussung abzuschütteln. »Wenigstens habe ich mir das damals gedacht. Ich schätze, jetzt habe ich den Beweis. Also, warum bist du zurück, Al? Victor? Der alte Malli hat der Föderation doch schon den Dilithiumhahn zugedreht; du kannst hier also nichts mehr gewinnen, wenn du den Widerstand sabotierst. Oder haben deine Bosse endlich entschieden, den Deckel zuzumachen, nachdem das Kind schon in den Brunnen gefallen ist?«

»Ich hätte da auch ein paar Fragen«, mischte sich Garos ein, und sein nachdrücklicher Tonfall brachte Ruiz' Tirade zum Verstummen. Er verschränkte die Arme und blickte von einem der neuen Besucher zum anderen. »Ein Föderationsagent und eine orionische Spionin? Wer von Ihnen ist jetzt der Deserteur?«

Tucker schenkte ihm ein leichtes Grinsen. »Würden Sie es glauben, wenn ich ›beide‹ sage? Tony hat recht – meine Arbeitgeber haben mich vor zwei Jahren von hier abgezogen, weil sie nicht wollten, dass ich den Fördervertrag mit Maltuvis in Gefahr bringe. Sie hielten den materiellen Reichtum der Föderation für wichtiger als die Freiheit der Saurianer.« Er wandte sich an Ruiz, und als er ihn ansprach, musste er seinen beschämten Tonfall nicht einmal vortäuschen. »Du hattest recht, was mich betrifft, Tony. Ich hatte nicht den Mut, Nein zu sagen, obwohl ich wusste, dass meine Befehle falsch waren. Anders als du. Es hat noch ein paar weitere falsche Befehle gebraucht, bevor ich endlich mein Rückgrat gefunden habe. Wenn ich geblieben wäre, als du mich darum gebeten hast ... nun ja, die Saurianer und eine Menge andere Leute wären jetzt vermutlich besser dran. Es tut mir leid.«

Der jüngere Mensch wirkte skeptisch – doch Garos noch viel mehr. »Und Sie?«, forderte er Devna heraus. »Was hat er Ihnen angeboten, um Sie dazu zu bringen, abtrünnig zu werden?«

»Das Einzige, was ich mir schon immer wirklich ersehnt habe«, erwiderte Devna. »Freiheit. Aus diesem Grund habe ich mich ihm auch angeschlossen, um für Saurias Freiheit zu kämpfen.« Sie erzählte die Lüge mit absoluter Ernsthaftigkeit auf den Zügen.

»Die Sternenflotte ist aus demselben Grund hier«, sagte Garos, wieder an Tucker gerichtet. »Wie kann es da sein, dass Sie gegen den Willen Ihrer Föderationsherren agieren?«

»Nicht jeder teilt das Ziel der Sternenflotte«, gab Tucker zurück. »Manche Gruppen denken, dass sie besser dran wären, wenn die Intervention scheitern würde.«

Garos musterte ihn und Devna misstrauisch, so als fürchte er, dass sie die Absicht haben könnten, seine wahre Agenda preiszugeben. Stattdessen wandte sich Tucker an Ruiz. »Aus diesem Grund sind Elevia und ich hergekommen – um Sie vor Sabotage zu warnen. Wir sind zuerst zu Garos gekommen, weil seine Leute uns reinbringen konnten … und weil es knifflig sein könnte, meine Anwesenheit einem Sternenflottenteam zu erklären. Ich bin froh, dass Sie mich zuerst gefunden haben. Es wird leichter, meine Tarnung aufrechtzuerhalten, wenn Sie mir dabei helfen.«

»Warum können Sie denen nicht einfach sagen, wer Sie sind, wenn Sie hier sind, um zu helfen?«, entgegnete Ruiz.

»Weil ich nicht ›Mister Bond‹ bin«, erwiderte Tucker und benutzte damit Ruiz' alten Spitznamen für ihn. »Ich darf nicht einfach meine Identität enthüllen, aus vielerlei Gründen. In diesem Fall würde es nur dafür sorgen, dass es ihnen schwererfiele, mir zu vertrauen. Und es ist wichtig, dass die – und Sie – mir vertrauen, wenn ich Ihnen helfen soll.«

»Warum zum Teufel sollte ich Ihnen trauen, nachdem Sie mich das letzte Mal sitzen gelassen haben? Sie erzählen mir hier, dass Sie zu den Guten gehören, aber Sie haben schon einmal Ihre Haltung geändert, als es Ihnen oder der Föderation gepasst hat. Leute wie Sie – wie ich, bevor ich die letzten zwei Jahre inmitten dieses Mists verbracht habe – wissen nicht, was Unterdrückung bedeutet. Ihre Privilegien sorgen dafür, dass Sie sicher sind, sorgen dafür, dass Unterdrückung etwas ist, das nur anderen Leuten passiert, etwas, bei dem man sich schlecht fühlen kann, aber das man zum Wohl des größeren Ganzen eben hinnimmt. Bei Garos und seinen Leuten ist das anders. Diese Kerle, die Raldul-Gruppierung, sie kennen

Unterdrückung. Sie wissen, wie es sich anfühlt, als Kriminelle behandelt zu werden, von ihren Heimen und Familien getrennt zu sein, nur weil sie mit ihren Anführern nicht einer Meinung sind. Sie verstehen, dass man tun muss, was immer nötig ist, um zu überleben und den Kampf weiterzuführen. Ja, ich weiß, was er in der Vergangenheit getan hat. Ich weiß, was die Födis von ihm denken. Aber ich weiß auch, dass er ums Überleben kämpft, genau wie die Saurianer – nicht bloß für irgendein abstraktes Prinzip oder ein reines Gewissen. Deshalb vertraue ich ihm.« Tucker sah, wie Garos unter Ruiz' preisenden Worten den Kopf hob und die Schultern straffte. Es war eine subtile und höchstwahrscheinlich unbewusste Geste, aber Tucker speicherte die Information zur späteren Verwendung im Hinterkopf ab, während Ruiz schloss: »Geben Sie mir einen Grund, warum ich Ihnen vertrauen sollte.«

Tucker hielt seinem Blick stand. »Weil ich *Ihnen* vertraue. Ich könnte in echte Schwierigkeiten geraten, wenn Sie mein Geheimnis nicht vor der Sternenflotte verbergen. Und sosehr Sie ein Anrecht darauf haben, wütend auf mich zu sein, vertraue ich Ihrer Nachsicht und Ihrem Sinn für Fairness. Alles, worum ich Sie bitte, ist eine zweite Chance. Eine Chance, mich zu beweisen, bevor Sie mich den Wölfen zum Fraß vorwerfen.«

Ruiz brütete noch eine Weile über diese Sache nach, dann ließ er einen schweren Seufzer hören. »In Ordnung. Eine Chance. Weil wir jede Hilfe gebrauchen können, die wir kriegen. Aber Vertrauen muss verdient werden, ›Victor‹.«

»Das verstehe ich. Jetzt allerdings gibt es da ein paar Sachen, die Elevia und ich mit Garos allein besprechen müssten. Wenn es Ihnen nichts ausmacht.«

»Okay«, erwiderte Ruiz langsam. »Ich bin nur hergekommen, um Gewehre für die Übungen zu holen. Ich sollte sowieso besser wieder zu den anderen zurückkehren.«

Garos gab seinen Untergebenen den Befehl, Ruiz und dem Chelonen mit den Gewehren zu helfen, dann führte er Tucker und Devna in sein privates Büro. Als sie allein waren, ergriff der malurianische Verbrecherboss das Wort. »Nun, Sie haben meine Verbindung zu den Schwestern nicht verraten. Wenn diese Geste dem Zweck diente, mein Vertrauen zu erwerben, hat sie zumindest insofern funktioniert, als ich Sie nicht gleich hier und jetzt erschießen werde. Aber was immer Sie mir sagen wollen, ist besser meine Zeit wert.«

»Sie sollten lieber darüber nachdenken, etwas freundlicher zu uns zu sein, Mister Garos«, erwiderte Tucker. »Denn wir sind hier, um die Sabotage zu verhindern, die Sie im Auftrag der Schwestern hier durchführen sollen. Nun könnten wir das machen, indem wir dem Widerstand einfach berichten, wer Ihre wahren Verbündeten sind. Aber ich würde es vorziehen, mit Ihnen zu kooperieren.«

Garos musterte sie beide. »Weil Sie nicht aus bloßem Altruismus handeln. Sie wollen selbst etwas davon haben. Worum geht es?«

»Wie wir schon gesagt haben, sind die Lady und ich beide, sagen wir mal, desillusioniert, was unsere jeweiligen Arbeitgeber angeht. Ihre versuchen, eine Katastrophe heraufzubeschwören, um die Einmischung der Sternenflotte schlecht aussehen zu lassen, woraufhin die Föderation eine Politik der Nichteinmischung annehmen wird – von der sie ausgehen, dass es bedeutet, die Föderationsjustiz würde sie bei ihren Aktivitäten in Ruhe lassen. Meine Arbeitgeber wissen das alles – und sie wollen trotzdem zulassen, dass es so passiert. Deren Meinung nach wird sich eine offiziell zurückhaltende Föderation nämlich weniger Feinde machen, aber sie werden nach wie vor freie Hand haben, im Geheimen für sie aktiv zu werden, sollte es nötig sein. Keine der

Organisationen schert sich groß darum, wie viele Saurianer für ihre Pläne sterben müssen.«

»Also wollen Sie, dass ich Ihnen dabei helfe, sie zu stoppen. Wie? Ich bin gewiss offen für Verhandlungen, aber Sie müssten mich schon ziemlich gut bezahlen, um die Schwestern zu überbieten. Und die Sabotage zu verhindern, mag vielleicht die Schwestern in Verlegenheit bringen, aber es hätte wenig Effekt auf Ihre Arbeitgeber, Mister Lund.«

Tucker erklärte ihm auch den Rest seines Plans – dass er vorhatte, Hinweise einer Zusammenarbeit zwischen Harris und D'Nesh zu fabrizieren und diese dann zu veröffentlichen, bevor sich die Katastrophe ereignete, um auf diese Weise Sektion 31 bloßzustellen und D'Nesh innerhalb des Syndikats zu diskreditieren. »Ein kühner Plan«, sagte Garos und sah Tucker und Devna lächelnd an. »Sie sind nicht so weich, wie ich angenommen habe. Ihre beiden Vorgesetzten gegeneinander auszuspielen und das Leben der Saurianer zu riskieren, um Ihre Herren zu hintergehen ... das ist dreist. Rücksichtslos. Gefällt mir. Aber was habe ich davon? Warum sollte ich Ihnen bei diesem Verrat helfen? Meine Beziehung zu den Schwestern ist nach Rigel ohnehin angespannt. Und ich bin nicht in der Stimmung, mir den Zorn eines Ihrer Arbeitgeber zuzuziehen.«

»Ich habe eine Gegenfrage an Sie, Garos. Was haben Sie davon, weiter mit den Orionern zusammenzuarbeiten? Was haben Sie von dieser Beziehung, dass sie es wert ist zu verraten, woran Sie glauben?«

Garos richtete sich auf. »Ich habe *nie* meinen Glauben verraten. Alles, was ich tue, tue ich zum Wohl von Maluria. *Alles!*«

»Ich weiß. Sie glauben, dass Sie gegen ein ungerechtes Regime rebellieren. Sie glauben, dass deren Politik schlecht für Ihr Volk ist.«

»Ich glaube das nicht nur, ich weiß es. Sie sind in einer antiquierten Denkweise gefangen, die am Rand der Atmosphäre endet. Sie können nicht begreifen, dass ein Staat, der auf einen Planeten beschränkt bleibt, dazu verdammt ist, in einer Galaxie voll interstellarer Reiche und Syndikate und *Föderationen* überrannt zu werden. Ihre Gesetze und Regeln töten unser Volk. Nur die Außenseiter können Maluria retten.«

»Diese Rebellen kämpfen für die gleiche Sache! Sie wurden von einem unrechtmäßigen Herrscher, der sich an die Vergangenheit klammert und eine beschränkte Sicht auf das Universum hat, aus ihren Heimen vertrieben. Sie sind bereit zu tun, was immer nötig ist, um ihr Volk davor zu erretten. Ich habe es in Ihren Augen gesehen, Garos – Sie sind stolz darauf, dass Leute wie Antonio Ihre Arbeit hier loben.«

Garos machte ein abfälliges Geräusch. »Ihre Fähigkeit, malurianische Mimik zu lesen, ist begrenzt.«

Devna trat vor. »Meine ist es nicht«, sagte sie. »Ich mag nicht imstande sein, Ihre Art zu verführen, aber meine Schwestern und ich hatten für die Dauer unserer Allianz für Ihre anderen Bedürfnisse zu sorgen. Ich hatte ausreichend Gelegenheit, zu lernen, wie man die Stimmungen von Malurianern erkennt. Mein Herr hat recht. Sie sehen in diesen Rebellen verwandte Seelen.« Das brachte Garos zum Schweigen.

Tucker nutzte die Gelegenheit, um fortzufahren. »Also wie kommen Sie damit klar, sie zu verraten, sie zu diskreditieren, vielleicht Tausende von ihnen dem Tod zu überantworten, nur um dabei zu helfen, dass dieser Tyrann seine Herrschaft festigen kann?«

Der Raldul-Anführer funkelte ihn an. »Es wäre nicht das erste Opfer, das ich für Maluria bringe. Ich habe Geschäfte mit Monstern gemacht. Ich habe enge Freunde getötet. Nichts von dem ist mir leichtgefallen.«

»Es ist also in Ordnung, andere brennen zu lassen, solange Sie Ihr eigenes Volk davor bewahren können, das gleiche Schicksal zu erleiden?« Tucker schüttelte den Kopf. »Ich habe genau das versucht, Garos. Zweimal wurde mir befohlen, genau so zu handeln – einmal davon hier auf Sauria. Ich war dumm genug, dass ich zwei Anläufe brauchte, um zu erkennen, wie heuchlerisch das ist. Was hat man davon, eine Gesellschaft vor ihren Feinden zu retten, wenn man dazu genauso schlecht werden muss wie diese?« Der Malurianer grinste höhnisch, aber der Mensch fuhr fort. »Ich denke, dass Sie das auch erkennen, tief in Ihrem Inneren. Es hat Ihnen nicht gefallen, den Ersten Familien zu helfen, die Zivilisation auf Rigel zu ihrem eigenen Profit zu zerstören. Sie haben Valeria Williams und der Sternenflotte geholfen, deren Pläne ans Licht zu bringen.«

»Nur weil mich die Familien zuerst verraten haben. Auf gleiche Weise zu antworten, war die einzige Option, die mir blieb. Und es hat Maluria keinen Vorteil eingebracht. Die Mitgliedschaft von Rigel in der Föderation hat meiner Gruppierung im Kandari-Sektor schweren Schaden zugefügt. Unsere Profite haben sich stark verringert, seit die Region unter das Recht und die Ordnung der Sternenflotte gefallen ist. Wir brauchen die wenigen Verbündeten, die wir noch haben, und wir brauchen die Profite aus diesem Waffenhandel – zusätzlich zu dem, was mir die Schwestern für meine Unterstützung bei ihrer kommenden Show zahlen.«

»Aber was für ein Verbündeter war das Syndikat für Sie bis jetzt wirklich? Denken Sie zurück, Garos. Ihr Plan, die Föderation durch einen Krieg mit den Vertianern zu schwächen, hat versagt. Ihr Versuch, die letzte Babel-Konferenz zu sabotieren, endete in einem Fiasko. Ihre Pläne, die Föderation von innen zu unterminieren, wurden entlarvt, und alle Sezessionistengruppen, die Sie unterstützt haben, sind mittlerweile aufgelöst oder diskreditiert worden. Sie verlieren in einem fort, Garos. Sie verlieren gegenüber der Föderation, wieder und wieder. Können Sie wirklich auf das Verhältnis von Siegen und Niederlagen schauen und noch immer glauben, dass Sie auf das richtige Team gesetzt haben?«

Garos schnaubte. »Also schlagen Sie vor, dass sich die Raldul mit der Föderation verbünden sollten? Dem Verursacher so vieler unserer Rückschläge?«

»Ihre Pläne, uns zu schwächen, haben Rückschläge erlitten. Vielleicht sollten Sie stattdessen versuchen, mit uns zusammenzuarbeiten. Das könnte besser ausgehen.«

»Die Föderation wird niemals eine kriminelle Organisation unterstützen.«

»Aber sie würde jede rechtmäßige Methode, die ihr zu Gebote steht, nutzen, um Reformen auf Malur zu befördern. Admiral Archer ist letztes Jahr dorthin gereist, um genau das zu versuchen. Obwohl Sie versucht haben, ihn ein- oder zweimal zu töten, und obwohl er Sie absolut nicht ausstehen kann, hat er trotzdem versucht, Ihrem Volk zu helfen.«

»Durch *Reden*. Und dann ist er einfach gegangen, als er, zu niemandes Überraschung, nichts erreicht hat. Ich ziehe die Methoden vor, bei denen tatsächlich etwas passiert.«

»Nur leider haben Sie genau das nicht getan. Selbst als es die Föderation noch nicht gab, waren Sie nicht in der Lage, genug zu bewirken, um die Dinge auf Ihrer Heimatwelt zu ändern.«

»Und glauben Sie wirklich«, warf Devna ein, »dass die Drei Schwestern sich in irgendeiner Weise um das Wohl von Maluria scheren? Sie benutzen Sie einfach nur zu ihren Zwecken, genauso wie jeden anderen auch. Sie werden Sie und Ihr Volk hintergehen, sobald es ihnen nützlich erscheint.«

»Und deswegen werde ich sie zuerst hintergehen – *wenn* die Zeit reif ist.«

»Diese Zeit ist jetzt, Garos«, sagte Tucker. »Das ist Ihre Gelegenheit. Stellen Sie sich an die Seite der Föderation. Lassen Sie die vorgetäuschte Handlung Wirklichkeit werden. Wir lieben eine schöne Bitte um Vergebung. Beweisen Sie uns, dass Sie wirklich helfen wollen, und wir werden alles in unserer Macht Stehende tun, um Ihnen im Gegenzug zu helfen.«

Unbehaglich verlagerte Garos sein Gewicht. »Das ist schon das zweite Mal, dass ihr Föderations-Weltverbesserer mir dieses Angebot macht. Ich muss zugeben, dass ich es damals, als Lieutenant Williams auf Rigel es das erste Mal tat, auf eigenartige Weise geschätzt habe. Dass mir ein Feind Hilfe anbietet, nachdem meine eigenen Verbündeten mich einer nach dem anderen im Stich gelassen haben ... das hat einige Fragen aufgeworfen.« Nach diesem vielversprechenden Moment allerdings schüttelte er den Kopf. »Aber die Kosten sind zu hoch. Sie sind zu besessen davon, jeden dazu zu bringen, sich Ihrem Club anzuschließen ... das Gute des Ganzen über die eigenen Bedürfnisse zu stellen. Ich würde Maluria niemals Ihrer Autorität unterordnen.«

»Das müssen Sie nicht. Die Föderation hat auch Verbündete, nicht bloß Mitglieder. Ob Sie sich ihr anschließen oder nicht, liegt ganz bei Ihnen. Niemand wird dazu gezwungen.«

»Und das ist ein weiterer Grund, warum ich auf Ihre Hilfe nicht bauen würde. Sie sind zu weich, zu unentschieden. Sie werden nicht tun, was nötig ist, um zu siegen.« Er grinste. »Zumindest nicht offiziell. Ihre Arbeitgeber scheinen eher von der pragmatischen Sorte zu sein. Vielleicht sollte ich darüber nachdenken ...«

Tucker kam ihm zuvor, indem er den Kopf schüttelte. »Sich mit ihnen zu verbünden? Das würde niemals funktionieren. Sie sind genauso übereifrig, die Föderation um jeden Preis zu schützen, wie Sie es im Fall von Maluria sind. Wenn sie nicht zögern, Sauria eine Katastrophe erleiden zu lassen, weil es ihren Zwecken dient, zögern sie erst recht nicht, dasselbe Malur oder einer seiner Kolonien anzutun.«

Devna trat näher. »Das Gleiche gilt für die Schwestern. Navaar hält Sie bereits für unzuverlässig. D'Nesh hasst Sie, weil Sie sie vor Navaar gedemütigt haben, nachdem ihr Babel-Plan versagt hatte. Und Maras? Wenn Ihr ganzes System brennen würde, würde Sie das hübsche Feuerwerk beklatschen. Die brauchen bloß noch einen Vorwand.«

»Und trotzdem verlangen Sie von mir, dass ich denen einen liefere. Wenn ich diesmal versage, glauben Sie, dass die Schwestern keine Rache üben werden?«

»Ich glaube, dass Victors Plan sie extrem schwächen wird. Wenn die Intrige ans Licht gebracht wird, die Sternenflotte mit einer inszenierten Katastrophe in Verbindung zu bringen, bevor sie ihre Wirkung entfalten konnte, und wenn beide, Victors Arbeitgeber und D'Nesh, öffentlich als Verschwörer und Drahtzieher dieser Intrige hingestellt werden, wird das D'Nesh vernichten. Navaar ist wie Sie – eine Pragmatikerin, bereit, die zu opfern, die sie liebt, wenn es ihren Zielen dient.« Devna zuckte anmutig mit den Schultern. »Bei denen, die sie liebt, handelt es sich – neben ihr selbst – genau um zwei Personen, aber das wird sie nicht davon abhalten, diese Anzahl zu halbieren.«

Garos musterte sie. »Warum D'Nesh? Warum nicht alle drei?«

»Als vereinte Front könnten sie gegen die Anschuldigungen ankämpfen. Selbst wenn sie zur Strecke gebracht würden, würde eine ihrer Rivalinnen schnell die Kontrolle an sich reißen und zu aggressiven Methoden greifen, um sich einen Namen zu machen. Aber richten Sie Navaars Zorn gegen D'Nesh, und die Schwestern werden geschwächt. Der Eindruck einer unerschütterlichen Front, den sie nach außen hin präsentieren, wird beschädigt. Es wird an ihrem Stuhl sägen, ohne dass dabei offenes Chaos entsteht. Ohne Zweifel könnte das Raldul ebenso nützen, wie eine Schwächung der Föderation es täte. Eine geschwächte, abgelenkte Schwesternschaft könnte ihre Kontrolle über gewisse Geschäftsgelegenheiten verlieren. Raldul könnte diese Lücke füllen.«

Garos wirkte von der Vorstellung fasziniert. »Sie hätten diese hier zuerst sprechen lassen sollen, Lund. Ihre Argumente finde ich weitaus reizvoller. Genauso reizvoll, wie, das gebe ich zu, die Vernichtung von D'Nesh für mich wäre. Ich verspüre einen gewissen Respekt gegenüber Navaars roher Durchtriebenheit, aber D'Nesh ist derb, ungeschickt und arrogant. Sie verdient es, gedemütigt zu werden.«

Tucker ließ einen Moment verstreichen, bevor er zu fragen wagte: »Heißt das, Sie helfen uns?«

»Es heißt, dass ich ernsthaft darüber nachdenken werde. Aber ganz ehrlich: Ich weiß nicht, wie viel Hilfe ich Ihnen bieten kann. Der Plan wurde von Navaar und Maltuvis ausgeheckt. Sie haben mir nur die Informationen gegeben, die ich brauche, um meinen Part zu spielen.«

»Informationen wie ...?«

Mit einem Seufzen fuhr Garos fort. »Oh, na schön. Alles, was ich weiß, ist, dass ich dafür sorgen soll, dass die Rebellen eine von Maltuvis' Raumschiffwerften überfallen und sabotieren. Dabei soll wenigstens eine der extremistischeren Fraktionen des Widerstands an dem Überfall beteiligt sein. Während des Überfalls wird irgendeine Katastrophe passieren, die dazu führt, dass man der Sternenflotte vorwerfen wird, leichtsinnigerweise gefährliche Technologien in die Hände von Fanatikern gegeben zu haben.«

Tucker nickte. »Und das wird die Stimmung innerhalb der Föderation zugunsten der Nichteinmischungspolitik verschieben.«

»In der Theorie, ja. Navaars Pläne neigen dazu, überkompliziert zu sein.« Garos schüttelte den Kopf. »Aber mir wurde nichts überlassen, womit sich eine solche Katastrophe herbeiführen ließe. Das muss etwas sein, das Maltuvis' oder Harrad-Sars Leute arrangieren. Also wenn Sie darauf gehofft hatten, dass ich Ihnen dabei helfen würde, das Unglück zu verhindern, muss ich Sie enttäuschen.«

Tucker wechselte einen Blick mit Devna. Das waren beunruhigende Neuigkeiten. »Das macht die Dinge riskanter«, sagte er nach einem Moment. »Aber vielleicht spielt das keine Rolle. Wir müssen bloß den Plan im Vorfeld enthüllen – und ihn den richtigen Leuten anhängen. Sobald die Öffentlichkeit weiß, wer wirklich dahintersteckt und was sie anrichten wollten, ergibt es keinen Sinn mehr, die Katastrophe auch wirklich eintreten zu lassen.«

»Das hoffen Sie«, sagte Garos. »Maltuvis scheint genau der Typ zu sein, der das aus reinem Groll trotzdem durchzieht.«

Tucker schüttelte den Kopf. »Nein. Maltuvis ist ein Narzisst. Er will, dass die Leute ihn lieben, ihn als denjenigen verehren, der sie vor den bösen Fremdweltlern schützt. Wenn die Leute wissen, dass es seine Idee ist, werden sie sich gegen ihn wenden.«

»Sie gehen davon aus, dass seine Anhänger noch immer zwischen Wahrheit und Propaganda differenzieren können. Er hat die letzten zwei Jahre damit verbracht, sie so zu konditionieren, dass sie den Unterschied vergessen haben.«

»Und ich bin mir sicher, dass in M'Tezir ganze Generationen so aufgewachsen sind, dass sie ihn nicht kennen. Aber es dauert, die Fähigkeit der Leute zu erodieren, vernünftig zu sein und Fakten zu erkennen. Man muss sie dazu konditionieren, Quellen abseits des Staats zu misstrauen. Die meisten Saurianer sind in Ländern aufgewachsen, die gute Schulen hatten sowie eine freie und verantwortungsvolle Presse. Dieses Grundlagenwerk für kluges Nachdenken kann nicht in zwei Jahren zerstört worden sein, ganz gleich wie sehr sich Maltuvis' Propagandamaschine bemüht hat.«

Garos dachte über diese Worte nach und nickte. »Das alles mag wahr sein, das gebe ich zu.« Dann wurde sein Blick schärfer. »Aber weiß Maltuvis das auch?«

8

27. Februar 2166
***U.S.S. Vesta* NCC-302**

»Dieses … Raumschiff … *ist ein … Schrotthaufen*!«, schrie Caroline Paris, während sie frustriert gegen die Turbolift-Tür schlug.

Malcolm Reed umfasste von hinten ihre Schultern. »Beruhige dich, Caroline. Es ist nur ein feststeckender Lift. Das Reparaturteam wird uns schnell wieder herausholen.«

Paris ließ ihre Faust als Schlusspunkt ihres Wutausbruchs ein letztes Mal gegen die Tür knallen, dann sackte sie in Reeds tröstende Umarmung. »Ich weiß, aber es ist nicht nur das. Es ist einfach alles. Ich habe dieses Schiff nun schon seit einem Monat, und es funktioniert immer noch nicht gut genug, dass wir dieses verdammte Trockendock verlassen könnten.«

»Nun, wenigstens ist es der kürzeste Monat des Jahres gewesen.« Gegen ihren Willen brachten seine Worte Paris zum Lachen. »Erinnere dich daran: Wir hatten vergleichbare Probleme, als wir die *Pioneer* auf Vordermann bringen wollten. *Wir* wurden damals beinahe in der Atmosphäre eines Gasriesen zerquetscht.«

Sie drehte sich zu ihm und lehnte sich gegen eine der grau verkleideten Aufzugwände. »Stimmt schon, aber ihr habt dabei im Vorbeigehen eine unglaubliche neue Lebensform entdeckt. Wenigstens habt ihr ein bisschen was erlebt. Ich kriege ja nicht mal das Auto aus der Garage.« Sie seufzte. »Ich hätte wissen müssen, dass ein Schiff, das nach dem größten Silikatasteroiden im System benannt ist, einen steinigen Weg haben würde.«

Reed stöhnte. »Wie lange hast du warten müssen, bevor du den anbringen konntest?«

»Eine Weile. Aber ich kann es mir nicht erlauben, vor der Besatzung derartig Dampf abzulassen.«

Reed lehnte sich neben sie an die Wand. »Vielleicht habe ich mir den falschen Tag ausgesucht, um für eine Tour vorbeizuschauen. Morgen sieht bestimmt schon wieder alles ganz anders aus.«

Paris blickte ihn mit hochgezogenen Augenbrauen an. »Seit wann bist du der Optimist in dieser Beziehung?«

Er strich ihr über die Schulter. »Seit du mich in dieser Rolle brauchst.«

Es war ein wundervolles Gefühl, ihn das sagen zu hören, vor allem, da ihre Romanze das Einzige war, was im Augenblick in ihrem Leben rundlief. Aus diesem Grund traf Paris eine Entscheidung. Sie holte tief Luft und sagte: »Die Sache ist die ... ich habe dich gebeten, mich jetzt zu besuchen, weil ich weiß, dass du nicht viel länger die Gelegenheit dazu haben wirst. Die Ermittlungen sind vorbei, die Überholungen an deinem Schiff neigen sich ihrem Ende zu. Bald wirst du mit der *Pioneer* wieder hinausfliegen, und egal ob dieser Haufen Altmetall jemals den Start schafft oder nicht, wir werden nicht mehr sonderlich viel Zeit miteinander verbringen können.«

Reed trat unbehaglich von einem Bein aufs andere. »Nun ja. Das ist das Problem, wenn man sich in der Sternenflotte auf eine Beziehung einlässt, nicht wahr? Du machst das Beste aus der Zeit, die du hast, und bewahrst dir die schönen Erinnerungen, wenn der Moment kommt weiterzuziehen.«

Sie schaute ihm unverwandt in die Augen. »Ist das alles, was es für dich war, Malcolm? Bloß eine lockere Affäre?«

»Nein, ich ... so habe ich das nicht gemeint. Diese letzten paar Wochen waren ... unglaublich. Du hast mich glücklicher gemacht, als ich es in vielen Jahren gewesen bin.«

»Und trotzdem hast du immer etwas Abstand gewahrt. Zunächst dachte ich, es sei aus Achtung vor mir, wegen meiner Komplexe nach Delta. Aber darüber sind wir längst hinweg. Du hast mich von meinen verbliebenen Problemen mit Intimität mehr als geheilt.« Sie schenkte ihm ein anzügliches Grinsen. Doch dann wurde Paris wieder ernst. »Also, wann wirst du mir erzählen, was dein Problem ist? Warum du dich immer zurückziehst, wenn das Gespräch in Richtung einer ernsthafteren Beziehung geht?«

Reed antwortete nur zögernd: »Es ist ... nicht so, als würde ich eine ... dauerhafte Beziehung mit dir, Caroline, nicht wollen. Es ist nur, dass du, bevor wir den nächsten Schritt gehen, wissen solltest – nicht, dass es zwangsläufig ein Problem werden müsste, denn ich will gar nicht voraussetzen, dass wir ...«

»Malcolm!«

Er sammelte sich. »Vor ein paar Jahren wurde bei mir ein genetischer Schaden festgestellt, der durch wiederholte Transporternutzung entstanden ist. Tatsächlich war mein Fall, gemeinsam mit dem von Admiral Archer, der Auslöser dafür, dass Doktor Phlox die Mängel in unserer Transportertechnologie entdeckte. Weißt du, er und ich waren bis dato diejenigen gewesen, die den Transporter am häufigsten benutzt hatten, daher ...«

»Was für ein genetischer Schaden?«, fragte sie und verhinderte damit, dass er die Angelegenheit noch weiter hinauszögerte.

Er seufzte. »Ich werde niemals Kinder haben können.«

Einen Moment lang blinzelte sie ihn nur verblüfft an. »Das ist alles? Ich meine ... nicht, dass ich deine Gefühle diesbezüglich kleinreden will, aber das ist nichts, was einer Beziehung einen Riegel vorschieben würde.«

»Nein, natürlich nicht. Aber ... nun ja, ich muss gestehen, ich war so etwas wie ein Frauenheld, als ich jünger war. Ich hatte ... mehr als nur ein paar zwanglose Affären. Aber sie haben mir immer etwas bedeutet, und ich habe stets nach mehr gesucht. Nach etwas Stärkerem, etwas Dauerhaftem. Ich habe immer gehofft, die Frau zu finden, mit der ich mein Leben verbringen möchte – idealerweise die Frau, die die Mutter meiner Kinder sein würde. Du weißt, wie wichtig mir das Reed-Erbe ist.«

Paris nickte.

»Als ich also erfuhr, dass ich niemals ein Kind bekommen könnte«, fuhr Malcolm fort, »hatte ich das Gefühl, dass es nicht länger irgendeinen Sinn ergeben würde, nach einer Gefährtin zu suchen. Ich bin seitdem mit niemandem mehr zusammen gewesen. Vielleicht fühlte ich mich ... nicht mehr ganz als Mann.«

Caroline machte ein ungläubiges Gesicht. »Hörst du dir überhaupt selbst zu? Oh, Malcolm, auch wenn wir alte Filme lieben, heißt das doch nicht, dass wir im verdammten zwanzigsten Jahrhundert leben müssen. Du bist kein bisschen weniger Mann, nur weil du keine Frau schwängern kannst. Die menschliche Bevölkerung ist so groß und stabil, dass es absolut unwichtig ist, sich fortzupflanzen. Liebe und Bindung sollten nur für sich selbst stehen können. Abgesehen davon sind eine Menge wundervoller Männer mit anderen wundervollen Männern verheiratet. Oder sie sind alleinerziehende Väter, die ein Kind adoptiert haben. Es gibt auch heute noch eine Menge Kinder, die Adoptiveltern brauchen. Das ist kein bisschen weniger real als jede andere Form von Elternschaft.«

Reed nickte. »Ja, Phlox und andere haben mir das alles auch schon erzählt. Aber es fühlt sich trotzdem anders an.«

»Du meinst, dass es nicht das ist, was du dir erhofft hast. Willkommen im Universum!«

»Aber spielt es für dich keine Rolle? Du bist auch in einer Familie aufgewachsen, die einen ausgeprägten Sinn für ihre Abstammung hat.«

»Mein großer Bruder hatte einen Sohn und zwei Töchter, bevor sein Schiff im Krieg verloren ging. James junior hat sich bereits für die Sternenflottenakademie eingeschrieben, und Taylor beabsichtigt, ihm zu folgen, sobald sie alt genug ist. Also, der Familientradition wurde Genüge getan, ganz gleich ob ich dazu beitrage oder nicht. Das gibt mir die Freiheit, meine eigenen Ziele zu verfolgen.« Sie verspürte den Drang, im Lift auf und ab zu gehen, doch dessen enge Grenzen boten ihrem Bedürfnis nach Bewegung kaum Erleichterung. »Ich habe gesehen, was passiert, wenn Gesellschaften der Fortpflanzung zu viel Wert beimessen. Ich habe Erdkolonien wie Vega und die Altair-Welten besucht, wo die Notwendigkeit, die Bevölkerung wachsen zu lassen, für ein Wiederaufkommen traditioneller Elternrollen gesorgt hat. Von Frauen in gebärfähigem Alter wurde erwartet, dass sie sich mit Nachdruck darum kümmerten, Mutter zu werden, von Männern, dass sie diese als wertvolle Ressource betrachteten, die zum Wohl der Gemeinschaft um jeden Preis bewahrt werden müsse. Es hat zu einer Rückkehr von Ungleichbehandlungen geführt, von denen wir dachten, sie seien lange überwunden, der Art von Dingen, über die wir uns lustig machen, wenn wir alte Filme schauen. Als ich diese Gesellschaften sah, musste ich mich fragen: Was wird in zukünftigen Generationen geschehen, in, sagen wir, fünfzig oder hundert Jahren, wenn Leute, die unter diesen kolonialen Einflüssen aufgewachsen sind, einen größeren Prozentsatz der Föderationsbevölkerung ausmachen – und ihrer Wählerbasis? Wie werden deren Werte auf die Gesamtgesellschaft zurückfallen oder die Politik beeinflussen?«

»Das klingt kaum nach einer drängenden Sorge«, sagte Reed.

»Nun, du hast den Luxus, das zu denken, denn du wärst von dieser Art von Veränderung nicht betroffen. Ich wäre es. Malcolm, nur weil wir eine Welt aufgebaut haben, in der Gleichberechtigung gelebt wird, heißt das nicht, dass wir nicht einen Rückfall erleiden können. Und ich für meinen Teil werde kein Teil davon sein. Ich werde meine Identität *oder* meine Beziehungen nicht auf Basis möglicher Kindszeugungen bewerten.«

Sie trat näher und umarmte ihn erneut. »Malcolm, ich habe schon vor langer Zeit entschieden, dass die einzigen Erwartungen, die ich erfüllen muss, meine eigenen sind. Ich wünschte, du wärst imstande, das Gleiche für dich zu sagen. Denn ich glaube, dass wir eine Zukunft zusammen haben könnten ... wenn du genug an dich selbst glaubst, um sie anzunehmen.«

Er blinzelte ein paar Tränen fort. »Dann brauche ich dich womöglich dafür, um mich das zu lehren. Ich habe mir nicht erlaubt zu hoffen, dass es wirklich möglich sein könnte ... dass du dir eine Zukunft mit mir vorstellen könntest. Deshalb habe ich mir auch nicht gestattet, darüber nachzudenken ... wie sehr ich sie will.«

Als die Turbolift-Reparaturcrew die beiden fand, waren die zwei Captains gerade in einem leidenschaftlichen Kuss versunken, ohne auch nur die erneute Bewegung des Aufzugs bemerkt zu haben. Die Reparaturcrew trat zurück, ließ zu, dass sich die Türen wieder schlossen, und wartete eine ganze Weile, bevor sie den Aufzug wieder für betriebsbereit erklärte.

Birnam (GJ 1045 I)

»Nur damit das klar ist«, sagte Zang Liwei, als er den Landetrupp der *Endeavour* aus dem Basislager der *Verne*-Besatzung führte. »Es war Farids Idee, Sie einzuladen, nicht meine.«

Captain T'Pol nahm diese Information leidenschaftslos zur Kenntnis. »Ich denke, dass Sie das bereits angemessen verdeutlicht haben, Captain Zang. Dennoch wären wir nicht hier, wenn Sie seinem Vorschlag nicht zugestimmt hätten.«

Der stämmige Raumnomaden-Captain mittleren Alters verzog die Lippen unter dem Schnurrbart in widerwilliger Zustimmung. »Nur, weil er keine Ruhe geben wollte. Je schneller wir das hier geregelt bekommen, desto besser.«

Hoshi Sato war einfach nur froh, hier zu sein. Sie hätte nie erwartet, dass eine halb erfrorene Welt unter einem schwachen roten Stern, der sich nie am Himmel bewegte, so schön sein könnte. Zugegeben, das Licht war gedämpft, nichts im Vergleich zu den warmen Strahlen der Erdensonne, die an einem klaren Frühlingstag durch die Baumkronen fielen. Nicht nur hing der Stern selbst (den die Nomaden Dunsinane nannten) trüb und breit und niedrig am Himmel, obendrein wurde sein Licht auch noch durch eine nahezu immerwährende Wolkendecke gestreut, die nur dicker wurde, je näher man dem sonnenwärtigen Pol kam. Doch Birnams Wälder waren deutlich heller als die von Dakala, dem geothermisch aufgeheizten Irrläufer, den Sato während ihres ersten Jahrs an Bord der *Enterprise* besucht hatte, und ihre Augen passten sich rasch an, sodass das Licht eher sanft als düster schien. Vielleicht half auch die Art der sie umgebenden Vegetation dabei, diesen Eindruck zu erschaffen. Die Pflanzen präsentierten sich in zahllosen ungewöhnlichen Formen und Farben, wobei sie zu tiefen, satten Purpur- und Blautönen neigten, die dem Wald eine herrschaftliche Aura verliehen. Die Vegetation wuchs verstreut genug, dass die Umgebung nicht bedrückend dunkel wirkte – vermutlich lag das daran, dass sich die meisten Gewächse bewegen konnten, also imstande waren, sich kriechend, gleitend, laufend oder gar schwebend von jedem Hindernis zu entfernen, dass ihnen zu lange die Wärme von Dunsinane blockierte (denn der wichtigste Segen für alles Leben auf dieser Welt war nicht das schwächliche sichtbare Licht, sondern die Infrarotstrahlung des Sterns). Tatsächlich war es wohl just die Lebendigkeit der Pflanzen hier, die der Umgebung ihre anregende Wirkung verlieh.

»Es ist der Sauerstoff.«

Erschrocken wandte sich Sato um und erblickte den Wissenschaftsoffizier der Nomaden, Farid Najafi, der, die Hände in die Hosentaschen gesteckt, neben ihr aufgetaucht war und ihr nun ein jungenhaftes Grinsen schenkte, das sehr gut zu seinen attraktiven dunklen Zügen passte. »Wie bitte?«, fragte sie.

»Entschuldigen Sie, aber dieser Ausdruck auf Ihrem Gesicht – wir alle hatten ihn von Zeit zu Zeit, vor allem in den ersten Tagen, bevor wir uns angepasst haben. All diese Pflanzen wandeln Kohlendioxid in Sauerstoff um, aber es gibt keine Tiere, die ihn durch Atmung wieder zurückumwandeln. Die O_2-Werte in dieser Gegend sind ziemlich hoch. Trotz der häufigen Regenfälle besteht also eine große Brandgefahr. Und die Leute sind aufgedreht, wenn sie nicht daran gewöhnt sind.«

Sato kicherte und merkte im gleichen Moment, dass sie damit seine Aussage bestätigte. »Und wenn man sich daran gewöhnt hat?«

Najafi legte den Kopf schief. »Man fühlt sich im Allgemeinen besser. Hat eine Menge Energie.«

Zang blickte ihn finster an. »Oder man verspürt erhöhte Reizbarkeit – wenn einem jemand einen Grund liefert.«

»Sagen wir es so: Wir haben nicht viel Kaffee gebraucht, seit wir hier sind«, endete Najafi, der sichtbar dem Drang widerstehen musste, den Köder des Captains zu schlucken. Dann lächelte er Sato erneut an, und sie verspürte einen Kitzel, von dem sie hoffte, dass er nur dem Sauerstoff geschuldet war. »Aber jetzt halten Sie sich fest – was hinter dieser Anhöhe liegt, wird Sie begeistern.«

Er eilte voraus, und Hoshi vergaß beinahe, sich mit einem Blick zu T'Pol die Erlaubnis geben zu lassen, bevor sie ihm hinterherjoggte. Auf der Kuppe der Anhöhe holte sie ihn ein. Unter ihnen kamen die Dryaden in Sicht. Es waren Dutzende von ihnen, vielleicht einhundert oder sogar mehr, die ein dunkles, knarrendes Rumpeln erzeugten, während sie an den Ufern eines schmalen Bachs entlang langsam durch das breite Tal zu Hoshis Füßen zogen.

Die Dryaden waren keine typischen Bäume. Sie waren groß, im Mittel ungefähr zehn Meter hoch, und hatten eine breite Basis aus Wurzelbeinen. Etwa auf einem Drittel des Wegs den Stamm hinauf wuchsen mehrere Dutzend dicke, rankenartige Tentakel. Am oberen Ende des Stamms saß ein einzelnes, breites, annähernd kreisrundes und tiefblaues Kronendach und wirkte dabei wie die Krempe eines umgedrehten Sombreros, der in verwegenem Winkel stand, um sich der niemals bewegenden Sonne entgegenzurecken. »Sind das ihre ... Blätter?«, fragte Sato in Ermangelung eines besseren Worts.

»Sozusagen«, antwortete Najafi. »Unsere Späher haben andere Dryadenpopulationen an anderen Stellen des Planeten gefunden. Der Winkel des ›Laubs‹ unterscheidet sich natürlich abhängig vom Einfallwinkel des Lichts in den verschiedenen Regionen. Eine bestimmte Population kann sich nicht zu weit nach Norden oder Süden bewegen, sondern höchstens einem ringförmigen Pfad um den substellaren Pol herum folgen.« Er zuckte mit den Schultern. »Oder vielleicht irren wir uns. Vielleicht können die Stützäste mit der Zeit wachsen und den Winkel ändern, wenn ihre Wanderung langsam genug vonstattengeht. Wir bräuchten einen größeren genetischen Vergleichspool, um das herauszufinden – sofern wir sie nicht einfach ein paar Jahrzehnte lang beobachten wollen.«

Während er sprach, hatte Elizabeth Cutler zu ihnen aufgeschlossen. »Ich weiß nicht«, bemerkte der schlanke, honigblonde Wissenschaftsoffizier. »Diese Krone scheint kaum genug Oberfläche zu haben, um ausreichend Sonnenlicht einzufangen.«

Najafi zog ein elektronisches Fernglas aus einer Tasche und reichte es ihr. »Werfen Sie einen genaueren Blick auf die Texturen.«

Cutler hob den kleinen visuellen Scanner vor die Augen. »Sieht ziemlich verschachtelt und ein wenig schwammartig aus.«

Najafi grinste. »Das vergrößert die Oberfläche und lässt sie mehr Licht einfangen. Abgesehen davon absorbieren sie überwiegend Infrarotstrahlung, und die kann tiefer eindringen.«

»Da ist noch mehr«, meldete Cutler. »In der Mitte des ›Blattes‹ befindet sich eine Art Trichter, der mit Wasser gefüllt ist.« Sie reichte das Gerät Sato.

Kurz darauf gesellten sich auch T'Pol und Zang zu ihnen, und Sato gab das Fernglas ihrem Captain. Als sie die Trichter persönlich erblickte, nickte die vornehme Vulkanierin. »Interessant. Meine Hypothese wäre, dass die Trichter

Regenwasser sammeln, sodass die Baumartigen nicht allein auf das Absorbieren von Feuchtigkeit durch ihre Wurzeln angewiesen sind.«

»Exakt, Captain«, sagte Najafi. »Diese Wurzeln dienen schließlich der Fortbewegung. Aber nicht nur das. Kommen Sie.«

Er führte sie hinunter zu dem getrampelten Pfad, den die riesigen Geschöpfe im Vorbeigehen hinterlassen hatten. »Was sehen Sie hier?«

»Hauptsächlich eine Menge Brei«, sagte Sato.

»Eine Menge?«, fügte Cutler hinzu. »Vielleicht, aber nicht annähernd so viel, wie hier sein sollte.«

Najafi stand einfach nur grinsend da und überließ es ihnen, sich die Dinge zusammenzureimen. T'Pol, die das erkannte, blickte ihren Wissenschaftsoffizier an. »Wie würden Sie sich diese Diskrepanz erklären, Lieutenant?«

Cutler räusperte sich. »Wie Hoshi schon sagte, Captain, ist diese Substanz sehr breiartig. Die Bodenflora wird vom schieren Gewicht der Geschöpfe zerstampft, ja, sogar verflüssigt. Und die Wurzeln absorbieren diese Flüssigkeit.«

Sato blickte sie erstaunt an. »Sie grasen?«

»Ganz richtig«, bestätigte Najafi und lächelte sie an. »Sie absorbieren die zerstampfte Pflanzensubstanz und ernähren sich von deren Nährstoffen und Zuckern, statt vollständig von ihrer eigenen Photosynthese abhängig zu sein. Ein weiterer Grund, warum ihr ›Blatt‹ an der Spitze nicht so groß sein muss. Es scheint, dass dies der einzige Weg ist, wie eine Pflanze, die so groß und mobil ist, klarkommt.«

»Das ist also der Grund, warum sie Ihren Lagerplatz umgangen haben, wie Sie in Ihrem Eingangsbericht beschrieben haben«, sagte T'Pol. »Der Boden war aufgrund Ihrer Landung kahl, deshalb bot er den Baumartigen nichts zum Verzehr.«

»Exakt«, sagte Zang. »Solange wir den Boden rund um das Camp frei von dem Grünzeug halten, das die Dryaden fressen, sind wir sicher vor ihren Herden.«

»Hainen«, verbesserte ihn Najafi. Zang verdrehte bloß die Augen, als sei er einer immer wiederkehrenden Debatte müde.

Auf Najafis Drängen hin folgten sie dieser Gruppe Dryaden (welchen Begriff man auch immer dafür verwenden wollte) den Bachlauf entlang, bis sie einen großen Weiher erreichten. Geduldig sahen die Menschen und die Vulkanierin zu, wie die Baumartigen unter ihrem Gewicht im Schlamm einzusinken begannen. »Ein Wasserloch«, bemerkte Cutler.

»Auf eine schräge Art und Weise«, erwiderte Najafi.

»Nicht alle lassen sich darin nieder«, sagte T'Pol. »Schauen Sie auf die am Rand.«

Die genannten Dryaden waren in Bewegung geblieben, wie Sato realisierte. Langsam, aber entschlossen umkreisten sie die Herde. »Ich könnte schwören, dass sie Wache stehen.«

»Stimmt«, bestätigte der Nomaden-Wissenschaftler zunehmend aufgeregt. »So wie die anderen eingesunken sind, brauchen sie eine Weile, um sich wieder zu befreien. Die am Rand halten Ausschau nach Jägern, um ihre unbeweglichen Gefährten zu beschützen. Sie wechseln sich sogar dabei ab; nachdem die im Inneren ihren Durst gelöscht haben, lösen sie die Wachen ab und erlauben ihnen, ihre eigenen Wurzeln einsinken zu lassen.«

»Soziales Verhalten«, bemerkte T'Pol. »Bei vegetativen Organismen. Wirklich faszinierend.«

»Das ist schon wahr«, gab Captain Zang zu. »Aber es ist kaum ein Beweis für Empfindungsvermögen. Viele tierische Spezies, selbst Insekten, zeigen so ein Verhalten. Da ist nichts, was nicht auch mit reinem Instinkt erklärt werden könnte.«

Najafi funkelte ihn an. »Du weißt, dass mehr dahintersteckt. Kommen Sie. Was ich Ihnen zeigen will, liegt auf der anderen Seite des Weihers.«

Es dauerte mehrere Minuten, das rastende Wäldchen aus Dryaden zu umrunden, aber in dieser sauerstoffreichen Luft fühlte sich Sato kein bisschen erschöpft, als sie die andere Seite erreichten. Doch es war nicht nur dem Sauerstoff in der Luft geschuldet, sondern auch ihrem Staunen über diese außergewöhnliche Welt.

Najafi schloss mit einer weiten Geste die gesamte Landschaft vor ihnen ein, darunter auch einen großen Haufen aus Steinen, der den Weiher auf einer Seite begrenzte. »Was fällt Ihnen an diesem Weiher auf?«

Cutler kniff die Augen zusammen. »Nichts im Speziellen. Es ist nur eine Verbreiterung des Bachlaufs, erschaffen durch diese Felsformation, die als natürlicher Damm dient.«

»Natürlich?«, fragte Najafi. »Schauen Sie sich um, Lieutenant. Wo kommen diese Felsen her?«

Die drei Frauen von der *Endeavour* ließen die Blicke schweifen, aber Sato fand keine vergleichbaren Brocken. Cutler bestätigte ihre Entdeckung einen Moment später. »Es gibt nichts in der unmittelbaren Nachbarschaft, was passt. Vielleicht wurden die Steine durch Gletscheraktivität hier abgeladen – aber nein, warten Sie, das Klima hier ist ja konstant, es sei denn, es gab eine merkliche Änderung in der Sternenaktivität. Abgesehen davon sieht das hier nicht aus wie eine Landschaft, die durch einen Gletscher geformt wurde.«

»Haben Sie sich die Tentakel der Dryaden genauer angeschaut?«, fragte Najafi. »Sie sind stark und dick – und sie enden in jeweils drei Fingern. Das ist die minimale Anzahl, die für feinmotorische Tätigkeiten nötig ist.«

T'Pols Augenbrauen wanderten in die Höhe. »Wollen Sie damit sagen, dass die Dryaden diesen Damm konstruiert haben?«

»Da bin ich mir sicher.«

Zang verschränkte die Arme. »Selbst wenn das wahr wäre«, sagte er, »auch Biber bauen Dämme. Vögel bauen Nester.«

»Und Vernunftwesen bauen ebenfalls Dinge«, entgegnete Najafi leicht gereizt. »Du kannst nicht davon ausgehen, dass sie nicht intelligent sind, nur weil du nicht *willst*, dass sie es sind.«

T'Pol ging dazwischen. »Bei allem gebotenen Respekt, Captain Zang, es erscheint mir klug, auf Nummer sicher zu gehen, bis wir mehr wissen.«

Ihre ruhigen Worte halfen dabei, die Anspannung zwischen den beiden Raumnomaden zu dämpfen. Zang, der sich sichtlich zusammenreißen musste, wandte sich ihr zu und fragte: »Ist es klug, Captain T'Pol, der Föderation die medizinischen Vorteile vorzuenthalten, die uns die Dryaden bieten könnten? Ich spreche hier nicht nur von potenziellen neuen Arzneimitteln. Meine Leute glauben, dass ein Studium ihres Nervengewebes zu neuen Behandlungen im Bereich der Nervenregeneration führen könnte. Stellen Sie sich nur vor, wie es wäre, wenn wir genauso leicht Nervenbahnen aus Ablegern züchten könnten wie eine ... eine Tomatenpflanze.«

Als sie das hörte, hob Sato ruckartig den Kopf. Sie musste an Kimura denken. *Könnte eine Verwertung der Dryaden zu einer Behandlung für seine Behinderung führen? Aber wäre er überhaupt bereit, sich heilen zu lassen, wenn dafür ein anderes intelligentes Wesen sein Leben lassen müsste?*

Noch während Hoshi mit ihren widerstreitenden Gefühlen rang, fragte T'Pol: »Können die heilsamen Präparate nicht synthetisiert werden, ohne dass dafür die Dryaden getötet werden müssen?«

»Die Verbindungen sind sehr komplex. Wir haben keine Möglichkeit gefunden, dies effektiv zu bewerkstelligen. Es ist deutlich effizienter und ökonomischer, sie aus den Körpern der Dryaden zu extrahieren.« Zang seufzte. »Schauen Sie, ich schlage ja nicht vor, dass wir die ganze Spezies niedermetzeln und verbrennen. Natürlich soll jede Nutzung nachhaltig vonstattengehen. Diese Organismen könnten sich für eine lange Zeit als Nutzpflanzen erweisen. Tatsächlich könnte es ihre Zahl sogar vergrößern, wenn man sie kultiviert – oder hütet, wie immer Sie es nennen wollen. Wir würden uns gut um sie kümmern.«

Najafi schäumte. »Bis zu dem Zeitpunkt, an dem wir sie ermorden, ihnen die Innereien heraussaugen und ihre Gehirne sezieren.«

»Ein paar aufgestapelte Felsen beweisen nicht, dass sie denken.«

Sato legte beruhigend ihre Hand auf Najafis Arm. Tatsächlich schienen in dieser Atmosphäre leichter die Funken zu sprühen. »Schauen Sie, ich bin hier, weil Sie berichtet haben, dass es Beweise einer Kommunikation gebe. Also warum gehen wir nicht zurück zum Lager, damit Sie mir Ihre Daten zeigen können?« Sie schenkte ihm ein schüchternes Lächeln. »Ich hätte nichts dagegen, wieder ein bisschen normalere Luft zu atmen. Das hier ist erfrischend, aber wir drei sind noch nicht daran gewöhnt, deshalb ...«

Der Vorschlag gestattete es den Raumnomaden, das Gesicht zu wahren, sodass sowohl Zang als auch Najafi gern darauf eingingen. Während sie zurück zum Camp spazierten, begab sich T'Pol an Satos Seite. »Du könntest eine Zukunft als Diplomatin haben«, sagte sie leise. »Dennoch bezweifle ich, dass es leicht sein wird, einen der Männer davon zu überzeugen, dass er im Irrtum ist.«

Sato war verführt, Najafi zu verteidigen. Ihr kam der schlanke, junge Wissenschaftsoffizier deutlich vernünftiger vor als der schroffe Captain. Aber sie begann zu begreifen, dass es klug war, die eigenen Impulse zu hinterfragen, solange sie unter dem Einfluss von Birnams Atmosphäre stand. Gab es einen anderen Grund, warum sie den Nomaden-Wissenschaftler verteidigen wollte? Lag es vielleicht daran, dass er lustig und charmant war und ein atemberaubendes Lächeln hatte? Oder daran, dass es durchaus Spaß machte, seine Rückseite zu betrachten, während er voller Elan und Kraft zum Camp zurückschritt?

Es ist der Sauerstoff, redete sich Hoshi ein und zwang ihren Blick nach unten auf ihre Finger, die wie zu ihrer eigenen Versicherung über ihren Verlobungsring strichen. *Es ist nur der Sauerstoff.*

28. Februar 2166
Akleyro, Sauria

Welche Probleme Antonio Ruiz auch immer mit Charles Tucker haben mochte, er hatte beschlossen, mit ihm zum Wohl der Sache zusammenzuarbeiten, wenigstens insofern, als er dessen Tarnidentität als Waffenschmuggler Victor Lund aufrechterhielt. Allerdings präsentierte er Devna (oder vielmehr: Elevia) nicht als dessen Eigentum, sondern als seine Partnerin. Commander Mullen, Lieutenant Kelly und der Rest des *Essex*-Teams schienen ihn auf Empfehlung von Ruiz und Garos zu akzeptieren, und keiner von ihnen schien genug Ahnung von alten Filmen zu haben – speziell *Casablanca* –, dass der falsche Name irgendwie vertraut für sie geklungen hätte.

Aber Mullen und Kelly hatten ohnehin wenig Zeit für ihn, denn die Betreuung der verschiedenen saurianischen Widerstandsgruppen war ein Vollzeitjob. Die Saurianer waren im Großen und Ganzen ein sehr selbstbewusstes und eigenständiges Volk, was angesichts ihrer enormen körperlichen Robustheit verständlich war. Sie hatten sich in einer rauen und gefährlichen Umwelt entwickelt, und ihre Antwort darauf war im Kern auf »Ach, ja? Versuch's nur!« hinausgelaufen. Sie besaßen ungewöhnliche Stärke, Ausdauer und Widerstandskraft. Ihre erhöhten Sinne schlossen Wärmesicht ein, außerdem vermochten sie extremen Temperaturschwankungen wie auch für andere Spezies giftigen Gasen zu widerstehen. Sie hielten es sogar eine ganze Weile unter Wasser aus. Ihre evolutionären Vorfahren hatten nur eine Konzession an die extremen Lebensumstände auf ihrem Planeten gemacht: Sie waren nachtaktiv geworden, um der sengenden Hitze und den gewaltigen Stürmen zu entgehen, die den Planeten bei Tageslicht oft heimsuchten. Nichtsdestotrotz hatten die Saurianer große Genialität dabei bewiesen, die Beschränkungen einer bei Nacht lebenden Spezies zu überwinden, um Technologien entwickeln zu können. Anfangs hatten ihnen die zahlreichen Vulkanschlote und heißen Quellen als Wärmespender gedient. Irgendwann jedoch hatten sie begriffen, dass Schalen aus vulkanischem Glas ihre empfindlichen Augen so gut zu schützen vermochten, dass sie Feuer zu meistern vermochten. Ihre Zivilisation hatte buchstäblich mit der Erfindung der Sonnenbrille begonnen, was nicht das schlechteste Symbol für ihre Geisteshaltung als Kultur war.

Diese Geisteshaltung machte es zur Herausforderung für Fremdweltler wie Mullen und Kelly, die Saurianer davon zu überzeugen, ihre Ideen zu respektieren. Selbst jene, die Maltuvis' Xenophobie grundsätzlich ablehnten, litten oft unter dem unbewussten Vorurteil, dass Fremdweltler generell schwach seien. Allerdings hatte Morgan Kellys knallhartes Militärgebaren und ihr Kampfgeschick, das sie während gemeinsamer Trainingseinheiten unter Beweis gestellt hatte, schon viel dafür getan, diese Fehleinschätzung zu korrigieren. Doch wie es aussah, lag die größere Herausforderung darin, die verschiedenen saurianischen Gruppen dazu zu bringen, sich auf eine gemeinsame Vorgehensweise zu einigen. Obwohl Maltuvis viele Feinde hatte, waren bis jetzt ganz unterschiedliche Widerstandsbewegungen aufgekommen, die alle ihre eigenen Ziele und Ideologien verfolgten. Verschiedene Male waren sie sich dabei in die Quere gekommen oder aufgrund alter Zwiste sogar aneinandergeraten. Die Sternenflottenberater hatten bis jetzt gebraucht, um die Anführer der verschiedenen Widerstandsgruppen auch nur dazu zu bringen, sich zu treffen und darüber zu reden, wie man alle Bemühungen koordinieren und auf ein gemeinsames Ziel richten könne. Im Speziellen sollte es dabei um eine gemeinsame Operation gegen eine von Maltuvis' neuen Raumschiffwerften gehen, und zwar, bevor diese in Betrieb genommen werden konnte. Es würde ein großer militärischer Sieg sein, mit einem erfolgreichen Schlag die Möglichkeiten des Imperators einzuschränken, Schiffe zu konstruieren, die den ganzen Planeten unterdrückten und terrorisierten. Darüber hinaus wäre das Ganze auch ein Propagandasieg, der dem saurianischen Volk zeigen würde, dass Maltuvis' Macht nicht allumfassend war und Widerstand funktionieren konnte. Sie hegten die Hoffnung, dass die öffentliche Zerstörung einer Fabrik die Sklavenarbeiter in den anderen Fertigungsstätten inspirieren würde, eigene Akte der Sabotage zu begehen, wenn schon nicht, um die anderen Werke zu zerstören, dann wenigstens, um die Arbeit zu verlangsamen oder ausnutzbare Schwächen in die Schiffe einzubauen, die dort montiert wurden. Das war zweifellos ein Plan, mit dem alle Widerstandsgruppen einverstanden sein konnten – was vermutlich auch der Grund dafür war, warum Garos und die Drei Schwestern ihn als idealen Köder für ihre Falle betrachteten.

Das Treffen allerdings verlief alles andere als glatt. Moxat, die exilierte Vorsteherin der Globalen Liga, schlug vor, nach dem Überfall eine Kampagne zu starten, um den unterdrückten Massen in Maltuvis' Heimatnation M'Tezir die Hand zu reichen. Dadurch wollte sie diese zur Sabotage an lokalen Militäreinrichtungen inspirieren und gleichzeitig Hilfsgüterlieferungen und Rettungsmaßnahmen für diejenigen in die Wege leiten, die am schlimmsten unter dem Stiefel des Diktators zu leiden hatten. Der Vorschlag provozierte eine zornige Antwort von K'vizhano, dem Anführer der Widerstandsgruppe aus der eroberten Nation Veranith. Tucker erinnerte sich von seinem ersten Besuch daran, dass Veranith und M'Tezir schon seit Jahrhunderten verfeindet waren. »Sie sind Narren, wenn Sie Ihr Mitgefühl auf diese Leute verschwenden«, dröhnte K'vizhano. »Die haben schon vor Generationen akzeptiert, von Diktatoren regiert zu werden, weil es ihrem Charakter entspricht – starr, intolerant, autoritär, paranoid. Sie hätten vor langer Zeit gegen ihre Monarchie revoltieren können, doch stattdessen haben sie sie willkommen geheißen. Sie sind alle Teil der Militärmaschinerie M'Tezirs, indoktriniert von Geburt an und fanatisch loyal. Als der vorherige Basileus im Dritten Ozeanischen Krieg alle Veranith-Immigranten ausgewiesen oder exekutiert hat, haben sie ihn unterstützt und sind ihm sogar freudig zur Hand gegangen. Feindseligkeit und Grausamkeit liegt ihrer ganzen Art im Blut.«

»Sie versprühen Ihr Gift zu großflächig«, entgegnete Porsalis von den R'Ganik, einer Nation der Globalen Liga, deren

Bewohner mit ihrer violetten Haut derselben ethnischen Minderheit angehörten wie die M'Tezir. Doch auch sie hatten ihre eigene lange Geschichte an Feindseligkeiten mit diesem Staat. »Es ist nicht ihre ›Art‹, der man den Vorwurf machen muss – es ist die rückständige Lebensweise, die von der herrschenden Basilic-Linie, noch lange nachdem der Rest von uns Moderne und Demokratie akzeptiert hat, befördert wurde. Wenn Sie bloß die Farbe ihres Fleischs sehen, während Sie sie anschauen, macht Sie das kein bisschen weniger intolerant.«

»Wie können Sie es wagen, mir vorzuwerfen, nur die Oberfläche zu sehen«, schrie K'vizhano. »Ich bin doch nicht irgend so ein Kultist des Reinen Lichts, der sich die Lider abgeschnitten hat!«

Neben ihm gab der Repräsentant des Reinen Lichts einen Laut des Unmuts von sich. »Ich sitze direkt neben Ihnen! Ich hätte es wissen sollen. Warum habe ich nur geglaubt, man würde uns hier irgendeinen Respekt entgegenbringen? Ihre Nationen haben uns nie besser behandelt, als es Maltuvis getan hat.« Anscheinend war Nekzes Sekte eine philosophische Randgruppe (wenige Saurianer pflegten einen religiösen Glauben, zumindest nicht in der theistischen Variante), die eine Form der Selbstverstümmelung betrieb. Sie schnitt sich die Nickhäute ab, die es ihnen erlaubten, das sichtbare Licht herauszufiltern und ausschließlich im Infrarotbereich zu sehen. Tucker wusste nicht genau, warum sie dies taten, aber er nahm an, es hatte etwas damit zu tun, dass sie es unschicklich fanden, in die Körper anderer hineinzuschauen. Für die meisten Saurianer kam diese Praktik allerdings einer selbst zugefügten Behinderung gleich, weswegen sie sie für abstoßend hielten – ja, sogar für Missbrauch, denn die Prozedur wurde bei Kindern im Säuglingsalter vorgenommen. Im Allgemeinen mussten Lichtjünger ihre wahre Natur vor anderen Saurianern verbergen, aber Nekzes Fraktion hatte öffentlich um Akzeptanz in der Globalen Liga geworben, wobei sie argumentierte, dass Inklusion nichts bedeutete, wenn sie sich nicht wirklich auf jede Gruppe erstreckte.

»Die M'Tezir sind deutlich schlimmer«, beharrte K'vizhano. »Sie exekutieren Ihresgleichen wegen Ihrer Behinderung.«

»Während Sie uns lediglich ausgrenzen und uns von unserer Reinheit zu ›kurieren‹ versuchen!«

»Reinheit?« Der Ausruf des Unglaubens stammte von Kobekla, der Wortführerin einer sogar noch extremeren Sekte, die sich die Unbefleckten nannten. »Sie korrumpieren die Reinheit des Körpers und schwächen sich ebenso sehr, wie es all diejenigen tun, die sich auf Städte, Gewehre und Raumschiffe verlassen. Doch wenigstens nutzen die anderen diese Abscheulichkeiten nur – Sie hingegen verwandeln sich freiwillig selbst in Abscheulichkeiten!«

Die meisten Saurianer neigten dazu, sich mehr auf ihre eigenen umfassenden Fähigkeiten und weniger auf Technologie zu verlassen, wie es die Menschen typischerweise taten – was der Grund dafür war, dass sie bis heute keine raumfahrende Macht waren, obwohl ihre Zivilisation deutlich älter als die der Erde war. Aber die Unbefleckten trieben diese Haltung bis zum Extrem, denn sie lehnten jede fortschrittliche Technologie ab und verließen sich ganz auf die ihnen eigenen Gaben oder auf Werkzeuge, die sie aus natürlichen Materialien hergestellt hatten. Kobekla und ihre Unterstützer trugen nicht einmal Kleidung, sah man von einigen handgefertigten Riemen und Tragetaschen ab. Trotzdem war es ihnen gelungen, einen hartnäckigen Guerillakrieg zu führen, der verhindert hatte, dass sich die Zivilisation in ihre Gebiete ausbreiten konnte. Dabei hatten sie ihre eigene Schläue und Stärke genutzt, um Eindringlinge zu vertreiben oder zu töten und deren Technologie zu zerstören – manchmal, indem sie ihnen Raubtiere auf den Hals gehetzt, manchmal, indem sie Herden der hiesigen Megafauna umgeleitet hatten, damit diese die Außenposten der Fremden zertrampelte. Die Unbefleckten waren potenziell starke Verbündete, aber sie auch nur an den Verhandlungstisch zu bekommen, hatte Mullen all seine diplomatischen Fähigkeiten gekostet. Und die Hilfe von Garos, der sich bereit erklärt hatte, die etwas extremeren Sekten wie die Unbefleckten und das Reine Licht als mögliche Sündenböcke für die anstehende terroristische Katastrophe zu rekrutieren.

K'vizhano ignorierte den Protest der Unbefleckten-Anführerin einfach. »Worauf ich hinauswill«, fuhr er fort, »ist, dass wir unsere Chancen, gegen Maltuvis' Machtsitz loszuschlagen, nicht dadurch behindern dürfen, dass wir fürchten, Zivilisten um ihn herum zu verletzen. Natürlich möchte ich auch, dass es nicht mehr Tote als nötig gibt, aber alle M'Tezir sollten als legitime militärische Ziele verstanden werden.«

»Wir können den Feind nicht anhand seiner Rassenzugehörigkeit bestimmen!«, entgegnete Porsalis. »Es wurden bereits einige Bürger von R'Ganik Opfer von Gewalt, weil sie von Leuten versehentlich für M'Tezir gehalten wurden. Der Widerstand muss gegen solche Verallgemeinerungen Stellung beziehen!«

»Sie sind viel zu sehr mit Ihrer eigenen Opferrolle beschäftigt! Hier geht es um die Rettung unserer Welt!«

»Und für wen wollen Sie sie retten?«

»Aufhören!« Der schneidende Befehl von Morgan Kelly brachte alle Saurianer zum Schweigen. »Darüber zu debattieren, wer von Ihnen am schlimmsten dran ist, bringt uns nicht weiter. Genau das will Maltuvis! Diese Allianz kann nur dann Fortschritte verzeichnen, wenn Sie anerkennen, dass Ihre Sorgen im Grunde die gleichen sind. Die Dynamiken

einer Form der Unterdrückung oder Intoleranz sind genau die gleichen wie die Dynamiken einer anderen, auch wenn sich die Vorwände im Detail unterscheiden.« Einige der Saurianer versuchten zu widersprechen, aber Kelly übertönte sie und sprach in lautem, entschlossenem Ton weiter. »Und ein Schlüsselelement dieser Dynamiken besteht darin, verschiedene unterdrückte Gruppen *gegeneinander* aufzuhetzen, damit sie nicht bemerken, wie viel sie gemeinsam haben, und sich *vereinen*. Sie müssen aufhören, sich mit der Frage zu beschäftigen, wie sehr Sie einander nicht mögen, und endlich begreifen, dass Sie alle die Furcht teilen, für Ihre Identität bestraft oder für Ihre Art zu leben an den Rand gedrängt zu werden. Sie folgen unterschiedlichen Lebensentwürfen, aber diese Furcht, sie zu verlieren, ist genau die gleiche. Und die Bedrohung, die Maltuvis für Ihrer aller Unabhängigkeit darstellt, ist ebenfalls genau die gleiche.«

»Was wissen Sie denn darüber, Außenweltlerin?«, fragte Kobekla mit einer Schärfe, die der von Kelly gleichkam. »Sie, die Sie weiter von Ihrer Natur entfernt sind als jeder von uns. Sie, die nicht ein Teil dieser Welt sind und sie verlassen können, wann immer Sie wollen.«

»Meine Natur ist das, was ich entscheide. Wer wir sind, wird nicht zufällig durch unsere Geburt bestimmt, es ist das Produkt unseres eigenen Willens.«

Jetzt trat auch Antonio Ruiz vor. »Sie hat recht. Ich bin ein Teil dieser Welt. Ich mag hier nicht geboren worden sein, mein Volk mag sich hier nicht entwickelt haben, aber ich habe Sauria zu meiner Heimat gemacht. Die Schwerkraft ist zu hoch für mich, das Klima zu heiß, meine Augen sind schwach in der Dunkelheit, aber das hier ist der Ort, an dem ich mich zu Hause fühle, und seine Bevölkerung ist meine Familie. Und ich bin nicht allein. Viele Fremdweltler haben sich entschieden, hier zu leben, und Maltuvis tötet uns genauso, wie er Sie tötet. Ja, ich bin ein Fremder, aber ich bin auch Saurianer. Wir alle sind nicht bloß eine Sache.«

Kelly nickte. »Gibt es keine Anhänger des Reinen Lichts in Veranith? Keine Unbefleckten in R'Ganik? Es gab sogar einst Veranith in M'Tezir.« Der Waffenoffizier sah K'vizhano herausfordernd an. »Und wie können Sie sich über deren Vertreibung aufregen, wenn Sie nicht daran glauben, dass eine doppelte Identität für diese Leute das Richtige gewesen ist? Als diese Veranith sich entschieden haben, in M'Tezir zu leben, wurde dies ein Teil ihrer Identität als Veranith! Genau wie alle Ihre Gruppenzugehörigkeiten sich mit anderen Identitäten überschneiden, seien diese nun in Nation, Ethnie oder Philosophie begründet. Wenn Sie sich genau anschauen, wie sich die Mitglieder *Ihrer eigenen* Gruppen von Ihnen unterscheiden, werden Sie erkennen, dass diese Unterschiede Sie nicht davon abhalten, miteinander zu arbeiten. Und das sollte Ihnen helfen zu begreifen, dass Ihre Differenzen mit *anderen* Gruppen nicht unüberwindbar sind.«

Tucker spürte, wie Devna an seine Seite trat, während Kelly sprach. »Überraschend«, sagte die Orionerin, »dass Lieutenant Kelly genauso begabt darin ist, eine Rede über die Politik des Widerstands zu halten, wie darin, Kämpfer zu trainieren und Plasmagewehre zu zerlegen.«

»Ja«, erwiderte Tucker mit einem Schmunzeln. »Insbesondere, da sie eher wie ein Drill Sergeant als wie ein Professor spricht.«

»Ich staune allerdings, wie viel ihr Menschen über diese Dinge wisst. Ihr seid doch so stolz auf eure Freiheit und Gleichheit.«

»Nur weil wir so hart dafür kämpfen mussten, sie zu erreichen. Genau genommen – nun ja – mussten manche gegen den Rest von uns kämpfen.« Er verzog das Gesicht.

»Die hässliche Wahrheit ist, dass vor nicht mehr als drei Jahrhunderten meine Vorfahren Ihre Vorfahren als Sklaven gehalten haben könnten.«

Devna blickte ihn erstaunt an. »Es gab bei euch noch vor so kurzer Zeit Sklaverei?«

»Ich fürchte ja. Und selbst nachdem wir sie verboten hatten, wurde unsere Gesellschaft noch beinahe zweihundert Jahre lang von der Geisteshaltung vergiftet, die sich entwickelt hatte, um Sklaverei zu rechtfertigen: dem Glauben, dass manche Menschen genetisch minderwertiger seien als andere.«

»Wie habt ihr das letzten Endes überwunden?«

»Es war eine Menge harter Arbeit. Hat eine Menge Mut und Widerstand von Leuten erfordert, die sich weigerten zu akzeptieren, dass man ihnen ihre Rechte vorenthielt. Eine Menge Leben hat es auch gekostet.«

Schweigend dachte Devna darüber nach. »Und war es das Leid und das Sterben wert ... diese Rechte zu erringen?«

Ernst erwiderte er den Blick ihrer smaragdgrünen Augen. »Sie besaßen diese Rechte bereits. Wir alle werden mit ihnen geboren. Sie haben dafür gekämpft, dass etwas anerkannt wurde, das ihnen schon immer gehört hatte.« Er sah zurück zu Kelly, Mullen und Ruiz. »Und Leute wie sie ... wie mein Bruder Albert und sein Ehemann ... hätten heute nicht die Freiheit, ihre Rechte auszuüben, wenn ihre Vorfahren nicht diese Kämpfe ausgetragen hätten.«

»Aber die Kämpfe sind gewonnen. Ihr habt das Privileg, eure eigenen Herren zu sein. Also warum genießt ihr nicht einfach die Früchte eures Sieges?«

»Aus einem einfachen Grund: Wenn wir jemals vergessen, was wir unseren Vorfahren verdanken ... wenn wir unsere Freiheiten als gegeben hinnehmen ... dann besteht die Gefahr, dass wir sie erneut verlieren.« Er wandte sich ihr wieder zu. »Und weil es immer noch andere gibt, die für ihre eigenen Freiheiten kämpfen müssen. Die Saurianer, die Partnerschaft, die Orioner ... wenn wir uns nicht für all deren Rechte einsetzen, dann verwirken wir, was unsere Vorfahren so hart erkämpft haben. Letztendlich ist alles derselbe Kampf – nur die Schlachtfelder ändern sich.«

Devna wirkte plötzlich gedankenvoll. »Auf Delta ... haben sie mir beigebracht, dass alle Geschöpfe miteinander verbunden sind. Dass wir einen gemeinsamen Geist, eine gemeinsame Würde teilen. Dass das, was einen verletzt, alle verletzt.«

»Und aus diesem Grund hast du den Deltanern geholfen, deinen Herrinnen zu entkommen, nicht wahr?«

»Ja ... obwohl ich noch immer meine Zweifel hege, ob dies für alle zutrifft. Aber was du sagst ... klingt erstaunlich ähnlich. Wenngleich es deutlich aggressiver daherkommt.« Sie runzelte die Stirn. »Ich hätte nie gedacht, dass Aggression und Empathie Hand in Hand gehen könnten.«

»Ich denke, dass sie Hand in Hand gehen müssen. Um einander auszugleichen.«

Nachdem sie eine Weile darüber nachgedacht hatte, richtete Devna ihre Aufmerksamkeit wieder auf den Verhandlungstisch. »Kellys Methoden scheinen effektiv zu sein. Bis jetzt ist keine der Fraktionen rausgestürmt.«

»Du klingst beeindruckt.«

»Ich hätte das Gleiche deutlich leichter erreichen können ... wenn die Saurianer empfänglich für meine Reize wären. Ihr steht nur die Wahrheit zu Gebote. Es ist schwierig, Leute mit der Wahrheit zu überzeugen.«

»Vielleicht«, gab er zu. »Aber dafür hält es länger.«

»Es muss nur bis zum Angriff auf die Fabrik halten. Oder vielmehr, bis wir deine Täuschung vorbereitet und dann die geplante Sabotage des Überfalls offengelegt haben.« Devna drehte den Kopf und musterte ihn. »Wie lange, glaubst du, wird diese Unwahrheit halten?«

Tucker wand sich, denn ihm war seine Heuchelei bewusst. »Sie dient einer tieferen Wahrheit. Harris unterstützt den Plan der Schwestern – nur nicht so direkt, wie wir es aussehen lassen.«

»Und das ist Wahrheit genug für dich?«

Er blickte zur Seite. »Bei dieser Art von Arbeit ist es das Beste, was man kriegen kann.«

9

San Francisco

»Und ich finde immer noch, wir sollten die Transporter wieder zur regulären Personenbeförderung nutzen«, sagte Kivei Tizahr zu den anderen Besatzungsmitgliedern der *Pioneer*, die mit ihr an dem Restauranttisch saßen. »Ich meine, es ist doch niemand aufgrund ein paar geringfügiger Zusammensetzungsfehler *gestorben*, und die meisten Leute sind gar nicht betroffen. Jeder, der Anzeichen eines Schadens zeigt, könnte einfach den Rat erhalten, von nun an die eigene Transporternutzung zu reduzieren. Und wie sollen wir ein System überarbeiten, damit es besser funktioniert, wenn wir nicht genügend Daten über die spezifischen Effekte haben, die es auf den Körper hat?«

Travis Mayweather seufzte. Es war ihm gelungen, die übereifrige junge Rigelianerin dazu zu bringen, eine Auszeit von ihrer Arbeit zu nehmen und ein paar ihrer Mannschaftskameraden besser kennenzulernen, und es war ihm auch gelungen, zwei andere Mitglieder der Führungsmannschaft – Rey Sangupta und Regina Tallarico – zu schnappen, damit sie sich ihnen in einem seiner Lieblingsrestaurants der Bay Area anschlossen. Doch bis jetzt hatte Tizahr nur über technische Angelegenheiten gesprochen. Und ihre Ansichten in diesen Dingen waren, wie es schien, ein bisschen sehr pragmatisch.

»Ich weiß nicht, wie das bei Rigelianern ist«, sagte Sangupta, »aber Menschen sind etwas empfindlich, wenn es darum geht, Experimente an Lebewesen durchzuführen.«

»Unsinn! Bloß ein Raumschiff in den unbekannten Raum zu steuern, ist ein gefährliches Experiment«, erklärte Tizahr dem Wissenschaftsoffizier. »Und wir haben ein größeres Risiko, genetischen Schaden durch gewöhnliche kosmische Strahlung zu erleiden als durch Transporternutzung. Es ist eine überschaubare Gefahr. Das Widerstreben der Leute, Transporter zu nutzen, basiert auf irrationaler Furcht. Aber nur durch Mut kommt man voran, Leute.«

»Und wie genau wollen Sie die Leute dazu bringen, so mutig zu sein, ihre körperliche Integrität zu riskieren?«, fragte Tallarico.

»Ganz einfach«, sagte Tizahr zu der blonden Steuerfrau. »Erzählen Sie ihnen einfach, dass das System repariert sei. Sagen Sie, es sei jetzt sicher. Das ist nicht so weit von der Wahrheit entfernt, und mit den neuen Daten, die wir dann sammeln können, machen wir es früher oder später tatsächlich sicherer.«

Tallarico schüttelte den Kopf, ein fassungsloses Lächeln auf den Zügen. »Sie sind unglaublich!«

»Ich denke nur praktisch. Und Sie werden dankbar dafür sein, wenn das Schiff von Orionern oder Nausicaanern angegriffen wird und Sie herausfinden, wie schnell Sie dank mir ausweichen können und wie gut die Schilde halten werden.«

Mayweather schmunzelte. Der Umstand, dass ihre selbstbewussten Aussagen so sachlich und beiläufig rüberkamen, half dabei, sie etwas abzuschwächen. Tizahr prahlte nicht, sie gab nur eine ehrliche Einschätzung ihrer Fähigkeiten ab, und dies so geradeheraus wie alles, was sie sagte. »Na schön, ich denke, das ist jetzt genug über Technik für heute Abend gewesen. Wir wissen so gut wie nichts über Sie, Kivei. Was machen Sie gern, wenn Sie nicht arbeiten?«

Ihre Antwort klang etwas weniger enthusiastisch als sonst. »Sie meinen soziales Zeug? Privatleben, diese Art von Dingen? Darin bin ich ehrlich gesagt nie gut gewesen. Ich war meinen Mitschülern immer Jahre voraus, meine Altersgenossen konnten meinen Interessen nicht folgen, meine Familie wusste nicht, was sie mit mir anstellen sollte, außer mich zur Handelsschule zu schicken. Wenigstens bei der Arbeit war ich mit Leuten zusammen, die das Gleiche liebten wie ich. Die mein Bedürfnis teilten, die Dinge zu verstehen.« Sie zuckte mit den Schultern. »Und der Boss zu sein, bedeutet, dass ich Leute anschreien kann, ohne dass sie es persönlich nehmen. Viel besser.«

»Da wäre ich mir nicht so sicher«, wagte Mayweather zu widersprechen. »Klar, all Ihre Ingenieure verstehen, dass Sie nur versuchen, die Effizienz zu steigern, aber sie haben trotzdem Gefühle. Es schadet nicht, das zu berück...«

»He, Nomade!«

Der Zwischenruf kam von zwei Betrunkenen, die durch die Bar schlenderten. Der Art ihrer Kleidung wie auch dem Anflug von Akzent, den Travis heraushörte, nach zu urteilen, handelte es sich um Raumnomaden, so wie er. Und so, wie sie sich vergnügten, waren sie vermutlich Besatzungsmitglieder eines Earth-Cargo-Service-Schiffs, die nach einer langen Tour Landurlaub hatten. »Kann ich dir helfen, mein Freund?«, fragte er mit einem vorsichtigen Lächeln.

»Ich kenne dich, oder?«, erwiderte der große Mann, der südasiatische Züge hatte und dessen Schädel glatt rasiert war. »Mayflower. Mayfellow.«

»Mayweather. Richtig.« Nun, nicht ganz richtig, aber er ließ den Lapsus durchgehen, in der Hoffnung, dass der

Tonfall freundschaftlich blieb. »Sind wir uns schon mal begegnet?«

»Wir haben dich erkannt. Kennen dich deines Rufs wegen. Der Nomade, der zur Sternenflotte ging.«

Wow!, dachte Mayweather. *Die Platte hat ja lange keiner mehr aufgelegt.*

Während sich mehr und mehr Nomaden an die neue Zeit der schnelleren Warpantriebe und des verbreiteten interstellaren Kontakts anpassten, fügten sie sich langsam wieder in die größere menschliche Gemeinschaft ein. Sie bildeten glücklicherweise noch immer eine besondere Subkultur, aber diese existierte nicht mehr so isoliert wie damals, als Travis' Sehnsucht nach einem weniger eingeschränkten Dasein ihn dazu gebracht hatte, die *Horizon* für die Sternenflotte zu verlassen.

Der Begleiter des Hünen, ein kleinerer, braunhäutiger Mann, grinste und schob seine langen Stirnlocken zur Seite. »Oh, mein Freund will damit nix andeuten, Mann. He, du biss groß rausgekommen. Hast unsere Sich... Sichbarkeit erhöht. Du biss so was wie unser Maskottchen, Mann.«

»Genau«, pflichtete ihm sein größerer Kompagnon bei. »Du bist jetzt ein wichtiger Bursche. Darum wollten wir wissen, was du von diesem Einmischungsding hältst. Dieser neuen Regel, die dein Boss Archer durchbringen will. Du bist dagegen, oder?«

Mayweather ließ sich einen Moment Zeit. »Wie kommen Sie darauf?«

»Weil du einer von uns bist! Du weißt, dass wir Erstkontakte brauchen, den Handel mit neuen Aliens. Wir müssen an Häfen haltmachen ... an jedem Hafen, den wir erreichen, denn wir können nicht alle so schnell und weit fliegen, um so 'ne schicke Föderationssternenbasis zu erreichen.« Sein Tonfall wurde schärfer und selbstgerecht, während er fortfuhr. »Ist die einzige Option, den Warpantrieb zu reparieren, die, einen Steinzeitstamm zu überreden, dass er uns seinen heiligen Berg abgraben lässt? Dann machen wir das so.«

»So isses!«, rief der kleinere Mann, wenn auch eher spaßhaft. »Und, he, wenn wir zufällig 'nen Planeten voller prähick... prähysterischer wilder Weiber finden, die bereit sinn, uns als Götter zu verehren, unn all unseren Befehlen gehorchen, nun ja, was iss so schlimm daran?«

Travis zwang sich zur Ruhe. Er hatte erlebt, wie die Ware-Infektion die Kyraw zerstört hatte, ein rabenartiges Volk, dessen Bereitschaft, wegen dieser Technologie heilige Kriege zu führen, seine praktisch vollständige Auslöschung zur Folge gehabt hatte. Er hatte gesehen, wie die frühen Stadien einer Infektion die Vanotli zerrüttet und es einem einzelnen Konzern gestattet hatten, die Gesellschaft zu beherrschen sowie die Bevölkerung auszubeuten und in Gefahr zu bringen – darunter eine Frau, die er sehr zu schätzen gelernt hatte. Die unbedachten Scherze der Raumnomaden verletzten ihn daher zutiefst. Es war genau diese Art von Ausbeutermentalität, die durch die Nichteinmischungsdirektive im Zaum gehalten werden sollte.

Doch mit diesen Trunkenbolden zu diskutieren, hätte bloß eine Schlägerei provoziert, und das verdienten die anderen Gäste des Restaurants nicht. »Ich glaube nicht, dass dies der richtige Ort für so eine Diskussion ist, Freunde«, sagte Mayweather. »Ich bin mir sicher, dass die Admiralität die Angelegenheit gründlich von allen Seiten betrachtet.«

»Mag sein, aber du solltest dort sein und für uns sprechen«, sagte der große Mann und schlug ihm gegen die Schulter. »Warum bist du nicht da oben? Du hast doch nicht vergessen, wo du herkommst, oder? Du bist doch nicht echt Archers Meinung, oder?«

Travis verlieh seiner Stimme den Anflug von Schärfe. »Sir, ich muss Sie darum bitten, die Stimme zu senken und sich zu beruhigen.«

»Du bist es! Du hast dich gegen deine eigenen Leute gewandt! Verräter!« Der Riese zog seinen Arm zurück, und Mayweather versuchte abzuschätzen, ob er genug Platz hatte, um dem drohenden Schlag auszuweichen, oder ob er gezwungen sein würde, ihn zu blocken und die Dinge eskalieren zu lassen.

Zu seiner Überraschung schoss Kivei Tizahr von ihrem Platz hoch, fing den Arm des Mannes ab und verdrehte ihn auf bestimmte Art und Weise. Der Nomade war etwa um die Hälfte massiger als sie, aber er schrie gequält auf und fiel auf die Knie. Gleich darauf rammte Tizahrs schlanke linke Hand sein Gesicht auf die Tischplatte, während ihre rechte seinen Arm weiter zurückbog. Der kleinere Trunkenbold taumelte panisch zurück, fiel aufs Hinterteil und krabbelte hastig davon.

»Das genügt, Kivei«, sagte Mayweather, als der große Betrunkene schmerzerfüllt stöhnte.

»Oh, er ist nur ein Jammerlappen. Keine Sorge, Sir, ich bin Ingenieurin. Ich weiß, wie man genau die richtige Menge von Kraft einsetzt, um einen Job zu erledigen.« Sie ließ den Betrunkenen los und beugte sich dann näher, um ihm laut ins Ohr zu sprechen. »Sind Sie nicht auch der Meinung?« Kleinlaut nickend kroch er auf seinen Knien davon, dann kam er auf die Beine und rannte seinem Freund nach.

»Sehen Sie«, sagte Tizahr und rieb sich die Hände, als sie sich wieder setzte. »Problem gelöst.«

Sangupta schenkte ihr ein Grinsen, in dem ganz eindeutig Begehren mitschwang. »Commander«, sagte er zu Mayweather. »Wäre es unangebracht zu sagen, dass ich das absolut fantastisch fand?«

Nachdem er die rigelianische Ingenieurin einen Moment lang bloß angestarrt hatte, entspannte sich Travis. »Ich schätze, es hätte schlimmer enden können. Danke, Kivei.«

»Bloß die effizienteste Art, die Situation aufzulösen, Sir.« Sie schüttelte den Kopf. »Ganz ehrlich, ich verstehe diese ganze Politik nicht. All dieses moralische und ideologische Gezanke über Einmischung. Als sei es eine binäre Wahl zwischen freier Intervention und vollständigem Verbot. Das nützt doch niemandem!«

»Also unterstützen Sie die Direktive nicht?«, fragte Tallarico. »Nur damit Sie es wissen: Das ist kein besonders populärer Standpunkt auf der *Pioneer*, nicht nach all dem, was wir im Ware-Raum erlebt haben.«

»Regina, ich denke, wir alle wissen, dass es mich nicht schert, ob ich beliebt bin oder nicht«, sagte Tizahr. »Ich finde lieber Lösungen. Man löst keine Probleme, indem man sie vermeidet, man tut es, indem man an ihnen arbeitet.« Sie lehnte sich vor. »Schauen Sie. Sternfahrer machen schon seit Jahrtausenden Erstkontakte. Ganz zu schweigen von all den historischen Erstkontakten zwischen Kulturen der gleichen Spezies. Das bietet uns Beispiele, mit denen wir arbeiten können. Lassen Sie uns eine Datenbank an Kontakten zusammenstellen – ihre Erfolge, ihre Fehlschläge, die Methoden, die sich unter bestimmten Umständen als am erfolgreichsten und am schädlichsten herausgestellt haben. Und dann entwickeln wir einige Optimierungsalgorithmen. Wenn eine neue Kontaktsituation ansteht, vergleicht der Algorithmus die Parameter mit der Datenbank und schlägt die beste Herangehensweise vor. Das nimmt ein Versagen durch lebende Personen und Vorurteile aus der Gleichung.«

»Aber es ist das gleiche Problem wie mit dem Transporter«, erwiderte Sangupta, der sich begeistert der Diskussion anschloss. »Personen sind nicht so widerspruchslos rational.

Ihnen ist wichtig, was sich richtig anfühlt, was zu tun moralisch wäre.«

»Schön – dann fügen wir einfach wahrscheinliche moralische Reaktionen zum Algorithmus hinzu und lassen diese in die Auswertung einfließen. Damit finden wir Lösungen, die bei der kontaktierten Kultur nicht zu Schäden führen und sich für die kontaktierende ethisch korrekt anfühlen.«

»Und was, wenn es keine gibt, die beide Parameter erfüllt?«

»Dann wiegen natürlich die tatsächlichen Auswirkungen schwerer als die wahrgenommene Moral. Wichtig sollte sein, was tatsächlich funktioniert.«

»Was ist mit der wahrgenommenen Moral der neuen Kultur? Die Gefahr, über indigene Tabus zu stolpern oder die Werte der Einheimischen falsch zu verstehen, ist einer der größten Fallstricke bei Erstkontakten. Wie können Sie zuverlässig ethische Parameter einer Gesellschaft abbilden, die Sie gerade erst zu beobachten angefangen haben?«

»Wie gesagt, Sie könnten sie mit bekannten Kulturen, die sich bereits in der Datenbank befinden, abgleichen. Es gibt nur eine endliche Anzahl möglicher Konfigurationen, die eine Kultur annehmen und damit bestehen kann. Okay, die Einschätzungen mögen zu Beginn ungenau sein, aber jede weitere Interaktion wird rasch zu Verbesserungen führen und Wege vorschlagen, um vorherige Fehltritte zu beheben. Und während wir weitere Kontakte vornehmen, weitere Kulturen beobachten, wird die Datenbank immer voller und in ihren Vorhersagen zuverlässiger werden.«

Mayweather lauschte der sich entspinnenden Diskussion voller Interesse. Es war eine deutlich spannendere Nichteinmischungsdebatte, als er es in einem Umfeld wie diesem erwartet hätte, was vor allem Tizahrs ziemlich ungewöhnlichem Blick auf die Welt zu verdanken war. Er bezweifelte, dass sich ihre Ideen sonderlich weit über diesen Tisch hinaus ausbreiten oder dass sie in echten Erstkontaktsituationen effektiv sein würden. Aber sie waren ohne Zweifel interessant. Und zum ersten Mal war Mayweather guter Dinge, dass sich Kivei Tizahr gut in die Mannschaft der *Pioneer* eingliedern würde.

Birnam

Am zweiten Tag (Bordzeit) der *Endeavour* auf Birnam lud Captain Zang T'Pol, Sato und Cutler ein, mit seinem Team auf der Planetenoberfläche zu Abend zu essen. T'Pol versteifte sich, als deutlich wurde, dass das Mahl, das aufgetischt wurde, aus der lokalen Flora bestand. »Keine Sorge«, sagte Maya Castellano, die ansässige Biologin, die auch als Köchin der *Verne*-Besatzung fungierte. »Ich serviere nichts, was von einer Dryade genommen wurde. Abgesehen davon gibt es nichts auf diesem gesamten Planeten, was eine Vegetarierin nicht essen könnte.«

»Die Natur der Organismen auf diesem Planeten macht diese Abgrenzung etwas fragwürdig«, erwiderte T'Pol. »Vulkanier sind Vegetarier, weil sie keinem Organismus, der fähig ist, körperliche Schmerzen oder emotionale Not wahrzunehmen, Gewalt antun wollen.«

»Nur weil die Pflanzen auf diesem Planeten herumspazieren können und aufeinander Jagd machen, heißt das nicht, dass sie ein Bewusstsein haben«, entgegnete Zang. »Ich gebe zu, dass die Dryaden ein einigermaßen komplexes, instinktives Verhalten aufweisen, aber nichts sonst, was wir bis jetzt beobachtet – oder als Nahrungsmittel verwendet – haben, zeigt eine ähnliche Komplexität.«

Elizabeth Cutler meldete sich zu Wort. »Menschen haben Schimpansen jahrhundertelang beobachtet, bevor sie ihre Fähigkeit zur Sprache und Kultur erkannt haben. Manchmal ist es schwer zu erkennen, wonach man schauen muss, vor allem, wenn einem die eigenen Vorurteile im Weg sind.« Dennoch hatte sie bereits angefangen, den Inhalt ihres Tellers zu verspeisen. »Trotzdem – das hier ist wirklich gut«, gestand sie und errötete leicht.

Sato nickte, während sie auf ihrer eigenen Portion kaute. »Wie vegetarisches Curry, aber mit einem fleischlichen Beigeschmack. Eine faszinierende Mischung.«

»Schön, dass es Ihnen schmeckt«, sagte Castellano. »Birnams Potenzial als Nahrungsquelle könnte genauso lukrativ sein wie seine medizinischen Möglichkeiten. Ich weiß, dass Vulkanier ihren Speiseplan genau kontrollieren müssen, damit sie genug Proteine erhalten, ohne Fleisch zu essen. Diese myophytischen Organismen – Pflanzen mit muskelartigem Gewebe – könnten das Problem lösen.« Beim letzten Satz sah sie zum Captain der *Endeavour* hinüber.

T'Pol seufzte und entschied, dass sie die Speise genauso gut versuchen konnte. Logisch betrachtet, würde ihre Weigerung zu essen die Organismen, die verarbeitet worden waren, nicht wieder lebendig machen. Vielmehr würde es ihren Tod zwecklos und zu einer Verschwendung machen. Es war ziemlich genau die gleiche Logik, die es ihr in der Vergangenheit gestattet hatte, den Verzehr von Fleisch aus tierischen Quellen bei ihren Mannschaftskameraden zu tolerieren – ein Brauch, den viele Menschen zu einem gewissen Grad nach wie vor pflegten, obwohl man im Allgemeinen auf humanere und effizientere Methoden umgeschwenkt war, etwa das Klonen von Gewebe und Proteinresequenzierung. Leben war Leben, und alle Tiere (und manche Pflanzen) mussten Leben nehmen, um selbst weiterleben zu können. Selbst das Leben, das verzehrt wurde, existierte gewissermaßen in veränderter Form fort. Und der Geschmack war, in der Tat, durchaus angenehm.

»Elizabeth weist auf einen wichtigen Punkt hin«, sagte T'Pol, nachdem sie einen Bissen ihres Mahls mit frischem hiesigen Wasser hinuntergespült hatte. »Viele Spezies wurden gejagt oder als Nahrungsmittel in Herden gehalten, bevor man herausfand, dass es sich um intelligente Lebensformen handelte – von den *moantar* auf Lorillia bis zu den Walen auf der Erde und den Phantomen auf Dakala. Und während die Föderation sich in den Weltraum ausbreitet, wird es ohne Zweifel weitere geben. Daher müssen wir uns selbst fragen: Ist es in Fällen, in denen das Bewusstsein und die Intelligenz unklar sind, ethisch, davon auszugehen, dass beides nicht vorhanden ist? Darf man mit der Jagd oder Ernte einer neuen Spezies beginnen, auch wenn man damit riskiert, sich ihrer selbst bewusste Geschöpfe abzuschlachten?«

»Sie wollen also lieber jenen Wesen, von denen wir wissen, dass sie empfindungsfähig sind, Medikamente vorenthalten, die deren Leben retten könnten?«, entgegnete Zang. »Nur auf den Verdacht hin, dass etwas intelligent sein könnte?« Der kräftige Nomade schüttelte den Kopf. »Das ist nicht bloß Vorsicht, das ist Lähmung.«

»Es ist eine Frage zwischen Ihrer eigenen Anspruchshaltung und den Rechten anderer Geschöpfe. Was erlaubt uns anzunehmen, dass Ersteres Vorrang hätte?« T'Pol machte eine Pause. »Das scheint mir eine ähnliche Angelegenheit zu sein wie die Nichteinmischungsdebatte, die gegenwärtig im Sternenflottenhauptquartier geführt wird. Dürfen wir annehmen, dass wir das Recht haben – oder die Weisheit –, um in die Leben anderer Wesen einzugreifen, die wir womöglich nicht vollends verstehen? Oder legen wir gesetzlich fest, ihnen das gleiche Primat über ihr Leben zu gewähren, wie wir es über das unsere beanspruchen?«

Ihre Frage erinnerte sie an Trips aktuelle Mission auf Sauria. Zu wissen, dass er sich in einer möglicherweise gefährlichen Situation befand und praktisch keinen Rückhalt hatte, war ein irritierender Quell der Sorge für sie. In der Vergangenheit hätte sie höchstwahrscheinlich während ihrer Meditationen mit ihm telepathisch in Kontakt treten können, um sich zu versichern, dass es ihm gut ging. Womöglich hätte sie ihm gar Rat oder Anleitung bieten können, sollte er beides brauchen. Im Gegenzug hatte er ihr häufig Gedankenanstöße und Vorschläge unterbreitet, die sich als nützlich für ihre eigene Entscheidungsfindung erwiesen hatten, so rustikal und gefühlsbetont sie anfangs auch geklungen haben mochten. Seine Sicht auf die Situation mit den Dryaden wäre jedenfalls wertvoll für sie gewesen – allein schon der Ausdruck des Staunens in seinen Augen, wenn er von ihrer Existenz erfahren hätte. Doch je mehr Monate verstrichen, ohne dass auch nur ein Anzeichen ihrer geistigen Langstreckenverbindung zurückkehrte, desto mehr zweifelte T'Pol daran, dass dieses Band jemals wiederhergestellt werden konnte. Sie musste wohl schlicht darauf vertrauen, dass er Sauria auf sich gestellt überleben konnte und schließlich zu ihr zurückkehren würde. Der Umstand, dass dies für die meisten getrennten Paare der Normalzustand war, machte es dabei nicht besser.

»Für euch Sternenflottler ist es leicht, über abstrakte Prinzipien zu philosophieren«, sagte Maya Castellano. »Ihr bekommt eure bequemen Gehaltsschecks von der Regierung, die euch diesen Luxus erlauben. Wir Nomaden müssen uns unseren Lebensunterhalt tatsächlich *verdienen.* Ja, ich bin eine Wissenschaftlerin, ich interessiere mich dafür, was wir lernen können. Aber das ist ein Mittel zum Zweck. Für mich geht es darum sicherzustellen, dass mein Sohn Alec eine Zukunft hat. Und das bedeutet sicherzustellen, dass die Lebensweise der Nomaden auch weiterhin nachweislich einen Wert hat.«

»Und wir sind nicht so rücksichtslos wie die Eska-Jäger oder die alten Walfänger der Erde«, fügte Zang hinzu. »Wir verfügen jetzt über fortschrittliche Wissenschaft. Ortungsgeräte, die komplexe Gehirnaktivitäten messen können, Übersetzer, die die Sprache von Außerirdischen erkennen.« Er deutete auf Sato. »Sie haben dabei geholfen, diese Übersetzer zu entwickeln, wenn ich mich recht entsinne.«

»Ja«, bestätigte Hoshi, »aber sie können nur Muster erkennen, die zu finden sie programmiert sind. Sie können die Sprachen der meisten Humanoiden schnell entschlüsseln, weil die meisten Humanoiden ähnliche Gehirnstrukturen aufweisen, die zu gewissen gleichartigen syntaktischen Schemata ...« Sie hielt inne. »Der Punkt ist, nur weil wir eine Sprache noch nicht erkennen können, bedeutet das nicht, dass sie nicht existiert.«

Farid Najafi berührte Sato am Arm. »Sie haben Captain T'Pol über die chemischen Signale berichtet, die wir entdeckt haben, nicht wahr?«

Sato bewegte diesen Arm, um einen Schluck Wasser zu nehmen. »Das habe ich, aber ich denke, der Beweis ist nicht eindeutig. Es gibt weniger als zwei Dutzend individueller Pheromone, und ich bin mir nicht sicher, ob der Komplexitätsgrad hoch genug für eine Sprache ist. Und eine Computeranalyse ihrer Unterschalllautgebung hat gezeigt, dass sie unmöglich genug Informationen transportieren kann, um als Sprache zu gelten.«

»Das römische Alphabet kennt nur sechsundzwanzig Buchstaben, aber man kann eine Menge Worte damit bilden. Die chemischen Signale der Dryaden haben das Potenzial für sogar noch mehr Komplexität, denn sie können sowohl simultan als auch sequenziell kombiniert werden. Wir haben bereits Hunderte sich wiederholender Muster entdeckt.«

»Komm schon, Farid«, widersprach Castellano. »Du bist nicht einmal sicher, welche Pheromone von welchem Individuum stammen. Du machst einen Anfängerfehler, indem du unechte Muster in der Beliebigkeit siehst, weil es das ist, was du sehen willst.«

»Du hast gerade zugegeben, dass du einen persönlichen Grund hast, die Ergebnisse zu bekommen, die *du* sehen willst!«

»Nein«, entgegnete die Biologin. »Das habe ich nicht. Mir geht es darum, von den Arzneien und Materialien, die wir von den Dryaden ernten können, zu profitieren. Die Frage ihrer Intelligenz betrachte ich als davon unabhängig und irrelevant.«

»Du willst damit sagen, dass es dir egal ist, ob wir intelligentes Leben töten?«

»Ich will damit sagen, dass die Wahrscheinlichkeit hierzu nicht hoch genug ist, um sich darüber Sorgen zu machen. Die Dryaden sind einfach zu groß. Zu viel ihre Gehirnmasse muss ihren Sinnen und der motorischen Kontrolle zugeordnet sein – es kann nicht genug übrig sein, um ein Denken zu ermöglichen.«

»Ihre Größe täuscht«, erwiderte Najafi. »Nur die Tentakel und Wurzelbeine können sich bewegen. Und der Stamm ist aufgrund des Resonanzraums und des Wasserreservoirs größtenteils hohl.«

»Sie haben Dutzende von Tentakeln und Wurzeln. Die Berechnungen, um allein ihre Balance zu halten, erfordern eine Menge Gehirnleistung.«

»Aber wir haben soziales Verhalten gesehen. Ihre Zusammenarbeit am Fluss, als manche von ihnen die anderen vor Jägern beschützt haben.« Er wandte sich erneut an Sato. T'Pol hob eine Augenbraue, denn ihr fiel auf, dass er Hoshi weit mehr Aufmerksamkeit zu schenken schien als den übrigen Offizieren der *Endeavour.* »Wir haben gesehen, wie einer der Wächter von einer fleischfressenden – Entschuldigung, räuberischen – Pflanze angegriffen wurde. Es handelte sich um eine Art große Matte, die sich nach oben gefaltet hat, als auf sie getreten wurde, und die sich dann um die Dryade geschlungen hat. Mehrere andere kamen zu ihrer Rettung und haben die Matte fortgezogen, und das nicht einen Moment zu früh, denn es schienen Säureverbrennungen auf der Dryade zu sein. Und es sah so aus, als hätten sie so etwas schon zuvor getan, denn sie gingen sehr methodisch und ruhig darin vor.«

»Was ein Instinkt gewesen sein könnte, der sich entwickelt hat«, sagte Castellano, »nicht erlerntes Verhalten. Rote Zwerge sind sehr langlebig. Wenn dieser Planet schon lang genug hier ist, dass seine Evolution bewegliche Pflanzen hervorbringen konnte, wäre das auch lang genug, um komplizierte Instinkte zu entwickeln.«

»Oder Intelligenz?«

»Das musst du erst noch beweisen.«

Zang wandte sich an T'Pol. »Captain, Sie können so viel darüber philosophieren, wie Sie möchten, dass Sie die Anrechte anderer Geschöpfe respektieren und lieber Vorsicht als Nachsicht zeigen wollen, aber so wie ich das sehe, wägen wir hier die sehr realen medizinischen Vorteile, die Dryadenprodukte für Millionen von Lebewesen bieten könnten, die *ganz sicher* vernunftbegabt sind, gegen den vagen und höchst unwahrscheinlichen Verdacht ab, dass eine Spezies beweglicher Pflanzen vernunftbegabt sein *könnte.* Existiert die geringe Chance, dass die Dryaden ein Bewusstsein haben? Vielleicht. Sicher. Aber wann immer ich mein Schiff auf Warp bringe, besteht eine geringe Chance, dass meine Besatzung von einem Asteroiden getroffen oder in ein Wurmloch gezogen werden könnte. Es gibt immer das Risiko, dass meine

Entscheidungen jemanden töten könnten – aber dieses Risiko ist gering genug, dass mich niemand unvernünftig nennen würde, wenn ich es eingehe. Ich habe eine Verantwortung meiner Besatzung gegenüber, zu handeln, statt in Furcht vor dem Unwahrscheinlichen zu leben. Jeden Tag, den Sie und Farid unsere Ernte der Dryaden verzögern, weil Sie ethische Bedenken haben, Captain T'Pol, hindern Sie mich daran, zum Wohl meiner Besatzung zu handeln und darüber hinaus zum Wohl vieler anderer. Meine Leute sind begierig darauf, mit der Arbeit anzufangen, und ich bin es ebenso. Ich habe bis jetzt Geduld mit Farid gezeigt. Ich habe ihm gestattet, Sie zu rufen, um den Prozess zu beschleunigen. Aber wenn Sie und er nicht bald irgendwelche Ergebnisse vorzuweisen haben, handle ich im Rahmen meiner Rechte, wenn ich Sie auffordere zu gehen und mit meiner Ernte fortfahre. Angesichts Ihrer Vorliebe für Nichteinmischung«, Zang bedachte sie mit einem vielsagenden Blick, »gehe ich davon aus, dass Sie das respektieren werden.«

»Das ist Ihr Recht«, gab sie zu. Sie erhob sich vom Tisch. »Ich nehme an, Sie entschuldigen mich, Captain Zang.« T'Pol ging, ohne sich noch einmal zu dem unbeendeten Mahl auf ihrem Teller umzudrehen.

1. März 2166
Akleyro, Sauria

»Beinahe alles ist nun vorbereitet«, sagte Charles Tucker. »Ich habe den Malurianern Harris' Körpermaße gegeben und eine Aufzeichnung seiner Stimme. Sie haben bereits eine Maske hergestellt, und ihr Mann Tanag übt sich darin, ihn zu imitieren. Es wird in der kurzen Zeit nicht perfekt machbar sein, aber da sich Harris so sehr darum bemüht hat, seit Jahren jede öffentliche Aufzeichnung von sich zu vermeiden, sollte es ausreichen. Das ist auch der Grund, warum wir uns keine Gedanken über ein Alibi machen müssen. Die einzigen Leute, die seinen Verbleib während der letzten Wochen bezeugen könnten, sind ebenfalls Teil der Organisation und können ihn daher nicht verteidigen, ohne sich selbst ins Rampenlicht zu bringen, was ja genau das ist, was wir wollen. Wir machen also Folgendes: Wir stellen eine Szene nach, in der Harris und D'Nesh ihren Plan über Subraum-Kommunikation besprechen. Garos hat Aufzeichnungen seiner eigenen früheren Gespräche mit D'Nesh, und seine Leute verändern diese bereits, um die Simulation zu erzeugen. Es wird so aussehen, als würden Subraumstörungen die Bildauflösung senken und für gelegentliche Aussetzer sorgen. Das wird alle kleineren Fehler verbergen. Elevia wird verkleidet dieser kleinen Plauderei beiwohnen, und danach werden sie und der falsche Harris sich mit den Unbefleckten treffen und es so aussehen lassen, als würden sie zusammen eine Intrige spinnen, um während des Angriffs auf die Fabrik eine Katastrophe zu arrangieren. Sie sind diejenigen, denen Garos diese anhängen will, weil sie die extremste Sekte sind. Nun, um das Ganze wirklich echt wirken zu lassen, wird Elevia ein Armband tragen, das sie D'Nesh zuvor entwendet hat. Der Gedanke dahinter ist der, dass Navaar dieses Armband erkennen wird und es dabei hilft, sie davon zu überzeugen, dass Elevia D'Neshs Agentin ist. Und hier kommst du ins Spiel.«

Antonio Ruiz schaute Tucker skeptisch an und verschränkte die Arme. »Weil du mich brauchst, um alles mit meinem Bildaufzeichner festzuhalten und raus in die Galaxis zu senden.«

»Ganz richtig.«

»Warum kannst du das nicht selbst machen?«

»Weil es überzeugender wirken wird, wenn es von einem bekannten Verfechter des Widerstands kommt. Und ich muss mich selbst aus der Sache raushalten. Ich habe doch erklärt, warum.« Das war nur die halbe Wahrheit, genauso wie die ganze Erklärung nur die halbe Wahrheit gewesen war. Es gab eine Menge Dinge, die Trip seinem Freund erzählen wollte, aber noch nicht konnte – und noch viel mehr, was er aus Scham nicht hätte zugeben wollen, selbst wenn er es gekonnt hätte. Doch es war schon eine Erleichterung für ihn, Antonio immerhin bis hierher reinen Wein einschenken zu können.

Ruiz schüttelte den Kopf. »Verstehst du es einfach nicht, Mann? All diese Lügen und Tricks – wie sollen sie die Dinge besser machen? Warum trittst du nicht ins Rampenlicht und erzählst die Wahrheit darüber, wer du bist und was du weißt?«

»Das hätte ich vor Jahren getan, wenn ich es gekonnt hätte. Aber ich ... ich habe selbst zu viele falsche Entscheidungen getroffen, die mich belasten. Entscheidungen, die Harris und seine Leute mir mit Leichtigkeit anhängen könnten, um ihre eigene Bloßstellung zu verhindern.«

»Du meinst, sie bringen dich durch Erpressung zum Schweigen.«

Tucker wand sich innerlich, beschämt, wie nah diese Vermutung an die Wahrheit herankam. »Nenn es, wie du möchtest. Aber es ist effektiv. Auf diese Weise halten sie ihre eigene Weste rein – indem sie ihre Agenten dazu bringen, die schmutzige Arbeit für sie zu machen. Und Harris ist zu vorsichtig, um sich selbst jemals mit irgendetwas in Verbindung bringen zu lassen. Aus diesem Grund müssen wir die Leiche, die wir in seinem Keller drapieren wollen, selbst erschaffen.«

»Und du glaubst wirklich, dass du besser lügen kannst als die Meister der Lüge? Dass sie auf so einen Fall nicht vorbereitet sind?«

»Ich bin in dieser Sache nicht allein, Tony. Meine Verbündeten und ich sind bereits verdammt nah dran, eine Anklage gegen Sektion 31 erheben zu können. Aber wir müssen Harris irgendwie damit in Verbindung bringen. Und das ist der beste Plan, den wir zustande gebracht haben.«

»Und allein das sollte euch verraten, wie sehr ihr aufgeschmissen seid.«

»Denkst du, das weiß ich nicht? Ich riskiere hier alles. Aber es ist ein Risiko, das ich bereit bin einzugehen. Ich kann nicht länger einfach tatenlos danebenstehen.« Er packte seinen alten Freund bei den Schultern. »Du hast dabei geholfen, mir das zu zeigen. Und das ist der Grund, warum ich jetzt deine Hilfe erneut brauche.«

»Es ist zu gefährlich«, widersprach Ruiz und schüttelte Tuckers Hände ab. »Wenn du weißt, dass ein schweres Unglück geplant ist, dann darfst du das nicht verbergen. Du kannst nicht all diese Leben riskieren, nur um deine Spionagespielchen zu spielen. Wir sollten das jetzt sofort Mullen und Kelly sagen.«

»Und wie überzeugen wir sie davon? Glaubst du ernsthaft, sie nehmen mir diese Geschichte ab, einem Mann, der vor elf Jahren seinen Tod vorgetäuscht hat? Ich habe keine Beweise, die ich vorlegen kann. Ganz gewiss würden sie keiner orionischen Spionin glauben. Und Garos würde seine Teilnahme an dem Ganzen nicht gestehen, nicht, bevor er nicht zuvor eine Gelegenheit hatte zu verschwinden. Abgesehen davon werden die Schwestern später einfach einen neuen Plan aushecken, wenn wir ihnen diesen hier ruinieren. Die einzige Möglichkeit, sie zu stoppen, liegt darin, ihre Ziele öffentlich zu machen, sodass sie nicht länger einen Grund haben, das durchzuziehen.«

Ruiz begann, auf und ab zu gehen. »Wenn diese Sektion-*hombres* nur für die Hälfte der Dinge verantwortlich sind, die du mir verraten hast, dann, klar, will ich auch, dass sie kriegen, was sie verdienen. Und ich bin für jede

Aktion zu haben, die saurianische Leben rettet. Aber dieser Plan – er ist so verrückt. Warum sollte das diese D'Nesh-Lady treffen, wenn ihre Schwester sie dabei erwischt, wie sie genau das Gleiche tut, was sie ohnehin schon insgeheim vorhatten?«

»Weil es so aussehen wird, als hätte sie sich hinter Navaars Rücken mit jemandem in der Föderation verbündet. Vielleicht denkt Navaar, dass sie ein Nebengeschäft gemacht hat, wie sie es schon zuvor auf der Babel-Konferenz getan hat. Wichtiger aber ist, dass es aussehen wird, als hätte D'Neshs Inkompetenz die Operation versaut, wenn das Bildmaterial ihrer Verschwörung an die Öffentlichkeit kommt und die Sabotage damit verhindert wird. Selbst wenn Navaar D'Neshs Abstreitungen Glauben schenkt, könnte sie sie trotzdem fortan als Belastung abschreiben.«

Selbst in Tuckers eigenen Ohren klangen seine Begründungen schwach. Devna und Garos mit ins Boot zu nehmen, war nötig gewesen, und er fand noch immer, dass die Erstere eine echte Bereicherung war. Aber all die widerstreitenden Agenden miteinander in Einklang zu bringen, machte diesen Plan deutlich komplizierter, als es ihm lieb war.

Er seufzte. »Schau, ganz ehrlich, das ist der für mich am wenigsten wichtige Teil. Das war nur die Bedingung, um Elevias Hilfe zu bekommen. Für die Föderation ist es wichtiger zu sehen, dass Harris mit dem Syndikat konspiriert. Er ist derjenige, der diskreditiert werden muss.«

Ruiz musterte ihn. »Du hasst diesen Kerl wirklich, oder?«

Tucker hielt dem Blick seines Freundes stand. »Ganz ehrlich? Nein, das tue ich nicht. Ich hasse das, was er getan hat, und ich hasse wirklich, zu welchen Taten er *mich* gebracht hat. Aber auf seine ganz eigene Art versucht er, Gutes zu tun. Er glaubt wirklich, dass er der Föderation auf eine Weise hilft, wie es sonst niemand zu tun vermag. Leider ist er nur allzu bereit, sich selbst gute Gründe dafür einzureden, warum es in Ordnung ist, dass andere Leute dabei verletzt werden.«

Der Widerstandskämpfer schnaubte. »Das ist so ziemlich genau die Definition von Privileg. Dass böse Dinge nur dann unvorstellbar sind, wenn sie den eigenen Leuten widerfahren.« Ruiz dachte darüber nach. »Ich mag die Idee, diesem Kerl das Handwerk zu legen. Aber in meinen Sendungen geht es darum, die Wahrheit zu berichten. Gegen Maltuvis' Propaganda ist die Wahrheit die wichtigste Waffe, die wir haben. Du bittest mich darum, das zu beschmutzen. Vielleicht ist es für dich so leicht geworden zu lügen, dass du kaum noch anerkennen kannst, wie schwer es für andere ist, damit einverstanden zu sein.«

Tucker senkte den Kopf. »Das verdiene ich. Und es gefällt mir auch wirklich nicht, dich darum bitten zu müssen. Aber es ist der einzige Weg, den ich kenne, um eine tiefere Wahrheit ans Licht zu bringen: dass Sektion 31 existiert und dass sie mehr Schaden anrichtet als Gutes tut. Diese Leute müssen bloßgestellt und aufgehalten werden.«

Der jüngere Mann trat näher. »Und was wirst du tun, wenn es dir gelungen ist, diese Wahrheit an die Öffentlichkeit zu bringen?«

»Dann steige ich aus diesem Leben aus. Höchstwahrscheinlich werde ich wieder verschwinden – erneut meinen Tod vortäuschen, und zwar so, dass selbst die mich nicht finden können. Eine weitere Lüge, aber danach muss ich nie mehr jemanden verletzen. Wenn es nötig ist, werde ich mich sogar stellen und die ganze Wahrheit erzählen ... und für alles geradestehen.«

Es dauerte eine kleine Weile, bevor Ruiz erneut das Wort ergriff. »Also schön«, sagte er. »Wenn das dein einziger Weg aus der Sache raus ist ... dann werde ich es tun. Weil ich daran glaube, dass man seinen Freunden helfen sollte, wenn sie einen brauchen.«

Tucker blinzelte ein paarmal rasch, überwältigt vor Dankbarkeit. »Du schuldest mir gar nichts, Tony. So ein guter Freund war ich dir nicht.«

»Es geht darum, wie gut ich zu *meinen* Freunden sein will. Du hast Fehler gemacht. Ich bin noch immer sauer auf dich. Aber das bedeutet nicht, dass du nicht immer noch mein Freund bist, Al. Und das bedeutet, dass ich für dich da bin.«

Tucker lächelte und ergriff die Hände seines Freundes. »Trip«, sagte er. »Meine Freunde nennen mich Trip.«

Ruiz lachte. »Trip. Das passt zu dir, denn auf dem bist du wirklich: einem echten Höllentrip.«

Als Devna Tucker das Signal gab, um ihn wissen zu lassen, dass Garos und sie mit ihren Vorbereitungen fertig waren, brachte er Ruiz in die Kammer, die die Malurianer für ihr Schauspiel vorbereitet hatten. Zu seiner Überraschung trug Devna keine Verkleidungen unter ihrem Kapuzenmantel. »Ich dachte, du würdest dich auch irgendwie tarnen«, sagte er.

»Es wird genügen«, sagte Devna, und ihre Stimme war ein noch leiseres Flüstern als gewöhnlich. »Eigentümer schauen sich die Gesichter ihrer Sklaven selten so genau an.«

Garos wandte sich dem jüngeren Menschen zu. »Sie, Mister Ruiz, werden sich hinter dieser Entlüftungsöffnung aufhalten«, sagte er und führte ihn zu einem großen Gitter im hinteren Teil der Kammer. »Eine Stadt, die in die Steilwände gegraben wurde, braucht eine Menge Luftschächte, die mehr als geräumig genug sind, um es einem neugierigen Journalisten zu erlauben, eine geheime Unterhaltung zu belauschen. Der Bildschirm, der die Simulation von D'Nesh zeigen wird, wurde so aufgestellt, dass Sie ideale Sicht darauf haben.« Der Anführer der Raldul betrachtete Ruiz. »Ich nehme an, Sie leiden nicht unter Klaustrophobie.«

Dafür erntete er ein Lachen. »In meinem früheren Leben war ich Bergbauingenieur«, sagte Ruiz. »Ich bin schon oft durch engere Passagen gekrochen.«

»Exzellent. Meine Männer werden Ihnen ins Innere helfen.« Noch während er sprach, entfernte einer seiner malurianischen Untergebenen das Gitter, während ein anderer hinzutrat, um Ruiz hochzuhelfen.

»Was ist mit dem falschen Harris?«, fragte Tucker.

»Eine gute Maske ist eine filigrane Schöpfung«, sagte Garos, als er zu ihm zurückkehrte. »Unsere Maskenbauer haben bis zum letztmöglichen Moment daran gearbeitet. Ich garantiere Ihnen, dass Sie von dem Ergebnis überwältigt sein werden.«

Grinsend begab sich Garos zu einer Seitentür und öffnete sie. »Tanag! Es wird Zeit, die Bühne zu betreten.«

Aus dem Augenwinkel sah Tucker, wie Devna zur Seite blickte und den Kopf senkte. Er war sich nicht sicher, ob es daran lag oder an Garos' zunehmend selbstgefälligem Grinsen, aber irgendwie beschlich ihn das Gefühl, dass etwas nicht stimmte.

Als der malurianische Imitator Tanag in den Türrahmen trat, sah Tucker, dass er passend in die schwarze Ersatzuniform von Sektion 31 gekleidet war. Und als er ins Licht kam, wurde deutlich, dass die Maske, die er trug, die perfekte Nachahmung des Gesichts eines weißen, menschlichen Mannes war.

Allerdings trug er das Gesicht von Charles Tucker III.

»Was zur Hölle geht hier vor?«, entfuhr es Tucker.

»Beruhigen Sie sich, Agent Tucker«, sagte Garos, während weitere Raldul-Agenten in den Raum strömten und ihre malurianischen Phasenpistolen auf ihn richteten. »Meine Änderung Ihres Plans funktioniert am besten, wenn Sie am Leben sind, aber ich habe auch für die Alternative vorgesorgt.«

»He, was geht hier vor sich?«, rief Ruiz aus dem Luftschacht, aber die Agenten schlossen das Gitter und fixierten es, um ihn so festzusetzen.

Tucker hätte beinahe gefragt, wie Garos seinen wahren Namen erfahren hatte, aber Jahre der Geheimdienstausbildung hielten ihn zurück. Abgesehen davon bekam er seine Antwort, als sich Devna ihm wieder zuwandte. »Es tut mir leid«, sagte sie.

Ungläubig starrte er sie an. »Du hast mich verraten!«

»Oh, bitte, halten Sie es ihr nicht vor, Charles«, sagte Garos. »Ich fürchte, ich hielt es für notwendig, die junge Dame zur Kooperation zu zwingen. Ich habe ihr gedroht, ihren Verrat Navaar zu enthüllen. Es tut mir leid, dass ich ihren Plan, D'Nesh zu vernichten, nicht durchführen konnte ... aber Stabilität innerhalb des Syndikats ist für die Ziele von Raldul besser.«

Tuckers zorniger Blick fiel wieder auf Garos. »Also hatten Sie doch nicht die Eier, sich aus der Kontrolle der Schwestern zu befreien.«

»Bitte, kein Grund, derb zu werden. Sie würden es verstehen, wenn Sie Malurianer wären. Wenn Ihre Frauen weitestgehend sessil wären, unfähig, sich weit vom Ort ihrer Geburt fortzubewegen. Das macht meine Gefährtin zu einem leichten Ziel für den Gegenschlag der Schwestern – und weil ich an sie gebunden bin, ist es für mich ein biologisches Gebot, sie zu beschützen und ihr zu dienen. Ich hatte nie die Option, Navaar zu betrügen. Sie waren ein Narr, wenn Sie geglaubt haben, dass ich das könnte.«

»Haben Sie immer so selbstgerecht klingende Entschuldigungen für Ihre Verbrechen parat?«

»Denken Sie, was Sie wollen, aber ich kann es mir nicht leisten, meinen eigenen Nutzen für Navaar noch weiter zu untergraben. Ich muss ihr helfen und dafür sorgen, dass *ihr*

Plan Erfolg hat: eine Katastrophe, die groß genug ist, um der Föderation einen heftigen Schock zu bescheren – und sie in die Nichteinmischung zu treiben, wenn nicht gar in den vollständigen Isolationismus. Noch besser ist es, wenn das Unglück der ebenso rücksichtslosen wie plumpen Einmischung ebenjener geheimen Sternenflottenverschwörung angehängt werden kann, die die Zerstörung der Partnerschaft herbeigeführt hat und sich dazu entschied, Maltuvis nicht aufzuhalten, als er seinerzeit seinen Aufstieg zur Macht begann.«

»Und wenn der Agent, dessen Gestümper zu der Katastrophe führte, eine Sternenflottenlegende ist, die zu Beginn des Irdisch-Romulanischen Kriegs ihren eigenen Tod vorgetäuscht hat«, fügte Tanag in einer tadellosen Imitation von Tuckers Stimme fort, »ist das für die Sternenflotte umso peinlicher.«

»Deswegen brauchen Sie mich lebend. Als Sündenbock.«

»Ganz genau«, bestätigte Garos. »Ich habe mit Maltuvis gesprochen – er freut sich schon darauf, Sie in die Hände zu bekommen, um in einem Schauprozess an Ihrem Beispiel alles Böse der Föderation zu demonstrieren. Sehr nett von Ihnen, dass Sie sich unter den Rebellen gezeigt haben und dass Sie überall genetisches Material hinterlassen haben. Es ist schon praktisch, wenn auch etwas abstoßend, dass ihr Säugetiere überall, wo ihr hingeht, eure Haare und Hautschuppen verteilt.«

»Und warum müssen Sie mich dann überhaupt noch imitieren?« Noch während Tucker die Frage stellte, kam ihm selbst die Antwort. »Nein, warten Sie – Sie müssen mich aus dem Weg schaffen, bevor ich Ihren Plan preisgeben kann, aber Sie brauchen mich gleichzeitig noch, weil ich noch dabei gesehen werden muss, wie ich mit dem Widerstand zusammenarbeite, zumindest bis zum Überfall auf die Fabrik.«

»Mehr als das«, sagte Tanag. »Ich – oder vielmehr Sie – werde sehr hilfreich dabei sein, den Widerstand davon zu überzeugen, in Ihre Falle zu gehen.«

Tucker schüttelte den Kopf. »Wie können Sie nur mit sich selbst leben, Garos? Ich weiß, dass Sie ein Killer sind, aber Sie beharren immer wieder darauf, dass es Ihnen zu schaffen macht. Und jetzt reden Sie darüber, vielleicht Millionen unschuldiger Zivilisten zu töten. *Kinder.* Wenn Sie das durchziehen können, werden dadurch all Ihre Behauptungen, ein Gewissen zu haben, bedeutungslos.«

»Selbst das Gewissen hat Prioritäten, Agent Tucker«, erwiderte der malurianische Anführer. »Ich bin keineswegs glücklich darüber, was für ein Schicksal all diesen Saurianern bevorsteht – insbesondere da es sich um Mitreptilien handelt. Aber ich muss dem Überleben der Malurianer größeres Gewicht beimessen. Vor die Wahl zwischen beiden gestellt, gilt meine Loyalität immer zuerst meiner eigenen Art.«

Tucker schüttelte den Kopf. »Das ist genau die Ausrede, die meine Arbeitgeber immer verwenden.«

»Und ich respektiere Sie dafür«, sagte Garos. »Genauso wie ich Sie für Ihre Loyalität zu Ihren Leuten respektiere. Das ist nichts Persönliches.« Er zuckte mit den Schultern. »Aber irgendjemand muss das Spiel gewinnen.«

10

2. März 2166
Akleyro, Sauria

Als der neue Tag anbrach und Akleyro schlief, schmuggelten Garos' Agenten ihre menschlichen Gefangenen aus der Stadt und hinauf in den Regenwald. Tucker und Ruiz wurden unter vorgehaltener Waffe vorangetrieben und dazu gezwungen, ein Marschtempo einzuhalten, das für die Menschen in der drückenden Hitze und Feuchtigkeit schwer zu ertragen war. Dass beide dabei auch noch durch eine einen halben Meter lange Kette Handgelenk an Handgelenk verbunden waren, machte es nicht leichter. Die Malurianer dagegen schienen die Hitze geradezu belebend zu finden.

Nichtsdestotrotz fühlte sich Tucker verpflichtet, über Fluchtmöglichkeiten nachzudenken. »Wir müssen zurück zum Sternenflotten-Team«, flüsterte er Ruiz zu. »Mein Plan ist im Eimer – Mullen und die anderen vor dem Angriff zu warnen, mag unsere einzige Chance sein, diesen zu stoppen.«

»Du denkst daran, einen Fluchtversuch zu wagen?«, flüsterte der Kubaner zurück.

»Dieser Dschungel bietet eine Menge Deckung.«

»Ja, und eine Menge hungriger Schlangen und Flugsaurier, die uns zum Mittagessen verspeisen wollen.«

»Du lebst hier seit Jahren. Du kennst die Umgebung.«

»Nicht *diese* Umgebung. Ich weiß nur genug, um zu wissen, dass ich nicht ohne eine Menge Verstärkung hier draußen sein will.«

Tucker dachte darüber nach. »Na schön«, sagte er leise. »Wahrscheinlich bringen sie uns zu einem Schiff – vielleicht können wir dann unseren Schritt wagen und versuchen, es zu übernehmen.«

Tatsächlich dauerte es nicht mehr lange, bis eine schwere Fähre in malurianischem Design in Sicht kam, die auf einer Lichtung parkte, die kaum groß genug für sie war. »Mach dich bereit«, raunte Tucker.

Hinter ihnen wurde eine Phasenpistole abgeschossen, und Ruiz fiel zu Boden. Tucker stolperte und fiel, als das Gewicht des anderen Mannes ihn nach unten zog. Er kam auf die Knie und überprüfte seinen Freund. Dieser war nur betäubt. Der Anführer ihrer Eskorte tauchte über ihm auf und grinste. »Vielleicht interessiert es Sie zu wissen, dass das malurianische Gehör im oberen Frequenzbereich äußerst sensibel ist. Und jetzt heben Sie ihn auf und bringen Sie ihn in die Fähre.«

Tucker hatte keine andere Wahl, als zu gehorchen. Leise fluchte er vor sich hin, während er seinen Freund in das Landegefährt schleppte. Das war ihre beste Chance zur Flucht gewesen. Wenn sie erst in den Händen von Maltuvis' Soldaten waren, wenn sie sich Wachen gegenübersahen, die deutlich stärker und widerstandsfähiger waren als sie selbst, und in Ketten und Zellen steckten, die für ebenso starke und widerstandsfähige Gefangene entwickelt worden waren, dann mochte eine Flucht praktisch unmöglich sein.

Aber Tucker weigerte sich, das zu akzeptieren. Während des Romulanischen Krieges, als er Sektion 31 noch zum Wohle aller gedient hatte, war er mehr als einmal dem fast sicheren Tod entronnen. Nun, da er zum Wohle aller

Sektion 31 *bekämpfte*, würde er ganz sicher einen Weg finden, das erneut zu schaffen.

Er versuchte, nicht daran zu denken, wie oft dieses Entkommen bloß reinem Glück geschuldet gewesen war.

Birnam

Hoshi Sato hatte dem Drang widerstanden, Cutler oder einen der Nomaden als Begleitperson mitzubringen, als Farid Najafi sie eingeladen hatte, mit ihr loszuziehen, um mehr Daten über die Pheromonkommunikation der Dryaden zu sammeln. Ja, er war ein sehr attraktiver Mann, mit dem sie allein in einer beinahe paradiesischen Landschaft unterwegs sein würde ... Aber sie war eine erwachsene Frau, sie liebte ihren Verlobten, und sie besaß die Disziplin eines Sternenflottenoffiziers. Solange sie ihren aufgekratzten Zustand als eine Folge des hohen Sauerstoffanteils in der Atmosphäre erkannte, sollte sie keine Schwierigkeiten haben, sich zu beherrschen. Und was Farid betraf – nun, er war ein Raumnomade, kein Barbar.

Tatsächlich schien Najafi seine Begeisterung für die Dryaden zu reservieren, als er Sato unter dem ewig hellen, wenn auch wolkenverhangenen Himmel durch den Wald führte. »Wir gehen davon aus, dass Dryaden ihr ganzes Leben lang immer weiterwachsen, genau wie normale Bäume. Ungefähr vier bis fünf Zentimeter pro Standardjahr.«

Sato Augen weiteten sich. »Man sollte denken, dass sie irgendwann zu groß werden würden, um sich zu bewegen!«

»Da haben Sie nicht unrecht. Hier, es liegt direkt vor uns.« Er nahm ihre Hand und zog sie eilig auf die Kuppe der flachen Anhöhe zu, die sie gerade erklommen. Sie ließ ihn gewähren.

Als sie oben ankamen, sah Sato, dass jenseits der sonnenseitigen Flanke der Hügelkette, zwischen ihr und dem hiesigen Fluss, ein Wäldchen der größten Dryaden lag, die sie bisher gesehen hatte. Sie standen in säuberlicher Aufstellung dort, weit genug auseinander, um sicherzugehen, dass keiner von ihnen im Schatten des anderen stand. Hoshi begriff, dass dies kein Halt war, um Wasser aufzunehmen, wie der, den sie zuvor beobachtet hatte. Hier gab es keine beweglichen Dryaden, die am Rand Streife liefen. Sie wurden auch nicht gebraucht, denn diese Dryaden waren zu groß, als dass irgendetwas auf sie hätte Jagd machen können. Während Najafi sie den Abhang hinunterführte, damit sie sich alles näher anschauen konnte, bemerkte Sato, dass der Boden um die Wurzeln der Giganten glatt war, so als sei er eine ganze Weile nicht mehr aufgewühlt worden. Obendrein waren viele ihrer Tentakel so lang geworden, dass sie bis in den Boden reichten und dort ebenfalls zu Wurzeln geworden waren – nur ein paar von ihnen blieben frei und beweglich. Sato sah, wie eine der Dryaden gelangweilt nach einer kleinen fliegenden Pflanzenkreatur schlug, die auf ihrem Stamm zu landen versuchte.

»Ich nenne ihn den Hain der Alten«, sagte Najafi. »Sobald sie zwischen zwanzig und vierundzwanzig Metern erreicht haben, reisen sie zu einem Ort wie diesem, wo sie aufhören, sich zu bewegen, ihre Wurzelsysteme wachsen lassen und den Rest ihres Lebens wie normale Bäume verbringen.« Er grinste. »Es liegt eine gewisse Symmetrie darin, denn wie es scheint, beginnen sie ihr Leben auch mit einer ortsgebundenen Phase. Anscheinend reproduzieren sie sich mithilfe von samenartigen Sporen, die für, nun ja, vielleicht zehn bis zwanzig Jahre im Boden wachsen, bevor sich ihre Nerven- und Muskel-Analoga voll entwickelt haben und sie mobil werden.«

»Lassen sie ihre Sporen einfach irgendwo fallen?«, fragte Sato.

»Nein, wir haben herausgefunden, dass die Setzlinge an speziellen Orten gepflanzt werden – ob Sie diese nun Baumschule oder Kinderkrippe nennen, müssen Sie entscheiden.« Sie lachten beide. »Die erwachsenen Dryaden ihres Hains wachen über sie, bis sie mobil werden.«

»Sorgen die mobilen Dryaden auch für die Alten?«

»Im Fall der Alten scheinen sie der Natur ihren Lauf zu lassen. Aber sie kommunizieren oft mit ihnen. Ich habe das Gefühl, dass die mobilen Dryaden, nun ja, auf der Suche nach der Weisheit ihrer Alten sind. Sie wollen ihre Geschichten hören, solange sie noch da sind.«

Sie musterte Najafi. »Suchen Sie etwas, Farid? Ist das der Grund, warum dies hier so wichtig für Sie ist?«

Diesmal wirkte sein Lächeln verlegen. »Nichts so Tiefgehendes. Es ist bloß ... Nun, Sie wissen, wie das Leben eines Raumnomaden war. Man ist auf Raumschiffen aufgewachsen und mit niedrigen Warpgeschwindigkeiten von Planet zu Planet gekrochen.« Sie nickte. »Ich wurde auf der *Verne* geboren, kurz bevor sie zu einer zweijährigen Reise zu einem System aufgebrochen ist, das aus nichts als ein paar Asteroiden und ein paar superterrestrischen Planeten in engen Orbits bestand, die zu heiß waren oder eine zu hohe Gravitation aufwiesen, um den Fuß darauf zu setzen. Dann haben wir ein Jahr lang eine Bergbaukolonie eingerichtet und dann sechzehn Monate lang Rundflüge zu einem draylaxianischen Handelsaußenposten auf einem eisbedeckten Irrläufer gemacht. Ich war acht Jahre alt, als ich zum ersten Mal den Fuß auf einen Planeten gesetzt habe, der eigenes Leben aufwies. Meine Mutter hat mich in diesen weiten, endlosen Wald mitgenommen ... jahrelang hatte ich Bilder gesehen, aber ich hatte nie geglaubt, dass sie tatsächlich echt sein könnten. Es war ungefähr so, als würde man herausfinden, dass es die Werkstatt des Weihnachtsmanns wirklich gibt.«

Hoshi riss zum Spaß die Augen auf. »Sie wollen damit sagen, dass es sie nicht gibt?«

Najafi lachte. »Für mich gab es sie in diesem Moment. Ich habe meine Liebe für die Natur, für die Bäume entdeckt. Und dafür, an einem Ort zu sein, wo alles lebt ... Bis dahin waren die lebenden Dinge um mich herum vor allem Leute gewesen, denkende Geschöpfe, die mit mir sprechen konnten. Das waren lebende Dinge für mich, und es hat eine Weile gedauert, bis ich begriff, dass Bäume keine Leute sind. Ich versuchte, mit den Bäumen zu sprechen, aber sie haben nie geantwortet.« Voller Bewunderung blickte er auf die sesshaften Dryaden, die über ihnen aufragten. »Diese Bäume könnten etwas zu sagen haben.«

»Wir sind noch weit davon entfernt, das zu beweisen.«

»Aus diesem Grund sind wir hier.« Er runzelte die Stirn. »Den Sensoren zufolge sollte ein kleiner Hain auf dem Weg hierher sein. Ich würde gern Aufzeichnungen ihres Pheromonaustauschs mit den Alten vornehmen. Anscheinend verspäten sie sich.«

Sato kicherte. »Oder wir sind zu schnell gerannt. All dieser Sauerstoff bringt einen ganz schön auf Touren, nicht wahr?«

»Das stimmt. Aber ich wäre auch ohne ihn genauso aufgeregt.«

Sie wurde rot, als sie bemerkte, dass sein Blick auf ihr statt auf den Dryaden lag. Rasch wandte sie sich den Baumartigen zu und hoffte, dass das rötliche Tageslicht ihre Reaktion verborgen hatte. »Bei mir war es das genaue Gegenteil«, sagte sie, um abzulenken. »Ich bin auf der Erde umgeben von Natur aufgewachsen und habe keinen Fuß auf ein Raumschiff gesetzt, bis ich mein Sternenflottentraining begonnen habe. Ich meine, es ist nicht so, als hätte ich in den Wäldern gelebt – Kyoto ist eine große Stadt. Aber sie ist auf drei Seiten von Bergen umgeben, die vollständig grün sind, und es gibt eine Menge Parks. Die Natur war nie sehr weit entfernt. Ich schätze, ich habe sie einfach als gegeben hingenommen. Ich war immer nur mit einem Buch oder einem Computer beschäftigt und habe Sprache um Sprache gelernt. Oft habe ich vergessen, aufzuschauen, den Blick auf die Welt zu richten und wertzuschätzen, was um mich herum war – oder wer. Es hat bis zu diesen ersten Trainingsflügen im All gedauert, bis ich begriffen habe, wie kostbar es in diesem Universum ist, von lebenden Dingen umgeben zu sein.«

Der Nomade schaute sie erwartungsvoll an. »Und so haben Sie die Natur neu zu schätzen gelernt?«

Sie lachte. »Das dachte ich zumindest. Nachdem ich mich entschieden hatte, dass die Sternenflotte nichts für mich sei – bevor Jonathan Archer mich dazu überredete, zurückzukehren und auf der *Enterprise* zu dienen –, zog ich los, um in Brasilien als Lehrerin zu arbeiten. Einer der Gründe für diese Ortswahl war der Regenwald des Amazonas dort. Doch dann habe ich eine Flussfahrt unternommen, um das Tierleben kennenzulernen ...« Sie schauderte. »Sagen wir einfach so, ich bin froh, dass es keine Anakondas auf diesem Planeten gibt.«

»Warten Sie. Sie sind Hoshi Sato. Sie sind Xindi-Reptilianern entgegengetreten, ohne mit der Wimper zu zucken.«

Sie verkrampfte sich und senkte den Kopf. »Oh, ich habe mit der Wimper gezuckt. Und noch ganz andere Dinge getan.«

Behutsam strich er ihr über den Arm. »Und trotzdem haben Sie gesiegt. Ich kann mir das nicht einmal vorstellen. Nach alldem haben Sie immer noch Angst vor Schlangen?«

»Nicht bloß Schlangen! *Richtig großen* Schlangen!«

Sie lachten beide, etwas länger und hysterischer als angebracht. Schließlich räusperte sich Najafi und wurde wieder ruhig. »Äh, hören Sie, ich werde mal nachsehen, wo dieser Hain aus Dryaden bleibt.« Er runzelte die Stirn. »Wir brauchen ein besseres Wort. Etwas wie ›Hain‹, aber mobiler.«

Hoshi dachte einen Moment nach. »Wanderwäldchen?«

Sie brachen beide erneut in Gekicher aus. »Perfekt!«, stieß Farid hervor und begab sich dann flussaufwärts.

Nachdem er außer Sicht war – und sie ihr Kichern endlich unter Kontrolle gebracht hatte –, drehte sich Hoshi langsam im Kreis, um ihre idyllische Umgebung in Augenschein zu nehmen. Für einen Bewohner der heutigen Erde war es ziemlich außergewöhnlich, von unberührter Wildnis umgeben zu sein und zu wissen, dass praktisch der gesamte Planet um sie herum frei von irgendwelchen Spuren von Zivilisation war. Sie war schon häufig auf solchen Planeten gewesen, aber normalerweise in Begleitung eines Landetrupps der *Enterprise* oder *Endeavour*. Hier draußen, Kilometer vom Basislager entfernt, konnte sie sich einbilden, es gäbe nichts Menschliches auf Birnam außer ihr selbst. Es lag etwas Friedliches in dieser Einsamkeit, die sie an die stille Isolation erinnerte, in der sie einen Großteil ihrer Kindheit verbracht hatte. Manchmal hatte sie sich allein gefühlt, aber frei von allen Ablenkungen zu sein, in diesem Raum, in dem sie mit ihren geliebten Sprachen arbeitete, hatte ihr auch gefallen.

Um die Illusion zu verstärken, öffnete Hoshi ihre wissenschaftsblaue Uniformjacke und zog ihre Oberteile bis aufs Unterhemd aus. Dann streifte sie ihre Stiefel ab, sodass sie barfuß laufen konnte. In diesem heißen, feuchten Klima war das eine echte Erleichterung. Sie wanderte über die Waldwiese und genoss den warmen Wind auf ihrer Haut und den weichen, taufeuchten Boden unter ihren Füßen, während sie über die Frage nachdachte, wie eine auf Pheromonen basierende Sprache aufgebaut sein könnte. Sie versuchte, Birnam mit Najafis Augen zu sehen, als einen mythischen Platz, erfüllt von lebenden Geistern – wie den *kodama*, die sie Takashi gegenüber erwähnt hatte, oder anderen animistischen Waldbewohnern aus den Geschichten, die ihr Großvater ihr, als sie noch klein gewesen war, erzählt hatte. Vielleicht würde gleich irgendein süßer kleiner Cartoonkobold aus dem Wald spazieren und sie ins Reich der Geister entführen, wo sie mit den Dryaden direkt sprechen konnte. Sie lachte, ganz schwindelig von dem vielen Sauerstoff, und stellte sich vor, dass sie auf Luft laufen würde.

Dann begriff sie, dass sie in Wahrheit durch die Luft fiel. Ihr aufkeimender Schrei wurde abgeschnitten, als sie auf einer feuchten, schwammigen Oberfläche landete. Sie hob den Kopf und erblickte drei Meter über ihr eine Öffnung, die von vier organisch aussehenden Klappen gesäumt wurde, die von dem hiesigen Bodenbewuchs bedeckt waren. Hoshi erkannte, dass irgendeine Art von Falltürpflanze, die in den Boden eingegraben war, sie erwischt hatte, um sie zum Abendessen zu verspeisen.

Sie kämpfte sich auf die Beine, stolperte, als sich die rutschige Oberfläche unter ihr bewegte, und versuchte nach einer der sich langsam schließenden Klappen zu greifen, aber vergeblich. Reflexartig hob sie die Hand zur Ärmeltasche, in der ihr Kommunikator steckte ... aber sie berührte bloß nackte Haut. Sie hatte ihre Jacke oben liegen gelassen. *Dämlich!*

Hoshi schrie, so laut sie konnte, um Hilfe, aber die Klappen schlossen sich vollständig und tauchten sie in Dunkelheit. Sie schrie noch lauter und betete, dass ihre Schreie die Klappen durchdringen konnten, denn die Grube begann sich bereits mit etwas zu füllen, das Verdauungssäure sein musste.

Nach einer grauenvollen Minute vernahm sie plötzlich eine gedämpfte Stimme, die ihren Namen rief, gefolgt vom Jaulen einer Phasenpistole. Die Kreatur erbebte und warf sie zu Boden. Dann fielen die Klappen kraftlos herunter. *Gott sei*

Dank!, dachte Hoshi, als sie sah, wie eine Ranke heruntergelassen wurde. Hastig kletterte sie hinauf und ergriff dankbar die Hand, die sich ihr entgegenreckte. Im nächsten Moment zog Najafi sie nach oben ins Freie und fiel dabei keuchend rücklings zu Boden. Gleichermaßen heftig atmend, landete sie auf ihm. »Danke. Ich danke Ihnen.«

Dann küsste sie ihn. Sie konnte sich nicht davon abhalten. Sie wollte es nicht. Und nachdem sie damit angefangen hatte, wollte sie auch nicht mehr aufhören – und ihm ging es offenbar ganz genauso. Irgendwann zwischen zwei Küssen gelang es ihm, darauf hinzuweisen, dass ihre Uniformhose von Kannenpflanzensäure bedeckt war und sie sie vielleicht besser ausziehen sollte, woraufhin sie ihn einlud, ihr dabei zu helfen, genau das zu tun. Dann fing sie an, ihn auszuziehen, nur für den Fall, dass sie ihn versehentlich mit Säure besudelt hatte …

»Was mache ich da?« Sie zuckte zurück, gerade noch rechtzeitig, bevor die Angelegenheit den Punkt erreichte, von dem es kein Zurück mehr gab. »Nein. Das ist falsch. Ich bin … ich bin verlobt. Ich habe einen Verlobten. Ich habe einen Ring, sehen Sie?« Sie hielt ihren Ring hoch. »Ich habe einen Ring.«

Najafi nickte verstehend, blickte zur Seite, gab ihr zurück, was er zuvor entfernt hatte. »Es tut mir leid. Ich habe nicht … Ich hätte niemals …«

»Es ist der Sauerstoff«, keuchte sie, während sie anfing, sich wieder anzuziehen.

»Natürlich. Nur der Sauerstoff.«

»Und die Intensität des Moments … Ich war so dankbar …«

»Ich verstehe. Das ist nur natürlich. Machen Sie sich keine Gedanken darüber.«

»Nein. Nein! Warum sollte ich? Ich war nicht ich selbst.«

»Ich auch nicht. Das ist der Sauerstoff.«

»Nur der Sauerstoff. Genau.«

»Es war nicht nur der Sauerstoff«, stöhnte Hoshi, als Doktor Phlox sie etwas später auf Verletzungen oder schädliche Nachwirkungen ihres Zusammenstoßes mit der Kannenpflanze untersuchte. »Oder die Gefahr. Ich habe mich von Anfang an zu Farid hingezogen gefühlt.«

»Das kann ich Ihnen nicht vorwerfen«, erwiderte Phlox fröhlich. »Er ist ein extrem attraktiver und charmanter junger Mann.«

»Ich *habe* einen attraktiven und charmanten Mann in meinem Leben. Einen Mann, den ich heiraten werde. Einen Mann, den ich heiraten *will*. So etwas sollte nicht passieren.« Sie seufzte. »Ich schätze, ich sollte nicht erwarten, dass Sie das verstehen.«

Phlox klopfte ihr auf die Schulter. »Es ist wahr, dass Ihre kulturelle Vorliebe für Monogamie von einem denobulanischen Standpunkt aus betrachtet etwas eigenartig ist. Für uns ist romantische Liebe keine endliche Ressource, mit der man – heh – haushalten muss, sondern etwas, von dem man umso mehr hat, mit je mehr Personen man es teilt. Selbst bei Menschen ist ein gewisser Grad an Promiskuität eher die Regel als die Ausnahme, wenn ich mir die tatsächlichen Statistiken und meine Verhaltensbeobachtungen im Gegensatz zu den kulturellen Idealen betrachte.«

»Dann müssen Sie denken, dass ich verrückt bin. Denn ich fühle mich schuldig, weil ich mit jemand anderem zusammen sein will.«

»Keineswegs, Hoshi. Nur weil ich dieses spezielle Ideal nicht teile, heißt das nicht, dass ich nicht respektieren kann, was es Ihnen bedeutet. In gewisser Weise ähnelt es der vulkanischen Logik. Es entspricht kaum dem natürlichen Verhalten einer Spezies, und das macht es in der Praxis so schwierig zu erreichen – doch gerade weil es so schwierig ist, gilt es als erstrebenswert. Es wird als ein Versuch angesehen, sich über die instinktiven Gelüste zu erheben und sich auf eine Weise zu verhalten, die man sich durch Einsatz und Hingabe verdient hat.« Er blickte sie unverwandt an. »Und das bedeutet, dass Sie jedes Recht haben zu bedauern, dass Sie diesem Ideal nicht entsprechen konnten – es bedeutet aber auch, dass solches Versagen ganz normale Erfahrungen für menschliche Wesen sind. Es geht nicht darum, ob Sie diese Bedürfnisse haben, sondern wie Sie damit umzugehen gedenken.«

Sato dachte darüber nach, dann nickte sie. »Stimmt. Sie haben recht. Ich muss bloß vermeiden, erneut mit Farid allein zu sein. Vor allem dort draußen in dieser Atmosphäre.«

Phlox bedachte sie mit einem ernsten Blick. »Sie wissen bereits, dass nicht die Atmosphäre schuld war. Selbst Mister Najafi war nicht schuld. Bevor Sie eine richtige Entscheidung treffen können, müssen Sie zunächst die wahre Quelle Ihres Problems kennen.«

Sie zuckte zusammen und schloss die Augen. »Ich liebe Takashi. Was ihm passiert ist, hat nichts daran geändert.«

»Natürlich hat sich etwas daran geändert.« Schockiert blickte sie Phlox an, und der Doktor führte seine Worte genauer aus. »Es hat Ihre Liebe für ihn nicht *beendet*, aber Ihre Liebe hat sich *geändert*, weil er sich verändert hat. Die Art Zukunft, die Sie beide als Mann und Frau haben würden, hat sich verändert. Ihr jüngster Besuch auf der Erde hat Ihnen einen Vorgeschmack darauf gegeben, was ein Leben mit Takashi bedeutet. Zuvor war es abstrakt für Sie, aber jetzt haben Sie unmittelbare Erfahrungen gesammelt.« Er überprüfte die Anzeigen seiner Scanner. »Ah. Es wird Sie erfreuen zu hören, dass die Verdauungssäfte der Kannenpflanze keine schädlichen Nachwirkungen hinterlassen haben – bloß eine leichte Hautirritation an den Füßen, aber ich habe eine Salbe für Sie, die das im Nullkommanichts in den Griff kriegen wird. Sie können sich jetzt anziehen.«

Sato sprang vom Untersuchungstisch und begann, im Raum auf und ab zu gehen. »Oh, Phlox, Sie haben recht. Ich gebe es ungern zu, aber Sie haben recht. Takashi mit seinen Einschränkungen helfen zu müssen ... Geduld mit seinen Kämpfen zu zeigen ... die ganze Zeit für ihn stark sein zu müssen, obwohl ich mich so sehr daran gewöhnt hatte, mich auf seine Stärke zu verlassen. Phlox, ich weiß nicht, ob ich imstande bin, damit umzugehen. Es macht mir Angst.«

»Hoshi, als wir uns das erste Mal begegnet sind, hatten Sie Angst, dass Sie als Sternenflottenoffizier versagen würden. Nach Ihrer ersten Krise an Bord der *Enterprise* hätten Sie beinahe aufgegeben und wären nach Hause zurückgekehrt. Sie haben stets Ihre Fähigkeit, neue Herausforderungen zu meistern, bezweifelt. Aber diese Zweifel haben sich ebenso immer als unberechtigt erwiesen.«

»Aber was, wenn ich die falsche Person bin, um genau diese Herausforderung zu meistern?«, fragte sie, während sie ihre Jacke wieder anzog. »Takashi braucht jemanden, der für ihn stark sein kann. Jemanden, der ihn bedingungslos liebt. Ich weiß nicht, ob ich diese Person bin. Ich habe ihn so sehr für seine schnelle Auffassungsgabe, seinen Tiefgang, seine Gabe im Umgang mit Worten, seine Anmut und Kraft geliebt ... und für seinen unglaublichen Körper ... und jetzt ist all das beschädigt. Und ich schäme mich, es zugeben zu müssen, aber ich glaube, dass ich ihn deswegen weniger liebe. Ich spiele die gute, helfende Verlobte, ich versuche, selbstlos zu sein, weil es das Richtige ist ... aber tief in mir zweifle ich. Vielleicht war meine Liebe zu oberflächlich für das, was er braucht. Schauen Sie nur, wie leicht ich durch einen anderen tollen Körper und ein charmantes Lächeln in Versuchung gekommen bin.«

»Hoshi ...«

Sie streifte ihre Stiefel über. »Vielleicht macht ihr Denobulaner es richtig. Vielleicht ist es besser, drei Ehefrauen zu haben, denn es ist so schwer, eine einzelne Person zu finden, auf die man sich wirklich verlassen kann.« Sie verließ die Krankenstation, bevor Phlox antworten konnte.

3. März 2166
M'Tezir, Sauria

Genau wie Tucker befürchtet hatte, erwies sich Maltuvis' Gefängnis als große Herausforderung. Die Türen waren schwer und die Schlösser stabil, und da sich die Saurianer schon immer eher auf ihre eigenen, angeborenen Fähigkeiten als auf Technologie verlassen hatten, waren diese Schlösser auch rein mechanisch, ohne jede Elektronik, die ein ehemaliger Raumschiffingenieur hätte knacken oder kurzschließen können. Aus diesem Grund bestanden auch die Sicherheitssysteme des Gefängnisses aus lebenden saurianischen Wachen mit überragender Stärke und scharfen Sinnen. Jede Flucht würde ein ziemlich hohes Maß an Genialität erfordern – und das war noch eine optimistische Einschätzung.

Ruiz für seinen Teil versuchte die Wächter auf einer persönlichen Ebene zu erreichen, indem er ihnen erklärte, dass seine Sache auch ihrer eigenen Freiheit und der ihrer Familien zugutekommen würde. Doch entweder beherrschte er die Sprache der M'Tezir nicht gut genug, um subtile Andeutungen zu vermitteln, oder Maltuvis hatte seine Gefängniswachen aufgrund ihrer Schlichtheit und ihres Mangels an Empathie ausgewählt. Ruiz' Aufrufe stießen jedenfalls auf taube Ohrlöcher und brachten ihm von den Wächtern nichts als Drohungen und Schläge ein, die ihn ruhigstellen sollten. Als sie auch noch anfingen, Tucker für Ruiz'

Überredungsversuche zu verprügeln, ließ dieser sie bleiben.

Nachdem man sie ohne jede Versorgung ihrer körperlichen Bedürfnisse einen Tag lang allein gelassen hatte, erschien schließlich Maltuvis persönlich, um sich an ihrem Anblick zu weiden. »Bitte«, drängte ihn Tucker, »wir brauchen Essen. Wasser.«

Der Diktator schnaubte. »Ihr Säugetiere. So schwach und bedürftig. Wie ungerecht, dass solch eine minderwertige Brut die Sterne beherrscht. Doch eines Tages werdet ihr vor denen, die über euch stehen, auf die Knie fallen.«

»Unsere Zusammenarbeit macht uns stark«, erklärte ihm Ruiz. »Unser Respekt füreinander. Das werden Sie niemals verstehen, Malvolio.«

»Zusammenarbeit. So nennt ihr das also?« Seine hervortretenden Augen zuckten von links nach rechts, um die zwei Menschen zu betrachten. »Die Organisation Ihres Freundes befürwortet die Bestrebungen der Orioner, die Sternenflotte zu sabotieren. Er arbeitet gegen seine Organisation, um sie aufzuhalten. Selbst innerhalb Ihrer eigenen Rasse sind Sie aufgrund verschiedener Ziele zersplittert. Das passiert, wenn es keinen einzelnen Willen gibt, der alle anführt – wenn den Massen erlaubt wird, anderer Meinung zu sein und Fragen zu stellen. Es ist der gleiche Mangel an Einigkeit, der es mir so leicht gemacht hat, die sogenannte Globale Liga zu untergraben und ihre Untertanen meinem Willen zu unterwerfen. Und es ist die gleiche Toleranz gegenüber abnormalen Glaubensvorstellungen, die die Existenz von Gruppen wie den Unbefleckten ermöglicht, die so ein überzeugender Sündenbock für die anstehende Katastrophe sein werden. Neben der Sternenflotte natürlich.« Er schenkte ihnen ein spöttisches Lächeln.

»Wie können Sie so etwas tun?«, wollte Ruiz wissen. »Wie können Sie so bereitwillig Millionen Ihrer eigenen

Leute leiden und sterben lassen, nur um selbst voranzukommen?«

»Meine Leute?« Maltuvis' Miene verzog sich vor Abscheu. »Die Lyaksti, die Veranith, die Narprans? Das sind nicht *meine* Leute. Sie sind minderwertige Rassen, die es, wie Sie, durch einen Fehler der Geschichte geschafft haben, sich gegenüber denen, die besser sind als sie, einen Vorteil zu verschaffen, und die nun glauben, dass dies ihr Schicksal für alle Zeit wäre. Sie haben gesehen, wie leicht sie zu unterwerfen waren, als sich das Glück wieder jenen zugewandt hat, die die Stärke besitzen, es zu ihrem Vorteil zu nutzen. Jahrhundertelang haben sie die Größe von M'Tezir untergraben, haben uns mit ihrer Schwäche infiziert, uns durch ökonomische Tricksereien ausbluten lassen und sich ihrer Krücken aus Technologie und Industrie bedient, um eine Macht zu erringen, die der wahrhaft Starke durch Eroberung gewonnen hätte. Jetzt bekommen sie endlich die Strafe, die sie verdienen. Mit einem Schlag werde ich den Widerstand brechen, Ihre wertvolle Föderation diskreditieren und demütigen und allen die Überlegenheit des Maltuvianischen Imperiums beweisen.«

»Ja«, sagte Tucker, »Dank all der Hilfe, die Sie von den Orionern und Malurianern erhalten haben. Vergessen Sie nicht, das in Ihrer Siegesansprache angemessen zu würdigen.«

Maltuvis gab einem stämmigen Wächter ein Zeichen, der daraufhin vortrat und anfing, Tucker zu verprügeln. Eine ungewisse Zeit später gewahrte der Agent, dass Ruiz den Saurianer anschrie aufzuhören. Erleichterung überkam Tucker, als der Schmerz endete. Sie war so groß, dass er zögerte, protestierend aufzuschreien, als Maltuvis dem Wächter signalisierte, stattdessen Ruiz in die Mangel zu nehmen. Beschämt über seine Schwäche, versuchte er, die Stimme zu erheben, aber er kam kaum zu Atem.

Dann begriff Tucker, dass es die Furcht vor Schwäche war, die Maltuvis zu diesen Gräueltaten brachte, und das erbärmliche Bedürfnis, diese Schwäche zu kompensieren. Er begriff, dass er sich selbst für seine Verletzlichkeit vergeben musste, dass sie nur menschlich war. Seine Fähigkeit, sich der eigenen Verletzlichkeit zu stellen, ermöglichte es ihm, das Leid anderer nachzuempfinden und sich dem Ziel zu verschreiben, es zu lindern. Ruiz hatte recht. Wahre Stärke entstand aus Zusammenarbeit, aus der Erkenntnis der eigenen Beschränkungen und dem Bedürfnis, sich mit anderen zusammenzuschließen, deren Stärken die eigenen Schwächen ausgleichen konnten. Wäre T'Pols Stimme noch immer in seinem Geist gewesen, hätte sie ihn vielleicht an das vulkanische UMUK-Symbol erinnert, das unendliche Mannigfaltigkeit in unendlicher Kombination repräsentierte. Sosehr Vulkanier die Demonstration von Gefühlen auch verachteten, lag doch ein erstaunlicher Grad an Empathie in ihren Kernlehren. Die Liebe, die T'Pol für Tucker empfand – die Liebe, die es ihm ermöglichte, solche Augenblicke durchzustehen und trotzdem weiterzumachen –, war ein fester Bestandteil ihrer vulkanischen Natur, nicht eine Verletzung derselben. Deswegen war es so außergewöhnlich für einen Menschen, dass er daran teilhaben durfte.

Tucker mochte nicht imstande sein, Ruiz seinen gegenwärtigen Schmerz zu ersparen. Aber indem er sich an seine Empathie hielt, vermochte er immerhin für seinen Freund da zu sein, soweit es ihm eben möglich war.

Ruiz für seinen Teil ließ sich nicht brechen. »Foltere mich, so viel du willst, Malaria«, keuchte er nach einer Weile. »Ich werde dir nichts erzählen.«

Maltuvis wirkte verwirrt. »Mir erzählen? Was hat Folter mit Befragung zu tun?« Er grübelte einen Moment darüber, so als sei ihm ganz ehrlich noch nie der Gedanke gekommen.

»Nein, wirklich, diese zwei Dinge würden sich nur im Weg stehen. Man kann keine verlässlichen Informationen von jemandem bekommen, dessen Geist von Schmerz und Furcht vernebelt wird, und man kann keine volle Befriedigung aus dem Zufügen von Schmerzen ziehen, wenn man das Opfer so weit bei klarem Verstand halten muss, dass es Fragen beantwortet. Wirklich, ihr Fremdweltler habt verrückte Ideen. Nein, dank dem malurianischen Kriecher in euren Reihen habe ich alle Informationen über diesen erbärmlichen Widerstand, den ich brauche. Ihre Folter, Mister Ruiz, ist bloß die Strafe dafür, dass Sie so ein Ärgernis waren. Sie haben meinen Eröffnungszug mit der Seuche enthüllt, das Heilmittel gestohlen, mit Ihrer Propagandakampagne Widerstand entfacht, und überhaupt sind Sie ganz allgemein ein Stück Fremdweltlerabschaum, der sich meinen Bemühungen entzogen hat, meine Welt von Ihresgleichen zu reinigen. Ihr Freund hier soll ebenfalls dafür bestraft werden, dass er Ihre Aufrührereien unterstützt hat – nachdem er seine Rolle in der kommenden Gerichtsverhandlung gespielt hat. Aber Sie reizen mich schon viel länger, daher soll die ›Reizung‹, die ich Ihnen im Gegenzug verursache, dementsprechend größer sein. Und nichts, was Sie mir erzählen könnten, würde etwas daran ändern. Die einzige Frage, die mir Ihre Folter hoffentlich beantworten wird, ist, wie viel Bestrafung Menschen ertragen können, bevor sie sterben. Ich erwarte nicht, dass es sehr viel sein wird, aber für die Zukunft ist es wichtig, solche Dinge zu wissen.«

»Warum?«, fragte Tucker. »Was haben Sie denn in Zukunft vor?«

»Ist das nicht offensichtlich, Sie dumme Kreatur?«, erwiderte Maltuvis. »Ich habe bereits gesagt, dass Ihre Art unweigerlich vor jemand Stärkerem in die Knie gehen würde.« Er deutete auf sich selbst. »Was haben Sie gedacht, von wem ich hier spreche?«

11

4. März 2166
Oakland, Kalifornien

Obwohl Marcus Williams deutlich gemacht hatte, dass er Sam Kirk als ihrer unwürdig ansah, hatte Valeria Williams den Historiker weiter mitgebracht, wann immer sie das Heim des Captains besucht hatte. Schließlich hatte ihr Vater ihr nicht beigebracht, dass man sich vor einer Herausforderung zurückzog. Aus Respekt vor Vals Wunsch, sie beide in ihrem Leben zu haben, bemühten sich die Männer, gesittet miteinander umzugehen, aber es blieb eine Kluft zwischen ihnen bestehen, und Val fürchtete, dass ihr wohl nie etwas einfallen würde, um diese zu überbrücken.

Trotzdem gab sie ihr Bestes. »Du solltest nächste Woche mit uns zu Sams Lesung an der Universität kommen«, schlug sie ihrem Vater eines Abends beim Essen vor.

Captain Williams wirkte skeptisch. »Ist das diese Präsentation, von der du mir erzählt hast, dass er daran arbeitet?«, fragte er. »Über die Partnerschaft der Zivilisationen?«

»So ist es, Sir«, erwiderte Sam. »Ein Überblick ihrer Geschichte und Kultur, basierend auf den Erzählungen, die wir während der Mission aufgezeichnet haben. Danach folgt eine Diskussion der Fragen, die ... nun, die wir jetzt wohl nie beantworten können werden.«

»Hm«, sagte der Captain. »Erzählungen. Basierend auf deren Ware-Datenbank? Wie vertrauenswürdig waren die wohl Ihrer Meinung nach?«

»Basierend darauf, außerdem auf Geschichtsbüchern, die wir dokumentieren konnten, und auf mündlichen Interviews mit Partnern von verschiedenen Spezies. Natürlich kann keine einzelne Quelle für sich genommen jemals für absolut vertrauenswürdig gehalten werden, Sir, deswegen ist es umso wichtiger, so viele Schilderungen wie möglich für die Nachwelt zu bewahren.«

»Das ist wirklich ein ziemlich spannender Prozess, wenn man ihn erst einmal kennenlernt, Dad«, sagte Val. »Es ist wie Detektivarbeit. Man sammelt Beweise und Zeugenaussagen und rekonstruiert daraus den Fall.«

»Es ist mehr als das«, fügte Sam hinzu. »Eine gesamte Zivilisation ist gestorben. Zum Teil wegen unserer Fehler. Es ist unsere Pflicht zu tun, was immer wir können, um ihre Stimmen zu bewahren – um dafür zu sorgen, dass sie nicht vergessen werden.«

Val ergriff über den Tisch hinweg seine Hand. »Es war für Sam ziemlich schwierig, mit diesem Verlust jeden Tag konfrontiert zu werden. Ich finde, dass es sehr tapfer von ihm war, dranzubleiben und dafür zu sorgen, dass diese Geschichten erzählt werden.« Kirk lächelte sie an und erwiderte den Druck ihrer Hand.

»Nun ja, sicher, das war zweifellos eine Tragödie«, sagte ihr Vater. »Aber es ist ja nicht so, als wäre nicht auch etwas Gutes daraus entstanden. Wenn es dazu führt, dass die Sternenflotte eine Nichteinmischungspolitik annimmt, damit so etwas nie wieder passieren kann, dann ist das auf lange Sicht besser für die Föderation und eine Menge andere.«

Val spürte die plötzliche Anspannung in Sams Hand. »Besser, Sir?«, fragte er. »Wie können Sie das sagen? Millionen Lebewesen sind gestorben. Milliarden wurden ihrer gesamten Lebensart beraubt, ihrer Fähigkeit, eine Kultur zu schaffen und zwischen den Sternen zu reisen und miteinander zu kommunizieren.«

»Das leugne ich gar nicht. Aber es ist so, wie ich es eben gesagt habe: Manchmal sind für das übergeordnete Wohl Opfer nötig.«

»Das ist leicht gesagt, wenn Sie nicht derjenige sind, der das Opfer bringen muss«, gab der Historiker zunehmend hitzig zurück. »Insbesondere wenn Sie derjenige sind, der davon profitiert. Aber den Partnern wurde nicht gestattet, diese Wahl für sich selbst zu treffen. Versuchen Sie es aus ihrer Perspektive zu betrachten, Sir. Stellen Sie sich vor, Sie würden über Nacht Ihrer gesamten Zivilisation beraubt, und Sie hätten keine Möglichkeit, sie wieder aufzubauen oder auch nur das Wissen um sie zu bewahren. Stellen Sie sich vor, dass Sie nicht länger die Möglichkeit hätten, Ihren Kindern eine Ausbildung zu bieten oder Schutz vor Raubtieren und Krankheiten. Würden Sie das ›übergeordnete Wohl‹ darin erkennen, Sir? Würden Sie dieses Opfer gerechtfertigt nennen, nur weil jemand anderes, den Sie nie kennengelernt haben, jemand, der dabei nichts verloren hat, eine moralische Lehre aus dem Vorfall ziehen konnte? Würde es Ihnen Trost spenden zu wissen, dass diese Leute der Überzeugung sind, die Zukunft Ihrer Kinder zu opfern, sei es wert gewesen?«

»Aber wie viel haben sie wirklich verloren, Sam? Diese Kultur gehörte nicht ihnen, sie ist ihnen von der Ware im Austausch für ihre Körper und Gehirne verkauft worden.«

»Die Mechanismen, um ihre Kultur zu schaffen, stammten von der Ware. Was sie damit getan haben, kam von ihnen selbst. Es hatte seine Quelle in ihrer Geschichte, ihren

Glaubensvorstellungen, ihren eigenen, einzigartigen Denkweisen und ihrer Verbindung zum Universum.«

Kirk fuhr damit fort, Williams von den fantastischen Städten und Gemeinschaften zu erzählen, die Val und er während ihrer Zeit bei der Partnerschaft besucht hatten. Er erzählte auch von den vielfältigen und faszinierenden Individuen, mit denen sie im Laufe ihrer Ermittlungen gesprochen und an deren Seite sie während der Invasion der Klingonen gestritten hatten. Den Monsof, Humanoiden von beschränktem handwerklichen und sprachlichen Geschick, die ihre Heimatwelt an die Feinde der Ware verloren hatten, aber die von den vogelartigen Hurrait aufgenommen worden waren und deren Freundlichkeit vergolten hatten, indem sie ihnen ihre Hände geliehen hatten, die den Hurrait fehlten, wodurch beide Völker eine symbiotische Beziehung aufgebaut hatten, die sie mehr hatte erreichen lassen, als es jedem von ihnen einzeln je möglich gewesen wäre. Den Sris'si, einer blinden Wasserspezies aus einsamen Jägern, denen anfangs jeder soziale Instinkt zu fehlen schien, die aber zu überraschend selbstlosen Akten gegenüber jenen fähig gewesen waren, mit denen sie gemeinsame Ziele geteilt hatten. Den Krutuvub, an Bäumen grasenden Pflanzenfressern, die alle Mitglieder einer Herde als Bruchstücke einer einzelnen Seele betrachtet hatten und die ihre Definition einer Herde instinktiv erweitert hatten, um andere Spezies der Partnerschaft einzuschließen.

Das waren die gleichen Erfahrungen, auf denen auch seine anstehende Lesung basierte, aber genau hier und jetzt musste er keine akademische Distanz bewahren. Daher konnte er seine Schilderungen mit all den Emotionen füllen, die er damals verspürt hatte – dem Staunen über diese faszinierend unterschiedlichen Zivilisationen und die Methoden, die sie entwickelt hatten, um zusammenleben zu können, und dem Schmerz, den er fühlte, als diese Individuen, mit denen er während seiner Monate bei der Partnerschaft gesprochen, gegessen hatte und gereist war, ihre Heime verloren hatten, ihre Städte, ihre Fähigkeiten, miteinander zu kommunizieren, und sogar ihr Leben.

Als er zur Zerstörung von Wellenstadt kam, schloss sich Val seiner Schilderung an, denn sie hatten dieses Grauen gemeinsam durchlebt. Zuvor hatte sie ihrem Vater gegenüber nur davon gesprochen, um Sam Kirks Heldentum bei der Evakuierung sowie den Mut während ihrer gemeinsamen Rettungsanstrengungen hervorzuheben, die am Ende zu ihrem ersten Kuss geführt hatten und der Auslöser für ihre Liebesaffäre gewesen waren. Weder sie noch Sam hatten an die Leben denken wollen, die sie nicht hatten retten können, die Tausende von Partnern, die ertrunken oder von Trümmern erschlagen oder von klingonischem Disruptorfeuer vaporisiert worden waren. Jetzt allerdings weigerte sich Sam, diese Erinnerungen noch länger zu verdrängen. Und das verlieh Val den Mut, ebenfalls über sie zu sprechen. Später erinnerte sie sich kaum an die Worte, die sie gesagt hatte. Alles, woran sie sich erinnerte, war die Katharsis aus Schmerz und Zorn, ihre Wut auf die Ungerechtigkeit einer Galaxie, die erlaubt hatte, dass solche Dinge geschahen. Und sie erinnerte sich, wie sie auf der Couch geendet war, an die große, starke Schulter ihres Vaters gelehnt, und geweint hatte, während Sam sie von hinten umarmt und mit ihr geweint hatte.

»Philip Collier mag geglaubt haben, dass er der Föderation half, indem er den Klingonen das Mittel gab, um die Ware zu zerstören«, sagte Val schließlich, »aber letzten Endes hat er ihr nur Schaden zugefügt. Wir haben unsere Zivilisation gerettet, indem wir Komplizen beim Mord an einer anderen wurden, und diese Erbsünde wird uns von jetzt an immer begleiten. Sollten wir etwas daraus lernen? Sollten wir uns dazu verpflichten, so etwas nie wieder zu tun? Absolut.

Aber das können wir nicht tun, indem wir einfach das, was wir getan haben, abschütteln und es als Lernerfahrung verbuchen. Wir müssen etwas tun, um dafür zu büßen.« Schwer atmend, schüttelte sie den Kopf. »Aber mir will beim besten Willen nicht einfallen, was wir tun könnten.«

5. März 2166
M'Tezir, Sauria

Maltuvis hatte anscheinend nicht gelogen, als er behauptet hatte, die Folter von Tucker und Ruiz dazu zu nutzen, um die Schwächen des menschlichen Körpers herauszufinden. Die beiden Männer wurden nackt ausgezogen und an verschiedene Sensoren angeschlossen, bevor man sie extremer Hitze und klirrender Kälte aussetzte, sie ertränkte, mit Stromschocks malträtierte und anderen Qualen unterwarf, die sich Tuckers Gefühl nach über Tage und Wochen hinzogen – wenngleich er unter diesen Umständen kein Vertrauen in sein Zeitgefühl hatte. Sein Training bei Sektion 31 hatte ihn dazu konditioniert, unter Folter nicht zu brechen. Aber dies war unter der Annahme geschehen, dass die Folter zum Ziel hätte, Informationen herauszubekommen, nicht einfach nur ein Selbstzweck zu sein. Tuckers nominelle Fähigkeit, den Qualen zu widerstehen, war hinfällig, solange er kein besonderes Ziel hatte, für das er widerstehen konnte – mal abgesehen davon, einfach für Ruiz da zu sein, ihm so gut wie möglich zu helfen und gleichzeitig nach irgendeiner Gelegenheit Ausschau zu halten, wie er dem jüngeren Mann zur Flucht verhelfen konnte, ganz egal, ob Tucker dabei ebenfalls entkommen mochte oder nicht.

Gelegentlich wanderten Tuckers Gedanken zu Devna, in die er solche Hoffnung gesetzt hatte, die aber letzten Endes sowohl sich selbst als auch ihn enttäuscht hatte. Er hatte wirklich gedacht, dass sie die Ideen verstanden hatte, die er ihr hatte nahebringen wollen, aber am Ende war sie doch in ihre alten Verhaltensweisen zurückgefallen, die man ihr einprogrammiert hatte: trotz allem gehorsam ihren Herrinnen zu dienen. Er hatte versucht, ihr zu vergeben und sich selbst einzureden, dass Garos sie erpresst hatte, aber das änderte nichts an ihrem Verrat. Er war schon zuvor von Verbündeten verraten worden – das war einfach Teil des Spionagegeschäfts –, aber er hatte gedacht, dass Devna anders sei, dass es zwischen ihnen ein besonderes Band des Verständnisses gäbe. Letztlich war er ein ebenso leichtgläubiges Ziel gewesen wie all die Männer und Frauen, die sie zuvor verführt hatte.

Er musste allerdings zugeben, dass Devnas Konditionierung, körperlichen Schmerz anregend zu finden, etwas war, um das er sie in seiner gegenwärtigen Situation beneidete. Vielleicht war das, mehr noch als seine Verbitterung, der Grund dafür, dass seine Gedanken immer wieder zu ihr zurückkehrten.

Als er daher Devnas liebliches grünes Gesicht vor sich in der Luft schweben sah, während er nach einer Folterbehandlung nackt auf dem kalten Steinboden der Zelle lag, als er ihre weiche, flüsternde Stimme vernahm, die seinen Namen rief, da erschien ihm das eher wie eine Halluzination. Als er ihre kleinen, aber kräftigen Hände spürte, die ihn schüttelten, um ihn zu Bewusstsein zu bringen, und zugleich der Eindruck ihrer Anwesenheit stärker wurde, statt zu verblassen, während er zu Sinnen kam, da begriff er verspätet, dass Devna tatsächlich bei ihm in der Zelle war. »Hier … um dein Werk zu sehen?«, brachte er mühsam hervor.

»Das habe ich wohl verdient«, sagte sie, »aber jetzt ist nicht die Zeit dafür, Charles. Wir haben nur ein enges Zeitfenster, um zu fliehen.«

Er blinzelte, als sie sich hinüber zu Ruiz bewegte, um ihm zu helfen. Sie hob seinen Kopf an und hielt ihm eine kleine Flasche Wasser an die Lippen. Tucker bemerkte, dass seine eigene Kehle weniger ausgedörrt war als zuvor, was den Verdacht nahelegte, dass er wach genug gewesen war, um zu trinken, es aber bereits wieder vergessen hatte. »Flucht?«, fragte er rau.

»Ja. Ich wäre früher gekommen, aber ich musste es so arrangieren, dass mein Verrat an Navaar nicht auffallen würde. Garos zu helfen, dich zu verraten, war die einzige Möglichkeit, meine Tarnung aufrechtzuerhalten.«

Er hatte sich mittlerweile weit genug erholt, um Unmut aufzubringen, daher sagte er: »Nun, vielen herzlichen Dank für deine Loyalität.«

»Meine Loyalität liegt zuallererst bei meiner Herrin Maras. Aus diesem Grund helfe ich dir jetzt. Wir müssen noch immer deinen Plan durchführen.«

Nachdem sie die beiden Männer auf die Beine gebracht hatte, reichte sie ihnen zwei Wachuniformen und Helme, die allerdings saurianische Größe hatten. Die schwarzen Kleidungsstücke passten eher schlecht als recht, aber sie waren besser als nichts, abgesehen vom Fehlen jeglicher Schuhe. »Woher haben Sie die?«, fragte Ruiz.

»Von den Wachen draußen, die ich getötet habe. Wir müssen verschwinden, bevor sie gefunden werden.«

Ruiz verzog das Gesicht. »Mussten Sie sie umbringen?«

»Maltuvis hätte sie für ihr Versagen ohnehin zu Tode gefoltert. Wenigstens habe ich ihnen den Schmerz erspart.«

»Das macht es nicht richtig«, sagte Ruiz, und Tucker bewunderte ihn für sein reflexartiges Mitgefühl für jene, die zu hassen er allen Grund hatte.

»Es war notwendig«, sagte Devna. »Und jetzt müssen wir gehen, ansonsten war ihr Tod umsonst!«

Eilig führte die orionische Spionin die Menschen durch die Gefängniskorridore. Sie schien die Route auswendig zu kennen. »Wie bist du hier reingekommen?«, fragte Tucker.

»Ich habe mich als Agentin von Harrad-Sar vorgestellt. Er ist der oberste Sklave der Schwestern und der Verbindungsmann zu Maltuvis.«

»Ich erinnere mich an ihn«, sagte Tucker. »An der Oberfläche absolut freundlich und vernünftig, selbst während er einem das Messer in den Rücken sticht.«

»Ja. Sein Name hat mir einigen Zugang gewährt, wenn auch nicht die Autorität, um mit euch hier einfach so hinauszuspazieren. Dort entlang.«

Sie führte sie durch die Gefängniswäscherei, und Tucker war beinahe gerührt, als er sah, dass sich die alten Gefängnisausbruchsklischees auf einer fremden Welt bester Gesundheit erfreuten. Glücklicherweise bedeutete der Mangel an elektronischen Sicherheitsmaßnahmen, dass sie im Laderaum eines Wäschereilasters das Gelände verlassen konnten, ohne dass ihre Lebenszeichen geortet werden würden. Doch Devna, die den beiden Männern in die Wäschekörbe geholfen hatte, blieb zurück. »Kommst du nicht mit?«, fragte Tucker.

Devna schüttelte den Kopf. »Ich muss dabei gesehen werden, wie ich das Gefängnis verlasse und in Harrad-Sars Harem zurückkehre, bevor ihr vermisst werdet. Sobald ihr draußen seid, müsst ihr aus eigener Kraft einen Weg zurück nach Akleyro finden. Dein malurianischer Imitator hat seine Rolle gut gespielt. Der Widerstand hat keine Ahnung, dass du entführt wurdest, und der geplante Angriff soll in wenigen Tagen stattfinden. Das Ziel ist die neue Fabrik in Veranith, und sie beabsichtigen sie anzugreifen, bevor sie die Arbeit aufnimmt. Ihr müsst euch beeilen, wenn ihr sie stoppen wollt. Mit etwas Glück sehe ich dich in ein paar Tagen wieder.«

Tucker fragte sich, ob er ihr trauen konnte. War dies womöglich irgendeine Art von Falle? Waren Maltuvis' Foltermethoden ausgefeilter, als er sie hatte glauben lassen? Doch wie dem auch sein mochte, gegenwärtig hatte er keine andere Wahl. Er schenkte ihr ein vorsichtiges Nicken. »Wir werden sehen, wie sich die Dinge entwickeln.«

Devna erwiderte das Nicken und huschte aus der Wäscherei. Tucker und Ruiz tauchten in die Körbe ab und schlossen die Deckel. »*Amigo*«, flüsterte Ruiz nach einigen Augenblicken, »ist es seltsam, dass ich erregt bin, weil sie mich nackt gesehen hat? Ich meine, unter diesen Umständen?«

Tucker lachte leise, dankbar dafür, seiner Anspannung damit ein Ventil geben zu können. »Mein Freund, lass mich dir ein paar Dinge über orionische Frauen erklären ...«

6. März 2166

Devna hatte eine Menge Vertrauen in Tuckers und Ruiz' Einfallsreichtum gesetzt. Selbst mit ihren Wachuniformen und den Helmen, das wusste Tucker, war es praktisch unmöglich, dass zwei Menschen im Herzen der fremdenfeindlichsten Nation des Planeten mit der Saurianerbevölkerung verschmolzen. Nachdem sie sich aus dem Laderaum des Gefängniswäschereilasters gestohlen hatten, als dieser gerade in einer einsamen, heruntergekommenen Nachbarschaft an einer Bahnschranke hatte halten müssen, huschten die zwei Männer zu einem verlassen stehenden Haus und brachen dort ein. »Wir werden hier bis einige Stunden nach Tagesanbruch warten«, sagte Tucker. »Die meisten Saurianer sollten dann schlafen. Und danach versuchen wir, einen Einstieg in die Kanalisation zu finden.«

»Geht klar«, sagte Ruiz ungerührt. Seine Karriere im Bergbau hatte ihn offensichtlich an enge, stinkende Orte gewöhnt. »Aber wohin gehen wir dann?«

Tucker führte ihn zu einem halb verbarrikadierten Fenster und forderte ihn auf, einen Blick durch einen der Schlitze zu werfen. »Dorthin.«

Durch das schmutzige Glas konnten sie die großen, deltageflügelten Spindelformen von mehreren von Maltuvis' Orbitalschiffen in der Ferne sehen. Um sie herum waren mehrere zylindrische Startgerüste und Dutzende dicker Schornsteine zu erkennen, die dicke Rauchwolken in den Himmel spien. Die Hochöfen der Fabrikanlage erhellten sie von unten in glühendem Orange. »Eines von Malparidos' Raumschiffwerken«, sagte Ruiz und bediente sich dabei einer seiner Lieblings-Maltuvis-Verballhornungen, dem spanischen Wort für »Bastard«. »Bist du *loco*, Trip? Warum marschieren wir nicht gleich in den Basilischen Palast, wo wir schon dabei sind?«

»Nun, wo sonst sollen wir ein Raumschiff finden, das uns rechtzeitig um den halben Planeten bringt, um den Angriff aufzuhalten? Abgesehen davon finden wir dort vielleicht etwas heraus. Garos wusste nicht, wie genau die Katastrophe ausgelöst werden sollte. Vielleicht gibt uns ein Blick ins Innere einer dieser Fabriken einen Hinweis darauf.«

Ruiz dachte darüber nach. »Vielleicht finden wir sogar eine Möglichkeit, diese hier zu sabotieren. Wenn der Widerstand davon hört, verschiebt er vielleicht seinen Überfall.«

»Oder er könnte entscheiden, schneller zuzuschlagen, bevor Maltuvis die Sicherheit erhöht. Zu riskant, selbst wenn wir es durchziehen könnten.«

Ruiz nickte. »Wenn ich genau darüber nachdenke, wird bei Malaises Art der Kontrolle über den Informationsfluss die Nachricht einer Sabotage in M'Tezir nicht einmal den Rest des Planeten erreichen.«

»Ha. ›Malaise.‹ Der gefällt mir.«

»Ich habe noch eine Million weitere davon.«

Basilischer Palast, M'Tezir

Maltuvis saß in seinem prachtvoll eingerichteten Privatbüro über seinen verzierten Schreibtisch gebeugt da und fügte die neusten Korrekturen zum offiziellen Staatsgeschichtstext hinzu. Nachdem er zu seiner Frustration erfahren hatte, dass die menschlichen Spione aus seinem Gefängnis entkommen waren, fand er Trost darin, die Fakten so umzuschreiben, dass sie seinen Wünschen entsprachen.

Die Staatsgeschichte von M'Tezir war seit Generationen schon so geschrieben worden, dass sie die Linie der Basilic gut dastehen ließ und ihre verfeindeten Nationen angemessen verunglimpfte. Doch nun, da Maltuvis die Welt beherrschte, hielt er es nur für richtig, den Korrekturen der Geschichte einen persönlicheren Anstrich zu verleihen. Seine Vorgänger waren zu bescheiden in ihren Anpassungen der Realität gewesen. Sie hatten versucht, sie auf Behauptungen zu beschränken, die nicht durch eindeutige Fakten widerlegt werden konnten. Aber sie hatten den Sinn dieser Übung nicht verstanden. Ein wahres Zeichen von Macht war es, Zustimmung zu erzwingen, egal welche Aussagen man traf und ungeachtet des Faktenwissens der Zuhörer. Da Maltuvis' Wort heute unwidersprochen blieb, konnte er behaupten, was immer er wollte. Er konnte behaupten, dass die Sonne in der Nacht am Himmel stand, und jeder, der auf das Gegenteil hinweisen mochte, würde wegen Volksverhetzung inhaftiert werden. Nur jene, die sich seiner Wirklichkeit beugten, verdienten es weiterhin, in ihr zu leben.

Nicht, dass er die Notwendigkeit empfunden hätte, so weit zu gehen, zumindest jetzt noch nicht. Er gab sich mit subtileren Neubestimmungen zufrieden. Schließlich würden die Schulen trotzdem dazu gezwungen sein, sie als unverbrüchliche Wahrheit zu lehren – zumindest bis er sie erneut änderte. Aber welche neuen Wahrheiten sollte er heute Nacht erfinden? Dass alle Anführer der Lyaksti im Geheimen Kultisten des Reinen Lichts waren? Dass Veranith ihre jungen Leute in öffentlichen Zeremonien rituell opferten und dann verspeisten? Dass die Menschen von uralten M'Tezir-Sternfahrern während ihrer ersten Eroberung der Galaxis vor Tausenden von Jahren als Sklavenrasse genetisch gezüchtet worden waren? He, das hatte Potenzial.

Verärgert nahm Maltuvis ein vertrautes Geräusch wahr: das Öffnen des geheimen Durchgangs, der zu Harrad-Sars verborgener Kammer innerhalb des Palasts führte. Er drehte sich um, weil er dem stämmigen Orioner eine Strafpredigt dafür halten wollte, dass der ihn bei seinem Unterhaltungsprogramm störte, aber er zögerte, als er sah, dass sein Besucher eine der Frauen aus Harrad-Sars persönlichem Harem war. »Was willst du?«, fragte er barsch.

Die fahlhäutige, schwarzhaarige Frau verbeugte sich und ergriff mit gehauchter Stimme das Wort. »Mein Lord Maltuvis, mein Name ist Elevia.«

»Ja, ja.« Er interessierte sich nicht für ihre Identität. Er erinnerte sich nicht daran, sie überhaupt schon mal gesehen zu haben, aber er konnte diese Frauen ohnehin kaum auseinanderhalten.

»Ich bringe eine Nachricht von Harrad-Sar. Er entschuldigt sich dafür, dass er nicht persönlich kommen kann, aber er muss sich um dringende Angelegenheiten kümmern.«

»Wie ich auch. Also beeil dich.«

»Mein Lord, es geht um die Raumschiff-Fabrik in Veranith und den geplanten Angriff des Widerstands. Mein Herr hat einer Änderung des Plans zugestimmt ...«

12

An diesem Morgen machten sich Tucker und Ruiz durch die Kanalisation auf den Weg zu der Schiffswerft. Durch einen Abwasserkanal kamen sie auf das Gelände. Die Luft wurde immer schlechter, während sie tiefer in das Werk vordrangen, und Tucker begriff, dass ihr Plan einen Fehler hatte. »Die Saurianer können dieses Zeug ohne Probleme atmen. Sie haben eingebaute Filter, deswegen brauchen Sie keine Masken oder Luftreinhaltungssysteme.«

Ruiz hustete. »Also wie wollen wir hier drin überleben?«

»Wenn das Werk während des Tages größtenteils heruntergefahren ist, sollte sich das Schlimmste bis jetzt bereits verflüchtigt haben. Vermutlich halten wir es für eine Weile aus.«

»Aber was dann?«

Wenig später kamen sie innerhalb des Herstellungskomplexes wieder heraus. Die Anlage lief noch, aber während der Tagesschicht mit reduzierter Kapazität. Lähmende Hitze und Dampf stiegen von einer Reihe Gießereibottichen auf, die geschmolzenen Stahl und Aluminium enthielten. Die Metalle sollten in Formen gegossen werden, in denen Teile der Kernstruktur der Schiffe produziert wurden. Ihnen gegenüber wurden lange Stränge aus Kohlenstofffaser durch eine ausgeklügelte Anordnung aus heißen Walzen, Hochdruckkesseln, Oxidationsöfen und Elektrolytbädern gezogen, deren chemische Dämpfe die Luft weiter verpesteten. Jenseits davon erhoben sich große, komplizierte Webrahmen, die die Karbonfasern zu Matten verarbeiteten, die dann mit Harz überzogen und zu starken, aber zugleich extrem leichten Rumpfkomponenten geformt wurden. Selbst im Sparbetrieb waren die Hitze und die Dämpfe der Fabrikationseinheiten kaum auszuhalten. Tucker und Ruiz versuchten, durch den Stoff ihres Uniformkragens zu atmen, während Tucker nach einem Plan für die Anlage suchte.

Schließlich fand er, wonach er suchte, und führte Ruiz dorthin. Das Werk war leer genug, dass es ihnen nicht schwerfiel, sich von den Saurianern fernzuhalten, die ihnen über den Weg liefen. Diese schienen auch nicht überrascht zu sein, Leute in Sicherheitsuniformen zu sehen – und sie blieben weit genug entfernt, dass sie das Husten über den Lärm des Werks nicht hören konnten.

Tuckers Ziel war die Reinraumeinrichtung, wo die Feinelektronik der Schiffe hergestellt wurde. Saurianer mochten gefilterte Luft nicht brauchen, aber die Computer der Schiffe und hochmoderne Schaltkreise waren etwas ganz anderes. Die zwei Reinraumanzüge, die Tucker und Ruiz mitgehen ließen, waren eher darauf ausgerichtet, die Luft zu filtern, die sie ausatmeten, als die, die sie einatmeten, aber sie funktionierten gut genug und brachten den zusätzlichen Vorteil mit sich, dass sie die Gesichter der Männer verbargen, während diese sich tiefer in die Anlage wagten.

Kurz darauf verließen sie das Herstellungszentrum und drangen in das Areal vor, wo die Raumschiffe zusammengebaut wurden. Beide Männer hielten unvermittelt inne und starrten voller Staunen auf das Bild, das sich ihnen bot. Der

Montagebereich war ein riesiger Hangar, der sich Hunderte von Metern über ihren Köpfen erhob und Dutzende von Metern unterhalb des Balkons, auf dem sie standen, in die Tiefe reichte. Es war eine von fünfzehn Ebenen aus Balkonen, die den Montagebereich auf drei Seiten umgaben. Acht Orbitalschiffe in verschiedenen Stadien des Zusammenbaus ragten dort in vertikaler Position auf. Ihre kegelförmigen Nasen deuteten zum gewölbten Dach, während sie in gleichmäßigem Abstand in zwei Reihen zu je vier Schiffen das gewaltige Areal ausfüllten. Das Paar, das Tucker und Ruiz am nächsten stand, bestand aus kaum mehr als Rahmenwerk, und jedes weitere Paar näherte sich stärker der Vollendung an. Riesige Kräne glitten auf Deckenschienen entlang und transportierten dabei Bugkegel, Waffensysteme oder Gondeln, die darauf warteten, an den Schiffsrahmen angebracht zu werden. Gleichzeitig krochen Tieflader auf Schienen am Boden der Halle entlang, die klobige Reaktoren und Triebwerksdüsen transportierten, die von unten montiert werden sollten. Am fernen Ende verliefen die Schienen eine flache Rampe hinauf, die zu einer gigantischen Schiebewand führte, deren unteres Ende auf Bodenniveau lag. Zweifellos wurden fertiggestellte Schiffe die Rampe empor zu den Starttürmen draußen im Freien gerollt.

Glücklicherweise gab es auch eine ganze Reihe riesiger Ventilatoren, die in die Wände direkt unterhalb der gewölbten Decke eingelassen worden waren. Tucker und Ruiz konnten ihre Reinraummasken ablegen und trotzdem relativ frei atmen. »Ich dachte, die Saurianer brauchen keine Belüftung«, sagte Ruiz zwischen zwei angestrengten Atemzügen.

Tucker lachte. »Sie dienen dazu, Wasserdampf abzuleiten und die Feuchtigkeit niedrig zu halten. Ein Raum, der so groß ist, kann sein eigenes Wetter hervorbringen, wenn man nicht aufpasst.«

»Ich wäre ehrlich beeindruckt«, sagte Ruiz, »wenn das alles nicht geschaffen würde, um Leute zu ermorden und zu unterdrücken.«

»Tja, die Nazis waren auch großartige Ingenieure. Es ist nicht der Fehler der Technologie, es ist der Fehler der Lebewesen, die entscheiden, wie sie sie einsetzen wollen.« Er beugte sich über das Geländer, um einen besseren Blick auf die Antriebskomponenten in der Tiefe zu bekommen. »Also mach ruhig weiter. Sei so beeindruckt von der Technologie, wie du willst.«

»Ich interessiere mich mehr dafür, ein *funktionierendes* Schiff zu finden, das wir stehlen können. Wie hast du dir das überhaupt vorgestellt, damit durchzukommen?«

»Warte kurz«, sagte Tucker. »Da ist etwas nicht richtig.«

»Es sind primitive Warpantriebe, die kaum ihren Zweck erfüllen. Ich wette, da gibt es Tausende Dinge, die nicht richtig sind.«

»Aber genau das ist es. Sie sind *zu* richtig.«

Ruiz blickte ihn irritiert an. »Erlebst du gerade irgendwelche Nachwirkungen der Folter?«

»Komm, das müssen wir uns näher anschauen.«

Es dauerte mehrere Minuten, um die Stufen hinunter zum Boden der Anlage zu eilen. Saurianer brauchten grundsätzlich keine Aufzüge. Sie mussten warten, bis eine Wachpatrouille vorbeigegangen war, aber schließlich gelang es ihnen, zu einem der halb fertiggestellten Antriebe zu schleichen. »Nein, das ist wirklich nicht richtig«, sagte Tucker, als er die Einheit inspizierte. »Da. Die Antimaterieflaschen sind viel zu groß.« Er kletterte das Gerüst hinauf, und Ruiz folgte dicht hinter ihm, bis sie eine Lücke in der unvollständigen Verkleidung fanden, die es Tucker erlaubte, die innere Struktur in Augenschein zu nehmen. »Und das ist ein Dilithiumkristallgelenkrahmen«, fügte er hinzu. Er spürte, wie sich sein Magen verkrampfte. »Tony, das sind Warpantriebe der zweiten Generation.«

»Was? Soll das heißen, diese Dinger sind zu interstellaren Reisen imstande?«

»Ja. Nicht sehr schnell, nicht besser als die ersten Schiffe der Raumnomaden, aber genug, um andere Sterne binnen Monaten zu erreichen.«

»Mein Gott! Maltuvis gibt sich nicht damit zufrieden, Sauria zu erobern. Darum baut er so viele Schiffe. Er will ein interstellares Reich errichten.«

»Tony ... das macht mir gerade weniger Sorgen. Ich meine, klar, es ist übel, auf lange Sicht gesehen. Aber es gibt da etwas weit Unmittelbareres, über das wir uns Gedanken machen sollten.«

»Und zwar?«

»Woher bekommt er die Antimaterie? Diese vielen Warpantriebe brauchen eine Menge Antideuterium ...«

Ruiz runzelte die Stirn. »Die Orioner müssen es ihm liefern.«

»Das wäre ziemlich schwer zu verbergen. Es ist vergleichsweise leicht, ein paar Agenten einzuschmuggeln oder Pläne und Bauanleitungen für dieses Zeug zu übermitteln. Aber große Frachtlieferungen von Antimaterie wären bemerkt worden und hätten verraten, dass Maltuvis Hilfe von außen erhält.«

»Was bedeutet ...«

»Ja. Wir müssen die Suche nach einem Schiff zurückstellen, Tony. Wir müssen zuerst etwas anderes finden.«

Der Aufbau des Werks war effizient, mit direkten Verbindungswegen von einem Schritt der Herstellung und Konstruktion zum nächsten. Das machte es ihnen leicht, sich rückwärts bis zur Quelle der Antimaterie durchzuarbeiten. Der Weg führte sie durch ein Nebengebäude mit einer langen

Zentralpassage, die durch zylindrische Fertigungskammern für Warpgondeln und Antimaterieflaschen eingerahmt wurde. Als sie diesen Bereich durchschritten hatten, entdeckten sie eine zusätzliche, kleinere Fertigungskammer, die der Konstruktion von etwas deutlich Besorgniserregenderem gewidmet war. »Torpedos?«, fragte Ruiz bestürzt.

»So sieht es aus. Und dem Design nach zu urteilen, würde ich sagen, sie sind photonisch. Antimateriebasiert.«

»Noch mehr Antimaterie. Wo bekommt er die her?«

Es dauerte nicht lange, bis sie es herausfanden. Am Ende des Nebengebäudes befand sich ein Balkon, der eine gewaltige ringförmige Struktur überblickte. Diese war von zahlreichen großen, kugelförmigen Fusionsreaktoren umgeben, die der Struktur Energie lieferten. Grimmig schüttelte Tucker den Kopf. »Ein Quantenladungsumkehrsystem«, sagte er, wobei er die Stimme erheben musste, um sich über das hallende Brüllen der Vorrichtung hinweg verständlich zu machen. »Ein Antimaterie-Generator.«

»Er ist riesig!«, schrie Ruiz zurück.

»Das muss er sein. Selbst unsere besten QLUS-Generatoren haben bloß eine Effizienz von wenigen Prozent – man muss an die dreißig-, vierzigmal so viel Deuterium hineingeben, wie man Antideuterium herausbekommt. Aus diesem Grund haben wir sie an Orten wie der Oberfläche des Merkur errichtet – da gibt es eine Menge rohe Sonnenenergie, um die Ineffizienz wettzumachen. Diese Anordnung hier hat sicherlich kaum mehr als ein halbes Prozent Effizienz. Sie muss unglaubliche Mengen an Energie aus dem Stromnetzwerk des Landes ziehen. Kein Wunder, dass wir so wenige Lebenszeichen draußen in der Stadt gesehen haben.«

Er führte Ruiz zurück in das Seitengebäude, damit sie sich gegenseitig besser hören konnten. »Das ist also gut, korrekt?«, wollte der Bergbauingenieur wissen. »Es bedeutet, dass er nicht sehr viel Antimaterie erzeugen kann.«

»Das ist die Sache mit der Antimaterie: Man braucht nicht viel. Es gibt übrigens noch einen zweiten Grund, warum wir die Generatoren auf dem Merkur gebaut haben. Wenn eins dieser Dinger hochgeht, willst du nicht, dass irgendetwas Lebendiges in der Nähe ist.«

Ruiz' Augen weiteten sich vor Schrecken, als ihm klar wurde, was Tucker damit sagen wollte. »Trip, dieses Ding liegt mitten in einer Stadt! Wie stabil ist es? Wie sicher?«

»Wenn man bedenkt, wie exzessiv sie dieses Ding laufen lassen müssen, damit es all diese Warpantriebe und Torpedos versorgt? Nicht sonderlich. Es dürfte nicht viel brauchen, um seine Eindämmungsfelder zu überladen.«

Der jüngere Mann bekreuzigte sich. »*Dios!* Wenn die anderen Schiffswerke auch diese Art von Generatoren haben ...«

Tucker nickte. Der Gedanke war ihm bereits gekommen, als er den ersten Blick auf das QLUS geworfen hatte, aber sein Geheimdiensttraining hatte ihn abgestumpft. Nun, da er das Grauen in Ruiz' Augen sah, begann auch er es zu verspüren. »Das ist der Grund, warum die Schwestern Garos nichts gegeben haben, um die Katastrophe auszulösen. Es befindet sich bereits in der Fabrik. Der Widerstand wird hineingehen, um sie hochzujagen, und dabei nicht wissen, dass es dort einen Antimaterie-Generator gibt. Sie sprengen das Werk, lösen den Reaktor aus ...« Die Aussicht schnürte ihm die Kehle zu. Er konnte es kaum aussprechen. »Es könnte eine ganze Stadt vernichten. Die ökologische Katastrophe könnte ein ganzes Land verwüsten.«

»Und da diese Schiffe nicht mehr als nur winzigste Mengen an Antimaterie mitführen sollen ...«

»... könnte Maltuvis behaupten, die Sternenflotte hätte sie geliefert. Dass sie sie leichtsinnig einer Extremistengruppe überließ, die keine Skrupel hatte, sie einzusetzen. Die Föderation bekäme für diesen Kataklysmus die Schuld in die Schuhe geschoben.«

Ruiz ballte die Fäuste. »Und würde das diesem Westentaschenfaschisten nicht die perfekte Entschuldigung liefern, einen interstellaren Krieg vom Zaun zu brechen ... und dafür zu sorgen, dass die Saurianer ihn auch wollen?«

In Tuckers Geist begannen sich ein paar sehr unschöne Möglichkeiten abzuzeichnen. »Er ist noch lange nicht so weit, die Ressourcen zu haben, die er bräuchte, um die Föderation direkt anzugreifen. Seine Schiffe bräuchten Jahre, um den Föderationsraum zu erreichen. Aber mithilfe der Orioner könnte er anfangen, nähere Welten zu erobern. Er könnte ihre Ressourcen und Bevölkerungen nutzen, um seine militärische Stärke zu vergrößern und seinen Einflussbereich auszuweiten. Mit der Zeit ... könnte er ein Imperium errichten, das groß genug ist, um für die Föderation auf Jahre hinweg eine Bedrohung darzustellen.«

»Und noch lange davor würde die Föderation die Schuld dafür bekommen, all das zuzulassen«, sagte Ruiz. »Mit jeder erfolgreichen Eroberung von Maltuvis würde der Ruf der Menschheit einen weiteren Makel bekommen. Könnte die Föderation das überhaupt überleben?«

Tucker wollte nicht einmal versuchen, diese Frage zu beantworten. So oder so war dieser Einsatz soeben deutlich größer als Sektion 31 geworden.

Birnam

Die Forschungsarbeiten der *Endeavour*-Besatzung an den Dryaden gingen nur langsam voran, denn das Dasein der Dryaden war langsam. Selbst mobile Bäume schritten nach wie vor in behäbigem Tempo durchs Leben. Doch es war schwierig für Hoshi Sato, weiterhin so eng mit Farid Najafi zusammenzuarbeiten. Sie hatte in dieser Angelegenheit keine Wahl. Sie hatte ihre Befehle, und zu versuchen, aus persönlichen Gründen von ihnen entbunden zu werden, wäre eine Pflichtverletzung gewesen. Immerhin musste man Najafi zugutehalten, dass er während der letzten paar Tage keine Annäherungsversuche unternommen hatte. »Ich bin ein Nomade«, erklärte er, als sie das erste Mal seit dem Zwischenfall allein waren. »Wir leben jahrelang mit den gleichen Leuten zusammen, manchmal sogar ein ganzes Leben. Wir wissen, wie schlimm es ist, eine bestehende Beziehung zu stören. Das kann die Atmosphäre ziemlich vergiften.« Er hielt kurz inne, bevor er fortfuhr. »Aber wir wissen auch, dass Weglaufen keine Option ist. Wenn du ein Problem mit einem Schiffskameraden hast, dann regelst du es oder kommst darüber hinweg. Du vergisst die Vergangenheit und konzentrierst dich auf die nächste Aufgabe, die du zu erledigen hast. Also können wir einfach das Gleiche machen? Uns von jetzt an auf die Dryaden konzentrieren?«

Hoshi war dankbar dafür, dass Farid es ihr so leicht machte. Das Problem war nur, dass die Quelle ihres Gefühlschaos nicht er war, sondern sie selbst. Sie konnte noch immer nicht verhindern, sich von ihm angezogen zu fühlen – und sie kam nicht umhin, sich zu fragen, ob das bedeutete, dass sie nach einem Weg suchte, um ihrer Verpflichtung Takashi gegenüber zu entkommen. Wenn sie ihm nicht die selbstlose Gefährtin sein konnte, die er brauchte, war es auf lange Sicht vielleicht fairer, gleich mit ihm Schluss zu machen.

Sie versuchte, sich von solchen Gedanken abzulenken, indem sie sich auf die Dryadenforschung konzentrierte. Gestern hatten Captain T'Pol und Lieutenant Cutler eine clevere Methode ersonnen, die Hirnaktivität der Dryaden zu ermitteln. Cutler und Najafi hatten den Boden um das

Wasserloch der Dryaden mit einem schwachen Radioisotop versetzt. Sobald es von den Wurzeln der Dryaden absorbiert worden war, würde es hinauf in ihr Kreislaufsystem gezogen werden, wo es als Markierungssubstanz genutzt werden konnte, um deren Hirnaktivität abzubilden. Ein Dryadenhain hatte das Wasserloch einige Stunden später erreicht, und jetzt wartete das Team – unter Observation von T'Pol – geduldig darauf, dass der langsame Kreislauf der großen Geschöpfe seine Arbeit machte. Die bereits von mehreren Dryaden absorbierte Menge an Markierungssubstanz hatte einige vielversprechende Ergebnisse hervorgebracht, während die Baumartigen Pheromonsignale austauschten, um ihre Wässerungs- und Patrouillenschichten zu koordinieren. Aber es würde Tage der Beobachtung ihrer Hirnaktivität in verschiedenen Situationen kosten, um ein ordentliches Verständnis ihrer kognitiven Struktur zu erlangen – und, wenn möglich, die Grundlagen einer Übersetzungsmatrix für ihre chemische Kommunikation zu legen.

Diese linguistische Herausforderung war genau die Art von Problem, die Sato als Ablenkung von ihren persönlichen Angelegenheiten brauchte, daher stürzte sie sich dankbar auf die Analyse der Aufzeichnungen. Und entsprechend war sie wenig begeistert, als sich ein Bodenschweber näherte, der eine weitere Störung darstellte.

Der Schweber stoppte und spuckte Captain Zang, Maya und Alec Castellano sowie zwei Sicherheitsleute der *Verne* aus. Besorgt registrierte Sato, dass die meisten von ihnen bewaffnet waren.

»Captain T'Pol«, rief Zang und marschierte auf sie zu.

Der Captain wich keinen Schritt zurück. Sie ließ sich von seinem aggressiven Verhalten nicht aus der Ruhe bringen. »Was ist der Grund für diese Machtdemonstration, Captain?«

»Es ist nur eine Erinnerung, dass Sie bloß hier sind, weil wir Sie eingeladen haben. Wir haben einen rechtmäßigen Anspruch auf diesen Planeten und seine Ressourcen, und Sie sind hier nur so lange willkommen, wie wir es wollen. Und ich fürchte, dass meine Gastfreundschaft hier endet und ich Sie auffordern muss zu gehen.«

»Was?«, rief Najafi und marschierte auf sie zu, dicht gefolgt von Cutler. »Worum geht es hier, Captain?«

»Es geht darum«, mischte sich die ältere Castellano ein, »dass du und deine Sternenflottenfreunde nicht vorankommen. Sie sind jetzt eine Woche hier, und ihr habt nichts gefunden, um deine Behauptungen zu untermauern.«

»Wissenschaft braucht Zeit, Maya. Das sollte ich dir nicht sagen müssen.«

Zang wandte sich ihm zu. »Und wir sollten dir nicht sagen müssen, Farid, dass wir bereits mehrere Käufer auf der Warteliste haben, die sich für Dryadenarzneien interessieren. Sie werden nicht ewig warten. Ich war bereit, deine Experimente zuzulassen, um der gebotenen Sorgfaltspflicht nachzukommen. Aber ich trage die Verantwortung dafür, dass es der gesamten Besatzung gut geht, und ich kann es mir nicht leisten, sie nur um deiner Hypothesen willen um die Profite zu betrügen, auf die sie ein Anrecht hat.«

Najafi wandte sich T'Pol zu. »Captain, das dürfen Sie ihn nicht tun lassen!«

»Er hat das gesetzliche Recht, uns zum Gehen aufzufordern«, erwiderte T'Pol.

»Mitten in einem Experiment?«, protestierte Cutler.

»Der Lieutenant bringt ein gutes Argument vor, Captain Zang. Das Vorgehen, das wir im Augenblick verfolgen, mag sich als höchst nützlich bei der Beantwortung der Frage nach der Intelligenz der Dryaden erweisen, aber wir brauchen noch ein paar Tage, um es abzuschließen, weil sich die

Radioisotope nur sehr langsam durch das Kreislaufsystem der Dryaden bewegen. Wenn Sie nur noch so lange Geduld haben könnten, bevor Sie Ihre Entscheidung treffen ...«

»Hören Sie auf mit Ihren Ausreden«, sagte Maya. »Sie ertragen es einfach nicht, dass Nomaden eine Entdeckung gemacht haben, die die Sternenflotte nicht gemacht hat, also versuchen Sie, sie für uns zu ruinieren, indem Sie etwas Größeres ›entdecken‹!«

Cutlers weiches Gesicht verzog sich in ungewöhnlichem Zorn. »Ich entdecke gerade etwas *Großes*, aber das will ich in Anwesenheit eines Kindes lieber nicht laut aussprechen!«

»Bitte, beruhigen Sie sich«, mahnte T'Pol. »Denken Sie daran, welchen Effekt die Atmosphäre von Birnam auf den menschlichen Gefühlszustand haben kann.«

»Mir reicht es jetzt mit Ihrer Sternenflottenherablassung.« Castellano trat auf die Dryade zu, die Sato und Najafi gerade gescannt hatten. »Das ist also eine der Dryaden, die Sie gerade studieren? Fein.« Sie hob ihr Plasmagewehr. »Dann brechen wir das Experiment mal ab.«

Maya feuerte, bevor irgendjemand sie stoppen konnte. Farid riss die Augen auf. »Das Wasserreservoir!«, schrie er. »Alle runter!« Er packte Satos Hand und zog sie rennend mit sich. Sie folgte ihm und ließ sich dann von ihm auf den Boden werfen, wobei sein Körper den ihren abschirmte.

Dieser Stoß mochte ihr Leben gerettet haben. Einen Moment später explodierte die Dryade regelrecht. Betäubt von dem donnernden Schlag, drehte sich Sato um und sah Brocken aus Holz und weicherem Gewebe um den verbrannten und zerschmetterten Stumpf zu Boden fallen. Verspätet begriff sie, dass der Plasmastrahl den Stamm der Dryade durchschlagen und dann das Wasser in seinem inneren Speicher blitzschnell zum Kochen gebracht haben musste. Eine Dampfexplosion war die Folge gewesen. Das ringförmige

Gehirn des Geschöpfs hatte sich um dieses Reservoir befunden. Was von ihm noch übrig war, würde sich nie wieder bewegen.

T'Pol und Cutler hatten sich nach Farids Warnung rasch genug zurückgezogen, aber die Erschütterung hatte Maya von den Beinen geholt, und sie schrie, denn ihre Haut war von dem Dampfstoß verbrüht worden. Alec rief nach seiner Mutter, aber er lag auf dem Boden, abgeschirmt durch eine von Zangs Wachen, während die andere Zang selbst aus dem Explosionsradius gezogen hatte. Da niemand da war, um ihr zu helfen oder sie aufzuhalten, verkrampfte sich Mayas Hand in ihrem Schmerz um den Abzug, und das Gewehr gab unkontrolliert Schüsse ab, die mehrere kleine Feuer auslösten.

»Nein! Die Dryaden!« Najafi ließ Sato alleine und rannte rücksichtslos auf den gefährdeten Hain zu, doch es gab kaum etwas Sinnvolles, was er tun konnte, um zu helfen. Sato beschloss, sich stattdessen der Quelle der Gefahr zu widmen. Sie erhob sich geduckt und rannte auf Maya zu.

T'Pol war etwas schneller. Sie erreichte Castellano und trat ihr die Waffe aus der zuckenden Hand. Zang und Alec trafen direkt nach ihr ein und halfen der Biologin auf die Füße. Sato kam als Letzte an. Die Raumnomadin mittleren Alters war kaum bei Bewusstsein und stöhnte vor Schmerz. Sie blutete aus mehreren Wunden, darunter auch einigen, in denen noch dicke Splitter steckten. »In Ordnung, Maya«, sagte der *Verne*-Captain. »Du hast genug Schaden angerichtet.«

»Sie hätten sie stoppen können, bevor sie geschossen hat«, bemerkte T'Pol unterkühlt.

»In dem Augenblick wirkte es wie eine gute Idee«, fauchte Zang. »Ich hatte nicht so eine explosive Reaktion erwartet. Ich dachte, dass die Reservoirs nach oben offen sind.«

»Es gibt eine poröse Filterschicht zwischen dem Trichter und dem inneren Speicher – ein unzureichender Auslass für eine derart plötzliche Druckerhöhung.«

»Wer schert sich um diese verdammten Bäume?«, schrie Alec. »Wir müssen meine Mutter zurück zum Lager bringen und ihre Wunden behandeln.«

»Äh, das dürfte ein Problem darstellen«, warf Cutler ein. Als sie sich umsah, erkannte Sato, dass sich die Feuer in der sauerstoffreichen Atmosphäre schnell ausbreiteten und das offene Areal, auf dem sich der Schweber und die zwei Besatzungen befanden, bereits eingeschlossen hatte. Es standen nicht nur mehrere Dryaden in Flammen, sondern auch zahlreiche andere Pflanzenkreaturen der Gegend. Einige von ihnen versuchten mehr oder weniger schnell den Weiher zu erreichen, aber in einigen Fällen beschleunigte ihre panische Flucht die Ausbreitung des Brandes nur noch. Es gab keinen sicheren Weg für den Schweber.

Entschlossen schritt Zang auf das Bodeneffektfahrzeug zu. »Feuerlöscher, jetzt! Wir machen einen Pfad frei.« Es ergab Sinn, erkannte Sato, dass die *Verne*-Besatzung jederzeit Feuerlöschausrüstung zur Hand hatte. In dieser Umgebung war das eine wichtige Vorsichtsmaßnahme. »Alec, bring deine Mutter in den Schweber. Das Erste-Hilfe-Set ist unter …«

»Ich weiß, Sir.« Sanft führte der Jugendliche Maya auf das Fahrzeug zu. Cutler stützte ihre andere Seite. Sie wirkte wegen ihres vorherigen Ausbruchs peinlich berührt.

»He!«, war Najafis Stimme zu vernehmen. »Ich könnte hier etwas Hilfe gebrauchen.«

Sato sah sich um und realisierte, dass sie in dem Durcheinander Farid aus den Augen verloren hatte. Sie erblickte ihn hinter einer zweiten brennenden Dryade. Sein Weg war durch große, brennende Stücke der Blattstruktur und oberen Äste der explodierten Dryade blockiert. »Dort! Er ist gefangen!«

»Wir müssen schnell zu ihm«, sagte T'Pol zu Zang. »Eine weitere Explosion ist zwar unwahrscheinlich, aber nicht ganz auszuschließen.« Zang nickte und reichte ihr einen Feuerlöscher. Gemeinsam näherten sie sich mit den zwei Wachen dem brennenden Gestrüpp, während sie Löschschaum aussprühten, um den Pfad vor sich frei zu machen. Die brennende Dryade stellte ein Hindernis dar, denn sie hievte sich aus dem Boden und versuchte, sich auf den Weiher zuzubewegen. T'Pol zog Sato außer Reichweite eines wild peitschenden Tentakels. Dann blieb der Captain der *Endeavour* vor der Dryade stehen und wich einigen der gleichen Tentakel aus, um die riesige Kreatur mit Schaum einzusprühen – sowohl um sie zu retten als auch um sie zu beruhigen, während die anderen sie umkreisten, um Najafi zu erreichen und ihn in Sicherheit zu führen.

Kurz darauf waren die anderen wieder beim Schweber. Einzig T'Pol fehlte noch, die ihre Rettung der Dryade beendete. »Geht es dir gut?«, fragte Sato Najafi.

»Ja, danke«, erwiderte er hustend. »Zumindest im Moment.«

Hoshi begriff, was er damit meinte. In der Zeit, die die Gruppe damit verbracht hatte, ihn zu retten, waren ihre Möglichkeiten, einen Pfad frei zu machen, noch geringer geworden. Das Feuer hatte sich um sie herum noch weiter ausgebreitet, und sie hatten nicht mehr viel Schaum übrig, um es zu bekämpfen.

»Wir müssen trotzdem tun, was wir können«, sagte T'Pol.

»Ich bin derselben Meinung«, erwiderte Zang und sammelte seine Wachen um sich. »Wir werden gegen das Feuer vorgehen. Der Rest, ab in den Schweber. Ihr folgt uns.«

Die zwei Captains schritten Seite an Seite voran und erstickten die Flammen mit ihrem Feuerlöschschaum. Als T'Pols Löscher leer war, zog sie stattdessen ihre Uniformjacke aus und verwendete sie, um brennendes Gestrüpp und bewegliche Pflanzen auszuschlagen und dann ihre Überreste zur Seite zu schaffen. Zang machte es ihr nach, als auch sein Löscher den Geist aufgab. Sato klammerte sich an den Rand der Gleiter-Windschutzscheibe. Sie fürchtete, dass ihnen die Optionen ausgehen würden, das Feuer zu bekämpfen, bevor es ihnen gelungen war, sich einen Weg zu bahnen.

Plötzlich packte Najafi sie an der Schulter. »Schaut doch!«, rief er. »Die Dryaden! Sie bekämpfen das Feuer!«

Als sie den Blick auf den brennenden Wald richtete, sah Sato, dass er recht hatte. Von überall her stapften Dryaden, so schnell sie konnten, auf die Feuerlinie zu. Viele, vor allem die größeren, beugten sich so weit vor, wie sie konnten, und leerten ihre Regentrichter über dem brennenden Grün – und auch über dem noch intakten Laubwerk im Pfad des Feuers. »Sie versuchen es vor dem Verbrennen zu beschützen«, sagte Cutler. »Sie können vorausplanen!«

Schon bald hatten die Aktionen der Dryaden genug des Feuers gelöscht, dass die Humanoiden sich einen sicheren Pfad bahnen und mit dem Schweber aus der Gefahrenzone entkommen konnten. Dabei war jedoch unklar, ob dies zufällig oder absichtlich passiert war. Als die vier Feuerbekämpfer zum Schweber zurückkehrten und sich die Gruppe auf höheres Gelände zurückzog, drehte sich Sato um, damit sie das Vorgehen der Dryaden weiter beobachten konnte.

Nachdem die massigen Baumartigen ihre Trichter geleert hatten, beeilten sie sich, um sich etwas anzuschließen, das eine Art Löschkette zu sein schien – eine Reihe von Dryaden, die sich bis zum benachbarten Fluss aufgestellt hatten und ihre Tentakel verwendeten, um dort eine Art großer

Pflanzenschalen mit Wasser zu füllen und dann die Reihe hinunter durchzureichen. In der Zwischenzeit stampften andere das Unterholz vor dem Feuer platt oder rissen es heraus, zweifellos, um eine Art Schneise zu bilden, die das Feuer an einer weiteren Ausbreitung hindern sollte.

»Ich verstehe das nicht«, sagte Zang. »Wir haben mehrere Waldbrände vom Orbit aus beobachtet, seit wir hier eingetroffen sind. Die Dryaden haben sie immer brennen lassen.«

»Feuer ist Teil des Lebenszyklus eines Waldes«, sagte Najafi. »Aber vielleicht haben sie begriffen, dass dieses Feuer unnatürlich war.«

»Oder vielleicht gibt es hier etwas Besonderes, was sie schützen wollen«, fügte T'Pol hinzu.

Cutler nickte, als sie begriff, was der Captain meinte. »In der Nähe liegt der Hain der Alten.«

»Aber wir haben ihr Verhalten rund um diese Wälder beobachtet«, entgegnete Zang. »Farid, dein eigener Bericht sagte aus, dass sie die Älteren ohne Einflussnahme ihrem Schicksal überlassen.«

»Wenn sie an einer Krankheit sterben oder von einem Blitz getroffen werden oder verdorren«, gab Najafi zurück. »Aber wir haben nie erlebt, dass ein gesamter Hain bedroht war.«

Sato blickte ihn vielsagend an. »Heiliger Boden?«

»Wer weiß? Möglich wäre es.«

»Was auch immer die Gründe sein mögen, sie stellen eine Kooperation zur Schau, die ein hohes Maß an Komplexität aufweist«, merkte T'Pol an.

Zang dachte einen Moment darüber nach. »Ja«, gab er schließlich zu. »Das tun sie.«

Kurz darauf hatte sich der Waldbrand, mit ein wenig Hilfe aus dem Raumnomadencamp, selbst ausgebrannt. Doch das Feuer hatte seine Opfer gefordert. Drei Dryaden würden sich nie wieder bewegen. Ihre Artgenossen schritten auf die qualmenden Leichen zu – gefolgt von den Beobachtern von der *Endeavour* und *Verne.* Beide Castellanos waren mit einer der Wachen und dem Schweber ins Lager zurückgekehrt, aber die anderen Wissenschaftler und die Captains waren geblieben, um den Baumartigen nachzugehen.

Mehrere große Dryaden versammelten sich um die gesplitterten Stümpfe ihrer verstorbenen Hainmitglieder und hoben sie vorsichtig vom Boden hoch. Langsam trugen sie sie davon. »Ich orte eine Unmenge an freigesetzten Pheromonen«, meldete Cutler, die ihren Scanner studierte. »Wenn das ihre Art zu sprechen ist ... dann wird dort gerade hitzig diskutiert.«

»Oder vielleicht singen sie?«, schlug Sato vor.

T'Pol wandte sich an Najafi. »Haben Sie so ein Verhalten schon einmal beobachtet?«

Er zuckte mit den Schultern. »Wir sind noch nicht lang genug hier. Normalerweise sterben sie als sessile Alte im Wäldchen.«

Sie gingen weiter, um zu sehen, wohin die Leichen gebracht wurden. Interessanterweise endete die Prozession im Hain der Alten. »Mehr Pheromone«, sagte Cutler. Eine ganze Weile schauten sie und die anderen auf die Anzeigen und die Dryaden.

»Ich bin mir nicht sicher«, meinte Sato schließlich, »aber ich glaube, dass die Alten auf die Mobilen reagieren.«

»Warum haben sie die Körper noch nicht abgelegt?«, fragte Zang.

»Vielleicht bitten sie um Erlaubnis?«, überlegte Najafi.

»Ich glaube, du hast recht«, sagte Sato. »Die Kommunikation hat geendet – und schaut.«

Tatsächlich legten die Dryaden die Toten sanft in die Mitte der Alten. Eine Weile standen die Dryaden einfach nur da und gaben weitere Pheromone ab, dann zogen sie sich langsam zurück, um mit ihrem eigenen Leben fortzufahren.

Die Beobachter standen noch ein paar Minuten schweigend da. »Wovon sind wir gerade Zeuge geworden?«, fragte Cutler schließlich.

»Eines Begräbnisses«, spekulierte Sato.

»Aber sie haben sie einfach dort liegen gelassen, im Freien.«

»Vielleicht ist es wichtig, wo sie liegen«, sagte Najafi. »Dies ist der Hain der Alten, wo die alten Dryaden zum Sterben hingehen. Dies ist der Ort, wo sie eigentlich sterben *sollen.* Deswegen greifen die anderen nicht ein. Aber diese Dryaden sind woanders gestorben, durch Gewalt umgekommen ... deshalb wurden sie hergebracht.«

»Und die Alten wurden gefragt, ob sie sie trotz der Umstände akzeptieren«, sagte Sato. »Vielleicht stellte der Pheromonaustausch eine Art Reinigungsritual dar – nehmt die Geister dieser Dryaden an, obwohl sie nicht hier auf diesem heiligen Boden gestorben sind. Und die Alten haben dem zugestimmt.«

»Und nun, da sie auf heiligem Boden liegen«, sagte Zang nachdenklich, »können ihre Geister in Frieden ruhen.«

Die anderen blickten den Nomadencaptain verwundert an. »Es klingt«, sagte T'Pol, »als würden Sie über die Frage ihres Bewusstseins noch einmal nachdenken.«

»Nach dem, was ich heute gesehen habe, Captain ... denke ich über eine Menge Dinge erneut nach.«

13

M'Tezir, Sauria

»Wir müssen eine Möglichkeit finden, das Sternenflottenteam zu kontaktieren«, sagte Ruiz, während Tucker und er durch die unterirdischen Versorgungsschächte der Fabrik zu den Startrampen krochen. Tuckers Überprüfung des Werksmanifests hatte ergeben, dass bei einem Raumschiff die Reparaturen abgeschlossen waren und der Zeitplan vorsah, dass es sich am kommenden Abend der Orbitalpatrouille anschließen sollte. Die zwei Männer waren übereingekommen, dass es weniger wahnsinnig war, sich in einem Schiff zu verstecken, das bereits zum Start terminiert war, als zu versuchen, ein ganzes warpangetriebenes Raketenflugzeug zu stehlen und zu hoffen, dass es niemand bemerken würde.

»Vielleicht sollten wir uns ein Subraum-Komm-Gerät suchen und versuchen, die *Essex* zu rufen«, fuhr Ruiz fort. Er blieb nah bei Tucker und sprach leise, damit seine Stimme nicht durch den dunklen, zylindrischen Schacht hallte. »Mullen hat gesagt, dass es draußen im All wartet und die Lage beobachtet, nur für den Notfall.«

Tucker ließ sich den Vorschlag skeptisch durch den Kopf gehen. »Ich halte das für keine so gute Idee«, sagte er. »Wenn es die *Endeavour* oder die *Pioneer* wäre, wüsste ich, wem ich trauen kann. Aber ich kenne niemanden auf der *Essex.*«

»Was, glaubst du etwa, dass Sektion Wieauchimmer einen Spion an Bord hat? Ist das nicht ein bisschen paranoid, Mann? Ich dachte, sie würden sich damit zufriedengeben, die Orioner die Drecksarbeit erledigen zu lassen.«

»Das hat Harris *gesagt*, aber er hat immer Pläne innerhalb von Plänen. Wenn es ihm so wichtig ist, hat er garantiert einen Kontaktmann vor Ort, und sei es nur, um zuzuschauen. Und die Sektion hat überall Informanten. Leute, die mit ihren Zielen übereinstimmen, Leute, die sie durch Tricks oder Erpressung zur Mitarbeit gezwungen hat ... man kann sich einfach nicht sicher sein.« Wenn überhaupt, so dachte Tucker, schien Captain Shumar der perfekte Rekrut zu sein – die Art von Captain, der mit beinahe religiösem Eifer an die Rechtschaffenheit der Föderation glaubte und dessen Kriegserfahrung ihn offen für harte oder entschiedene Maßnahmen machte. Zugegeben, er stand bekanntermaßen auf der anderen Seite der Nichteinmischungsdebatte, aber das machte ihn zu einem idealen trojanischen Pferd – und die Sektion hatte Methoden, selbst die Widerstrebenden zur Kooperation zu bringen. »Wenn wir den falschen Leuten von der Antimaterie berichten«, fuhr Tucker fort, »werden sie dafür sorgen, dass niemand sonst die Nachricht erhält.«

»Dann müssen wir den Widerstand kontaktieren. Ihm Bescheid geben, ohne die Sternenflotte einzuweihen.«

Tucker schüttelte den Kopf. »Wir könnten es nicht beweisen. Sie haben nicht die Möglichkeit, die Gammastrahlensignatur der Antimaterie zu orten, nicht mit den beschränkten Mitteln, die sie mitgenommen oder sich zusammengebettelt haben. Teufel, wir könnten womöglich nicht mal unsere eigene Identität beweisen, solange diese malurianischen Imitatoren noch da draußen sind. Und vermutlich würden sie am Ende nur darüber streiten, bis es zu spät ist. Mal ehrlich, allein diese Antimaterie-Generatoren in bevölkerten Gebieten zu haben, ist absurd gefährlich. Wenn man zu lange wartet, könnte die Katastrophe so oder so eintreten, mit oder ohne den Widerstand, der sie auslöst.«

Ruiz sah ihn fassungslos an. »Wie groß ist das Risiko?«

»Kurzfristig nicht groß«, gab Tucker zu. »Aber langfristig deutlich näher an groß. Es wäre trotzdem das Beste, wenn wir uns beeilen. Wenn der Widerstand anfangen würde, darüber zu debattieren, würden sowohl Garos als auch jeder Sektionsagent in der *Essex*-Besatzung davon erfahren, und das könnte sie dazu provozieren, die Katastrophe früher auszulösen.«

»Na schön, Mister Bond, wie lautet also Ihr Masterplan? Was zur Hölle sollen wir tun?«

Eine Weile dachte Tucker in grimmigem Schweigen über die Frage nach. »Es gibt nur eine Möglichkeit. Wir müssen zu Garos ... und ihn neutralisieren, bevor er die Falle auslösen kann.«

Ruiz packte seinen Arm und hielt ihn zurück. »›Neutralisieren‹? Komm schon, Mann, hab das Rückgrat zu sagen, was du meinst.«

Der Agent seufzte. »Ihn töten. Ich meinte, ihn zu töten. Okay?«

»Oh, Mann! Bist du sicher? Ich meine, du hast gesagt, er sei kein so schlechter Kerl, dass du nicht seine Gründe für das, was er tut, verstehen könntest.«

»Es geht nicht um Bestrafung, Tony. Es ist eine taktische Notwendigkeit. Ob es dir gefällt oder nicht, es ist die einzige sichere Methode, um ihn davon abzuhalten, den Angriff zu starten. Es stehen Zehntausende Leben auf dem Spiel, Millionen auf lange Sicht. Wie sagen die Vulkanier so schön: Das Wohl vieler wiegt schwerer als das Wohl weniger.«

Ruiz schüttelte den Kopf. »Ich hätte nie gedacht, mal vulkanische Philosophie als Rechtfertigung für einen Mord zu hören.«

»Du wärst überrascht.« Tucker musterte ihn. »Also bist du jetzt dabei oder nicht?«

Der jüngere Mann holte tief Atem und stieß ihn dann langsam wieder aus. »Wir müssen noch immer hier rauskommen und dorthin gelangen, wo wir etwas unternehmen können. Bis dahin bin ich dabei. Und wenn dann keinem von uns ein besserer Plan einfällt ... nun ja, ich wusste, dass dies ein Krieg ist. Ich wusste, dass ein paar Leute für das übergeordnete Wohl würden sterben müssen. Ich habe bloß nicht gedacht, dass es so berechnend passieren würde.«

»Mir gefällt es auch nicht, Tony. Das gehört zu der Art von Dingen, von denen ich hoffe, dass ich ihnen nach dieser Mission den Rücken kehren kann.« Er zog die Brauen zusammen und dachte darüber nach. »Aber wenigstens weiß ich diesmal, dass es aus den richtigen Gründen geschieht. Es ist die einzige Möglichkeit, all diese Leben zu retten.«

Sternenflottenhauptquartier

Je mehr Tage vergingen, ohne dass er ein Wort von Tucker hörte, desto besorgter wurde Jonathan Archer. Die Beratungen über die Nichteinmischungsdirektive kamen nur schleppend voran, aber langsam erreichten sie die kritische Phase – und die Berichte der *Essex* von Sauria deuteten an, dass der Widerstand nur noch Tage davon entfernt war, einen bedeutenden Schlag gegen Maltuvis' Fabriken durchzuführen. Wenn die Orioner planten, Letzteren zu sabotieren, um Erstere zu beeinflussen, mussten sie sehr bald handeln. Und wenn Tucker darin versagte, ihre Intrige ans Licht zu bringen, würde nicht nur auf Sauria etwas Furchtbares passieren, sondern Sektion 31 würde auch weiter im Spiel sein, ungehindert, falls ihre Anführer im Namen der Föderationssicherheit weitere Massenmorde auf anderen Welten arrangieren wollten.

Aus Gründen womöglich übertriebener Vorsicht hatte sich Archer nur vage und unter Auslassungen sowie inmitten von Gesprächen über andere Themen mit Captain Reed über diese Angelegenheit ausgetauscht. Aber es war deutlich geworden, dass auch Malcolm so besorgt war wie der Admiral. Reeds spürbare Hilflosigkeit hatte obendrein deutlich gemacht, dass es ihm nicht gelungen war, weitere Informationen über Harris und seine Verbündeten auszugraben, keine Leiche, die die Aufgabe erfüllen konnte, deren Verschwörung bloßzustellen, sollten Tuckers fabrizierte Beweise nicht bald auftauchen.

Daher befand sich der Admiral an der Schwelle zu einer schicksalhaften Entscheidung. Wenn sich bald nichts ergab, würde er keine andere Wahl haben, als mit dem, was er über den Plan der Orioner wusste, an die Öffentlichkeit zu gehen. Das zu tun, würde natürlich Tuckers Verrat an Harris preisgeben, denn er war der Einzige, der Archer die Details hätte verraten können. Und der Admiral bezweifelte, dass Harris mit einem Verräter allzu freundlich umgehen würde. Um die Saurianer zu retten, musste Archer womöglich einen seiner engsten Freunde zum Tode verurteilen.

Er wusste, dass dies ein Opfer war, das Charles Tucker bereitwillig erbringen würde. Doch das machte die Entscheidung nicht einfacher. Wenn er so leicht ein Leben fortwerfen konnte, um andere zu retten, war er nicht besser als Harris und seine Kumpane. Aus diesem Grund konnte er aber auch nicht tatenlos danebenstehen und zahllose Saurianer sterben lassen, wenn es in seiner Macht lag, eine Warnung zu überbringen.

Sein innerer Kampf wurde noch dadurch erschwert, dass er niemanden hatte, mit dem er ihn teilen konnte. Reed war zu sehr damit beschäftigt, die Überholung der *Pioneer* abzuschließen, und es war schwierig für die zwei Männer, Gelegenheiten für ungestörte Gespräche zu schaffen. T'Pol war Dutzende von Lichtjahren entfernt und versuchte, einen Dialog mit einem Wald herzustellen. Dani Erickson hatte mit der ganzen Geschichte um Sektion 31 nichts zu tun, und Archer hatte nicht vor, sie in Gefahr zu bringen, indem er das änderte. Er konnte sich nicht mal dazu überwinden, mit Porthos darüber zu sprechen. Der alternde Beagle würde gewiss nicht die Einzelheiten von Archers Schilderung begreifen, aber er würde ganz sicher die Sorge seines Herrchens spüren, und das war das Letzte, was er am Ende seines Lebens brauchte. Wenn er Zeit für Porthos hatte, bemühte sich Archer darum, diese für seinen alten Freund so angenehm und tröstend wie möglich zu machen.

Archer, der hinter dem Schreibtisch in seinem Büro saß, war so damit beschäftigt, sich zu einer Entscheidung durchzuringen, dass er erst verspätet merkte, wie sich ihm sein Berater näherte. »Admiral, kann ich mit Ihnen sprechen?«, fragte ihn Captain Williams.

Der große Mann wirkte ungewöhnlich nervös und zögernd. Archer realisierte, dass er in seinen Bemühungen um Geheimhaltung seinen Berater weiter als gewöhnlich auf Distanz gehalten hatte. In der Hoffnung, das wieder ein wenig gutzumachen, lächelte er den Captain an. »Natürlich, Marcus. Jederzeit. Wollen Sie sich nicht setzen?«

Williams ließ seine muskulöse Gestalt auf den Stuhl vor dem Schreibtisch sinken und wand sich wie ein Schuljunge vor dem Rektor. »Admiral ... Sir ... ich ringe damit schon seit ein paar Tagen, aber ...«

»Was auch immer es ist, Marcus, Sie können es mir sagen.«

Williams faltete die Hände auf dem Schoß und räusperte sich. »Sir ... es gibt da etwas, das ich Ihnen beichten muss über ... den Untergang der Partnerschaft. Darüber, wie das Zerstörungsprotokoll für die Ware *wirklich* in die Hände der Klingonen gefallen ist.«

Wie betäubt starrte Archer ihn an. Er wusste nicht, was er denken sollte, also sagte er bloß benommen: »Fahren Sie fort.«

»Admiral ... vor Jahren, etwa zu Beginn des Romulanischen Kriegs, wurde ich von einem Mann namens Harris kontaktiert. Einem Mann, mit dem Sie, wie ich weiß, einigen Kontakt hatten.«

Williams fuhr damit fort, eine vertraute Geschichte zu erzählen: wie er als Agent rekrutiert worden war und immer wieder aufgefordert worden war, gewisse Informationen und Unterstützung zu bieten, scheinbar im Dienst für das übergeordnete Wohl der Föderation. »Ich war nie ein echtes Mitglied seiner Organisation, Sir. Mehr so etwas wie eine ... eine Quelle, die gelegentlich hinzugezogen wurde. Ich habe ihn darüber auf dem Laufenden gehalten, was in Admiral Gardners Büro vor sich ging ... und später, Sir, manchmal in Ihrem.« Er senkte den Kopf. »Ich habe das vor mir selbst immer mit dem gerechtfertigt, was Harris mir erzählt hat: dass es um der Erde und der Föderation willen nötig sei, dass ich dabei helfen würde, die Dinge auf lange Sicht besser zu machen.«

Er schwieg kurz. »Aber was der Partnerschaft zugestoßen ist ... Ich habe versucht, es mir schönzureden, Sir. Ich dachte mir, wenn es der Katalysator für unsere neue Direktive wäre, dann wäre doch etwas Gutes dabei rausgekommen, also hätten Harris' Leute letztlich doch das Richtige getan. Aber meine Val ... sie war dort. Sie hat erlebt, wie es passiert ist. Und ebenso ihr Freund, Mister Kirk – ein Mann, den ich furchtbar unterschätzt habe und der mir ziemlich deutlich klargemacht hat, was für ein selbstsüchtiger, verdammter Narr ich gewesen bin. Und meine Tochter hat ihm dabei geholfen. Glauben Sie mir, Admiral, diese Erfahrung hat mich wirklich wachgerüttelt.«

Williams holte bebend Luft. Archer sah in seine Augen, hörte das Zittern in seiner Stimme, und er glaubte nicht, dass sein Berater ein so guter Schauspieler war, dass dies irgendeine Falle von Harris sein konnte, um ihn aus der Reserve zu locken. »Marcus ... ich bin extrem enttäuscht, erfahren zu müssen, dass Sie mich ausspioniert haben, und wenn auch nur ›manchmal‹. Enttäuscht und wütend. Allerdings ... ist das nicht das erste Mal, dass ich diese Erfahrung mache. Und ich weiß, wie viel Mut es Sie gekostet haben muss zu entscheiden, Ihre Verbindung zu Harris zu gestehen. Sie gehen ein großes Risiko ein, indem Sie mit mir sprechen.«

»Ja, Sir. Aber mir wurde nachdrücklich eingebläut, dass ich nicht das Recht dazu habe, zu erwarten, dass andere alle Opfer für das Wohlergehen der Föderation erbringen. Manchmal muss man einfach selbst über die Klinge springen, Sir.«

Archer beugte sich vor. »Was schwebt Ihnen vor?«

7. März 2166
Untere Atmosphäre von Sauria

Es gelang Tucker und Ruiz, unbemerkt die Startrampe zu erreichen, und sie versteckten sich in der Maschinenkontrollnische des Schiffs, das zum Abheben bereitstand. Glücklicherweise handelte es sich um eins mit einem Antrieb der ersten Generation, daher bestand kein Risiko einer nennenswerten Antimaterie-Explosion im Fall eines Absturzes. Was gut war, denn ein Absturz war genau das, was sie im Sinn hatten ... mehr oder weniger.

Wie die Raumflugzeuge der alten Schundmagazine, denen es so ähnelte, startete das Schiff vertikal und mithilfe seines Raketenantriebs. Immerhin war der primitive Warpantrieb imstande, ein hinreichend starkes Trägheitsdämpfungsfeld zu erzeugen und damit die Menge an notwendigem Schub zu verringern, die nötig war, um den Orbit zu erreichen. Trotzdem bedeutete die Anwesenheit zweier unautorisierter menschlicher Männer an Bord, dass das Schiff ungefähr hundertfünfzig Kilogramm schwerer war als geplant, was wiederum bedeutete, dass der Start etwas mühsamer vonstattengehen würde, als er eigentlich sollte – nicht so sehr, dass es die Flugbahn des Schiffs in Gefahr brachte, aber ausreichend, um als Anomalie aufzufallen, was den Militärpiloten und der Besatzung aus M'Tezir einen Hinweis auf die Anwesenheit von blinden Passagieren geben mochte. Aus diesem Grund beeilte sich Tucker, kaum dass das Schiff in der Luft war, die Maschinenschaltkreise in der Nische zu sabotieren, sodass sie einen Energieverlust in den Antrieben erzeugten, der wie eine Verschlechterung des ursprünglichen Problems aussah. Auf diese Weise würde das Schiff niemals den Orbit erreichen. Es musste den Aufstieg abbrechen und an der nächstbesten verfügbaren Stelle landen. Da sie bereits eine ziemliche Höhe erreicht und die Landmasse von M'Tezir Hunderte von Kilometern hinter sich zurückgelassen hatten, mussten sie diesen Landeanflug irgendwohin sonst führen. »So weit, so gut«, sagte Tucker zu Ruiz, den er während der Wartezeit in seinen Plan eingeweiht hatte. »Ich versuche es so hinzukriegen, dass die optimale Landeflugbahn das Schiff in der Nähe von Lyaksti aufsetzen lässt.« Er sprach leise, denn sie versteckten sich in einer kleinen Zugangsnische für die Energiesysteme, die an die Hauptmaschinenabteilung angrenzte, die von zwei M'Tezir-Militärtechnikern besetzt war. Er war sich ziemlich sicher, dass es der Besatzung nicht möglich sein würde, das Energieversagen zu den Schaltkreisen zurückzuverfolgen, die er manipulierte, aber es bestand kein Grund, das feine Gehör ihrer Gegner auf die Probe zu stellen. Den Fehler hatten Ruiz und er gegenüber den Malurianern schon gemacht.

»Wie groß ist diese Nähe, von der wir sprechen?«, fragte Ruiz ebenso leise zurück, wobei er seine Lippen ganz nah an Tuckers Ohr hielt.

Tucker erwiderte seinen skeptischen Blick und verzog das Gesicht. »Deutlich weniger als eine Hemisphäre.«

»Und wie hoch stehen die Chancen, dass wir überhaupt auf Land runterkommen?«

»Das liegt an den Piloten.«

»Ist echte Spionagearbeit immer so improvisiert?«

»Echte Spionagearbeit dreht sich vor allem um das Sammeln von Informationen. Mit Leuten reden, lesen, zuhören, Kontakte und Aktivposten pflegen. Diese Art von Aktionen passieren nur, wenn ein Plan verdammt schiefgeht.«

»Das bin ich also? Ein gepflegter Aktivposten?«

»So fing es an.« Tucker grinste ihn an. »Aber du hast dich zu sehr viel mehr gemacht ... Mister Leiter.«

Einen Moment lang wirkte Ruiz berührt, dann verbarg er seine Gefühle. »Och, ich wollte Q sein.«

»Ich bin ein Ingenieur. Ich bin mein eigener ...«

Vielleicht hatten sie doch nicht so leise gesprochen wie gedacht, denn in dem Moment schwang die Luke auf. Ein stämmiger, violetthäutiger Saurianer schrie auf, packte Ruiz am Arm und zerrte ihn aus der Zugangsnische. Tucker erhob sich aus der Hocke und zog seine Waffe (oder vielmehr die der verstorbenen Gefängniswache), aber als er die Luke erreichte, traf gerade der zweite Techniker, eine Frau, ein, um sie zu blockieren. Tucker hatte vergessen, wie schnell sich Saurianer bewegen konnten.

Mit dem Gedanken ging die Erkenntnis einher, dass er im Nahkampf keine Chance haben würde, wenn es der Technikerin gelang, ihn zu packen. Die einzige Wahl, die er hatte, war die, die er jetzt ergriff – er feuerte seine Waffe direkt in die Brust der Saurianerin ab. Die Projektile aus dem Doppellauf rissen ein Loch in ihren Körper, ließen sie zusammenzucken und zu Boden stürzen. Saurianer waren nicht leicht umzubringen, dementsprechend wirksam waren ihre tödlichen Waffen designt. Selbst jetzt war noch etwas Leben in der Technikerin. Wenn man sie direkt behandelt hätte, wäre sie vielleicht durchgekommen. Aber das war hier keine Option. Tucker stieg über sie hinweg und in die Maschinenabteilung, wo der andere Techniker gerade Ruiz zusetzte. Er schoss erneut, diesmal in den Kopf des Saurianers.

Er versuchte, sich das Ergebnis dieser Tat nicht anzuschauen, als er sich neben seinem Freund hinkniete und ihn rasch überprüfte. »Alles okay?«

Ruiz stöhnte. »Das ... ist die dämlichste Frage ... die ich je gehört habe!«

»Alles okay?«

»Nicht ... ganz.«

Eine genauere Untersuchung ergab, dass Ruiz durch die Schläge mehrere Rippen gebrochen worden waren, außerdem hatte er sich einen Knöchel gebrochen, als der Techniker ihn aufs Deck geworfen hatte. »Keine Zeit, um da jetzt was gegen zu tun«, sagte Tucker und eilte zur Zugangsluke, um sie zu versiegeln. »Ich muss unseren Absturzzeitplan beschleunigen und den Rest der Besatzung beschäftigt halten, damit niemand hier runterkommt.«

Während er sich darum kümmerte, versuchte Ruiz nicht auf die beiden niedergestreckten Körper zu schauen, doch es gelang ihm nicht. »Es musste getan werden«, erklärte ihm Tucker.

»Ich weiß. Das Wohl der vielen.« Er verzog das Gesicht, aber nicht vor Schmerz. »Ich denke nur ... Wir sind hier, um Leben zu retten. Es fühlt sich wie Versagen an, dass wir vorher andere Leben nehmen müssen, um das tun zu können.«

»Du kanntest diese Leute nicht. Sie könnten dabei geholfen haben, die Hauptstadt von Lyaksti zu bombardieren. Sie könnten Tausende ermordet haben.«

»Vielleicht. Aber auch sie haben vielleicht jemanden, der sie liebt. Ich kann nicht anders, als mich zu fragen, ob wir gerade dafür gesorgt haben, dass sich jemand so fühlt, wie ich mich gefühlt habe, als meine Freundin bei der Xindi-Attacke ums Leben kam.«

Tucker musste an seine Schwester Lizzie denken, die bei ebenjener Attacke vaporisiert worden war. Er schob den Gedanken von sich. »Ist besser, nicht darüber nachzudenken.«

»Es ist *leichter*, nicht darüber nachzudenken«, sagte Ruiz. »Das macht es nicht besser.«

Der Erfolg von Tuckers Sabotage wurde durch ein angestrengtes Heulen angekündigt, gefolgt von einem Schlag irgendwo innerhalb des Antriebs und dem plötzlichen Gefühl von Sinken. »War das ein schlechtes Bumm?«, fragte Ruiz. »Ich meine schlimmer, als wir wollen?«

»Gerade schlimm genug. Das *wirklich* schlimme Bumm würden wir nicht mehr hören.«

Glücklicherweise waren in die Wände des kruden Schiffs Sicherheitsharnische für den Notfall eingebaut. Tucker sicherte sich selbst und Ruiz, so gut er konnte, dann wartete er. Es dauerte nicht lange bis zur Bruchlandung, wenngleich der Krach und das Rütteln so desorientierend waren, dass er im Nachhinein wenige Erinnerungen daran hatte.

Die verschiedenen Geräusche und Gerüche eines beschädigten Fusionsreaktors brachten ihn dazu, sich in Bewegung zu setzen. Hastig löste er sein Gurtzeug und begab sich dann zu Ruiz, um auch ihn zu befreien. »Wir müssen hier raus.«

»Könnte der Reaktor in die Luft fliegen?«, fragte Ruiz alarmiert.

»Wenn du damit eine Fusionsexplosion meinst, nein. Die einzige Methode, einen Fusionsreaktor zur Explosion zu bringen, wäre, mindestens eine Spaltbombe draufzuwerfen. Aber die Luft ist so kalt, dass ich sagen würde, der flüssige Wasserstoff leckt ...«

»Und Wasserstoff ist extrem brennbar. Verstanden. *Vamonos.*« Er legte seinen Arm um Tuckers Schulter und humpelte vorwärts, während Tucker ihn stützte.

Nachdem sie durch einen Notausstieg ins Freie geklettert waren, stellten sie fest, dass das Weltraumflugzeug in einem Arroyo inmitten von Bergen heruntergekommen war. Der Bug des Gefährts lag beunruhigend nah neben einem Felsabbruch, der während der Regenzeit ein Wasserfall sein mochte. In der anderen Richtung blockierten der rauchend heiße, aufgerissene Boden sowie Trümmerteile von dem Absturz ihren Weg. Steile Abhänge, die von Geröll und Buschwerk bedeckt waren, säumten das Tal, und es war nur ein freier Pass zwischen ihnen zu entdecken.

»Hier entlang«, sagte Tucker. Doch wegen Ruiz' Verletzungen kamen sie nur langsam voran. Kurz bevor sie den Pass erreicht hatten, vernahmen sie plötzlich Schüsse. Tucker warf einen Blick über die Schulter und sah, dass die verbliebenen vier Besatzungsmitglieder überlebt hatten und nun das Schiff über die Notfallleiter am Cockpit verließen. Zwei von ihnen befanden sich bereits am Boden und rannten auf die Menschen zu, wobei sie aufs Geratewohl in ihre Richtung schossen. »Komm schon, schneller, Tony!«

Sie erreichten die Kante eines Hügels und duckten sich dahinter, aber die Saurianer kamen trotzdem näher. Das war ihr Glück, denn schon einen Moment später war ein gewaltiger Schlag zu hören: Der Wasserstoff hatte sich endlich entzündet. Tucker spähte über die Hügelkuppe und sah, dass die Schiffshülle von der Explosion aufgerissen worden war und nun von innen heraus brannte, ein Scheiterhaufen für die Techniker, die er getötet hatte. Die anderen M'Tezir waren zu Boden geschleudert worden. Einer von ihnen blutete, weil er von einem Splitter getroffen worden war, aber alle vier wirkten nur benommen und begannen bereits wieder auf die Füße zu kommen – ein weiterer Beweis für die Robustheit der Saurianer, jedoch ein schlechtes Zeichen für die Überlebenschancen der Menschen.

Tucker zog Ruiz wieder auf die Beine. »Wir müssen weiter.« Trümmerteile von der Explosion begannen mit einiger Wucht um sie herum zu Boden zu regnen.

»Geht nicht.« Ruiz, der wieder auf die Knie sank, rang um Atem. »Ich mache dich nur langsamer, Kumpel.«

»Quatsch, sag nicht so etwas.«

»Das Wohl der vielen, Trip! Du hast es selbst gesagt. Gib mir die Waffe. Ich werde sie aufhalten, während du verschwindest.«

»Tony ...«

Ruiz hielt seinem Blick stand. »Ich habe es von dem Tag an gewusst, als ich mich entschieden habe, zu bleiben und zu kämpfen, dass ich wahrscheinlich sterben würde. Es ist schon okay ... solange mein Tod etwas bewirkt. Sorge dafür, dass es so ist, Trip.«

Tucker drängte seine Gefühle zurück. Die Mission hatte Vorrang. All dies diente einem Zweck.

Er reichte seinem Freund die Waffe, dann umfasste er dessen Handgelenk. Tony umfasste im Gegenzug das seine. *»Para Sauria. Para la libertad.«*

Tucker nickte. *»Vaya con Dios, Amigo.«*

Er rannte los, ohne zurückzublicken. Augenblicke später begann das Peitschen von Waffenfeuer durch den Pass zu hallen. Wenig später wurde dieser zu einem Vorsprung, der an einem steilen Abhang entlang verlief. Die darunterliegende Felswand war für einen Menschen zu bewältigen, für die Saurianer mit ihren Schwimmhautfüßen allerdings weniger. Und mittlerweile ging in diesem Teil des Planeten die Sonne auf und badete den Berg in helles Licht. Zum ersten Mal bot Tucker seine Anatomie einen Vorteil gegenüber den Einheimischen. Er schob sich über die Kante und begann nach unten zu klettern. Hinter ihm wurden weitere Schüsse abgegeben.

Dann war ein gequälter, sehr menschlicher Schrei zu hören. Abrupt brach er ab, und die Schüsse endeten.

Einen Moment lang schloss Tucker die Augen. Dann kletterte er voller grimmiger Entschlossenheit weiter. Er musste noch immer eine Mission erfüllen – und er konnte sich keine Ablenkungen leisten, wenn er darauf hoffen wollte, noch pünktlich einzutreffen. Er konzentrierte sich voll und ganz auf diesen Zweck und erinnerte sich daran, dass all diese Tode, all diese Opfer der einzige Weg waren, um eine Katastrophe zu verhindern.

Sternenflottenhauptquartier

»Das könnte es sein, Sir«, sagte Malcolm Reed, als Archer und er die Informationen sichteten, die Marcus Williams ihnen in der letzten Nacht übergeben hatte. Dazu zählten auch alle Methoden, mit denen Sektion 31 Archers Büro überwachte, sodass sie jetzt recht zuversichtlich sein konnten, dass alle notwendigen Gegenmaßnahmen getroffen worden waren und sie offen reden durften. »Die Informationen, die Marcus über Harris hatte, sind spärlich, aber wenn man sie mit meinem und Trips Dossier zusammenlegt, denke ich, ist es genug. Es ist das letzte Puzzlestück, das wir brauchten, um Harris mit der Weitergabe des Ware-Zerstörungscodes in Verbindung zu bringen, ganz zu schweigen von einer ganzen Reihe anderer unverhohlen krimineller Aktivitäten. Mit dem hier können wir zum obersten Militärstaatsanwalt gehen und Haftbefehle für Harris und die meisten seiner Leute erwirken. Endlich können wir seine Umtriebe ans Licht bringen!«

»Und wir können das alles ohne Trips Manipulation schaffen? Wir können es auf die richtige Art tun, mit der Wahrheit?«

»Mit Marcus' Aussagen und meiner, ja, da bin ich zuversichtlich, dass wir es können. Und ich habe keine Zweifel, dass es andere wie uns gibt, Offiziere, die Harris widerstrebend geholfen haben und die bereit wären, gegen ihn auszusagen.«

»Gut«, sagte Archer. »Das hier muss in der Öffentlichkeit passieren. Gruppen wie diese ... Sie bestehen deshalb auf Geheimhaltung, weil es ihre einzige Möglichkeit ist, mit ihren Tricks und ihren Verbrechen davonzukommen. Sie überzeugen Leute, dass es einem übergeordneten Wohl dient, aber in Wahrheit ist es bloß eine Lizenz, um mit Mord davonzukommen. Wenn wir ihre Spiele nicht mitspielen, wenn wir uns weigern, die Wahrheit zu verbergen, können wir gewinnen.«

Reed musterte ihn. »Es gab eine Zeit, da hätte ich das nicht geglaubt, Sir. Aber jetzt ... nun, die Partnerschaft verdient Gerechtigkeit. Die Föderation muss ihre wahre Rolle in alldem kennen, bevor wir dafür Buße tun können.«

»Noch wichtiger ist allerdings, dass wir die ganze Geschichte schnell veröffentlichen, inklusive der orionischen Intrige auf Sauria.« Er schüttelte den Kopf. »Wir sind ein gewagtes Spiel mit deren Sicherheit eingegangen, Malcolm.

Haben riskiert, eine Katastrophe stattfinden zu lassen, nur um unsere eigenen Spionagespielchen zu spielen. Wir hätten alles, was wir wussten, sofort preisgeben sollen. Der Plan der Schwestern hängt ebenso von Geheimhaltung ab.«

»Nun, jetzt können wir das, Sir. Und sobald wir unsere Haftbefehle für Harris und seine Leute haben, können wir alles offenlegen.«

Archer richtete seinen Blick aus dem Fenster auf die Sterne am Himmel, der kurz vor der Dämmerung stand. »Ich hoffe, dass wir noch rechtzeitig kommen.«

14

8. März 2166
Veranith, Sauria

Zu guter Letzt war der Widerstand bereit zuzuschlagen. Mullen und Kelly hatten es geschafft, die verschiedenen saurianischen Fraktionen zur Zusammenarbeit zu bringen, um die neu errichtete Raumschiffwerft in Veranith anzugreifen. Es wurde höchste Zeit, denn schon in ein paar Tagen würde man dort beginnen, eine neue Welle an Raumschiffen und Waffensystemen zu produzieren. Mullen war beeindruckt gewesen, als wie hilfreich sich Dular Garos dabei erwiesen hatte, die Extremisten der Unbefleckten im Zaum zu halten. Er wusste nicht genau, was der Malurianer ihren Anführern gesagt hatte, um sie zur Kooperation zu bewegen, aber er war dankbar dafür. Das würde der erste bedeutende Schlag des Widerstands gegen Maltuvis' Terrormaschinerie sein, und es war von essenzieller Bedeutung, dass seine Gegner als geeinte Front auftraten.

Es war auch deshalb wichtig gewesen, die Unbefleckten zur Mitarbeit zu bewegen, weil sie dabei helfen mussten, das Angriffsteam nach Veranith zu schmuggeln. Die Zurück-zur-Natur-Sekte kannte viele Wege durch die Wildnis, und etliche davon hatte sie gekonnt vor den Bewohnern der Zivilisation geheim gehalten, sodass Maltuvis' Truppen keine Ahnung davon hatten. Es war eine anstrengende Reise für die Menschen gewesen. Selbst Morgan Kelly wirkte erschöpft, als sie schließlich die Stadt erreichten, an deren Rand das Werk errichtet worden war. Doch ihnen blieb nur wenig Zeit, um zu rasten und sich zu sammeln. Vorsteherin Moxat war fest entschlossen, das Werk zu zerstören, bevor es den Betrieb aufnehmen und noch mehr Tod ausspucken konnte. Und idealerweise sogar, bevor es voll von Arbeitern war. Auf diese Weise würden die Opferzahlen nur minimal ausfallen. Das war wichtig, denn letzten Endes bestand ein Großteil der Arbeiterschaft aus versklavten Veranith.

Und so kam es, dass Mullen und Kelly hinter einem Felsen auf einem großen Hügel in der Nähe der Fabrik kauerten und ihre Handscanner verwendeten, um Informationen über den Aufbau des Werks, Wachposten und Patrouillenrouten sowie noch einiges mehr zu sammeln. Sie nutzten die Vergrößerungsfunktion ihrer Nachtsichtgeräte, um die Sensorscans zu ergänzen. Doch Mullen konnte nicht widerstehen, den Blick auf die dunkle, stille Stadt jenseits des Werks zu richten. »Schau sie dir an«, murmelte er und schüttelte den Kopf. »Als ich vor drei Jahren hier gewesen bin, war diese Stadt pulsierend, hell und wunderschön. Überall gab es Feuerwespen und bunte Laternen, Musik in den Straßen, Bauernmärkte ... sie war so voller Leben und Selbstbewusstsein. Und jetzt kauern ihre Bewohner in ihren Häusern, halten die Köpfe unten und fürchten sich vor dem, was als Nächstes geschieht. Ich verstehe einfach nicht, dass Leute wie Maltuvis damit klarkommen, anderen so etwas anzutun. Dass er Millionen leiden und sterben lassen kann, nur damit er, eine einzelne Person, reicher und mächtiger wird. Ich kann mir nicht vorstellen, so selbstsüchtig, so gierig zu sein. So ... *unfair.*«

»Er ist ein Narzisst«, erwiderte Kelly. »Wie die meisten Diktatoren. Für einen Narzissten existiert niemand sonst wirklich als Person. Es ist als ... als seist du der einzige Spieler in einem realitätsgetreuen Simulationsspiel. Jeder, mit dem du interagierst, ist bloß ein Charakter, deshalb musst du dich weder um ihn kümmern noch ihn respektieren. Sie sind bloß Hindernisse, die überwunden werden müssen, oder Ressourcen, die man einsetzen muss, um im Spiel voranzukommen.«

Mullen dachte darüber nach. »Wenn man es so betrachtet, klingt es nach einem ziemlich einsamen Leben.«

»Verschwende keine Sympathie. Es ist viel schlimmer für die Leute drumherum.« Sie verstummte, aber Mullen schwieg ebenfalls, denn er fühlte, dass der Waffenoffizier noch mehr zu sagen hatte. »Ich hatte als Kind eine Freundin«, fuhr sie schließlich fort. »Sie war immer still, nervös, leicht zu erschrecken. Es stellte sich heraus, dass ihr Vater sie missbraucht hatte.« Als Mullen sie fassungslos ansah, zuckte Kelly mit den Schultern. »Koloniewelt. Mehr Druck, als man auf der Erde hat, weniger medizinische oder psychologische Betreuung, um solche Dinge frühzeitig zu bemerken. Manchmal schlüpft etwas durch das Raster. Wie auch immer, als sie schließlich Hilfe bekam, als sie sich befreit hatte und imstande war, sich zu öffnen, sprach sie darüber, wie es war, jeden Tag mit einem Elternteil zu leben, der einen missbraucht – jemandem, der zu jedem Zeitpunkt zuschlagen konnte, sein Handeln ausgelöst durch die banalsten Dinge. Er war getrieben von seinen eigenen Dämonen, aber für jeden Schmerz, den er ihr zufügte, gab er ihr die Schuld. Sie konnte nie wissen, was er tun würde und was es auslösen würde. Sie hatte nicht einmal einen konsistenten Sinn für Realität, denn er erfand Lügen und zwang sie dazu, sie zu akzeptieren – ein reines Machtspiel. Nie gab es einen Moment der Sicherheit oder Stabilität, nichts, auf das sie sich verlassen konnte. Ich habe es erst vollends verstanden, als ich in den Krieg zog und es selbst gefühlt habe.«

Gedankenverloren schwieg sie einen Moment. »Leute, die unter Diktatoren leben, führen ein ziemlich ähnliches Leben. Als würden sie von jemandem missbraucht, der sie beschützen sollte. Stellen Sie sich vor – ganze Nationen, ganze Planeten, die missbraucht aufwachsen. Traumatisiert. Nur weil eine kranke Person glaubt, dass sie das einzige echte Lebewesen im Universum sei.« Sie schüttelte den Anfall von Bitterkeit ab. »Wir müssen diesen Scheißkerl Maltuvis schnell stoppen, ansonsten wird eine ganze Generation saurianischer Kinder auf diese Weise groß werden.«

»Von mir hören Sie keinen Widerspruch«, sagte Mullen und richtete seinen geräteverstärkten Blick wieder auf die Fabrik. »Wir müssen es ihm zeigen: Die Saurianer sind nicht seine …« Er brach ab, als er plötzlich Bewegungen am Rand des Werks entdeckte. »Lastwagen.«

Verwirrt sah Kelly ihn an. »Die Saurianer sind nicht seine Lastwagen?«

»Nein, schauen Sie, da sind Lastwagen, die die Fabrik verlassen. Große.«

Der Waffenoffizier richtete ihr Nachtsichtgerät auf den Punkt, den er ihr zeigte. »Hab sie. Sieht aus, als würden die etwas aus diesem stark abgeschirmten Nebengebäude abtransportieren, das an die Hauptmontagehalle angrenzt.«

»Was sollten die abtransportieren?«, fragte sich Mullen. »Sie bereiten alles vor, um mit dem Bau zu beginnen. Sie müssten Sachen anliefern.«

»Was immer es ist«, sagte Kelly, »es braucht irgendeine Art extrem massive Sicherheitsbehälter, wenn ich mir die Bauweise dieser Lastwagen so ansehe. Also ist es vermutlich etwas Gefährliches.«

Mullen hob seinen Scanner und justierte ihn, um die Lastwagen ins Visier zu nehmen und eine Vollspektrumanalyse durchzuführen. »Ich orte eine schwache Strahlungssignatur ...«

»Schwach ist gut.«

Als er die Anzeigen genauer betrachtete, wurde ihm eiskalt. »Oh, mein Gott!«

»Commander?«

»Diese Art von Strahlung ... Gammastrahlen und Myonen mit diesen Energieladungen und dieser Verteilung ... Morgan, das ist eine Antimaterie-Signatur.«

Kellys Augen weiteten sich. »Die komplette Menge an Antimaterie, die sie auf dem ganzen Planeten in einem Jahr herstellen können sollten, müsste in einen dieser Lastwagen passen. Ich zähle fünf. Allein in dieser Fabrik.«

»Die haben einen Antimaterie-Generator dort drin, wie er sonst nur in Raumschiffen verbaut ist. Das muss es sein.«

Der Lieutenant packte seinen Arm. »Selbst wenn sie die Spezifikationen von den Orionern bekommen haben, ist es unmöglich zu sagen, wie instabil das Ding ist. Wenn wir da heute Nacht reingehen und Sachen hochjagen ...«

Mullen fluchte. »Wir müssen *sofort* zum Team zurück.«

U.S.S. Essex

»Es tut gut, endlich Ihre Stimme wieder zu hören, Commander«, sagte Bryce Shumar, der gemeinsam mit dem Rest der Besatzung während der letzten drei Wochen mehr und mehr an Lagerkoller zu leiden begonnen hatte – wenngleich in seinem Fall strikt privat. Sein Ruf, sich durch nichts erschüttern zu lassen, bestand noch immer erfolgreich. »Aber ist es nicht gefährlich, so viel Energie einzusetzen, um uns auf diese Entfernung zu kontaktieren?«

»Das ist ein Risiko, das wir eingehen müssen, Captain«, sagte Mullen und meldete Shumar dann die Entdeckung des Antimaterie-Generators in der Fabrik. *»Natürlich haben wir den Angriff abgeblasen.«*

»Natürlich. Ein einziger Riss im Eindämmungsfeld, und die ganze Stadt wäre verloren gewesen.«

»Sir, das wird früher oder später ohnehin geschehen, wenn wir nicht eingreifen. Aus diesem Grund war es so wichtig, unser Schweigen zu brechen. Vorsteherin Moxat hat eine Rede an das saurianische Volk aufgezeichnet. Wir brauchen die Essex, *um sie planetenweit zu übertragen. Wir haben Protokolle, um die automatischen Content-Blocker im globalen Informationsnetzwerk zu umgehen, aber wir müssen die Rede auch an jeden offenen Empfänger senden, um sicherzugehen, dass alle es mitbekommen. Wir brauchen Sie, um die eine Hemisphäre abzudecken, während wir die andere mit der Raumfähre auf einem Orbit Ihnen entgegengesetzt übernehmen.«*

»Sie werden dafür in einem niedrigen Orbit fliegen müssen«, sagte Shumar. »Sie werden sehr verletzlich sein.«

»Das ist ein Risiko, aber wir müssen diese Rede senden. Hoffentlich wird diese Bekanntmachung die Lage hier sehr schnell ändern.«

Shumar brauchte nur Sekunden, um eine Entscheidung zu treffen. »Nun gut. Übertragen Sie die Rede der Vorsteherin an Mister Avila. Ensign Moy, verlassen Sie den Orbit und bringen Sie uns in die für Sauria optimale Sendereichweite für elektromagnetische Signale. Mahendra, Schilde und Hüllenpanzerung bereit machen und Waffen aufladen – diese Blockadeschiffe werden sowohl auf uns als auch die Fähre Jagd machen.«

Ein Mitglied der Brückenbesatzung nach dem anderen bestätigte, mit Ausnahme von Miguel Avila, der bereits den Upload von der Raumfähre empfing. Shumar trat nach hinten an den Lagebesprechungstisch. »Schicken Sie die Nachricht hier rüber, Miguel. Lassen Sie sie hören.«

Das runzlige Gesicht von Vorsteherin Moxat erschien auf dem Tischbildschirm. *»Bewohner von Sauria – Lyaksti'kton, N'Ragolar, welchen Namen ihr auch immer eurer Heimat geben mögt. Ich bin Moxat, exilierte Vorsteherin der Globalen Liga und gegenwärtig der Kopf des Widerstands gegen die Tyrannei von Basileus Maltuvis von M'Tezir.«* Shumar fiel auf, dass sie sich weigerte, seinen selbst ernannten Status als Monarch des Maltuvianischen Imperiums anzuerkennen. *»Ich spreche heute zu euch, denn unsere Bewegung hat etwas Grauenvolles über die Pläne und Handlungen des Basileus herausgefunden, etwas, das mit den Raumschiffwerften zu tun hat, die er durch Sklavenarbeiter in verschiedenen besetzten Ländern hat errichten lassen. Die Entdeckung wurde mithilfe der Sternenflotte der Vereinigten Föderation der Planeten gemacht, und ich übermittle euch jetzt deren Daten als Beleg für diese Enthüllungen.«*

Moxat ging dazu über, die Beweise für die Antimaterie-Generatoren darzulegen, dann fuhr sie fort: *»Wie viele von euch wissen, hat unser Volk nur sehr geringe Fortschritte in der Herstellung von Antimaterie gemacht. Ein Großteil der Antimaterie, die Maltuvis nutzt, um die Fusionsreaktoren in seinen Kriegsschiffen zu zünden, wird aus den spärlichen natürlichen Quellen an Antipartikeln gewonnen, die vom Magnetfeld unseres Planeten in dessen Strahlungsgürteln eingefangen werden. In der kurzen Zeit seit dem Erstkontakt mit der Föderation wäre es unmöglich gewesen, von diesen bescheidenen Anfängen zu der industriellen Antideuterium-Produktion zu gelangen, die, wie nun entdeckt wurde, in dem Veranith-Werk stattfindet und vermutlich auch in anderen. Das lässt nur einen plausiblen Schluss zu: dass Maltuvis – der, der an die Macht gekommen ist, weil er behauptete, er wolle unsere Welt vor einer Herrschaft der Fremdweltler schützen – sich selbst mit Fremdweltlern* *verbündet haben muss. Nur sie können ihm die Technologie geliefert haben, um Antimaterie herzustellen. Und, wie wir nun erkennen, auch die Technologie, um solch eine große Flotte an Kriegsschiffen so schnell produzieren zu können. Maltuvis hat uns nicht vor der Eroberung durch Fremdweltler beschützt. Er hatte selbst Fremdweltlerhilfe bei seiner Eroberung. Maltuvis hat seinem Volk keine Sicherheit gebracht. Stattdessen hat seine Gier nach Macht Hunderte Millionen von uns unmittelbar in Gefahr gebracht. Diese Antimaterie-Generatoren stellen ein extremes Risiko dar. Sollte einer von ihnen eine Fehlfunktion haben, würde die Explosion die ganze benachbarte Stadt zerstören und einen Großteil der Ökologie eines Landes. Unser Widerstand hatte vor, das Veranith-Werk zu sabotieren, um Maltuvis' Eroberungen zu verlangsamen … aber wir haben unseren Angriff abgebrochen, als wir von dieser extremen Gefahr erfahren haben. Wir sind unseren Föderationsberatern dankbar dafür, dass sie uns davor bewahrt haben, einen schrecklichen Fehler zu begehen. Und nun geben wir ihren Gefallen weiter, indem wir euch, die Bevölkerung dieser wunderschönen Welt, warnen. Wir warnen euch vor der schändlichen Gleichgültigkeit, die Basileus Maltuvis im Hinblick auf eure Sicherheit bewiesen hat, und vor der unfassbaren Heuchelei, die seinem selbst erschaffenen Bild als Verteidiger unseres Volkes zugrunde liegt.«*

Starke Worte, dachte Shumar. Aber es waren Worte, die die Bewohner von Sauria hören mussten. Es würde ihm eine besondere Ehre sein, dafür zu sorgen, dass sie gehört werden würden.

9. März 2166
Akleyro, Sauria

Während der zwei Tage, die Charles Tucker gebraucht hatte, um einige von Antonio Ruiz' Widerstandskontakten zu finden und sie zu engagieren, ihn zurück nach Akleyro zu bringen, hatte er mit seiner Entscheidung gerungen, Garos umzubringen. Im Laufe seiner Jahre bei Sektion 31 und selbst zuvor in der Sternenflotte war ihm gelegentlich befohlen worden, Handlungen durchzuführen, die anderen den Tod gebracht hatten. Doch für gewöhnlich war dies in der Hitze des Gefechts gewesen, wie im Fall der Techniker an Bord des saurianischen Schiffs, oder auf eine indirekte Art, die Tucker einen oder zwei Schritt vom tatsächlichen Killer entfernt hielt, wie als Devna die beiden Wachen getötet hatte, um ihn und Ruiz zu befreien. Und es war beinahe immer auf Befehl von jemand anderem geschehen. Auf eigene Faust zu entscheiden, einen vorsätzlichen Mord zu begehen, war eine Last, die deutlich schwerer zu tragen war. Die bittere Ironie lag darin, dass ihn just sein Wunsch, die unmoralische Welt der Spionage zu verlassen, an diesen Punkt geführt hatte.

Trotzdem sah er keine Alternative. Garos' Plan, den Antimaterie-Generator des Veranith-Werks in die Luft zu jagen, würde Millionen umbringen. Ruiz hatte das verstanden und sich geopfert, damit Tucker überlebte und die Tragödie verhinderte. Wenn ein so ehrenhaftes Leben wie das von Ruiz ein akzeptables Opfer war, um diese Millionen zu retten, dann hatte Tucker kein Anrecht darauf, sich schlecht zu fühlen, weil er Garos' Leben beenden musste, das Leben eines Verbrecherlords, an dessen Händen bereits das Blut Tausender klebte. Er musste Garos, ohne zu zögern, ausschalten, ansonsten wäre Tonys Opfer umsonst gewesen.

Und wenn er danach keine Nacht mehr gut schlafen konnte, war das trotzdem ein Preis, der es wert war, bezahlt zu werden.

So kam es, dass Charles Tucker nach Akleyro zurückkehrte. Sein Geist war konzentriert, seine Gefühle unter Kontrolle, sein Wille auf das eine, alles überragende Ziel gerichtet, den katastrophalen Überfall auf Veranith zu verhindern, was immer dazu nötig war.

Dementsprechend war er vollkommen überrascht, als er feststellen musste, dass der Angriff abgeblasen worden war, während er auf einem Flussschiff in einer Transportbox gesteckt hatte.

Es war surreal. Ohne dass er selbst etwas getan hätte und anscheinend durch pures Glück war das *Essex*-Team über die gleichen Informationen gestolpert, die Ruiz und er herausgefunden hatten, weil Maltuvis' Streitkräfte unklugerweise etwas von ihrem Antideuterium abtransportiert hatten, während ein Spähtrupp vor Ort gewesen war. Das Raumschiff hatte geholfen, die Nachricht über ganz Sauria zu verbreiten und dadurch Maltuvis' Lügen und seine Heuchelei zu offenbaren. Natürlich leugnete der Diktator alle Anschuldigungen einer Zusammenarbeit mit Fremdweltlern und beharrte darauf, dass allein die Brillanz der M'Tezir den Durchbruch in der Antimaterie-Herstellung erzielt hatte. Doch es gab nichts, was er sagen konnte, um die schiere Rücksichtslosigkeit schönzureden, mit der er Antimaterie in unmittelbarer Nachbarschaft großer Städte herstellen und lagern ließ. Seine Glaubwürdigkeit hatte einen schweren Schlag erlitten und der Widerstand einen wichtigen Sieg errungen, und das, ohne einen einzigen Schuss abzugeben. Für Tuckers Mission noch wichtiger war allerdings, dass der Angriff abgebrochen war und Vorsteherin Moxat die Sternenflotte gezielt für ihre Hilfe bei der Verhinderung der Katastrophe gelobt hatte, denn es bedeutete, dass der Plan der Schwestern, die Sternenflotte zu diskreditieren, fehlgeschlagen war, ohne dass Tucker auch nur einen Finger hatte heben müssen. All die Toten, all die Opfer, sie waren unnötig gewesen.

Tony Ruiz hätte nicht sterben müssen.

Tucker war noch immer vollkommen geschockt darüber, als ihn Devna, der es offensichtlich deutlich leichtergefallen war, nach Akleyro zurückzukehren, fand und zu Garos brachte. »Ah, Mister Tucker«, begrüßte ihn der Malurianer fröhlich. »Ich bin beeindruckt, dass es Ihnen gelungen ist, trotz allem zu überleben. Gut gemacht, Sir.«

Das war der Mann, der Ruiz und ihn verraten und an Maltuvis ausgeliefert hatte, damit der sie folterte und exekutierte. Es war zum Teil seine Schuld, dass Ruiz tot war. Doch jeder Zorn, den Tucker spürte, wurde von seiner Verwirrung erstickt. »Warum haben Sie das nicht gestoppt?«, fragte er den Malurianer. »Sie haben für die Schwestern gearbeitet. Sie wollten, dass der Überfall stattfindet. Warum haben Sie die Sternenflotte nicht davon abgehalten, die Sache mit der Antimaterie herauszufinden?«

Garos grinste und schüttelte den Kopf. »Ich fürchte, Sie sind nach wie vor ein paar Schritte hinterher. Ich habe dafür *gesorgt*, dass sie es herausfinden.«

Tucker starrte ihn nur fassungslos an. »Was?«

Devna trat vor. »Ich habe Garos nicht getrotzt, als ich nach M'Tezir kam, um euch zu retten. Vielmehr habe ich ihn überzeugt, einen alternativen Plan zu versuchen. Ich ging zu Maltuvis und gab mich als Botin von Harrad-Sar aus. Wir Sklavinnen sehen für ihn alle gleich aus. Ich gab den Befehl weiter, scheinbar von Harrad-Sar, eine gewisse Menge der Antimaterie-Reserve einen Tag vor dem Angriff aus dem Werk abzutransportieren. Schließlich gab es in der Fabrik noch mehr als genug Antimaterie und anderes explosives Material, um die Stadt zu verwüsten, ohne dabei alle Vorräte zu verschwenden. Maltuvis war ziemlich froh darüber, etwas von der Antimaterie retten zu können, von der er hofft, dass sie seinen Eroberungsfeldzug zu den Sternen tragen wird. Ich versicherte ihm natürlich, dass Garos dafür sorgen würde, dass der Spähtrupp der Angreifer zum Zeitpunkt der Verlegung nicht anwesend sein würde.«

»Doch stattdessen«, sagte Garos, »habe ich genau das Gegenteil getan und dafür gesorgt, dass Commander Mullens Team *vor Ort* sein würde, als die Antimaterie verlegt wurde. So kam die Wahrheit ans Licht, der Tag war gerettet und so weiter.«

Tucker war immer noch vollkommen verwirrt. »Ich begreife das nicht. Sie sagten, dass die Schwestern Sie dazu zwingen würden zu kooperieren. Dass sie Ihre Familie bedrohen würden.«

Garos sah ihn an, als hielte er ihn für ein begriffsstutziges Kind. »Ja, und deswegen konnte ich auch an *Ihrem* Plan nicht teilhaben, ohne mich zu verraten und meine Gefährtin und ihre anderen Männer in unmittelbare Todesgefahr zu bringen. Ich musste Sie verraten, damit Sie nicht alles ruinieren. Aber Devnas Plan hatte den Vorteil, mich aus der Geschichte herauszuhalten.«

»Indem ich den Befehl Harrad-Sar zugeschrieben habe«, fügte Devna hinzu, »lassen wir es so aussehen, als hätte er eine Nebenoperation am Laufen gehabt, um etwas von der Antimaterie für sich selbst beiseitezuschaffen, und als sei es seine Gier gewesen, die zur Preisgabe der Generatoren geführt und den Plan der Schwestern vereitelt hätte.« Ein kleines, trauriges Lächeln trat auf ihre Züge. »Es war leicht, seine echten Sklavinnen in Maltuvis' Palast dazu zu bringen, meine Geschichte zu bezeugen. Sie sind genauso froh, ihn loszuwerden, wie wir. Er hat sie nicht gut behandelt.«

»Umso mehr bin ich froh, ihn leiden zu sehen«, sagte Garos. »Nichts ist so schändlich wie mangelnder Respekt gegenüber Frauen.«

»Schön zu hören, dass Sie zumindest irgendwelche moralischen Ansprüche haben«, erwiderte Tucker, aber seine Worte waren nur halbherzig.

»Ich bin kein Monster, Mister Tucker. Ich tue, was ich zum Wohl meiner Familie und meines Volks zu tun gezwungen bin. Mir hat der Gedanke, Millionen von Saurianern zu töten, um das zu erreichen, nie gefallen. Ich wollte eine Lösung finden, wie ich sie verschonen kann, ohne meine Familie in Gefahr zu bringen. Sie haben mir keine geboten. Devna schon. Dafür bin ich ihr dankbar.«

Tucker konnte es nicht fassen. Er hatte Garos vollkommen falsch eingeschätzt. Mehr noch: Er hatte die ganze Situation falsch eingeschätzt. Er hatte geglaubt, dass er siegen konnte, wenn er allein und im Geheimen vorging, aber es war ein simpler Akt der Offenheit und Wahrheit gewesen, der sowohl den Schwestern als auch Maltuvis einen Strich durch die Rechnung gemacht hatte. Er hatte sich für Garos als Ziel entschieden, das zerstört werden musste, um die Mission erfolgreich abzuschließen, doch Garos war derjenige gewesen, dessen Handeln zahllose Leben gerettet hatte. Tony Ruiz hatte versucht, ihn zu überreden, einen besseren Weg, einen offeneren Weg einzuschlagen, aber Tucker hatte ihn überzeugt, dass Täuschung, Intrige und Gewalt der einzig wirksame, notwendige Weg war, um dem übergeordneten Wohl zu dienen. Auf diese Weise hatte er Tony in einen komplett unnötigen Tod geführt.

War das nicht genau das, was ihm Sektion 31 angetan hatte? Sie hatte ihn auf den falschen Weg geführt, ihn blind für bessere Optionen gemacht, ihn dazu gebracht, großen Schaden anzurichten und das Ganze damit zu entschuldigen, dass es für die gute Sache sei. Und war der Anlass dieser ganzen Mission nicht sein Versuch gewesen, alldem zu entkommen?

Vielleicht gab es kein Entkommen. Vielleicht war das hier alles, was er heute war. Selbst wenn es ihm gelänge, Sektion 31 zu Fall zu bringen, würde sie in seinem Inneren weiterleben. Was sollte er jetzt bloß machen?

15

Birnam

Nach den Ereignissen rund um den Waldbrand und der Entdeckung der Begräbnisriten der Dryaden legte Captain Zang seine Pläne, Dryadengewebe zu gewinnen, auf Eis. Obwohl er nach wie vor nicht vollends überzeugt war, dass die Spezies sich ihrer selbst bewusst war, wollte er das Risiko nicht länger eingehen. Daher richtete die *Verne*-Besatzung ihre Anstrengungen fortan darauf, vergleichbare pharmazeutische Verbindungen in anderen, weniger komplexen Spezies der birnamschen Flora zu finden. Die Dryaden einzubringen, war auch kein so leichtes Unterfangen mehr wie zuvor, denn die riesigen Baumartigen waren den Humanoiden gegenüber vorsichtig geworden und begannen, einen weiten Bogen um sie zu schlagen. Die Schnelligkeit, mit der sich das Wissen um die winzigen Besucher durch die Dryaden-Bevölkerung verbreitete, war ein weiterer Beweis ihrer Fähigkeit zur Kommunikation. T'Pol hatte empfohlen, dass die Raumnomaden ihrerseits Abstand von den Dryaden hielten, um das Risiko einer Störung ihrer Kultur und Lebensweise so gering wie möglich zu halten.

Was Maya Castellano anging, gab es keine eindeutige Möglichkeit, ein Verbrechen zu definieren, für das man sie hätte verurteilen können. Zum Zeitpunkt ihres Handelns war der legale Status der Dryaden nicht definiert gewesen, und die Autorität, sie zu bestrafen, lag letztlich bei Zang und der Besatzung der *Verne*. Ohnehin war kaum eine schwerere Bestrafung denkbar als die Scham und Ablehnung, die sie von nun an in den Augen ihres Sohnes sehen musste, wenn er überhaupt bereit war, sich mit ihr in einem Raum aufzuhalten. Ihre Versuche, Alec zu erklären, dass sie es getan hatte, um seine Zukunft zu sichern, machten ihn nur noch wütender. Er weigerte sich zu akzeptieren, dass sie ihn als Entschuldigung für ihr Handeln vorschob.

Die Besatzung der *Endeavour* blieb noch ein paar Tage, um ihre Studien fortzusetzen, aber Hoshi Sato sah wenig von Farid Najafi, der oben auf der *Verne* blieb, um sich von seinen Verbrennungen und der Rauchvergiftung zu erholen, die er während des Feuers erlitten hatte. Doch er kehrte zur Planetenoberfläche zurück, als es für das Sternenflottenteam Zeit wurde, Abschied zu nehmen und sich der nächsten Mission zuzuwenden.

Hoshi traf ihn neben dem Hain aus Spargelbäumen außerhalb des Nomadenlagers und hielt ihm eine Datentafel entgegen. »Das ist das beste linguistische Modell, das ich auf Basis der Gehirnscans, die wir vorgenommen haben, entwickeln konnte«, sagte sie. »Ein paar der überlebenden Dryaden hatten noch immer genug Markierungsflüssigkeit in ihrem Körper, dass wir einige nützliche Daten sammeln konnten, obwohl wir aus der Distanz arbeiten mussten und die Auflösung nicht sehr gut war. Aber es ist zumindest etwas. Vielleicht hilft es dabei, eine Methode zu finden, ihre Sprache zu übersetzen oder sogar mit ihnen zu sprechen, wenn du dich dazu entscheidest, es zu versuchen.«

Farid lächelte. »Mit Bäumen zu sprechen und sie dazu zu bringen, mir zuzuhören? Da wird ein Traum wahr.« Er schüttelte ihre Hand. »Hoshi, ich weiß nicht, wie ich dir für all das danken soll, was du für uns getan hast. Oder wie ich mich für das entschuldigen soll, was ich mir herausgenommen ...«

Sie legte ihre Hand auf die seine. »Denk nicht einmal daran. Das war voll und ganz meine Schuld.« Sie blickte zur Seite und lächelte nervös. »Bitte versteh das nicht falsch ... aber ich habe begriffen, dass es nie wirklich um dich ging. Ich meine, klar, du bist witzig und süß und sexy, aber ...«

Hoshi ließ seine Hand los. »Als ich dich bedroht von diesem Feuer sah, war ich ... nun, ich war natürlich besorgt. Aber als ich danach darüber nachgedacht habe, habe ich begriffen, dass ich nicht besorgter war, als ich es um jede Person wäre, die in Gefahr ist. Ich war um dich besorgt, aber nicht ... nicht völlig außer mir. Nicht so, wie ich es damals war, als Takashi beinahe getötet worden wäre.«

Sie seufzte und faltete die Hände vor dem Bauch. »Das war ... grauenvoll. Und seit jenem Tag habe ich versucht, mit dem Preis klarzukommen, den er für sein Heldentum bezahlt hat ... dem Verlust von so vielem, was er war, den alltäglichen Kämpfen. Ich hatte solche Angst, fühlte mich so unsicher in Bezug auf meine Zukunft mit ihm. Ich habe mich dir zugewandt, weil ich mich zurückziehen wollte ... um mich vor diesen intensiven Gefühlen zu verstecken. Um Aufmunterung durch etwas zu erfahren, das Spaß machte und sorgenfrei war.«

Sie schwieg kurz. »Aber jetzt verstehe ich ... dass meine Ängste deshalb so groß sind, weil meine Liebe für ihn so groß ist. Es wäre nicht so schwer für mich, wenn er mir nicht so viel bedeuten würde. Und meine Sorgen über die Zukunft würden mich nicht so verfolgen, wenn mir diese Zukunft nicht wirklich wichtig wäre. Meine Furcht bedeutete nicht, dass ich *nicht* mit ihm zusammen sein sollte ... sie bedeutete das genaue Gegenteil. Meine Liebe zu ihm ist stark genug, dass ich immer für ihn da sein werde, egal wie schwer es wird. Und genau das braucht er. Genau das brauche *ich* ... das Wissen, dass ich die Stärke dazu in mir trage.«

Najafi schwieg eine ganze Weile.

»Also ... verstehst du das?«, fragte Hoshi.

Er räusperte sich. »Äh ... klar. Ja. Ich bin ... ich bin froh, dass dein Mangel an tatsächlichem Interesse an mir dir all diese Einsichten beschert hat. Schätze ich.«

»Es tut mir leid, so habe ich es nicht gemeint ...«

»Nein, ehrlich, ist schon gut. Es wäre mir natürlich lieber gewesen, wenn du total in mich verknallt gewesen wärst, aber ich freue mich für dich, dass du jemanden hast, für den du so viel empfindest. Und, nun ja, es war schön, solange es dauerte. Uns bleibt immer die Kannenpflanze.« Sie lachten beide unbehaglich.

Er trat näher und nahm diesmal ihre beiden Hände in die seinen. »Was soll ich sagen? Birnam ist wie ein idyllisches Märchenland. Es bringt unsere Träume näher an die Oberfläche. Wir haben einen Moment lang einen Traum geteilt, und er hat mir sehr gefallen. Ich durfte diese Lippen küssen, was mir beinahe so wichtig war, wie zu beweisen, dass Bäume auch Personen sind.« Sie wurde rot und verdrehte die Augen. »Und ich bin froh, dass dir dabei etwas so Wichtiges klar geworden ist. Das ist das Geringste, was ich dir für all das zurückgeben konnte, was du für mich und die Dryaden getan hast.«

Farid beugte sich vor und küsste sie auf die Stirn. »Danke, Hoshi Sato. Und möge die Sonne über deinem Glück niemals untergehen!«

10. März 2166
Sternenflottenhauptquartier

Auf Malcolm Reeds bärtigen Zügen lag ein zufriedener Ausdruck, als er in Admiral Archers Büro kam. »Wir haben endlich eine Spur zu Harris, Sir.«

Archer erwiderte seinen Blick mit Zurückhaltung. Er fürchtete, sich zu früh zu freuen. Die meisten Nachrichten, die er in den letzten Tagen erhalten hatte, waren positiv gewesen, seit Reed und Marcus Williams ins Rampenlicht getreten waren, um ihren Fall gegen Sektion 31 dem Oberstaatsanwalt und dem Justizministerium der Föderation zu präsentieren. Die Anklagen gegen Harris und seinen nicht genehmigten Kader an Spionen waren schnell erhoben worden, und aus den Reihen der Sternenflotte kam viel Kooperation – zum Teil auf Archers Anweisung hin, aber größtenteils aus einem Gefühl der Erleichterung heraus, das all die Offiziere verspürten, die dazu manipuliert oder erpresst worden waren, der Sektion von Zeit zu Zeit auszuhelfen, nur um dann feststellen, dass deren Haken sich nicht mehr so leicht entfernen ließen, nachdem sie einmal im eigenen Fleisch steckten. Williams war nicht der einzige Kontaktmann gewesen, den das Gewissen plagte, und eine ganze Reihe andere hatten sich bereit erklärt, ihr Wissen zu teilen, nachdem sie erfahren hatten, welche Rolle die Sektion beim Untergang der Partnerschaft gespielt hatte. Ihre Mithilfe hatte dafür gesorgt, dass bis jetzt bereits mehr als ein Dutzend echter Vollzeitagenten der Verschwörung hatten inhaftiert werden können. Außerdem waren die Einrichtungen ausgehoben worden, von denen aus sie operiert hatten.

Nicht alle Gewissen hatten allerdings gerettet werden können. Admiral Parvati Rao, Harris' alter Kontakt beim Sternenflottengeheimdienst, die durch die jüngsten

Geständnisse mit Aktivitäten der Sektion in Verbindung hatte gebracht werden können, war in ihrem abgelegenen Heim in der Einsamkeit des Mars gefunden worden. Sie war bereits seit mehreren Monaten tot gewesen. Offensichtlich hatte sie sich, kurze Zeit nachdem die Ermittlungen im Partnerschaft-Fall begonnen hatten, das Leben genommen, vielleicht aus Furcht, dass die Kette an Beweisen früher oder später zu ihr führen würde. Wenn es eine Sache gab, so dachte Archer später, für die Rao berühmt gewesen war, dann ihre untrüglich treffsicheren Vorahnungen.

Trotz Raos Beteiligung machten die Beweise auf beruhigende Weise deutlich, dass der Kernzirkel der Sektion eine sehr kleine Gruppe aus gegenwärtigen und ehemaligen Sternenflottenoffizieren gewesen war. T'Pol hatte mit ihrer Einschätzung recht gehabt, dass eine Verschwörung zwangsläufig ziemlich klein sein musste, um so lange zu überdauern, wie es bei der Sektion der Fall gewesen war. Sie schien auch vollständig auf den Teil der Sternenflotte beschränkt zu sein, der vom Personal der Vereinigten Erde gestellt wurde. Offensichtlich war die Gruppe zu engstirnig gewesen, um auf den Gedanken zu kommen, während der fünf Jahre seit der Gründung der Föderation auch außerhalb des Erde-Zweigs zu rekrutieren.

Was Artikel 14, Sektion 31 der Sternenflottencharta anging, der von der Gruppe als Selbstrechtfertigung und informeller Name missbraucht worden war, so wurde entschieden, diesen Umstand aus der Presse herauszuhalten – mit Archers widerwilliger Zustimmung. Verteidigungskommissarin sh'Mirrin war der Ansicht, die Preisgabe dieser Information könne den falschen Eindruck vermitteln, dass die Sternenflottenstatuten eine solche Gruppe tatsächlich billigen würden, obwohl sie einfach nur unklar genug formuliert waren, um als Entschuldigung missbraucht zu werden. Schlimmer noch, das Wissen um Artikel 14, Sektion 31 mochte zukünftige Offiziere auf die Idee bringen, in Harris' Fußstapfen zu treten. Daher würden die Presse und die Geschichtsbücher die Organisation bloß als »die Harris-Verschwörung« bezeichnen.

Tatsächlich würden wohl auch viele ihrer Mitglieder anonym bleiben, denn es waren keine Aufzeichnungen ihrer Identitäten gefunden worden. Die Agenten, die gegenwärtig in Haft saßen, waren aufgrund ihrer DNA und ihrer biometrischen Daten identifiziert worden. Doch Harris und seine höchste Führungsebene waren nach wie vor auf freiem Fuß – ebenso wie, natürlich, Charles Tucker. Trip würde einfach weiterhin offiziell tot bleiben, bis er sich dazu entschied, zurückzukehren und die Dinge richtigzustellen. Archer und Reed waren übereingekommen, sein Geheimnis nicht ohne seine Genehmigung preiszugeben, und sie waren sich sicher, dass die anderen, die von Trips Überleben wussten – namentlich T'Pol, Travis Mayweather, Hoshi Sato und Dr. Phlox –, dem zustimmen würden.

Bedauerlicherweise war es den Datenforensikern der Obersten Militärstaatsanwaltschaft nur teilweise gelungen, die Computeraufzeichnungen der Sektion zu entschlüsseln oder jene zu rekonstruieren, die von den Agenten vor ihrer Festnahme gelöscht worden waren. Der Militärstaatsanwalt versicherte Archer, dass genug Daten gerettet worden waren, um die Verschwörung zu Fall zu bringen und die meisten ihrer Mitglieder zu verfolgen, aber gewisse Schlüsselkategorien an Informationen hatten sich als nicht rekonstruierbar erwiesen, darunter Daten über ihre sicheren Kommunikationsprotokolle, ihre Organisationsstruktur auf höchster Ebene, die Einzelheiten ihrer Gründung und ihre Langzeitziele. Dass diese ganz speziellen Daten als verloren gelten mussten, war schon verdächtig, es war allerdings möglich, dass Harris und sein Kreis diese Informationen strikt in ihren Köpfen oder aber auf Datenträgern aufbewahrt hatten, die sie immer mit sich führten. Sie zu finden, war daher Malcolm Reeds oberste Priorität gewesen.

»Über wie viel ›Spur‹ reden wir hier, Malcolm?«, fragte Archer.

»Nicht viel, Sir. Aber wir haben Hinweise auf gewisse Besitztümer gefunden, die uns zu einem kleinen, privaten Raumschiff mit hochmodernem Warpantrieb geführt haben. Wir haben den Hangar entdeckt, und obwohl das Raumschiff fort war, konnten wir aus Hangaraufzeichnungen, Personalbefragungen und Innersystem-Verkehrskontrollen seinen ursprünglichen Flugplan und die Reichweite ermitteln. Es ist klar, dass sie mittlerweile von ihrem ursprünglichen Flugplan abgewichen sind, aber sie sind erst vor zwei Tagen abgeflogen, und ich habe zwei Schiffe der Andorianischen Garde abgestellt, ihrer Ionenspur zu folgen. Wir werden sie nicht davonkommen lassen, Sir.«

»Das sind ermutigende Neuigkeiten, Malcolm. Gute Arbeit.«

»Wenn es Ihnen nichts ausmacht, Sir, warten Sie mit Ihrem Lob noch, bis Harris und all seine Kumpane in einer Zelle sitzen.«

Archer erhob sich, umrundete seinen Schreibtisch und legte Reed die Hände auf die Schultern. »Ich denke, dass Sie mehr als nur ein ›Gute Arbeit‹ verdienen, Malcolm. Ich bin sehr dankbar für Ihre Hilfe in den letzten Tagen. Nun, da Marcus seinen Posten aufgegeben hat, war es ... nun, es wäre ein ziemliches Chaos gewesen, wenn Sie mir nicht geholfen hätten.«

Reed seufzte. »Es ist auch so noch ein ziemliches Chaos, Sir. Wissen Sie, die *Pioneer* ist fertig überholt. Ich sollte an Bord sein und sie wieder hinaus ins All führen. Aber ich muss hier sein, um meine Aussagen zu machen, die Suche zu koordinieren ... Es ist unmöglich zu sagen, wie lange ich hier beschäftigt sein werde, nicht wahr?«

»Das ist tatsächlich etwas, über das ich mit Ihnen sprechen wollte«, sagte der Admiral. »Da Sie ohnehin eine ganze Weile auf der Erde sein werden ... habe ich mich gefragt, ob Sie sich vorstellen könnten, den Job als meine rechte Hand in Vollzeit zu übernehmen.«

Verblüfft blickte ihn Reed an. »Das ist ein sehr freundliches Angebot, Admiral, aber ich bin kein Administrator.«

»Sie sind der disziplinierteste, gewissenhafteste, detailversessenste Offizier, der mir je untergekommen ist. Und Sie haben gute Arbeit bei der Koordinierung der Ermittlungen geleistet.« Er sah Reed fest in die Augen. »Doch eins ist noch wichtiger: Nach Marcus' ... nach dem, was mit ihm passiert ist, brauche ich jemanden, dem ich absolut und ohne Vorbehalte vertrauen kann. Ich brauche Sie, Malcolm. Werden Sie mir helfen?«

Der Captain dachte eine Minute darüber nach. »Wenn Sie es so ausdrücken, Sir, kann ich wohl kaum Nein sagen. Daher: Ja, ich akzeptiere.«

Archer schüttelte seine Hand. »Hervorragend! Willkommen an Bord!«

»Aber was wird aus der *Pioneer*, Sir? Sie braucht jemanden, der als Captain für mich übernehmen kann. Travis ist noch nicht ganz bereit dafür. Aber sie verdient das Beste, Sir. Wo finden wir jemanden, der so kurzfristig einspringen kann?«

Der Admiral grinste. »Wie es der Zufall will, habe ich da schon jemanden im Sinn. Einen frischgebackenen Captain. Sie sollte schon längst dort draußen sein, wurde aber durch Umstände hier festgehalten, die außerhalb ihrer Kontrolle lagen.«

Reeds Augen weiteten sich, als er begriff, wen Archer meinte.

11. März 2166
U.S.S. Pioneer

»Und du bist *sicher*, dass das nicht deine Idee war, Malcolm?«, fragte Caroline Paris Reed, als er sie durch die Korridore zum Frachtraum führte.

»Ich habe es dir doch gesagt. Der Admiral hatte seine Entscheidung bereits getroffen, als ich es herausgefunden habe. Er wusste nicht einmal, dass wir zusammen sind. Es war bloß ein glücklicher Zusammenfall der Umstände: hier ein Schiff, das einen neuen Captain braucht, dort ein Captain, der ein funktionstüchtiges Schiff braucht.«

»Ich weiß immer noch nicht, ob ich erleichtert oder beleidigt sein soll, dass es dir zu peinlich war, deinen Freunden von uns zu erzählen.«

Es lag Humor in ihrem Tonfall, aber Reed wand sich dennoch innerlich. »Du weißt, wie wichtig mir meine Privatsphäre ist. Und der Admiral hatte in letzter Zeit wirklich viel um die Ohren.«

»Ich weiß, ich weiß«, sagte sie und drückte seinen Arm. »Ich schätze, ich bin bloß besorgt, dass sie mich nicht akzeptieren könnten. Ihr alle seid eine ziemlich verschworene Gemeinschaft geworden.«

»Ich war ein frischgebackener Captain, als ich die *Pioneer* bekam. Ich brauchte Zeit, um Zugang zur Besatzung zu finden, ihr Vertrauen zu gewinnen und akzeptiert zu werden. Ich gehe davon aus, dass es dir deutlich leichterfallen wird.« Er lächelte. »Es liegt dir einfach im Blut, Leute für dich zu gewinnen.«

»Nun, ein Schiff zu haben, das nicht verflucht ist oder es aktiv auf mich abgesehen hat, sollte ebenfalls helfen. Obwohl ich das Gefühl habe, dass wir endlich nah dran waren, die Probleme auf der *Vesta* zu lösen. Es ist ein bisschen frustrierend, dass ich nun nicht mehr dazu kommen werde, die Reparaturen zu beenden.«

»Das liegt in der Natur des Dienstes, fürchte ich. Wir gehen dorthin, wohin wir versetzt werden.«

»Ja, was das betrifft ...« Paris ergriff seinen Arm und hielt ihn nicht weit vom Eingang des Frachtraums entfernt auf. »Ich wusste, dass uns unsere Aufgaben schon bald auseinanderbringen würden, aber ich dachte, dass wir beide dort draußen wären. Dass wir uns von Zeit zu Zeit über den Weg fliegen würden, vielleicht auf Missionen zusammenarbeiten würden. Doch jetzt wirst du hier auf der Erde sein und hinter einem Schreibtisch festsitzen ... Wer weiß, wann wir uns wiedersehen?«

»Betrachte es mal so«, erwiderte er in aufmunterndem Tonfall. »Ich bin jetzt der Assistent eines Sternenflottenstabschefs. Das bedeutet, dass ich eine Menge UESPA-Operationen koordinieren werde. Was mir die Möglichkeit geben wird, mit den verschiedensten Captains ziemlich häufig über Subraumfunk zu kommunizieren.«

»Wird das nicht normalerweise von Sternenbasis- oder Sektorkommandanten übernommen?«

»Nun ja, in der Regel schon, aber es gibt Zeiten, in denen ein unmittelbarer Kontakt effizienter ist.«

»Malcolm ...«

Er nahm ihre Hand. »Caroline, du musst dir keine Gedanken machen. Ganz egal, wie weit wir voneinander getrennt sind ... wir sind zusammen. Wir sind verbunden. Ich habe das bei den Beziehungen meiner Freunde und Mannschaftskameraden erlebt. Jemanden zu haben, mit dem man sich verbunden fühlt, schenkt einem eine besondere Zufriedenheit, selbst wenn man über Monate am Stück Dutzende von Parsec voneinander getrennt ist. Ich denke ... ich hoffe, dass das, was wir teilen, genauso stabil ist.«

Paris ergriff seine andere Hand und nahm seine beiden in die ihren. »Ja, ich schätze, ich habe meinen Spaß an bedeutungslosen Affären mit exotischen Alienmännern verloren. Wie es aussieht, musst du nun für sie herhalten.«

»Du hast ein einzigartiges Talent, einem Mann das Gefühl zu geben, etwas Besonderes zu sein«, erwiderte er trocken. »Also, gehen wir hinein und begrüßen die Mannschaft?«

Das versammelte Personal der *Pioneer* nahm Haltung an, als die zwei Captains den Frachtraum betraten. Reed hielt kurz inne und nahm sich einen Moment Zeit, um sich an ihrem Anblick zu laben und in der Wärme der Erinnerungen zu baden, die ihre Gesichter hervorriefen. Travis Mayweather, treuer Freund und moralischer Kompass. Val Williams, sein starker rechter Arm. Rey Sangupta, die Verkörperung des mutigen, neugierigen Geistes der Besatzung. Bodor chim Grev, das Herz der Mannschaft. Kivei Tizahr, noch neu und nicht ganz leicht zugänglich, aber bereits unersetzbar. Tallarico, Liao, Kirk, Ndiaye, der ganze Rest, den er nie so gut kennengelernt hatte, wie sie es verdient gehabt hätten.

»Bevor wir anfangen«, verkündete Reed mit einem Kloß im Hals, »möchte ich Ihnen allen sagen, welche eine Ehre es für mich war, Ihr Captain zu sein. Es hat mich Zeit gekostet, mir Ihr Vertrauen zu verdienen, und indem ich dies getan habe, wurde ich ein besserer Offizier und ein besserer Mann. Und auch ein Mann, der glücklicher und weniger einsam war. Ich nehme an, Sie wissen, wie viel Sie alle mir bedeuten, auch wenn ich es nicht immer zum Ausdruck gebracht habe.« Ihre Gesichter bestätigten ihm, dass dem so war. »Und ich bin davon überzeugt, dass Sie sich, nachdem Sie es mit mir ausgehalten haben, mit Leichtigkeit an Ihren neuen Captain gewöhnen werden.« Die Mannschaft lachte höflich – und wehmütig.

Reed räusperte sich und nickte Mayweather zu, der sich straffte. »Anwesende, stillgestanden!«

Die ganze Besatzung nahm zackig Habachtstellung ein. Reed hob die Datentafel in seiner Hand und las daraus vor. »Vom Sternenflottenhauptquartier, Büro der Admiralität, an Captain Malcolm Reed, kommandierender Offizier *U.S.S. Pioneer*, 11. März 2166. Sie werden hiermit aufgefordert, ab sofort das Kommando Ihres Raumschiffes an Captain Caroline Paris, kommandierender Offizier *U.S.S. Vesta*, zu übergeben. Unterzeichnet: Admiral Jonathan Archer, Oberkommando der Sternenflotte.« Er wandte sich Paris zu und übergab ihr die Codeschlüsselkarte, die all seine Kommandocodes und Autorisierungen an sie übertragen würde, sobald sie sie in den Computer der *Pioneer* steckte. »Ich bin bereit, abgelöst zu werden.«

Paris nahm die Karte, dann wandte sie sich der Mannschaft zu und rezitierte ihre eigenen, vergleichbaren Befehle, das Kommando zu übernehmen. Schließlich wandte sie sich Reed zu und verkündete: »Ich löse Sie ab, Sir.«

»Ablösung bestätigt«, erwiderte Reed knapp.

Paris drehte sich wieder zu der versammelten Mannschaft um und trat einen Schritt vor. »Ich möchte Ihnen allen dafür danken, dass Sie mich an Bord der *Pioneer* willkommen geheißen haben, zunächst als Besucherin und jetzt als Ihr Captain. Ich kann Ihnen nicht sagen, was für ein Privileg es ist, dieses Schiff zu befehligen. Captain Reed hat stets in den höchsten Tönen von jedem von Ihnen gesprochen, und wir alle wissen, dass er niemand ist, der unverdientes Lob verteilt. Was mich betrifft, so ist mir klar, dass ich unerprobt bin, aber ich bin entschlossen, mich Ihrer als würdig zu erweisen. Ich werde zweifellos ein entspannterer Captain sein, als Malcolm es gewesen ist, aber nur, weil ich erwarte, dass Sie von sich aus seiner hohen Meinung von Ihnen gerecht werden. Und ich weiß, dass Sie alle sich mir anschließen, wenn ich Captain Reed nur das Allerbeste für seinen neuen Posten wünsche. Natürlich bleiben alle stehenden Befehle, Regularien und Vorschriften unverändert.«

Grinsend ließ Paris den Blick über ihre neue Besatzung schweifen. »Sie können wegtreten. Es wird Zeit, wieder an die Arbeit zu gehen. Schließlich entdecken sich all diese neuen Zivilisationen nicht von selbst!«

Unregistriertes Scoutschiff
Interstellarer Raum

Wortlos saß Tucker im Kopilotensitz und brütete, so wie er es getan hatte, seit die Subraumnachrichten sein Schiff erreicht hatten, die die Enthüllung von Sektion 31 verkündet hatten (wenn auch nicht unter diesem Namen). Nach einer Weile schrak er zusammen, als er bemerkte, dass Devnas schlanke Hände soeben begonnen hatten, die Spannung aus seinen Schultern zu massieren. Er war dermaßen in Gedanken versunken gewesen, dass er es zunächst gar nicht gespürt hatte. Oder war ihre Annäherung wirklich so behutsam gewesen? Vermutlich eine Mischung aus beidem. »Devna, bitte nicht.«

»Ich möchte nur helfen.«

»Nun, es hilft nicht.«

Mit leisem Seufzen glitt sie um ihn herum und ließ sich anmutig auf dem benachbarten Platz nieder, nach wie vor in die vergleichsweise züchtige Kleidung gehüllt, die sie wieder angezogen hatte, nachdem Garos' Leute sie zwei Tage zuvor zurück zu ihrem Scoutschiff geschmuggelt hatten. »Wenn du mir nicht gestattest, deine Anspannung durch Sex zu lindern, wie es jede vernünftige Person tun würde, dann rede wenigstens mit mir«, sagte Devna. »Ich bin eine sehr gute Zuhörerin. Und etwas beschäftigt dich ganz offensichtlich.

Ich dachte, du seist glücklich zu erfahren, dass deine Herren zur Strecke gebracht wurden.«

»Das bin ich. Das ist etwas, von dem ich fürchtete, dass es niemals passieren würde. Aber Harris und sein innerer Zirkel sind noch immer auf der Flucht.«

»Ihre Existenz wurde offengelegt, ihre Ressourcen wurden ihnen genommen. Eine Jagd auf sie ist im Gange. Sie sind extrem geschwächt, mindestens.«

»Aber sie könnten immer noch zurückkehren. Das wird erst vorbei sein, wenn sie mit dem Rest im Gefängnis sitzen.«

Ihre tiefgrünen Augen musterten ihn. »Aber das ist nicht das Problem, das dich eigentlich beschäftigt, oder, Trip?«

Es lag etwas Unwiderstehliches in diesem Blick – nicht auf die gewöhnliche Art, auf die orionische Frauen unwiderstehlich waren, sondern infolge von etwas Tiefergehendem: der Stärke und Ernsthaftigkeit, die er schon in ihr gespürt hatte, als sie sich das erste Mal getroffen hatten. Wenn sonst nichts, so verdiente sie es zumindest zu erfahren, was ihren Kollegen und Schiffskameraden beschäftigte.

»Ich … schäme mich«, erklärte er ihr. »Ich war so überzeugt davon, dass ich deren Spiel spielen müsste, weil es der einzige Weg wäre, Sektion 31 zu Fall zu bringen. Dass ich Lügen und Tricks und Manipulation einsetzen, die ganze Föderation betrügen und mit den Leben einer ganzen Stadt voller Saurianer spielen müsste. Ich habe Leute getötet. Ein Freund von mir, ein guter Mann, wurde meinetwegen gefoltert und umgebracht. Ich hätte beinahe die Person ermordet, die in Wahrheit dafür gesorgt hat, dass diese Saurianer gerettet wurden. Und all das, weil ich mich davon überzeugt hatte, dass es dem ›übergeordneten Wohl‹ dienen würde. Ich dachte, ich würde Harris' Art, die Dinge anzugehen, ablehnen, aber ich habe mein Handeln auf genau die gleiche Art gerechtfertigt wie er.«

»Wir haben das doch auf Sauria diskutiert, Trip. Garos und ich haben uns auch der Täuschung bedient. Wir haben Harrad-Sar zum Sündenbock für unser Handeln gemacht. Ich zweifle nicht daran, dass er dafür getötet werden wird.«

»Aber es waren keine Lügen oder Geheimnisse, die etwas bewirkt haben. Ja, Garos hat sich einer Lüge bedient, um sich und seine Familie zu beschützen – aber was die Saurianer gerettet hat, was die Pläne der Schwestern vereitelt hat, war die eine Sache, vor der ich mich in den letzten elf Jahren versteckt habe: eine klare, öffentliche Preisgabe der Wahrheit. Das Sternenflottenteam hat die Lage gerettet, weil es die Antimaterie entdeckt und den Leuten davon *erzählt* hat – während ich mein Wissen geheim gehalten habe und mit dem Plan herumgeschlichen bin, jemanden zu ermorden.«

Devna nahm seine Hand. Ihre Berührung war warm und tröstend. »Die Neuigkeiten von der Erde zu hören, hat deine Zweifel verstärkt. Erneut war es ein Akt der Offenheit, der dort Erfolg hatte, wo Heimlichtuerei und Täuschung versagt haben.«

»Ganz genau. Ich dachte, ich sei der Einzige, der die Sektion zur Strecke bringen könnte. Ich habe diese ganzen teuflischen Pläne entwickelt, um aus den Schatten zuzuschlagen und meinen eigenen Arsch zu beschützen ... und nichts davon hat etwas bewirkt. Es war ein Mann mit echtem Gewissen, der es geschafft hat. Der den Mut hatte aufzustehen, ganz egal, was es ihn kosten würde. Es war jemand, der das *Richtige* aus den richtigen Gründen getan hat, nicht das Falsche aus den richtigen Gründen.«

»Bist du nicht froh darüber, Trip? Es bedeutet, dass die Methoden der Föderation gerechtfertigt sind. Dass die Ideale, für die du kämpfst, tatsächlich funktionieren.«

»Ja«, sagte er verbittert. »Aber es schmerzt, dass ich das nicht erkannt habe. Ich konnte diese bessere Vorgehensweise nicht erkennen, die Marcus Williams erkannt hat, die Tony Ruiz erkannt hat, die selbst du und Garos erkannt haben.« Er spürte, wie seine Augen feucht wurden. »Der Mann, der ich einst war – der echte Trip Tucker –, hätte es erkannt. Aber ich ... ich habe diese Gabe verloren. Die Sektion mag fort sein, aber ich werde ihr niemals entkommen können. Sie wird mich den Rest meines Lebens begleiten. Und das bedeutet, dass ich niemals zu dem Leben zurückkehren kann, das ich früher hatte.«

14. März 2166
Orionische Heimatwelt

Voller Schock und Entsetzen starrten die Drei Schwestern auf ihren Wandbildschirm, während dieser zeigte, wie Harrad-Sar im Beisein einer gewaltigen Menge aus Saurianern langsam zu Tode gebracht wurde. Es gab nichts, was sie tun konnten, um zu beeinflussen, was sie sahen, denn das Subraumsignal hatte zwei Tage gebraucht, um sie über Parsec hinweg zu erreichen. Maltuvis hatte entschieden, die Hinrichtung des ältesten, loyalsten Sklaven der Schwestern zum Kernstück seiner Propagandaübertragung an sein Volk und die Galaxis im Ganzen zu machen – und die Schwestern waren ohne Zweifel sein Hauptzielpublikum.

»Jetzt können alle sehen, wie lachhaft die falschen Anschuldigungen sind, die in den letzten Tagen über diese Regierung verbreitet wurden«, verkündete der Diktator, während Harrad-Sar in einer aus transparenten Wänden bestehenden Gaskammer hinter ihm qualvoll erstickte – schon das war eine Propagandaaussage, die die Verletzlichkeit anderer Spezies gegenüber den vulkanischen Gasen hervorhob, die Saurianer problemlos ertragen konnten. *»Nur Fremdweltler können so gefühllos sein, die Leben ungezählter Saurianer in*

Gefahr zu bringen, indem sie Antimaterie-Generatoren so nah an bevölkerten Gebieten errichten. Diesen orionischen Kreaturen ist es gelungen, unsere Raumschiffwerften zu infiltrieren – ohne Zweifel in der Hoffnung, die Geheimnisse unserer überlegenen Ingenieurkunst zu stehlen. Die Antimaterie, die dem von der Föderation unterstützten Widerstand zufolge aus *unserem Werk in Veranith geschmuggelt wurde, ist in Wirklichkeit* hineingeschmuggelt *worden. Das war Teil eines bösartigen Plans der Orioner, das Werk zu zerstören – nur ein weiterer Akt von Fremdrassensabotage, die unser edles Volk treffen sollte. Diese Fremdweltlereindringlinge sind so närrisch, so zerstritten, dass es ihnen nicht einmal gelingt, die Bemühungen des jeweils anderen nicht zu hintertreiben.«*

Maltuvis machte eine dramatische Pause. *»Aber wir können uns nicht darauf verlassen, dass ihre Pläne immer durch ihre eigene Inkompetenz vereitelt werden. Es gibt viele Fremdweltler, und sie alle begehren den Reichtum unserer Heimatwelt und die Früchte unseres Erfindergenies. Deswegen müssen wir allzeit wachsam und immer stark bleiben. Wir müssen uns mit aller Macht der Vergrößerung unserer planetaren Verteidigungsflotte widmen. Zu diesem Zweck ordne ich eine Aufstockung der Arbeiterschaft in den Raumschiffwerften um fünfzig Prozent an. Hierzu wird das Mindestalter für den Arbeitseintritt um weitere vier Jahre über die bisherige Reduktion hinaus verringert. Ich bin mir sicher, dass das starke Volk von Sauria sich dieser schwierigen Aufgabe stellen wird, denn es weiß, dass sein Opfer der Verteidigung unserer Welt und unserer Zukunft dient.«*

Ein bemerkenswertes Gespür für den richtigen Zeitpunkt ließ Maltuvis seine Rede gerade rechtzeitig abschließen, als Harrad-Sar seinen letzten, röchelnden Atemzug tat. Gewaltiger Jubel brandete von der versammelten Menge auf, während Navaar heulte und an ihren Haaren riss und D'Nesh schrie und fluchte und Zerbrechliches nach den nächstbesten Sklaven warf. Maras hingegen rollte sich an Navaars Seite zusammen und vergoss Tränen, die sie nicht vortäuschen musste. Sie hatte Harrad-Sar beinahe ihr ganzes Leben lang gekannt, und er hatte Maras und ihren Schwestern gut gedient, selbst als sie noch junge Spioninnen des Syndikats gewesen waren, die der Galaxis gegenüber vorgegeben hatten, dass er ihr Herr sei statt ihr Sklave. Ihre Beziehung hatte manchmal schwere Zeiten überstehen müssen, während die Schwestern immer mächtiger geworden waren, aber er war ihnen gegenüber stets absolut loyal gewesen, weswegen es so schwer war, diese Ereignisse zu verarbeiten.

Maras ließ ihre echte Verwirrung in ihre Rolle als naives Kind einfließen, die ihr sogar – oder vielleicht insbesondere – in Zeiten wie diesen zur zweiten Natur geworden war. »Ich verstehe das nicht«, jammerte sie. »Wir mochten den violetten Echsenmann! Wir haben ihm geholfen! Warum hat er Sar auf diese Weise getötet?«

Navaar nahm sie fest in den Arm, eine Geste, die Maras Trost spendete. »Es tut mir leid, Süße. Maltuvis hat es getan, um uns eine Botschaft zu senden.«

»Was für eine Botschaft?« Diese Frage zu stellen, war Maras' Art, ihrer Schwester etwas Trost zurückzugeben. Navaar war eine fähige Problemlöserin – nicht ganz so gut wie Maras, aber nach Jahrzehnten harter Arbeit und Ränkespielen, die die Schwestern an die Spitze bringen sollten, sehr geübt. Sie anzuleiten, ihren Geist auf das Problem zu richten und wie man damit umgehen sollte, würde ihr helfen, mit ihrer Trauer fertigzuwerden.

Navaar streichelte Maras' nackten Rücken, als sie antwortete. »Wir sollten ihm dabei helfen, es so aussehen zu lassen, als sei die Föderation für den Tod vieler Saurianer verantwortlich, weil er sein Volk noch wütender auf Fremdweltler machen wollte. Wenn er danach seine Schiffe losgeschickt hätte, um andere Welten zu erobern, hätten seine Untertanen gedacht, dass er das tut, um sie zu beschützen, also hätten sie geglaubt, dass es das Richtige zu tun sei. Da Harrad-Sar bei dieser Aufgabe versagt hat, hat Maltuvis ihn bestraft – und uns, indem er die Orioner statt der Föderation als Ziel für den Zorn und die Schuldzuweisungen seines Volks gewählt hat. So bekommt er trotzdem, was er will, wobei wir ihm jahrelang geholfen haben, um es zu erreichen. Aber wir bekommen nichts von dem, was er uns im Gegenzug versprochen hat.« Ihre Stimme wurde zorniger, und ihre Nägel gruben sich in Maras' Rücken. Maras ließ sie ohne Protest gewähren. Sie hatte schon viel größere Schmerzen ertragen, oft genug aus freien Stücken.

»Ich glaube es einfach nicht!«, fauchte D'Nesh und warf einen antiken Beistelltisch um. »Dieser *gisjacheh* Sar! Zweigt einfach Antimaterie für seine eigenen Zwecke ab? Was hat er sich dabei gedacht? Wie konnte er so dämlich sein?«

»Es ergibt keinen Sinn«, sagte Navaar. »Aber du weißt, wie Männer sind. Irrationale Kreaturen, voll und ganz Sklaven ihrer Lust und Aggression. Wenn sie etwas nur heftig genug begehren, schaltet sich ihr Gehirn aus. Aus diesem Grund sind sie so leicht zu kontrollieren.«

»Aber sie sollen *uns* begehren!«

»Vielleicht war das das Problem. Vielleicht war Sar zu lange fort, und seine Konditionierung begann nachzulassen.« Navaar seufzte. »Bedauerlicherweise werden wir es nie erfahren. Ich wünschte, Maltuvis hätte wenigstens den Anstand gehabt zuzulassen, dass *wir* ihn zu Tode foltern, um die Wahrheit aus ihm herauszupressen. Er gehörte schließlich uns – wir hatten ein Anrecht darauf.«

»Oh, das hätte mir gefallen«, stöhnte D'Nesh bedauernd. »Erinnere dich daran: Ich wollte schon vor Jahren, dass wir ihn töten, nachdem er die *Enterprise*-Operation vermasselt und uns im Nichts hat stranden lassen. Wenn du mir damals erlaubt hättest, ihn auszuschalten, würden wir jetzt nicht in diesem Schlamassel stecken.«

Navaar funkelte ihre gewalttätigere Schwester an. »Ich lasse das mal durchgehen, weil du aufgebracht bist. Du weißt, dass wir ohne seine Loyalität niemals unseren Status hätten zurückerringen können. Welche Fehler er schließlich auch auf Sauria gemacht hat, sie sollten nicht die Schuld tilgen, in der wir bei ihm stehen, weil er uns all die Jahre gut gedient hat.«

D'Nesh verschränkte die Arme vor ihrem üppigen Busen und blickte den jetzt dunklen Sichtschirm finster an. »Vielleicht. Aber das hilft uns auch nicht dabei zu entscheiden, was wir jetzt machen sollen. Wir haben weder die Föderation gedemütigt noch sie dazu gebracht, jeder Einmischung abzuschwören. Wir haben Sauria als Verbündeten verloren. Wir können nicht länger auf Garos zählen. Also, was machen wir jetzt?«

Navaar erhob sich vom Sofa, glitt zu D'Nesh hinüber und zog ihre widerstrebende Schwester in eine mitleidvolle Umarmung. »Darüber können wir morgen sprechen, meine Liebe. Heute Nacht sollten wir unsere Trauer verarbeiten. Einen Weg finden, sie zu überwinden und unser Gleichgewicht wiederzufinden.«

D'Nesh dachte darüber nach und nickte. »Rein-männliche Sklavenorgie?«

Die älteste Schwester lachte. »Das ist deine Lösung für alles. Trotzdem: Ich bin dabei.«

Maras sprang auf und klatschte begeistert in die Hände, bevor sie ihren Schwestern aus der Kammer folgte. Doch innerlich überschlugen sich ihre Gedanken. Navaars abschätzige Erklärung für Harrad-Sars offensichtlichen Verrat befriedigte Maras nicht. Natürlich hatte er zu einem gewissen Grad Selbstbereicherung betrieben und sich bietende Gelegenheiten genutzt. Das war normal und wurde innerhalb des Orion-Syndikats praktisch erwartet. Aber er war diskret genug gewesen, dass seine persönliche Korruption nie den Plänen der Schwestern zum Nachteil gereicht hatte. Außerdem war es ein wirklich unwahrscheinlicher Zufall, dass er die Antimaterie aus dem Werk geschmuggelt hatte, just als die Sternenflotte auf Beobachtungsposten gewesen war. Maras spürte die Hand von Garos hinter alldem – und all die wahrscheinlichsten Szenarien, die sich Maras ausmalen konnte, betrafen den Malurianer, der sich Devna als Vermittlerin bediente.

Devnas Versagen – und ihre mögliche Mitschuld an Harrad-Sars Schicksal – war von allem der enttäuschendste Aspekt für Maras. Sie hatte die geschmeidige hellhäutige Sklavin wirklich gemocht und war von ihrer ruhigen Intelligenz und den verborgenen Tiefen beeindruckt gewesen, ganz zu schweigen davon, dass ihre fragile Schönheit sie betört hatte. Devna und sie waren fantastisch zusammen im Bett gewesen, und es war ausgesprochen erfrischend gewesen, jemanden zu haben, bei dem sie sie selbst sein konnte, jemanden, der auf einer intellektuellen Ebene denken, diskutieren und streiten konnte, der ihrer eigenen nahekam. Maras hatte sogar darüber nachgedacht, Devna eines Tages die Freiheit zu schenken, sie vielleicht sogar zu einer vollwertigen Partnerin zu befördern, einer Ersatzschwester, um die Lücke zu füllen, sobald D'Nesh entehrt oder exekutiert worden war.

Doch vielleicht war Devnas Sehnsucht nach Freiheit stärker gewesen, als Maras erkannt hatte. Der menschliche Agent Tucker hatte sie ihr angeboten, und vielleicht hatte sie Maras deswegen betrogen und ihm geholfen, die Saurianer zu retten. Oder vielleicht lag es an dem gesteigerten Sinn für

Empathie, den sie von den Deltanern gelernt hatte, eine Geisteshaltung, die es ihr unmöglich gemacht hätte, Gräueltaten von der Größenordnung zuzulassen, wie Navaar und Maltuvis sie geplant hatten. Es war leicht zu erschließen, dass auch Garos ähnlich unwillig gewesen sein mochte, den Tod von so vielen Lebewesen zu gestatten, denn sie waren schließlich Opfer von Unterdrückung, genau wie er. Dass Maluria von ihrem Ableben profitiert hätte, schien für ihn dabei nachrangig gewesen zu sein. Es war höchstwahrscheinlich, dass Devna und er gleichermaßen motiviert gewesen waren, die Saurianer zu verschonen, und dann zusammengearbeitet hatten, um eine Möglichkeit hierfür zu finden. Doch Maras würde Garos sein Geheimnis lassen. Seine Familie zu bestrafen, würde nichts daran ändern, dass der Plan fehlgeschlagen war. Und Maras musste zugeben, dass ein gewisser Wert in Devnas Einstellung lag, dass man Grausamkeit niemals grundlos anwenden sollte. Genau genommen war Navaars Plan womöglich exakt deswegen gescheitert, weil er auf exzessiver Grausamkeit beruhte und einer Geringschätzung von Leben. Entsprechend hatte er eine stärkere Gegenreaktion hervorgerufen, als es eine subtilere Vorgehensweise getan hätte.

Doch all das war nur noch mehr Grund, enttäuscht darüber zu sein, dass Devna versagt hatte. Ansonsten hätte Maras D'Nesh eliminieren können. Sie war die grausamste der Schwestern und drängte Navaar zu immer noch größeren Gewaltexzessen und Brutalität. Womöglich hatte Navaars wiederholtes Versagen, die Föderation in die Knie zu zwingen, sie genug frustriert, dass sie mittlerweile empfänglich für die extremeren Herangehensweisen der mittleren Schwester war. Solange D'Nesh nach wie vor im Spiel war, würde dieses Muster höchstwahrscheinlich eskalieren. Maras musste sich einen neuen Plan ausdenken, um sie auszuschalten – aber das war schwierig ohne eine Vertraute wie Devna, der intelligentesten und fähigsten unter der Handvoll Sklaven, die Maras in ihr Geheimnis eingeweiht hatte.

Also, was mache ich mit Devna?, überlegte Maras. Sie war nie zuvor betrogen worden, und sie wusste nicht so genau, wie sie sich dabei fühlen sollte. Schließlich verstand sie die Gründe für Devnas Handeln. Sie bewunderte die Spionin sogar für ihre Durchtriebenheit und ihre Unabhängigkeit, ihre Fähigkeit, solch eine massive Störung durch derart subtiles und unbemerktes Handeln zu erzeugen. Aber gleichzeitig erkannte Maras, dass Devna eine Bedrohung darstellen mochte, wenn sie diese Fähigkeit als freie Agentin einsetzte statt im Dienst ihrer Herrin. Sie kannte Geheimnisse, die Maras zerstören würden, wenn sie ans Licht kamen. Und Navaar würde untröstlich sein, wenn sie erführe, dass ihre geliebte dumme Schwester sie all die Jahre über belogen hatte. Maras war sich nicht sicher, welche Aussicht sie mehr besorgte – ihr Leben zu verlieren oder Navaars Liebe.

So oder so war Devna eine Bedrohung, um die man sich kümmern musste. Irgendwie musste Maras sie ausfindig machen, fangen und bestrafen. Ob diese Bestrafung darin bestand, Devnas Leben zu nehmen, würde sie entscheiden, wenn die Zeit gekommen war – aber es war wahrscheinlich, dass dem so sein würde. Das war ihr Anrecht, denn schließlich gehörte Devna ihr.

16

16. März 2166
In der Nähe von Lambda Serpentis

Die Atmosphäre in Charles Tuckers Scoutschiff war die letzten Tage lang still und unbehaglich gewesen. Tucker hatte weiter gebrütet, unsicher, wie er von jetzt an weitermachen sollte. Er sehnte sich nach T'Pols Trost und Rat, aber er schämte sich zu sehr, um ihr zu begegnen – außerdem fürchtete er sich davor, dass auch noch die letzten überlebenden Reste des Mannes, den sie liebte, verloren waren. Trotzdem hatte er Devnas Versuche abgelehnt, ihm Trost und Halt zu bieten, denn er fürchtete, dass er seinem gegenwärtigen Gefühl von Nihilismus nachgeben und mit ihr ins Bett gehen würde. Wenn er das täte, wäre das dem Eingeständnis gleichgekommen, dass er niemals zu T'Pol zurückkehren konnte. Der Umstand, dass er noch nicht bereit war, diesen Schritt zu gehen, war der letzte verbliebene Funke Hoffnung, den er noch hatte – aber jeden Tag wurde die Verlockung von Devnas Präsenz stärker. Was Devna betraf, so hatte sie seinen Konflikt erkannt und hielt sich daher von ihm fern, denn sie wollte es ihm nicht noch schwerer machen. Dennoch war Tucker froh, wenn er sie endlich auf Stameris absetzen und seiner Wege gehen konnte – obwohl er keinen Schimmer hatte, wohin sie ihn führen sollten.

Als sie sich hingegen dem Lambda-Serpentis-System näherten, begriff Tucker langsam, dass er nicht die einzige Quelle der Anspannung an Bord des Schiffs war. Auch Devna war unruhig, und schließlich brachte ihn sein Gewissen doch dazu, sie zu fragen, was mit ihr los war.

»Ich habe das Gefühl, dass ich zu meiner Herrin zurückkehren muss«, erklärte sie. »Ich schulde ihr das.«

»Zu Maras? Machst du Witze? Sie wird dich sicher töten.«

»Vielleicht nicht. Sie ist eine deutlich komplexere Frau, als es den Anschein hat. Sie hört mir zu. Sie könnte verstehen, warum ich sie verraten musste.«

»Du bist ihr Besitz. Sie wird niemals dein Recht auf eigene Entscheidungen akzeptieren, vor allem nicht auf Kosten ihrer eigenen Pläne.«

»Das weißt du nicht.«

»Ich kann es mir ziemlich gut vorstellen.« Er seufzte. »Wie ich dir gesagt habe, waren einige meiner Vorfahren vor ein paar Jahrhunderten selbst Sklavenbesitzer. Ich bin nicht stolz auf diesen Teil meines Erbes, aber ich habe mich damit beschäftigt, habe versucht, es zu verstehen. Viele von ihnen ... sie hielten ihre Sklaven bloß für Haustiere. Sie verspürten durchaus so etwas wie Zuneigung zu ihnen und waren freundlich, solange jene gefügig waren und ihren Platz nicht vergaßen. Aber wenn solche Sklaven ungehorsam waren oder versuchten, wie Gleichberechtigte zu handeln, wurden ihre Herren wütend vor Entrüstung und bestraften sie oft schwer. Denn die ganze Weltsicht der Herren gründete auf ihrem Recht, andere Leute zu besitzen und die absolute Macht über sie zu haben. Jede Zuneigung, die sie für ihre Sklaven verspürten, löste sich in nichts auf, wenn diese Sklaven dieses Recht infrage stellten.«

Eine Weile lang saß Devna schweigend da und dachte über seine Worte nach. »Ich weiß nicht, welche anderen

Optionen ich habe. Du willst ganz offensichtlich nicht, dass ich bei dir bleibe. Und wenn Maras mich nicht zurückhaben will … Ich glaube nicht, dass ich einen anderen Herrn möchte.«

Bei diesen Worten blickte er auf. »Na, jetzt kommen wir voran. Schau … vielleicht könnten wir Stameris links liegen lassen und zum nächsten Föderationsaußenposten weiterfliegen. Ich bin mir sicher, dass wir dort Hilfe finden …«

Der schrille Ton des Annäherungsalarms unterbrach ihn. Tucker rannte ins Cockpit und ließ sich auf dem Pilotensitz nieder. Devna folgte ihm auf dem Fuß. Rasch überflog er die Anzeigen. »Ein Schiff nähert sich uns«, erklärte er ihr. »Es ist gerade aus dem Warp gekommen. Den Anzeigen zufolge war es für ein Schiff dieser Größe verdammt schnell. Es ist nicht viel größer als unseres, aber extrem stark.«

»Kommt es von Stameris?«

»Nein, es kam aus … aus dem Föderationsraum. Aber es ist nicht die Sternenflotte. Es sieht eher aus wie …« Er brach ab, als er es verspätet erkannte. »Oh, nein!«

»Was ist?«

Bevor er antworten konnte, spürte er das Kribbeln eines Transporterstrahls am ganzen Körper. Er sah, dass Devnas schlanke Gestalt zu schimmern begann, bevor der Strahl sie beide einhüllte.

Als er wieder materialisierte, sah Tucker sich und Devna zwei schwarz gekleideten Personen gegenüber, die ihre Waffen auf sie richteten. Der Anblick hätte einschüchternd wirken sollen. Stattdessen verspürte Tucker bei ihrem Anblick eine tiefe Befriedigung. Ihrer Kleidung nach gehörten sie zur Sektion 31, und er erkannte die kompakte, kurzhaarige Frau als eine hochrangige Agentin, die unter dem Namen Ramirez operierte. Der dunkelhäutige Mann mit dem kahl rasierten Kopf war ihm unbekannt. Er machte eine Bewegung mit seiner Phasenpistole und forderte die Gefangenen damit auf, von der Transporterplattform zu treten. Tucker gehorchte gern. Er freute sich bereits auf das Treffen, das nun anstand.

Wie erwartet, hielten sich im Hauptraum des Scoutschiffs mehrere weitere Schwarzgekleidete auf. Ein paar von ihnen war er im Laufe der Zeit begegnet und hatte entweder gewusst oder geahnt, dass sie zum inneren Kreis der Sektion-31-Verschwörung gehörten. An der Spitze der Gruppe erwartete sie Matthew Harris persönlich, der Tucker ernst anblickte. Der einstige Ingenieur gluckste. »Na so was. Es sieht aus, als seien Sie alle auf der Flucht. Das muss schmerzen. Ich wünschte bloß, ich wäre dafür verantwortlich.«

Harris verzog die Miene. »Oh, ich bin mir sicher, dass Sie Ihre Hände dabei im Spiel hatten. Ich weiß es zu schätzen, dass Sie nicht unsere Zeit verschwenden, indem Sie vorgeben, loyal zu sein. Einige der Informationen, die Admiral Archer und das Büro der obersten Militärstaatsanwaltschaft jetzt besitzen, konnten nur von Ihnen stammen. Und von meinem alten Freund Malcolm Reed, habe ich recht?«

»Fischen Sie herum, so viel Sie wollen, Harris – es wird Ihnen nichts nützen. Sie mögen der Sternenflotte durchs Netz gegangen sein, aber jeder ist auf der Jagd nach Ihnen. Die kennen die Protokolle der Sektion, ihre Aufzeichnungen, ihre Ressourcen. Und alle Fluchtrouten oder Verstecke, die Sie vorbereitet haben, sind jetzt verbrannt. Das ist etwas, wofür ich freudig die Verantwortung übernehme.«

Harris richtete seinen Blick auf Devna. »Und Sie, junge Dame? Sind Sie genauso entschlossen, das Syndikat zu Fall zu bringen? Oder bedeutet der Umstand, dass unsere Organisation im Chaos versinkt, während Ihre nach wie vor intakt ist, genau das, was Sie wollten?«

»Was ich will?«, erwiderte Devna. »Über diese Frage nachzudenken, haben mir bislang nur sehr wenige Personen gestattet.« Sie sah zu Tucker. »Und niemand so sehr wie dieser Mann. Alles, was er wollte, war frei zu sein. Und mir wollte er diese Freiheit auch schenken. Ich weiß noch nicht einmal, ob ich sie möchte, aber ich bin ihm dankbar dafür, dass er mir wünscht, ich hätte sie. Ich wünsche ihm das Gleiche im Gegenzug.«

Sie begann langsam vorzutreten, während sie sprach, aber Ramirez stellte sich ihr in den Weg und richtete den Emitter der Pistole auf Devnas Herz. »Keine Pheromontricks, Orionerin«, warnte sie. »Sie sind entbehrlich.«

»Nein, das ist sie nicht«, widersprach Tucker und stellte sich zwischen beide. »Das ist das ganze Problem mit Ihnen allen – Sie denken ständig, Sie hätten das Recht zu entscheiden, wer entbehrlich ist.«

Harris schüttelte den grauhaarigen Kopf. »Ich dachte, wir würden die Dinge auf die gleiche Weise sehen, Mister Tucker. Wir haben versucht, die Föderation zu beschützen.«

»Sie haben versucht, Ihre eigenen Interessen zu schützen. Sie haben nach Entschuldigungen gesucht, um das Gesetz zu brechen und skrupellose Pläne auszuführen, damit Sie die Existenz einer Verschwörung rechtfertigen konnten, deren einziger Zweck es war, ebensolche Dinge zu tun. Verleihen Sie Menschen solche Macht, und sie werden sie nie wieder freiwillig abgeben. Sie muss ihnen genommen werden.« Er schüttelte den Kopf. »Sie alle können es doch bloß nicht ertragen, dass Sie Ihre Macht verloren haben. Wenn Sie wahre Patrioten wären, würden Sie nicht weglaufen. Sie würden sich nicht schämen, sich den Leuten zu stellen und ihnen zu sagen, was Sie um ihretwillen getan haben.«

»Manche Geheimnisse müssen geheim bleiben, Charles. Oder beabsichtigen Sie, sich in nächster Zeit zu stellen?«

Tucker wand sich innerlich. Aber er spürte Devnas warme Berührung auf seinem Arm, und sie stärkte seine

Entschlossenheit. »Ich würde nicht zögern, wenn es notwendig wäre, um Ihre ganze Verschwörung ein für alle Mal zu zerstören.«

»Oh, Charles.« Harris schüttelte den Kopf und wirkte enttäuscht. »Glauben Sie wirklich, dies sei das Ende? Sektion 31 ist nach wie vor in der Charta. Die Föderation wird immer die ... Flexibilität benötigen, um mit dem Unvorhersehbaren fertigzuwerden. Und für diesen Notfall wurde natürlich vorgesorgt.« Er deutete auf die Agenten um ihn herum. »Sie mögen unser Segment der Operation zu Fall gebracht haben, aber es gibt eine höhere Führungsriege, die unberührt bleibt. Wer, denken Sie, hat uns ursprünglich rekrutiert?«

»Schwachsinn! Ich habe die Beweise gesehen. Diese Operation hat mit Ihnen angefangen, und sie wird mit Ihnen enden.«

»Sie haben nur gesehen, was Malcolm Reed und Sie sehen *wollten*. Ich lasse das auch die Behörden liebend gern glauben, aber die Wahrheit ist, dass ich, als ich die Sternenflotte verließ, so viele Brücken hinter mir abbrechen musste, um nicht verhaftet zu werden, dass ich nicht länger die Ressourcen hatte, um etwas wie das hier aufzubauen – bis ich von anderen, die ähnlich wie ich dachten und weitreichende Möglichkeiten hatten, angeheuert wurde. Genau wie wir alle, die wir bewiesen hatten, dass wir bereit waren, das Richtige über das zu stellen, was legal ist. Und es wird immer neue ... Freiwillige geben ... die unseren Platz einnehmen, wenn es notwendig wird.«

Tucker verschränkte die Arme. »*Wenn* diese sogenannte höhere Führungsriege existiert, dann wird der Staatsanwalt sicher liebend gern alles über sie erfahren, sobald Sie in Gewahrsam sind.«

»Oh, sie existiert. Ich kenne nur wenige Details, aber ich weiß, dass sie da ist. Und sie ist umfassender und tiefer mit unserer Gesellschaft verwoben, als Sie es sich auch nur im Entferntesten vorstellen können.«

Jetzt musste der Exingenieur rundheraus lachen. »Glauben Sie, das hier ist irgendein Spionagefilm? Sie waren derjenige, der mich immer daran erinnert hat, dass wir die Köpfe unten halten müssen, um nicht entdeckt zu werden. Sie wissen so gut wie ich, dass Sektion 31 nicht lange ihrer Entdeckung entgehen könnte, wäre sie so groß und allumfassend, wie Sie sagen.«

»Das ist tatsächlich richtig«, entgegnete Harris. »Aus diesem Grund bleibt die Organisation auch klein, indem sie sich immer wieder von jedem trennt, der sich als Sicherheitsrisiko erwiesen hat.«

Tucker ließ seinen Blick über die Waffenemitter schweifen, die in seine Richtung zielten. »Wie ich?«

Der Ausdruck auf der Miene des älteren Mannes wurde schwermütig. Er blickte seine Kollegen an und seufzte. »Wie wir alle hier, fürchte ich. Die traurige Wahrheit ist, dass Sie recht hatten, was mich angeht, Charles. Trotz all meiner selbstgefälligen Vorträge über die Notwendigkeit, klein und subtil zu bleiben, bin ich genau der Versuchung erlegen, die Sie eben beschrieben haben. Ich habe zu viel eingegriffen, zu oft, um meine eigene Rolle zu rechtfertigen. Nach der Vertianer-Affäre, nach Sauria hätte ich dafür sorgen müssen, dass wir uns eine Weile still verhalten. Mehrere meiner Kollegen hier haben mir genau das geraten. Als die Invasion der Klingonen drohte, dachten wir, wir hätten keine Wahl, als zu handeln, und vielleicht war das auch so, aber ich hatte zuvor schon zu viel riskiert.« Er verzog die Miene. »Und ja, ich ging zu weit. Um unsere Zivilisation zu retten, ließ ich wissentlich die Auslöschung einer anderen zu. Ich werde Ihnen nicht die Genugtuung geben, Ihnen zu beschreiben, wie das meine Fähigkeit, zu schlafen und zu essen, beeinflusst hat, aber ich gebe zu, dass es ein strategisch schlechter Zug war, eine überzogene Aktion, die Reaktionen wie die Ihre und die von Marcus Williams unvermeidbar machte. Ich habe zu viele schlechte Entscheidungen in zu kurzer Zeit getroffen, und das hat mich zum größten Sicherheitsrisiko von allen gemacht.«

»Nicht Sie allein, Matt«, sagte der kahl rasierte Mann. »Wir alle haben diese Entscheidungen getroffen.«

Dankbar erwiderte Harris den Blick, aber sein Kiefer war angespannt. »Ich weiß, Karim. Es macht mich nicht glücklich, aber wir alle stecken da gemeinsam drin.«

Tucker wechselte einen Blick mit Devna. Ihm gefiel diese Atmosphäre grimmiger Entschlossenheit innerhalb der Gruppe überhaupt nicht.

Harris richtete seine Aufmerksamkeit einmal mehr auf Tucker. »Das ist die Gefahr einer kleinen, isolierten Verschwörung. Einerseits ist sie für das, was wir tun, nötig. Andererseits läuft man Gefahr, von den Konsequenzen isoliert zu existieren, und das kann einen leichtsinnig machen. Aus diesem Grund wird es das Beste sein, unsere Operation für eine Weile auf Eis zu legen – um alles Übermaß zurechtzustutzen und eine Neubesinnung vorzunehmen, bevor es wieder losgeht.«

Auf einmal wirkte er bedauernd. »Das war auch der Grund, warum die höhere Führungsriege überhaupt zuließ, dass Ihr Plan Erfolg hat, Charles – obwohl sie mich nicht darüber informiert hat, bis es passiert ist. Oh, natürlich wussten sie von Anfang an Bescheid. Schmeicheln Sie sich nicht, indem Sie annehmen, Sie seien schlauer als die. Tatsächlich war Ihr Vorhaben, wenn ich das so sagen darf, ziemlich plump. Viel zu kompliziert. Viel zu abhängig von Faktoren – und Leuten –, die Sie nicht kontrollieren konnten. Es musste einfach schiefgehen. Aber die höhere Führungsriege berechnete, dass es dabei helfen würde, die Ereignisse auszulösen, die notwendig wären, um unsere größten Sicherheitsrisiken auszumerzen – darunter uns alle.«

Karim begab sich zu einer Konsole und begann Befehle einzugeben, während Harris weitersprach. »Die Föderation wird glauben, dass eine Verschwörung enthüllt und für immer beendet wurde. Ich gehe davon aus, dass die Organisation für eine oder zwei Generationen ruhig bleiben wird, extreme Notfallsituationen ausgenommen. Aber früher oder später wird jemand das Potenzial erkennen, das in Sektion 31 des Artikels 14 liegt, und er wird in der Datenbank der Sternenflotte die richtigen Suchanfragen stellen. Und wenn die korrekten Schlüsselworte eingegeben werden, werden sie die Informationen und die Ressourcen finden, die sie brauchen, um von vorne zu beginnen. Aber jetzt ... muss reiner Tisch gemacht werden. Es tut mir leid, Charles. Ma'am.« Er sah Devna an.

Doch die Orionerin packte Tuckers Arm und blickte ihn alarmiert an, als sie erkannte, was er schon länger begriffen hatte: dass Karim die Sicherungsmechanismen der Antimaterie-Eindämmung eine nach der anderen abschaltete.

»Ich wünschte, es gäbe einen besseren Weg«, fuhr Harris fort, während Tucker fest die Zähne zusammenbiss und Devna an sich zog. »Aber alles, was ich je getan habe, geschah zum größeren Wohl der Föderation.«

Tucker schloss die Augen, als ihn ein blendendes Licht einhüllte.

Raumschiff *Merlin*
Interstellarer Raum

»Wo sind wir?«

Tucker öffnete die Augen und stellte fest, dass Devna und er auf einer ungewöhnlich aussehenden Transporterplattform standen. Die Maschinen ringsum rauchten und sprühten Funken. »Komm«, sagte er, nahm die Orionerin bei der Hand und führte sie von der Plattform. Sie erreichten die Konsole, und er aktivierte das Ventilationssystem. Außerdem schaltete er die Einheit ab, aber sie qualmte weiter.

»Das war meine allerletzte Fluchtmöglichkeit«, erklärte er ihr. »Eine Aufmerksamkeit eines Verbündeten, den ich letztes Jahr kennengelernt habe. Ein Mann, der schon sehr, sehr lange lebt und dem es gelungen ist, einige sehr exotische Stücke Technologie in die Finger zu bekommen. Wie einen Transporter, der stark genug ist, um uns über Parsec hinweg zu beamen – auch wenn er das nur einmal tun konnte, bevor er durchbrennen würde. Die Signalboje war in meinen Zahn implantiert, und ich habe sie gerade ausgelöst.« Er holte keuchend Luft. »Ich bin froh, dass sie nicht versehentlich während dieser Foltersitzungen ausgelöst wurde.«

»Das sind wir beide«, sagte Devna. »Vielen Dank.«

Er führte sie aus der Transporterkammer in den Hauptraum, der dahinter lag. »Also sind wir auf einem Schiff?«, fragte die Orionerin. »Ist sonst noch jemand hier?«

»Nein. Es hat hier auf mich gewartet, bis ich es brauchen würde. Ich benötigte eine Möglichkeit, meinen Tod vorzutäuschen und so gründlich zu verschwinden, dass selbst Harris' Leute mich nicht finden würden. Es gibt keine bekannte Technologie, die imstande wäre, den Transporterstrahl hierher zu verfolgen, und die *Merlin* – das ist der Name des Schiffs – hat keine Verbindung zu mir außer durch meinen Freund.« Akharin hatte behauptet, dass Merlin eine der Identitäten gewesen war, die er im Laufe seiner Jahrtausende auf der Erde angenommen hatte, aber Tucker argwöhnte, dass er bloß seinen Lebenslauf interessanter gestalten wollte. »Und er hat verdammt viel Erfahrung darin, erfolgreich zu verschwinden.«

Devna blickte sich um. Sie wirkte von dem edel eingerichteten Aufenthaltsbereich beeindruckt. »Also das war dein Fluchtplan. Dein Weg in die Freiheit.«

Er musterte sie. »Du wirkst nicht überzeugt.«

»Harris hat von einer höheren Führungsriege gesprochen. Was, wenn ihre Ressourcen größer sind, als du ahnst?«

»Ich denke, er hat nur geblufft. Ein letztes Spielchen, damit ich sterben würde, ohne mir sicher sein zu können, dass ich ihn wirklich geschlagen habe. Wenn es jemanden weiter oben gibt, warum hat er dann gesagt, dass die ganze Sache eine Generation oder länger ruhig bleiben würde? Das ergibt keinen Sinn.« Er zuckte mit den Schultern. »Dennoch sind wir vermutlich gut beraten, uns eine Weile tot zu stellen, nur für den Fall. Uns von der Föderation fernzuhalten – und vom Syndikat.«

Sie blickte ihm tief in die Augen. »Heißt das, du möchtest, dass ich dich begleite?«

»Wenn du magst. Alle glauben im Moment, dass wir beide tot sind. Dein Leben als Sklavin ist vorbei, genau wie mein Leben als Spion. Es könnte für uns beide ein Neuanfang sein.« Er trat unbehaglich von einem Bein aufs andere. »Wir *müssen* dabei nicht zusammen sein. Nicht langfristig zumindest. Aber für den Anfang ... nun, wen haben wir denn sonst?«

Devna musterte ihn weiterhin nachdenklich. »Was ist mit der Frau, die du liebst? Der einen, die dir Grund zur Hoffnung gab? Willst du sie nicht kontaktieren?«

Ein erneuter Anfall von Scham überkam ihn. Wie konnte er T'Pol jemals wieder unter die Augen treten? Wie konnte er ihrer jetzt noch würdig sein? »Wenn die Zeit dazu gekommen ist«, sagte er bewusst vage. »Sobald ich mir sicher bin, dass es sicher ist. Sobald ich mir eine neue Identität zugelegt habe. Sobald ich ... gewisse Dinge geklärt habe.«

Devna ließ sich in einem Sessel nieder, zog die Beine an und schlang ihre Arme darum. »Ein ganzes Leben zurückzulassen ... und vielleicht nie zurückzukehren. Etwas völlig Neues zu werden. Das wird hart werden. Ich fürchte mich davor.«

»Du hegst doch nicht ernsthaft nostalgische Gedanken für dein früheres Leben!«

Sie erwiderte seinen Blick ohne jede Verlegenheit. »Es ist das einzige Leben, das ich je gekannt habe. Und es war nicht alles schlecht. Ich hatte Freunde. Schwestern, leibliche und solche durch geteiltes Leid. Und Orion ist eine wunderschöne Welt. Seine majestätischen Berge ... die leuchtenden Wälder ... das tröstliche Lied der Smaragdfinken. Ich habe dort Frieden gefunden ... wenn es mir erlaubt war, allein zu sein. Wenn ich das nie wiedersähe ... wenn ich die Finken nie wieder singen hören könnte ... das würde ich schmerzlich vermissen.«

Sie senkte den Kopf, und schimmernde Locken ihres obsidianfarbenen Haars fielen nach vorn, um ihre lieblichen Züge zu verdecken. Zögernd setzte sich Tucker auf die Armlehne des Sessels und legte eine Hand auf ihre Schulter. »Manchmal müssen wir die Vergangenheit hinter uns lassen, um vorwärts zu kommen. Vor uns liegt ein neuer Anfang, Devna. Keiner von uns weiß, was die Zukunft für uns bereithält, und das ist beängstigend. Aber ... keine Vorstellung zu haben, was man als Nächstes tut ... keine Pläne zu haben, kein Programm, keinen von anderen für uns festgelegten Pfad zu kennen ... ist das nicht ... befreiend?«

Sie blickte zu ihm auf, und als er sah, wie seine Worte bei ihr Wirkung entfalteten, wie sich ihre Augen weit öffneten und sich ein Lächeln langsam auf ihrem Gesicht formte, da war es, als beobachte er einen neugeborenen Vogel, der soeben aus seiner Schale herausbrach.

EPILOG

18. März 2166
U.S.S. Endeavour

»Noch immer kein Lebenszeichen von dem anonymen Informanten?«, fragte T'Pol vorsichtig.

Auf dem Bildschirm in ihrem Quartier schüttelte Admiral Archer den Kopf. Sie sah ihm an, dass er ihre Sorge für Trip spürte, aber sie beide mussten noch immer zurückhaltend sein. Solange Tucker nicht von sich aus auftauchte, würden sie seinen Wunsch respektieren, in den Augen der Welt tot zu bleiben.

Allerdings fürchtete T'Pol gegenwärtig, dass sein Tod nicht länger nur vorgetäuscht sein mochte.

»Der andorianische Kreuzer th'Rejjal *hat bestätigt, dass die Ionenspur des Schiffs der Flüchtigen an einer Stelle im All endete, an der vor zwei Tagen eine Warpreaktorexplosion registriert wurde«*, berichtete ihr Archer in grimmigem Tonfall. *»Die Analyse der Trümmerwolke hat ergeben, dass mehrere Lebewesen an Bord des Schiffs gewesen waren. Es wurden Trümmer eines kleineren Scoutschiffs gefunden, das sich in unmittelbarer Nähe befunden hatte – vermutlich im Schlepptau. Es war zum Zeitpunkt der Explosion anscheinend leer, aber die Strahlung und das Vakuum haben jeden DNA-Beweis zerstört.*

Es gibt eine mögliche Ionenspur, die zurück in die ungefähre Richtung von Sauria zu führen scheint. Aber ganz sicher können wir uns nicht sein.«

»Ich verstehe«, erwiderte T'Pol nach einem Moment. »Danke, Admiral.«

Er nickte mitfühlend, auch wenn er bestenfalls erahnen konnte, was sie im Augenblick durchmachte. Sie hatte schon mehrmals geglaubt, dass Tucker tot sei, doch bei den vorherigen Anlässen hatte sie zumindest auf unterbewusster Ebene noch ihr gemeinsames telepathisches Band wahrgenommen. Sie hatte daher nie ein vollständiges Gefühl des Verlusts verspürt. Doch jetzt spürte sie gar nichts. Die telepathische Langstreckenverbindung, die durch ihr Martyrium auf Administrator V'Las' Befehl hin im letzten Jahr unterdrückt oder zerstört worden war, hatte sich nie wieder erholt. Obwohl T'Pol wusste, dass Trip geplant hatte, seinen Tod erneut vorzutäuschen, um dadurch möglichen verbliebenen Sektion-31-Agenten zu entgehen, gab es keine Garantie, dass er damit Erfolg gehabt hatte. Die Funde der *th'Rejjal* deuteten auf die Möglichkeit hin, dass Harris Tucker gefangen und in dem gleichen reinigenden Feuer getötet hatte, in dem sich die Führungsriege von Sektion 31 unerklärlicherweise selbst geopfert hatte.

T'Pol ermahnte sich zur Ruhe. Tucker mochte gute Gründe dafür haben, sich bedeckt zu halten, bis er überzeugt war, dass er sie ohne Gefahr kontaktieren konnte. Es waren erst ein paar Tage vergangen, nicht einmal genug, als dass er eine Föderationswelt oder einen anderen sicheren Hafen hätte erreichen können. Es wäre verfrüht, an diesem Punkt seine Chancen auf ein Überleben abzuschreiben, ganz gleich was die Beweislage behauptete.

Doch es war gerade die unlogische, emotionale Seite, die zu unterdrücken ihr schon immer so schwergefallen war, die ihr ein unerwartet logisches Gegenargument lieferte: Wenn man berücksichtigte, wie wichtig sie ihm war, wäre es doch gewiss Trips oberste Priorität gewesen, sich nach seinem Abflug von Sauria oder spätestens nach dem Empfang der Nachrichten über den Sturz der Sektion auf irgendeine Weise bei ihr zu melden. Wenn er noch am Leben und gesund war, warum ließ er es sie dann nicht auch irgendwie wissen?

Weil er zu merken schien, dass sie ihre Gedanken dringend auf angenehmere Dinge richten musste, versuchte Archer, das Thema zu wechseln. *»Wo wir gerade von Sauria sprechen. Maltuvis scheint es gelungen zu sein, die Schuld dafür, beinahe eine Katastrophe verursacht zu haben, von sich zu schieben. Aber wenigstens hat er die Orioner als Verbündete bei seinen Eroberungsplänen verloren. Wenn er vorhat, sein Reich auf andere Welten auszudehnen, wird das ohne ihre Hilfe deutlich langsamer vonstattengehen. Und hoffentlich ist der Widerstand jetzt einig genug, um ihn zur Strecke zu bringen, bevor das passiert.«*

»Ja«, sagte T'Pol. »Es ist schon eigenartig, dass Maltuvis seine Allianz mit den Orionern so entschieden beendet hat. Bei all seiner Rhetorik über saurianische Überlegenheit dürfte er doch sehr genau wissen, dass er Hilfe von außen braucht, um seine hochgesteckten Ziele eines interstellaren Eroberungsfeldzugs innerhalb seiner Lebensspanne zu erreichen. Es ist nur schwer vorstellbar, dass er diese Pläne aufgegeben haben könnte.«

»Er mag keine andere Wahl gehabt haben. Er musste entweder so handeln oder von seinen Untertanen dafür angeklagt werden, Millionen ihrer Leben riskiert zu haben. Dadurch hätten sie sich in Scharen gegen ihn gewandt. Auf diese Weise kontrolliert er wenigstens nach wie vor Sauria. Für den Moment scheint er sich damit zufriedenzugeben.«

»Vielleicht. Aber er besitzt die Warpschiffe der zweiten Generation, die er bis jetzt schon gebaut hat, und wahrscheinlich ein nennenswertes Arsenal an Photonenwaffen. Weitere Wachsamkeit wird vonnöten sein. Weitere Intervention vermutlich ebenfalls.«

Archer seufzte. *»Intervention. Das führt uns direkt zu einem anderen Wespennest.«*

Angesichts der verwirrenden Metapher zog sie die Augenbrauen hoch. »Das bedarf der Erklärung.«

Ihr ernster Tonfall sorgte für genau den Moment der Entspannung, den sie beabsichtigt hatte, aber er lachte nur kurz und leise. *»Es ist genau so, wie ich es befürchtet hatte«*, sagte er. *»Die Untersuchung von Harris' Verschwörung hat ergeben, dass sie vom Plan der Orioner wussten, eine Katastrophe auf Sauria zu inszenieren – und dass Harris bereit war, dies zuzulassen. Die Erkenntnis, dass beide Gruppen wollten, dass wir eine Nichteinmischungspolitik annehmen, ist ein echter Rückschlag. Shran hat sich auf diesen Umstand gestürzt wie ein … Nun ja, Sie wissen, wie er sein kann.«*

»Schmerzhaft gut.«

Archer verzog die Miene, als er an seine erste Begegnung mit Shran, damals noch als Feind, erinnert wurde. Die Sorge, dass sie nun erneut zu Gegnern werden könnten, stand dem Admiral deutlich ins Gesicht geschrieben. *»Er stellt die Befürwortung der Nichteinmischung als Hilfestellung und Vorteil für unsere Feinde dar, außerdem als Abkehr von jenen, die in Not sind, wie die Saurianer. Ich habe bereits einen Großteil meiner Unterstützer in der Sternenflotte und im Rat verloren. Ich fürchte, dass die Direktive erledigt sein könnte.«*

T'Pol dachte darüber nach. »Man könnte argumentieren, dass der Schaden, den die Interventionen von Sektion 31 bei anderen Kulturen angerichtet haben, das Verbot einer solchen einseitigen Einflussnahme umso wichtiger macht.

Harris wird nicht das einzige korrupte oder fehlgeleitete Mitglied der Sternenflotte sein. Eine gewisse Art der Regulierung von Interventionen ist nach wie vor notwendig.«

Der Admiral nickte ohne Enthusiasmus. *»Das ist im Grunde das Argument, das ich heute Abend vorzubringen gedenke. Es ist eine weitere Debatte im Rat angesetzt. Shran und ich werden die Sache wohl ein für alle Mal zwischen uns klären. Es ist wahrscheinlich meine letzte Chance, die Direktive zu retten.«* Er schüttelte den Kopf. *»Ich wünschte bloß, es müsse nicht auf Kosten unserer Freundschaft geschehen. Ich habe in letzter Zeit schon genug Verluste zu verarbeiten.«*

T'Pol erwiderte seinen Blick voller Verständnis. »Das geht uns allen so, Jonathan.«

M'Tezir, Sauria

»Machen Sie sich keine Sorgen, Imperator«, sagte der Fremdweltler auf Maltuvis' Kommunikationsbildschirm. *»Wie diese erste Lieferung zeigt, bin ich durchaus imstande, den Bedarf Ihrer Flotte an Antimaterie ohne die Gefahren einer Herstellung auf der Planetenoberfläche zu decken.«*

»Das hoffe ich für Sie«, erwiderte Maltuvis. »Meine Fremdweltlerallianzen haben sich in der Vergangenheit als ziemlich unzuverlässig herausgestellt.« Es war gefährlich, diesen Kontakt direkt herzustellen, aber sein neuer Wohltäter hatte ihm Verschlüsselungsprotokolle geschickt, die sogar noch hochwertiger waren als diejenigen, die die Orioner verwendet hatten. Außerdem hatte er ihm eine Vorgehensweise präsentiert, wie man Antimaterie unter dem Deckmantel einer Asteroidenbergbauoperation zur Flotte schmuggeln könnte, etwas, das Harrad-Sar nie in den Sinn gekommen war. Selbst wenn die Kommunikation abgefangen wurde, dann nur von der Sternenflotte. Der gemeine

Saurianer wusste nur, was Maltuvis ihm erzählte: dass Fremdweltler der Feind waren, vor denen er sie beschützen würde. Jede Behauptung, dass er weiterhin mit Fremdweltlern verbündet sein könnte, wäre bloße Propaganda anderer Fremdweltler, und wer würde denen schon Glauben schenken?

»Die Orioner sind nichts als Verbrecher und Piraten«, erwiderte die grauhaarige Säugetierkreatur auf dem Bildschirm. *»Sie waren Ihrer unwürdig. Das Volk von N'Ragolar ist stark, klug und ehrgeizig. Was Sie in nur wenigen Jahren errichtet haben, ist erstaunlich. Ich habe nach Verbündeten gesucht, die einen solch ausgeprägten Kampfgeist haben wie Sie. Bei Ihrem Ehrgeiz und rücksichtslosem Tatendrang und bei der Widerstandskraft und Stärke Ihres Volkes sind die Sterne für Sie zum Greifen nah.«*

»Und Sie sind unserer würdig?«, fragte der Imperator herausfordernd. »Sie wurden vor langer Zeit abgesetzt. Ihr Versuch, Ihre Welt zurückzuerobern, ist gescheitert. Sie sind bloß noch ein Renegat, verloren und auf der Suche nach einer neuen Heimat. Sie brauchen mich mehr als ich Sie, Vulkanier.«

V'Las, der frühere Administrator des Vulkanischen Oberkommandos und aktuell ein Flüchtling vor der Föderationsjustiz, kochte offensichtlich bei Maltuvis' Worten und zeigte damit deutlich mehr Emotionen als die anderen Vulkanier, denen der Imperator bisher begegnet war – was für den Mann sprach. *»Alles, was ich will, großer Maltuvis, ist, eine Rasse zu finden, die kriegerische Stärke und Eroberung genauso zu schätzen weiß wie ich. Ein Volk, dem ich zu einer großen Zukunft verhelfen kann. Ich dachte, die Vulkanier seien diese Rasse, aber sie haben mich enttäuscht. Sie sind bereits seit zu langer Zeit durch Schwäche und Pazifismus vergiftet worden. Für Sie ist das kein Problem.«*

»Nicht mehr«, gab Maltuvis zu. »Die Pazifisten haben versucht, diese Welt für sich zu beanspruchen, aber ich habe sie fortgejagt. Ich hatte Erfolg, wo Sie versagt haben.«

»Ja«, gab V'Las durch zusammengebissene Zähne widerstrebend zu. *»Und mit meiner Hilfe werden Sie noch viel größere Erfolge feiern. Gemeinsam werden wir ein interstellares Imperium errichten, dass das der Föderation, der Klingonen und sogar der Romulaner übertreffen wird.«*

Seine faltigen Züge verzogen sich zu einem kalten Lächeln. *»Und wenn die Zeit gekommen ist, werden wir all diese anderen zerstören.«*

Sternenflottenhauptquartier

Archer war gerade dabei, die Überarbeitung seiner Notizen für die Ratsdebatte am Abend abzuschließen, als Dani Erickson anrief. *»Es ist so weit«*, sagte sie.

Die Traurigkeit in ihren Augen ließ keinen Zweifel darüber, was sie meinte. »Porthos?«, fragte er trotzdem mit einem Kloß im Hals.

Sie nickte schmerzerfüllt. *»Die Tierärztin sagt ... es bringt nichts, seine Qualen zu verlängern. Jon, ich denke, er ist bereit, den nächsten Schritt zu gehen. Aber er ist deine ... deine Familie. Du bist derjenige, der die Entscheidung treffen muss.«* Eine Pause. *»Ich weiß, wie beschäftigt du bist. Wenn du möchtest ... ich könnte mit der Ärztin sprechen und ... ich könnte an deiner Stelle bei ihm sein.«*

Es dauerte deutlich länger, bis Archer antwortete. »Ich komme heim.« Dani nickte, blinzelte Tränen fort und legte auf.

Archer wusste nicht, wie viel Zeit verstrich, während er einfach so dasaß, überwältigt von seinen Gefühlen. All die Entscheidungen, die er an diesem Tisch treffen musste, verblassten gegenüber dieser. Wie konnte er als Sternenflottenoffizier einfach alles stehen und liegen lassen sowie seine Pflichten gegenüber dem Rat und seinen Verbündeten beiseiteschieben, nur um von seinem Hund Abschied zu nehmen? Doch wie konnte er als Mensch, als Freund, es nicht tun?

Das Geräusch von Shrans durchdringender Stimme riss ihn aus seinen Gedanken. Er hatte nicht einmal bemerkt, dass der andorianische Admiral in sein Büro gestürmt war. »Was soll diese Verzögerung bedeuten, Jon? Ich bin geduldig gewesen. Ich habe Ihre Weigerung in Kauf genommen, Ihren absurden Vorschlag trotz all der Enthüllungen nicht zu den Akten zu legen. Ich habe mich einverstanden erklärt, noch eine verdammte Debatte vor dem Rat führen. Noch mehr Verzögerung werde ich nicht ...« Er brach ab, dann trat er einen Schritt näher und musterte Archers Gesicht. »Jon, was ist los? Sie sehen aus, als sei gerade Ihr bester Freund gestorben.«

Archer konnte die Tränen nicht länger zurückhalten, was Shran dazu veranlasste, erschrocken einen Schritt zurück zu machen. »Damit liegen Sie nicht so falsch«, sagte der Mensch mit rauer Stimme. Er versuchte sich zu sammeln, denn er wusste, dass er kein Mitgefühl erwarten konnte. »Es tut mir leid. Es ist nur ... es ist Porthos.«

Von einem Moment zum anderen wich aller Zorn aus Shrans Körper. Seine Antennen sanken herab. »Ihr Haustier? Der ... Beagle?«

Archer nickte. »Er ist bei der Tierärztin. Er ist ... in seinen letzten Stunden. Dani hat angerufen ... und gefragt, ob ich kommen könnte, um bei ihm zu sein. Um Abschied zu nehmen.« Er schüttelte den Kopf, sammelte seine Notizen ein und schickte sich an aufzustehen. »Ich weiß, dass dies der denkbar schlechteste Zeitpunkt ist. Der Rat wartet, und es ist nicht fair Ihnen gegenüber ...«

Shran kam bereits um den Schreibtisch herum. Er ergriff Archers Arm und half ihm auf die Beine. »Zur Hölle mit dem Rat, Jon! Und zur Hölle mit mir! Gehen Sie. Ihr Gefährtentier sollte diese Welt nicht allein verlassen.«

Archer blickte den anderen Admiral voller Dankbarkeit und Erstaunen an. »Aber ... die Direktive. Die Debatte ...«

»Das Schicksal von Welten kann warten. Sie haben einen Freund, der Sie braucht.« Shrans Antennen verbogen sich im Äquivalent eines Schulterzuckens. »Vielleicht ist das ohnehin der falsche Zeitpunkt, um diese Debatte auf faire Weise zu Ende zu bringen. Die Frage wird zu sehr von Harris und seinesgleichen überschattet. Wir können irgendwann später darauf zurückkommen, sobald wir alle mehr Abstand haben. Wenn ich Druck machen würde, könnte ich diese Geschichte heute mit Leichtigkeit in meine Richtung beeinflussen. Aber das wäre nicht die richtige Art zu gewinnen.« Er senkte den Blick. »Wie wichtig das ist, haben Sie mich gelehrt.«

Tief bewegt umfasste Archer die Hände seines alten Freundes. »Danke, Shran. Ich weiß nicht, was ich sagen soll.«

»Gehen Sie einfach, um bei Porthos zu sein.« Er brachte Archer zum Ausgang, dann ergriff er zögernd erneut das Wort. »Ich schätze ... ich will sagen, dass ich weiß, wie schwer es sein kann, Abschied zu nehmen. Wenn Sie ... möchten, dass ich mit Ihnen komme, um Ihnen beizustehen ...«

»Das ... wüsste ich wirklich sehr zu schätzen«, erwiderte Archer mit einem bittersüßen Lächeln. »Danke – mein Freund.«

DANKSAGUNGEN

Wie immer schulde ich meinen Redakteuren Margaret Clark und Ed Schlesinger Dank, die bei diesem Buch ganz besonders geduldig mit mir waren. Ich danke auch Doug Drexler, der mich über seinen Coverentwurf informierte, und Mark Rademaker, der mir die Details seiner Version der Enterprise XCV-330 zeigte, die auf einem Konzeptbild von Matt Jefferies basiert, das erstmals in STAR TREK – DER FILM zu sehen war.

Ein Dank geht an David Mack, der mich über den Inhalt seines Romans *»Star Trek: Sektion 31 – Kontrolle«* in Kenntnis setzte und mit mir daran arbeitete, zwei eigenständig entwickelte Geschichten untereinander konsistent zu halten. Die Mathematik, auf die sich T'Pol während ihrer Ausführungen zur Wahrscheinlichkeit der Enthüllung einer Verschwörung beruft, basiert auf der Arbeit von Doktor David Grimes (siehe Grimes DR [2016] »On the Viability of Conspirational Beliefs« PLoS ONE 11[1]: e0147905. doi:10.1371/journal.pone.147905).

Meine Versionen der Sternenflotteneide bei Caroline Paris' Beförderung und dem Wechsel des Kommandos sind eine Mischung aus verschiedenen STAR TREK-Beispielen und dem Protokoll des Militärs der Vereinigten Staaten. Jegliche Abweichungen von ähnlichen Eiden und Ritualen in anderen STAR TREK-Geschichten können Revisionen im Sternenflottenprotoll im Laufe der Jahre zugeschrieben werden.

Die Diskussion über Habitabilität von Roten Zwergen bedient sich einer Reihe Forschungsarbeiten zu dem Thema, darunter Heath, Doyle, Joshi und Haberle, »Habitability of planets around red dwarf stars«, *Origins of Life and Evolution of the Biosphere*, Vol. 29, No. 4, pp. 405-424 (was die Hitzeverteilung auf rotiert gebundenen Planeten betrifft); Yang, Cowan und Abbot, »Stabilizing Cloud Feedback Dramatically Expands the Habitable Zone of Tidally Locked Planets«, Astrophysical Journal Letters, Vol. 771, No. 2, 10. Juli 2013 (was die Wolkendecke betrifft); Kay et al., »Probability of CME Impact on Exoplanets Orbiting M Dwarfs and Solar-Like Stars«, *Astrophysical Journal*, Vol. 826, No. 2 (was die Gefahr von Sonneneruptionen betrifft) sowie Luger et al., »Habitable Evaporated Cores: Transforming Mini-Neptunes into Super-Earths in the Habitable Zones of M Dwarfs«, *Astrobiology*, Vol. 15, Issue 1 (Januar 2015), pp. 57–88 (was den Verlust von Atmosphäre und planetare Migration betrifft). Vielen Dank an Paul Gilster vom *Centauri Dreams*-Blog, der mich auf diese Arbeiten aufmerksam gemacht hat.

Die saurianische Raumschiffwerft wurde in nicht geringen Teilen von der Boeing Everett Factory in Everett, Washington inspiriert, die ich 2011 während meiner Reise nach Seattle zur Hochzeit meiner Schwester Kathleen besucht habe. Danke an die Leute von Boeing und meine Cousine Cynthia, die mich mit auf diese Tour genommen hat.

Die Erinnerung an meine geliebte Katze Natasha hat meine Beschreibung der letzten Tage von Porthos geprägt. Es war schwierig, diese Gefühle wieder hervorzuholen, aber ich denke, es dient dem Gedenken an eine gute Freundin, die ewig ihren Platz in meinem Herzen haben wird.